AF281195

Wolfram Dieter Martin

Luftveränderung

Wolfram Dieter Martin

Der Autor

Wolfram Dieter Martin, geboren 1950 in Stralsund, absolvierte eine
Ausbildung als Betriebsschlosser, studierte Energiewirtschaft und
arbeitete bis zur Wiedervereinigung in verschiedenen Betrieben Ost-
Berlins. 1991 wechselte er in den Vertriebsdienst, wo er bis zu seiner
Berentung im Jahre 2010 als Außendienstmitarbeiter tätig war.

2015 veröffentlichte er sein erstes Werk, den Lyrikband Erst durch
Schauen wird das Sehen wunderbar. Am Romanstoff der „Tetralogie
des Leidens" arbeitet er von 2001 an.

Drei Bände der vierbändigen Ausgabe

- Luftveränderung
- Durst und Begierde
- Fesseln
- Erlösung (erscheint voraussichtlich 2026)

sind inzwischen der Öffentlichkeit zugänglich.

Wolfram Dieter Martin

Luftveränderung

Roman

Tetralogie des Leidens

(Erster Band)

Bibliografische Information der Deutschen Nationalbibliothek:
Die Deutsche Nationalbibliothek verzeichnet diese Publikation in der
Deutschen Nationalbibliografie; detaillierte bibliografische Daten sind im
Internet über http://dnb.dnb.de abrufbar.

Alle Rechte vorbehalten.
© 2021 Wolfram Dieter Martin
Umschlaggestaltung: © 2025 Wolfram Dieter Martin
zweite Auflage © 2025 Wolfram Dieter Martin
Verlag: BoD · Books on Demand GmbH,
Überseering 33, 22297 Hamburg, bod@bod.de
Druck: Libri Plureos GmbH,
Friedensallee 273, 22763 Hamburg

ISBN: 978-3-8192-6672-0

Für Iris, Alice und Philipp

Erster Band

ERSTES KAPITEL

„Geschrieben steht: Im Anfang war das W o r t!

Hier stocke ich schon! Wer hilft mir weiter fort?

Ich kann das W o r t so hoch unmöglich schätzen.

Ich muss es anders übersetzen.

Wenn ich im Geiste recht erleuchtet bin.

Geschrieben steht: Im Anfang war der S i n n.

Bedenke wohl die erste Zeile,

Dass deine Feder sich nicht übereile … übereile!"

Simon erschrak. Wie weiter? Ihm wurde ganz heiß, als er fortfuhr. „Ist es der Sinn, der alles wirkt und … schafft ..." Wieder geriet er ins Stocken, blieb hängen, lief knallrot an, hatte plötzlich dieses Klopfen im Kopf und das Gefühl von einem festgezogenen Knoten im Hals. „Oh Mist, Mist verdammter!", stammelte er und hielt krampfhaft Ausschau nach einem Souffleur unter den Angehörigen. Doch er sah nur stumme, dumpf-freundliche Blicke der Verlegenheit hin und her gehen. Es war der vierunddreißigste Geburtstag seiner Mutter.

„Es ist weg, ich bin raus!", rief er achselzuckend. Schweißperlen traten ihm auf die Stirn. Gedrückt stand er da. Und ein starkes, kaum zu ertragendes Gefühl des Unbehagens ergriff ihn. Am liebsten wäre er jetzt davongerannt, aber es ging nicht; eine eigentümliche Kraft hielt ihn am Fleck und es tat sich auch kein Loch auf im Boden, in welches er hätte hineinspringen können. Er suchte die Augen seiner Mutter. Was musste sie bloß von ihm denken?

Sein Auftritt war vorher geplant, er sollte etwas vorführen, so wie üblich zu solchen Anlässen, wenn alle beisammen saßen. Probleme gab es eigentlich nie, bis auf das eine Mal – damals – als er sich trotz ihres energischen Bittens gesträubt hatte, seine ersten Zeichnungen herum-gehen zu lassen. Ihre Reaktion war unwirsch und fuchtig gewesen, und sie hatte partout nicht begreifen können, weshalb er sich plötzlich so bockbeinig anstellen musste. Und nun heute dieser Eklat.

Ein tadelnder, zugleich hämischer Zug lag im pergamentartigen Gesicht von Karin Pissarenkow.

Simon kannte sich in der Physiognomie seiner Mutter inzwischen gut aus. Seit Einführung der ersten erzieherischen Sanktionen im elterlichen Hause hatte er mit den Jahren gelernt, jede Art von mimischer Regung instinktiv zu erfassen, zu analysieren, um aus den unmittelbar zu erwartenden Reaktionen und Handlungen mögliche Konsequenzen für sich selbst ableiten zu können.

Diese Beobachtungsgabe setzte schon ein, da war er noch klein und besuchte die vierte Klasse. Fast nichts entging ihm. Aus der unmerklichen Zuckung eines Muskels konnte er ablesen, was ihm in etwa bevorstand. Manchmal war ihr Gesicht auch gramvoll versteinert. Er mochte meinen, sie würde so in sich gekehrt bleiben, aber wie aus heiterem Himmel erfolgte meist gleich das große Donnerwetter. „Wir haben noch ein Hühnchen miteinander zu rupfen, mein Lieber!", gehörte zu ihren bevorzugten bildlichen Redewendungen aus dem Repertoire von Einschüchterungen, die sie parat hatte und immer dann hinter der biederen Maske hervorstieß, wenn sie mit einer besonders schweren Bürde beladen vom Schuldienst nach Hause kam. Schon der gramgebeugte Gang, der ernste, stur ans Pflaster geheftete Blick, der ihm vom Fenster aus nicht entging, verriet bereits, was die Glocke geschlagen hatte. Herrgott, ausgerechnet an seiner Schule war sie als Studienrätin eingesetzt worden. Hat es denn unbedingt die „Lambert Steinwich" sein müssen? Warum akzeptierte sie das?

Kaum ein Tag verging, an dem Simon nicht für Gesprächsstoff sorgte. Ihm schien, als hätten die Lehrer auf einmal nur noch ihn auf dem Kieker. Es war wohl der Rang seiner Mutter, der ständig durch ihn hindurch schimmerte.

Selten erreichte Karin Pissarenkow nach Unterrichtsschluss das Ende des langen Flures, ohne dass ihr jemand aus dem Kollegium nachgerannt kam und ganz atemlos ausrief: „Frau Pissarenkow ... Frau Pissarenkow ..., hätten Sie mal einen Moment, es geht um Ihren Sohn!" Ob es nun die dicke, frigide Nietz war, die ihr einen bekritzelten Zettel schadenfroh unter die Nase hielt, auf dem die recht unförmigen Konturen einer nackten Weiblichkeit zu erkennen waren, oder Schuldirektor Gotter höchstpersönlich, der einen Blumentopf ganz aufgeregt in Händen hielt und wild gestikulierend berichtete, wie besagter Topf vor fünf Minuten direkt neben ihm auf dem Schulhof gelandet sei; nur ein halber Meter habe ihn vom Aufschlagpunkt getrennt, ja er hätte tot sein können ... Reaktionsschnell habe er natürlich sofort nach dem Täter Ausschau gehalten und schließlich am Fenster der vierten Etage mehrere grinsende Köpfe erspähen können, wovon der eine ganz zweifelsfrei zu Simon Pissarenkow gehört habe.

All das war Simon plötzlich gegenwärtig, und beschämt nahm er auf seinem Stuhl am Geburtstagstisch wieder Platz. Neben ihm saß Kläuschen, sein drei Jahre jüngerer Bruder, ein braver, gefügiger, von der Art nie aufsässig oder dickköpfig veranlagter Bub, der stets allen und jedem still zuhörte, selbst aber kaum ein Wort am Tisch sagte.

In puncto Interessen und Neigungen waren die Brüder grundverschieden. Bei Kläuschen zeigte sich schnell die Vorliebe für Technisches, was auch Absurdes nicht ausließ, wie etwa das Anbringen von bis zu zwei Dutzend seltenen Schlossarten an seinem geheiligten Spielzeugschrank.

Mit Technik hatte Simon nicht viel am Hut, ihm stand mehr der Sinn nach Kunst. Idole aus Büchern und solche der Leinwand inspirierten ihn; auch fotografische Maler, wie Ruisdael mit seiner berühmten „Mühle von Wijk", hatten es ihm frühzeitig angetan. Ihnen wollte er nacheifern. So übte er sich schon als Kind in eigenen Bildern, zuerst mit Bleistift und später mit Farben, und wenn das unverzichtbare Weiß plötzlich ausging, tat es zur Not auch mal Zahnpasta.

Simon war kein Stubenhocker. Es zog ihn nach draußen. Dort, in der Mannigfaltigkeit der Natur, gab es die besten Rollen, konnte er in kriegerischer Begeisterung seine eigenen Stücke problemlos zur Aufführung bringen. Helden und Kämpfe. Und kein anderer als er bestimmte alles.

Mochten auch Gezänk und Vorrangkämpfe, wie bei Geschwistern oft üblich, zuweilen nicht nur Spiel sein, so hatten die Brüder einander doch mögen gelernt.

Früher allerdings, vor sehr langer Zeit, da ist Kleinkläuschen, das Dummchen, Verräter gewesen, hatte ihn abends beim Vater verzinkt, ihm gesteckt, dass der Bruder beim Durchstreifen des Städtchens von der Leute Haustür die steckenden Schlüssel flugs umgedreht habe. Solches Handeln in der gespielten Rolle des Artigen, was kein Anschwärzen war, sondern verpflichtendes Melden, war sicherlich damals für Kläuschen ein Muss, brachte ihm der Beweis für das Liebsein doch viel Ehre ein und Schutz und auch manchmal ein Stückchen Konfekt nebenbei.

Verjährt. Alte Geschichten. Schnee von gestern. Inzwischen war Kläuschen mit seinen elf Lenzen zum Glück kein Dummerjan mehr, der den vierzehnjährigen Bruder bei einem verzapften Blödsinn selbstredend verpfiff, im Gegenteil, es gab sogar Fälle, da deckte er ihn, nahm Schuld auf sich, damit der Kelch an Simon vorbeiginge, denn ihn, den Folgsamen, dem beim kleinsten Anranzer gleich die Tränen in Sturzbächen herausschossen, schonten die Eltern, legten sehr milde Maßstäbe an.

Kläuschen wandte sich nun mit leiser, beinahe flüsternder Stimme an seinen Bruder: „War doch schön, Simon. Mir hat's gefallen. Du kannst das gut. Und hör auf, dich zu ärgern."

Karin Pissarenkow hatte ihre Söhne aufmerksam im Blick. Und Kläuschens Worte waren ihr nicht entgangen. Das Verkniffene ihres dünn gezogenen Munds wich dem Anflug eines versöhnlichen, seichten Augenaufschlags. Nun hielt sie ihre Sternstunde für gekommen. Abrupt erhob sie sich vom Platz, gab kurz mit dem Löffel ihrem Glas jenen Klang und wartete ab, bis es ganz still war und alle gespannt zu ihr aufsahen; dann setzte sie dort ein, wo Simon mit „FAUST" ins Stocken geraten war und deklamierte voller Pathos:

„Ist es der S i n n, der alles wirkt und schafft?

Es sollte stehn: Im Anfang war die K r a f t!

Doch, auch indem ich dieses niederschreibe,

Schon warnt mich was, dass ich dabei nicht bleibe.
Mir hilft der Geist! Auf einmal seh ich Rat,
Und schreib getrost: Am Anfang war die T a t!"

Sie blieb noch ein Weilchen stehen, sah Beifall erheischend von einem zum anderen, bis auch das letzte Klatschen abgeebbt war; dann war sie wie ausgewechselt und guter Dinge und spielte nicht mehr so offensichtlich die beleidigte Leberwurst.

Aber unwillkürlich ergriffen Simon Gefühle von Schuld. Und fortwährend beschäftigte ihn nun der Gedanke, wie er es am besten anstellen könnte, die Scharte auszuwetzen. Ihm lag sehr daran, alles zu tun, was seiner Mutter mehr Geltung verschaffte und ihrem Ansehen durch ihn nicht schade, ja er sehnte sich förmlich danach, dass sie wieder gut war und verträglich mit ihm umging.

ZWEITES KAPITEL

In den ersten quälenden Schuljahren hatte es oft Tage gebraucht, ehe sie nach einer Schlappe mit ihm die Verärgerung losließ und ihre Laune sich besserte. Es war die Schattenhand, die ihn zunächst in beklemmender Weise seine Schuld spüren ließ. Nichts fürchtete Simon so sehr bei den Hausaufgaben am Tisch, wie diese dünn-knochige, locker sitzende Hand, die er seitlich hinter sich wusste und von der er nur einen vagen Schatten gewahrte, bevor sie in selber Sekunde schmerzhaft und kurz seinen Hinterkopf traf. Sie ertrug keine Geduld. Der Schreck war gewaltig, den jeder unerwartete Schlag in ihm auslöste. Und er zuckte zusammen beim Ton ihrer schneidend schrillen Stimme, die hinterrücks ausstieß: „Schreib schon! Schreib endlich! Falsch, falsch!! Konzentriere dich, Idiot. Schreib …!" Aber die Unkonzentriertheit erfasste ihn immer stärker, noch gröbere Fehler stellten sich ein, schließlich konnte er gar nicht mehr denken, er befand sich in einem Zustand fast völliger Starre. Das brachte seine Mutter nur noch mehr gegen ihn auf. Und sie schrie: „Wie schreibst du denn? Hornochse! Guck mal, wie du schreibst! Mir mit i e, nämlich mit h. Ich fasse es nicht! Sag mal, bist du wirklich so dämlich oder tust du bloß so?!"

Nur sein stilles, halb um Entschuldigung bittendes Weinen für seine Schwäche schien einen kleinen Eindruck bei ihr zu erwecken, rasch aber verfiel sie wieder in ihren alten teutonischen Stil und versetzte schroff: „Hör auf zu plärren! Und spiele nicht den Märtyrer ...!"

Im Stillen fürchtete Simon tatsächlich, dass er von mangelnder Auffassungsgabe war, eben geistig zu dumm, um schulisch das leisten zu können, was der Lehrkörper für jeden in seiner Altersstufe als zumutbar ansah und daher meinte, auch von ihm ebenjene Leistung locker abverlangen zu können. Aber was sollte er tun angesichts einer Diktatur der Diktate, deren Regeln er nicht verstand? Wie sich wehren gegen den ständigen Vorbehalt, alles Geschriebene sei ein Unding aus strotzenden Fehlern...? Und Mathe? Die Bloßstellung für ihn überhaupt. Die Tafel dort vorne, ein Pranger. Wo soll das nur hinführen, dachte er manchmal bekümmert und in der leisen Hoffnung, dass gewiss noch viel Zeit vor ihm liege und bestimmt Rat kommen werde.

„So kann ja nichts aus dir werden!", versetzte sein Vater eines Abends, als er im Stockdunkeln des Zimmers lautlos ans Bett seines zehnjährigen Sohnes trat und mit Baritonstimme sprach: „Wenn du nichts lernst und weiterhin nur Vieren und Fünfen nach Hause bringst, sehe ich schwarz. Und du kannst dir an allen fünf Fingern abzählen, was dann für dich bleibt. Bestenfalls Möbelpacker, dafür reicht es vielleicht. Das halte dir immer vor Augen ... Hier nebenan, zwei Querstraßen weiter, bei *SCHÜTT & AHRENS*. Du kennst doch die Bude."

Schweigen trat ein und sein Vater entfernte sich wieder. Simon brach in Tränen aus. Was, Möbelpacker? Solch eine Arbeit war nicht minder erniedrigend, wie die Straße zu kehren, von früh bis spät Fenster zu putzen oder gar den Müll anderer Leute vorm Haus wegzukarren. Jede schlechte

Zensur drückte ihm ebenso aufs Gemüt wie der ohnmächtige Gedanke, eine Art göttliche Vorsehung habe womöglich schon über seine Zukunft entschieden und ihn dazu bestimmt, später, wenn er ins Berufsleben trete, nur schwere und eintönige manuelle Arbeiten ver-richten zu lassen, die zudem noch so schlecht entlohnt würden, dass er buchstäblich von der Hand in den Mund leben müsse. Aber was tun? Bald sah er ein, dass es dagegen keine echte Soforthilfe gab, zumal der Verdacht nahe lag, dass sich durch mangelnde Gaben bei ihm wohl das Blatt nicht groß wenden werde. So ließ er sich treiben in seinen verdrehten, unklaren Vorstellungen, wie er die Dinge künftig bewerkstelligen sollte, war mal auftrumpfend, mal wieder apathisch und erkannte allmählich, dass ihm die Zeit nach der Schule mit ihren tausend Zerstreuungen, wenn auch nicht die große Erfüllung, so doch zumindest Erleichterung brachte. Und immer noch glomm die Hoffnung eines geistigen Umschwungs in ihm, eines grundlegenden Wandels, den er gewiss bald durchmachen werde.

Eine willkommene Ablenkung im schnöden Schulalltag waren die Mädchen.

Mit zehn Jahren umschwärmte Simon eine Mitschülerin namens Roswitha Gantke. Sie war gar nicht mal besonders hübsch, hatte infolge ihrer Pusteln sogar einen ziemlich unreinen Teint, gefiel ihm aber im Vergleich zu den anderen Mädchen, die weder so niedliche Ohrringe besaßen, noch im mindesten an Roswithas schicke Garderobe herankamen, am besten.

Roswitha war eine strebsame Schülerin, der niemand in der Klasse das Wasser reichen konnte. Simon bewunderte sie. Wenn Frau Schneweding die Diktate zurückgab, hatte Roswitha fast immer mit sehr gut abgeschnitten, während er sich nur schlechte Noten einhandelte.

„Lauter Flüchtigkeitsfehler, Simon, reiß dich künftig mehr am Riemen und sei nicht so schusselig!", kommentierte die Lehrerin das Resultat kopfschüttelnd, indem sie vor der Klasse betont langsam in seinem Heft herumblätterte. Es kränkte ihn tief, wie Frau Schneweding zu einer derartig simplen Beurteilung seiner Unfertigkeiten kommen konnte, schwieg aber lieber, aus Angst, die Schmach vor den Mädchen könnte noch größer werden, wenn er gestehen würde, dass er in Rechtschreibung einfach vernagelt war und auch das Üben zu Hause bisher wenig gefruchtet hatte.

Seine unbefriedigenden Lernergebnisse in einigen Fächern waren letztlich auch der Grund, warum er sich nicht traute, seinem heimlichen Schwarm näherzukommen, stattdessen verstimmt zusah, wie Musterschüler Gernot Blankenburg aus der Parallelklasse ihr fortwährend nachstellte und sie mit allerhand albernen Späßen und Neckereien in einer Art zu erheitern verstand, dass sie sich geradezu bog vor Lachen. Keck durfte ihr Gernot sogar in den Pausen den Arm um die Schulter legen. Und eines Tages erblickte Simon voller Verdrossenheit beide Hand in Hand auf dem Schulweg.

Obgleich Simon sich nicht mehr viel ausrechnete, ging ihm die kleine Gantke nicht aus dem Kopf. In seiner kindlich, dümmlichen Verliebtheit sann er über Wege nach, wenigstens ein bisschen von der Aufmerksamkeit des Mädchens abzubekommen, welche sie anderen Jungens schenkte. Seine Hartnäckigkeit brachte ihn schließlich auf die Idee, ihr irgendwo alleine zu begegnen und alles wie ein rein zufälliges Zusammentreffen aussehen zu lassen.

Roswithas Zuhause lag im Damaschkeweg, kaum zehn Minuten vom Heydemann-Ring entfernt. Es war sehr warm an jenem Sonntagnachmittag, gerade passend für sein Unternehmen, und so ging er schnellen, festen Schrittes dorthin, wo er sie vielleicht zu Gesicht bekäme. Wie ein Forscher umrundete Simon das zweigeschossige Reihenhaus, in dessen mittlerem Teil, der Nummer 7, Roswitha mit ihren Eltern wohnte. Was für eine schöne Umgebung, dachte er. Die Blumen in den kleinen Vorgärten dufteten. Auf kleinen Teichen, welche künstlich angelegt waren, paddelten lustig die Entchen. So ging er still und geduldig und sah alles mit tiefem Staunen, zog seine Kreise nun enger und enger, spähte prüfend nach der verlockenden Tür, an der er unauffällig immer wieder vorbeistrich. Nichts regte sich. Gehörig viel Zeit ging ins Land. Die Tür blieb zu. Aber irgendwann im Leben musste sie sich ja öffnen. Zwangsläufig. Und dann würde sein Stern plötzlich erscheinen. Aber ein Leben konnte sehr lang sein. Schließlich ging ihm durch den Kopf, ob es nicht ein nächster mutiger Schritt sei, einfach zu klingeln. Und er wunderte sich, warum ihm dieser Gedanken nicht schon eher gekommen war. Noch fast eine ganze Stunde harrte er aus, dann begab er sich mit stark klopfendem Herzen hinüber zur Tür, blickte sich um. Da ihn niemand bemerkte, überflog er die Namen und flüsterte: „Gantke, hier." Hastig und kurz drückte er auf den Knopf, und als habe er im selben Moment einen inneren Schlag erhalten, sprang er sofort wieder los, spurtete was das Zeug hielt, ohne sich umzudrehen, lief, lief bis ihm die nächste Hausecke den nötigen Schutz bot. So versteckt ließ er weitere Minuten verstreichen, bis er sich zitternd vor Aufregung endlich traute, mit halbem Auge ums Gemäuer zu schielen. Ein Reinfall. Alles war unverändert. Keinerlei Reaktion erkennbar. Also niemand zu Haus? Merklich ernüchtert wanderte er weiter in der Gegend umher, ohne sich aber mit dem Gedanken zu tragen, den Plan fallen zu lassen. Alle Geduld war noch nicht verloren. Wo sie nur steckt? Er hatte sich die Frage kaum vorgelegt, da erblickte er von weitem Roswitha. Ja, sie war es, ganz zweifellos, und sie schlenderte direkt auf ihn zu. Das Herz schlug ihm bis zum Hals. „Du kannst noch umkehren", flüsterte eine Stimme, „sie hat dich bestimmt noch gar nicht bemerkt."

„Nein", murmelte er. „Kein Rückzieher." Und entschlossen, in unvermindertem Tempo marschierte er ihr entgegen. Als es beinahe geschafft war, und er schon sein bestes Lächeln aufgelegt hatte, wechselte sie unvermittelt die Straßenseite, legte sogar noch einen Schritt zu. Er hätte schwören können, dass es seinetwegen geschah. Und sie sah auch bewusst von ihm weg.

Simon eilte dem Mädchen nach, hatte die Kleine auch im Nu eingeholt, ging schließlich auf gleicher Höhe mit ihr. Sie sah ihn nicht an. Sein Herz klopfte noch intensiver. So liefen sie etliche Meter nebeneinander her, und obwohl Schweigen herrschte, schöpfte er für einen kurzen Moment neue Hoffnung: Ach, was würde er darum geben, mit ihr plaudernd und schwatzend in der Gegend umherziehen zu dürfen. Nein, Händchen halten, das rechnete er sich nicht aus, das wäre der Ehre zu viel, womit hätte er es auch verdient. Sie blieb schlagartig stehen, sah verächtlich an ihm hoch. Und obwohl Roswitha erst zehn war, leuchteten ihre Lippen in knalligstem Rot. „Was machst du denn hier, Pissarenkow?", warf sie ihm an den Kopf, indem sie mit Wonne seinen Nachnamen benutzte.

„Nichts", entgegnete er leise. „Spazieren gehen, wie du."

Roswithas unverhoffte Attacke schüchterte ihn im Handumdrehen ein; er kam sich klein und verloren vor und noch geringer als im Unterricht, wo er zwei Bankreihen schräg hinter ihr saß.

„Haben wir für morgen was auf?", lenkte sie scheinheilig ab. Und Simon dachte. Sie weiß doch genau, dass wir was aufhaben, sie tut nur so, als ob es ihr nebensächlich ist mit den Schularbeiten, damit alle denken sollen, sie schüttelt es nur so aus dem Ärmel; in Wahrheit büffelt sie bestimmt wie ein Ochse.

„Ja, in Mathe, aber nicht viel", gab er kleinlaut zurück. Was ist nur anders an mir als an Gernot Blankenburg, überlegte er trübsinnig, dass ich so hässlich behandelt werde? Und obwohl er genau spürte, dass sich sein Traum von einem netten, fröhlichen Zusammensein mit Roswitha bereits in Nichts auflöste, nahm er seinen ganzen Mut zusammen und fragte, ohne ihr dabei ins Gesicht zu sehen: „Wenn du Zeit hast, könnten wir ein Stück laufen, ich zeig dir auch meinen Garten, ist nicht weit."

„Ihr habt einen Garten?", fragte sie kühl, doch mit einem gewissen Interesse im Tonfall. „Wo soll denn das sein?"

„Och", sagte Simon spitzbübisch, „dort hinten müssen wir lang, dann noch ein Stück am alten Müllberg vorbei." Und er zeigte in eine unbestimmte Richtung.

„Du willst mich bloß anführen, Pissarenkow, sei ehrlich?", forderte sie ihn heraus. „Du hast überhaupt keinen Garten."

„Darauf können wir wetten!", eiferte sich Simon. Er hatte es in einer

Art ausgestoßen, die sie verwirrte. Und sie lenkte ein. „Na gut, wenn es schnell geht. Aber unterstehe dich, mich anzulügen, dann kriegst du es mit meinem Vater zu tun."

Allein die Vorstellung, dieser doofe Bengel könnte ausnahmsweise mal nicht spinnen, machte Roswitha ganz kribbelig. Und wenn schon, suchte sie innerlich abzuwiegeln. Es wird ein Stück Wiese sein, eine dürftige Parzelle, noch aus Ostzeiten, so ein wildes Pachtstück, nichts Eigenes.

Simons sogenannter Garten lag am Rande von Strahlow, fast im Ländlichen, in einem Gebiet quasi, dass in den neunzehnhundertfünfziger Jahren recht schonend bebaut worden war und gerade deshalb einige typische Merkmale aufwies, die sich gut einprägen ließen. Da war der Würfel des ehemaligen Konsums an der Ecke zur Kupfermühle, der noch bis zur Wende die kleine Siedlung mitversorgt hatte und nun „SCHLECKER" hieß, und die lang gestreckte Viehhalle, die immer mal von sich reden machte, wenn wieder ein Schwein oder eine Kuh ausgebüxt war, verfolgt von ihren Metzgern und einer grölenden, hinterherjagenden Horde aus Kindern und Jugendlichen, die das arme Geschöpf durch den halben Ort hetzten, ehe es in den Fängen der Schlachter beinahe zusammenbrach vor Erschöpfung.

Dann existierte noch das beliebte Gelände der Höfe, auf denen sich im Laufe der Jahre Dutzende von diesen unförmigen Bretterschuppen breit gemacht hatten, die keiner abzureißen wagte. Schief und krumm waren sie der Behörde ein Dorn im Auge, aber die Kinder freuten sich über jede zusätzliche Idee zum Verstecken oder prahlten mit ihren gewagten Kletterkünsten vor den anderen.

Panke, ein Kinderfeind, der im Aufstellen solcher Krambuden neurotisch den ersten Platz einnahm, vernagelte schließlich wütend und voller Neid seine hässlich geteerten Hütten allseitig mit Stacheldraht und versohlte jeden, den er beim Herumturnen am Hosenbund zu fassen kriegte, einmal auch ganz anständig Simon. Zusätzlich kreuzte er dann abends noch bei dessen Eltern auf, schnurrbärtig und finster. Und es gab abermals langen Hafer.

Panke fand in der Schuppen-Ära viele Nacheiferer, und so entstand allmählich ein Bild, welches ein wenig an den Stil von Hundertwasser erinnerte. Unweit davon lag der dürftige Sportplatz, an dessen Rändern ein paar schäbige Bänke auf Zuschauer warteten. Leute lehnten über einem halb verrosteten Geländer und starrten auf den ungepflegten Rasen des Spielfeldes. Aus Langeweile war Simon bisher nur ein einziges Mal dort hingekommen, zu irgendeinem drittklassigen Fußballturnier, bei dem sich der Ball mehr im Aus als auf dem Spielfeld befunden hatte.

Das Pflaster der Vorstadt machte urplötzlich halt vor saftigen Wiesen, die nach Süden hin allmählich in eine kühne, trotzig dahin wuchernde Vegetation aus wildem Buschwerk und Gras übergingen. Die einzig geduldete Straße, ein buckliger, mit Betonplatten befestigter Sandweg, auf dem die Müllfahrzeuge seit eh und je behäbig zur alten Deponie schaukelten, führte dort entlang, ansonsten gab es nur Pfade, die kaum ein Mensch betrat und die sich verlockend im Unwegsamen des Geländes verloren.

Einen dieser verworrenen Pfade wählte Simon jetzt aus, gefolgt von Roswitha, die alle naselang stehen blieb und ihn gereizt anfuhr. „Halt mal an! Nun warte doch endlich, du Doofer, wo rennst du überhaupt hin?" Völlig aufgelöst und unsicher stakste Roswitha mit nackten Beinen durchs Gras, und es schien ihr, als ob das Gekraute, das queckig verschlingende Grün bei jedem Schritt immer dreister und wilder an ihr hoch wucherte. Und ehe sie sich versah, reichte ihr das Gewusel hinauf bis zu den Hüften: „Iiih, iiih!", wallte es angstbiesterisch in ihr auf, als plötzlich überall diese tückischen Tierchen umherschwirrten, ihre Haut besetzten und sie piesackten. An Rock und T-Shirt hingen außerdem Batzen von Kletten.

„Was ist denn Schlimmes passiert?" Simon drehte sich um.

„Das fragst du noch, du Doofer. Siehst du nicht, wie ich aussehe? Und du bist an allem Schuld. Keinen Schritt mache ich mehr, wenn du nicht sofort sagst, wo wir hingehen! Oder ist das etwa dein blöder Garten?"

Ein leichter Wind wehte, und das tat gut bei der Hitze. „He, guck mal, dort oben", rief Simon um Zeit zu gewinnen, blieb stehen und deutete in die Kronen einer kleinen Baumgruppe, deren Wipfel sich ungleichmäßig mal in diese mal in jene Richtung bewegten.

„Ja und, was soll da sein?" Sie warf einen entnervten Blick in die besagte Richtung.

„Sieht aus, als ob sich die Bäume etwas erzählen", erklärte Simon. „Ich hab mal gehört, dass Pflanzen, wenn man sie bespricht, besser wachsen."

„Wo hast du denn den Quatsch her, Pissarenkow?"

Ihre Anrede, die sich noch zynischer und kälter in sein Herz bohrte als bisher, verbitterte ihn. Und zugleich machte ihn der Gedanke abermals ziemlich traurig, dass er sie nicht gewinnen konnte, und sehr zurückhaltend fragte er deshalb: „Wieso sprichst du mich eigentlich andauernd mit dem Nachnamen an, Roswitha? Ich sage doch auch nicht Gantke zu dir."

„Höhöhö! Bist du jetzt sauer, oder was?", reagierte sie sofort abschwächend, um sich vom Vorwurf der Arroganz zu befreien. „Das war doch nicht so gemeint. Hast du mich etwa hierhergeführt, um mit mir darüber zu streiten?"

„Gewiss nicht", erklärte er rasch und setzte betrübt hinzu. „Komm, wir müssen dort durch den Busch, dann ist es nur noch ein Stück."

Obwohl dem Mädchen inzwischen das Gras bis fast zu den Schultern reichte und sie sich ständig überall kratzte, stapfte sie jetzt zügiger, beinahe willfährig hinter ihm her.

„Die ganze Klasse nennt dich doch Pissarenkow", knüpfte sie an das Thema wieder an. „Du tust bald so, als ob ich die Einzige bin", suchte Roswitha beharrlich nach Ausflüchten. Aber in Wahrheit steckte hinter ihrem Benehmen, ihrer groben Art zu ihm, ein simpler Vergleich mit anderen Jungen, der ihr jetzt wieder überdeutlich vor Augen stand. Denn wer war er schon, dass man noch lieb und nett mit ihm umgehen sollte? Ein Bengel, der nichts als Flausen im Kopf hatte, im Unterricht schlief und sich dann wunderte, wenn er die Klassenarbeiten verhaute.

Gernot dagegen, oh ja, Gernot stand in der Beliebtheitsskala ganz oben, der schrieb nur Einsen, ein richtiges Ass im Sport, der machte Eindruck auf sie, und zudem war er noch hübsch.

Vor einem Wäldchen hoher Kiefern hielt Simon unversehens an. „Keine Angst, es wird nur ein bisschen dunkel, aber wir haben es gleich geschafft."

Er teilte die Zweige, und im Nu tauchten sie in das hohe, kühle Gewölbe eines schmalen Waldgürtels. Im Innern hingen die Zweige nicht tief, waren zum großen Teil brüchig und längst abgestorben, nur in den Wipfeln sorgte der letzte Lebenssaft für ein kräftiges Grün. Ihre Stämme standen so brav und dicht wie Soldaten vor der Schlacht. Mit jedem Schritt knisterte und knackte das Reisig. Je weiter sie vordrangen, umso unansehnlicher wurde der Wald. Blaue Säcke kamen zum Vorschein, zum Teil aufgeplatzte, die einen Unrat freilegten, dessen einstige Verwendung schwer zu erkennen war. Und ein Geruch kalter Asche wehte herüber.

„Was hier so stinkt, kommt vom Müllberg", erklärte Simon nüchtern und blieb eine Sekunde stehen.

„Du bist ja bescheuert!", fuhr ihn Roswitha grob an, in dem sie spöttisch auflachte. „Erst spinnst du, ich darf deinen Garten sehen und dann trampeln wir zu guter Letzt in lauter Müll herum! Du bist ein Schwindler, gib`s doch zu!"

„Nein, nein das stimmt nicht", beteuerte Simon nachdrücklich. „Warts nur ab, gleich kommt die Lichtung. Dort ist es."

„Das erzählst du schon die ganze Zeit".

Aber noch bevor Roswitha ihre Erregung weiter steigern konnte, endete das Waldstück. Dann kam die Lichtung. Sie glaubte zu träumen. Losgelöst von den Stellen übelster Verwahrlosung, wogte vor ihren Augen ein Feld aus zartestem Rot.

Klatschmohn. Kein Zweifel, die blauen Tupfer dazwischen waren Kornblumen. Auch Bartnelken erblickte sie und andere zierliche Blüten und Gräser, deren Namen sie nicht kannte. „Oh, wie schön!", rief sie spontan. Und fast wäre sie angesichts der unerwarteten Pracht versucht gewesen, sich mit Simon wieder gut zu stellen, ihm gar zu schmeicheln. Aber sogleich verdüsterte sich ihr Gesicht wieder und sie spitzte herausfordernd den Mund. „Nun pflücke mir doch mal aus deinem Garten einen Strauß mit Mohnblumen, du Gescheiter", bat sie ihn listig.

Er tat verlegen, zögerte und überlegte, ob sie es wirklich ehrlich meinte. Für seinen Schwarm Blumen pflücken, welch beglückende Herausforderung. Sowas hatte Gernot Blankenburg bestimmt nicht drauf. Simon war ganz aufgewühlt vor innerer Freude, dass sie ein solches Geschenk von ihm annehmen würde und ging flugs daran, nach den schönsten der roten Exemplare Ausschau zu halten. Die Stiele des Mohns ließen sich zwar knicken, aber nicht brechen, waren sehnig und fest wie Schnüre. Er zerrte nun daran, ruckartig, mit allen Fingern der rechten, mit der Faust, aber das Reißen hatte zur Folge, dass sich ein Blütenblatt nach dem anderen löste, bis er nur noch die Stiele, die nackten Stiele in der Hand hielt. Seine Ungeschicklichkeit versetzte ihm einen Stich, und verstört wandte er sich zu ihr um. Ach entschuldige, tut mir leid, wie dumm von mir, wollte seine Miene sagen. Weshalb bloß, marterte ihn plötzlich die Frage, wie es mit Mohnblumen funktioniert?

Roswitha schwieg zunächst. Wohlbedacht kostete sie seine Verlegenheit aus. Das kleine Biest schnalzte mit der Zunge. In ihren großen Augen, den runden graublauen Pupillen, die er sonst immer so süß fand, so niedlich, funkelte es spöttisch, hämisch, frohlockend. „Da haben wir's, mein Lieber", platzte sie geradewegs heraus, „selbst zum Blumenpflücken reicht's nicht bei dir. Und weißt du auch warum? Weil das hier überhaupt kein Garten ist, sondern ein normales Feld, was weder dir noch deinen Eltern gehört. Aber du Oberschlauer hast gedacht, ich krieg das nicht mit." Ihr überraschender Angriff machte ihn äußerst betroffen. Völlig niedergeschlagen verschlug es ihm im ersten Moment die Sprache, er war wie gelähmt. Doch sie hatte es zu weit getrieben. Nicht nur Traurigkeit, wie sonst, überfiel ihn und bestimmte seine Gemütsverfassung, sondern auch Wut und pure Verachtung. Die Kränkung saß tief, tief wie ein Dorn in seiner kleinen Seele. Was war diese Gantke nur für ein elendes Miststück. Und wie ein schwer verwundetes Tier sprang er ein Stück auf sie zu, sodass sie vor lauter Schreck kreischend zurückwich. „Du dummes Ding!", schrie er zornig und war selbst erstaunt, wie leicht der Ausbruch über seine Lippen schäumte. „Was denkst du, wer du bist, dass du so fies sein darfst!? Weil dein Vater Doktor ist, und ihr in einem feinen Haus wohnt? Du bist mir zu doof! Sieh doch selbst zu, wie du von hier wegkommst!" Und im selben Atemzug rannte er los, rannte querfeldein, rannte sehr schnell, genau wie vorhin im Damaschkeweg. Und er hörte ihr Hecheln, spürte, dass sie aufgeregt hinter ihm herhastete, aus Furcht, den richtigen Weg nicht alleine finden zu können.

Du elendes Aas, dachte er immer nur, na warte. Und er beschleunigte das Tempo noch, unbeeindruckt von den trotzig weinerlichen Wimmerrufen, die sie ihm nachjagte. „Bleib stehn, bleib sofort stehn, Pissarenkow!", drangen ihre Befehle an sein Ohr. „Ich sag es meinem Vater, ein blaues Wunder kannst du erleben!"

Der Einfall, der ihn beim Laufen wie ein Blitz traf, war gruselig; ein wenig erschauderte er ihn sogar selbst, wenn er sich vorstellte, wie entsetzt sie sein könnte. Aber es musste sein, dass er die Idee unverzüglich in die Tat umsetzte. Diese Gemeine hatte den Schreck verdient. Also zauderte er keine Sekunde. Er zog zum Schein noch ein paar Kurven, wetzte wie der Teufel im Zickzack, wurde dann langsamer. Und er musste einige Male innerlich grinsen, wie unbeholfen sie hinter ihm her stolperte, ab und zu hinfiel, sich zerschürft wieder aufraffte und wütend Rotz und Wasser heulte. Es tat ihm nicht leid, sollte sich das hochnäsige Biest doch ruhig Schrammen und Brüschen holen, Hauptsache es war ihm gelungen, Roswitha jetzt erfolgreich hierher zu der makabren Stelle am alten Müllberg zu lotsen. Er bremste abrupt seinen Lauf und zeigte vor sich auf die Erde. „Na, wie findest du die beiden?"

Roswitha erbleichte. Sie japste nach Luft. Sie war so erschrocken, dass er dachte, ihr Herz bliebe jeden Moment stehen. Ihr Aufschrei war kurz, aber so durchdringend schrill, dass ein Schwarm krächzender Vögel aufgescheucht in die Lüfte abhob.

Das Tier, welches entsorgt zwischen lauter Gerümpel lag, hatte große Ähnlichkeit mit jenen Katzen, wie sie überall zu Dutzenden im Gebiet umherstreunten. Ihr Kadaver war platt wie ein Teppich, und die Zunge hing lappig aus ihrem Mäulchen.

Es sah nach einem schnellen Überfahrtod aus. In den offenen Augen lag noch das erstarrte Bild der letzten Lebenssekunden. Gleiches Schicksal ereilt hatte wohl den jungen Köter, dessen verendeter Körper genau danebenlag, ein zotteliges, hässlich armseliges Exemplar, von monströser Herkunft. Bei Letzterem traten die Gedärme aus, so als ob die Einwirkung brutaler Neugierde mit im Spiel gewesen wäre. Außer Mücken und Fliegen hatte Roswitha noch nie tote Tiere ansehen müssen, erst recht nicht von Nahem, und so grausig zugerichtet.

Nach ihrem Angstschrei sah sie angewidert weg. Und der Gedanke hielt sie gepackt, dass sie abhauen, ja schnell von hier fortkommen musste, weit weg von diesem Verrückten, der zu wer weiß was noch alles im Stande war. War dieser Pissarenkow krank im Kopf, bekloppt, total durchgeknallt? Natürlich, sie begriff langsam, der Garten war nur ein billiger Trick. Von Anfang an hatte der blöde Bengel geplant, sie hierher zu locken, um sie in Angst und Schrecken zu versetzen. Wie konnte er sich unterstehen, ihr das zuzumuten? Ja, wie konnte er sich bloß erdreisten? Etwa, weil er in der Schule nicht mithalten konnte, und es ihn neidvoll quälte, wie sehr sie ihm geistig überlegen war, und er deshalb auf eine so primitive Art nach Aufmerksamkeit suchte? Ungeheuerlich, wenn es stimmte. Dann war er schuld, wenn sie jetzt immer Alpträume bekam und ihre Seele fortan leiden musste.

Sie rannte kopflos in etwa die Richtung, aus der sie gekommen waren. Gleichgültig sah Simon ihr nach. Dann schlug er einen anderen Weg ein. Es kümmerte ihn nicht im Geringsten, ob sie unbeschadet nach Hause gelangen würde oder nicht.

DRITTES KAPITEL

Der kurzen Episode mit seinem einstigen Schwarm, Roswitha Gantke, folgte für Simon eines der vielen Nachspiele, wie er sie inzwischen nach allem, was er so an Dummheiten anstellte, zur Genüge kannte; Nachspiele, von äußerst unangenehmer, beklemmender, ja regelrecht folternder Art für die Seele. Auf einen Nenner gebracht, ließen sich all diese erlebten Nachspiele in einem Begriff zusammenfassen: Beschwerde.

Das Sichbeschweren macht dem Menschen Luft. Es gibt Leute, die sich aus Zeitvertreib den lieben langen Tag über alles beschweren, was ihnen nicht in den Kram passt. Meistens sind es Lappalien, ganz nichtige Dinge, die gar nicht der Rede wert sind. Simon hatte das Pech, dass seine Dummheiten, oder sagen wir besser seine Missgeschicke, in den Augen der Betroffenen natürlich alles andere als Kleinigkeiten waren und daher selbstverständlich unter die Kategorie der berechtigten Beschwerde fielen.

Am schrecklichsten waren die Abende, die stillen, dämmrigen Abende, wo nach gewissen Taten, damit zu rechnen war, dass jeden Augenblick das fürchterliche, durch Mark und Bein gehende schrille Sturmklingeln an der Wohnungstür einsetzte, ausgelöst durch den Menschen, der dort hinter der pappigen Tür in Hut und Mantel aufgeheizt danach fieberte, seine donnernde Beschwerde über Simon loszulassen.

Es kam vor, dass Simon schon im Bett lag, wenn das gefürchtete Klingeln zu später Stunde ertönte. Dann zog er sich automatisch die Bettdecke weit über den Kopf und versuchte sich schlafend zu stellen.

„Ach, guten Abend Herr Treffkorn", vernahm er die überfreundlich zirpende Stimme seiner Mutter. Herr Treffkorn war zu DDR-Zeiten als Volkspolizist der sogenannte Abschnitts-Bevollmächtigte gewesen und sofort nach der Wende in den Dienst der Wache im gleichen Revier übernommen worden. Treffkorn hatte sich dem Habitus nach nicht verändert. Kleinwüchsig, lauter Gesichtswarzen, wichtigtuerisch, mit furchtbar schlechter Aus-sprache. Simon war damals acht oder neun Jahre alt.

„Es gibt Beschwerden über Ihren Sohn", bekam er noch mit, dann schloss sich die Tür zur Wohnstube. Zehn Minuten später, er lag immer noch zusammengekauert unter der Bettdecke, flog die Schlafzimmertür auf. Seine Bettdecke wurde ihm weggerissen, und es gab eine ordentliche Tracht Prügel.

Zum Zwecke der Züchtigung benutzte seine Mutter selten die bloße Hand, meistens nahm sie den Handfeger, die Teppichbürste oder eine von den schnell greifbaren Holzkellen aus der Küche. Was hatte er verbockt? Die Mieterin Kramer aus dem vierten Stock im schräg gegenüber-liegenden Block hatte Anzeige erstattet, weil Simon einen Rufmord an ihr begangen hatte. Laut und mehrfach hintereinander soll er ihr, als sie gerade dabei gewesen sei, emsig die Fenster zu putzen, vom Hof aus hämisch den Ausdruck „Bettenklauerin" zugerufen haben.

Irgendwo hatte Simon aufgeschnappt, dass die Kramer mal im Knast war, unter anderem, wie es hieß, wegen Diebstahls von Bettwäsche auf Trockenplätzen im Freien. Er konnte die Kramer nicht leiden. Von wegen Fenster putzen. Neugierig hing die Alte von früh bis spät über der Fensterbank, Leute begaffend, um bei nächstbester Gelegenheit mit der Sudikatius eine Treppe tiefer etwas zum Tratschen zu haben.

Laut Treffkorn trug Simon daran Schuld, dass Frau Kramer einen Nervenzusammenbruch erlitt und sich in ärztliche Obhut hatte begeben müssen. Die Mindestforderung an ihn konnte also nur lauten: Simon hatte sich bei Frau Kramer in aller Form zu entschuldigen. Das sah er als einen schweren Gang. „Was soll ich denn sagen ... Was soll ich denn sagen?", stammelte er unentwegt und schob die Ausführung vor sich her.

„Nu stell dich mal nicht so an", bemerkte Oma Christ nachdrücklich; alsdann erschien ein kleines sanftmütiges Lächeln in ihren Augen, und sie ließ eine Weile den Blick auf dem Enkelsohn ruhen.

Nach dem Tod ihres Mannes war Martha mit in die neue Wohnung zu ihrer Tochter Karin und deren Mann Walter gezogen. Sie galt als der begütigende Teil der Familie, der, wenn es irgend ging, zu schlichten suchte. „Pass auf, Simon", sagte sie. „Du gehst hoch, klingelst, und wenn Frau Kramer öffnet, sagst du einfach: Ich möchte mich bei Ihnen entschuldigen, Frau Kramer, und ich verspreche, dass so etwas nie wieder vorkommt. Das ist doch ganz einfach, das wirst du dir doch hoffentlich merken können." Endlich rang sich Simon zu dem Schritt durch. Er wollte es besonders gut machen und hatte heimlich an seinem Auftritt geübt.

Heute nun war es so weit, er ging über den riesigen quadratischen Hof, zügig und forsch, er wollte alles rasch hinter sich bringen. Schon stand er an der Treppe, die zur Wohnung der Kramer hinaufführte. Er holte kaum Atem und begann schnell, aber leise, die Treppe mit großen Schritten hinaufzusteigen, nahm dabei meistens zwei Stufen auf einmal. Er musste an etlichen Türen vorbei und hatte Glück, niemand, der ihm womöglich Fragen gestellt hätte, trat in den Flur. Ungehindert gelangte er in die Vierte. KRAMER stand in großen Buchstaben auf dem Schild an der Klingel. Ob sie da ist? Vielleicht ja nicht. Dann kann ich es verschieben.

Er verhielt sich ganz still, horchte an der Wohnungstür. Dumpfe Geräusche. Sein Herz pochte laut. Verdammt, sie ist da!

Er nahm all seinen Mut zusammen, und ohne noch einmal zu überlegen, drückte er auf den Knopf. Die Tür wurde fast im selben Moment geradezu sperrangelweit aufgerissen, so dass ihm sowieso keine Gelegenheit mehr geblieben wäre, unbemerkt aus dem Haus zu entwischen. Groß und in überaus lockerer Haltung stand die Kramer vor ihm. „Entschuldigen Sie, Frau Kramer", setzte er an und gewahrte sogleich einen sich aufhellenden Ausdruck in ihrem spröden Gesicht, was ihm ungemein Mut machte. Doch dann das Malheur. „Ich verspreche Ihnen", sprach er aufgeregt weiter, „dass ich Sie nie wieder als ‚Bettenklauerin' beschimpfen werde." Die Miene der Kramer verfinsterte sich wie vor einem Wolkenbruch. Dann schlug sie ihm kraftvoll die Tür vor der Nase zu.

Ein nicht minder ernster, eher noch ärgerer Fall von Beschwerde ereignete sich fünf Wochen später, als Simon mit Großvaters Gehstock, den Oma Christ seit Philipps Tod vor zehn Jahren sorgsam in ihrer alten Kommode verwahrte, übermütig loszog und wie ein Dandy damit durchs Wohnviertel stolzierte. Bei seinem Gang schwang er unaufhörlich den Stock, so dass die Spitze fast senkrecht nach oben zeigte, um sie aus dieser Steilheit im Bogen dann laut und rhythmisch aufs Pflaster zu klopfen.

So schritt er zügig und mit Glanz in den Augen gedankenlos hin, ohne Plan, ohne besonderes Ziel. Irgendwann gelangte er in die Alte Richtenberger. Der Belag war schlecht, zeigte Aufwerfungen, auch Senken hatten sich gebildet, verschiedene Gehwegplatten wackelten bedenklich. Vorsicht war also geboten. Nicht für Simon. Er sah keinen Anlass, sein flottes, lausbübisches Tempo zu drosseln, es zumindest den Gegebenheiten anzupassen. Auch in dem Moment nicht, wo er dicht hinter einem älteren Ehepaar herlief. Der Mann mit Hut und die Frau, deren Kopf ein Tuch hüllte, gingen sehr langsam. Sie hatte sich bei ihm eingehakt. Kein Wort fiel. Sie achteten auf jeden ihrer Schritte. Simon vollführte gerade eine neue, launenhafte Kapriole mit dem Spazierstock, da geriet er ins Stolpern. Er fing sich, doch es war schon passiert. Unversehens hatte die Stahlspitze die Ferse der alten Dame getroffen. Er vernahm ein lang gezogenes, leises Stöhnen. Später ließ sich nicht mehr nachvollziehen, wie ernst die Verletzung wirklich gewesen war, jedenfalls sah Simon kein Blut. Der alte Mann fuhr blitzartig herum und packte Simon beim Schlafittchen. Sein dicker Schnurrbart bebte vor Erregung, als er ihn böse anfuhr. „Du verdammter Bengel, bist du nicht gescheit, guck mal was du angerichtet hast! Wie heißt du, dein Name?! Wo wohnst du?! Na los, rede schon!"

Simon war völlig perplex, er konnte sich nicht vorstellen, dass sein schöner Stock tatsächlich in den Hacken der alten Dame eingedrungen war. Es gelang ihm kaum noch, seine Gedanken zusammenhalten.

Oh Gott, was will er, meinen Namen? Die Adresse? Was sag ich? Ob ich einfach abhaue? Zu riskant, zu riskant! „Unter keinen Umständen die Wahrheit sagen!", meldete sich eine Stimme in ihm.

„Willst du dir unnötig Ärger einhandeln? Denke an die Abreibung, die auf dich wartet, wenn deinen Eltern zu Ohren kommt, was du Schlimmes verbockt hast. Sieh nur, wie deine Mutter den schnöden Handfeger holt! Aber vielleicht verabreicht ja diesmal dein Vater die Prügel. Suche dir aus, wer von beiden die Strafe vollstrecken soll!"

Die Stimme hatte Recht. Wenn er jetzt verriet, wer er war, eingeschüchtert Straße und Hausnummer preisgab, ja alles bis ins Kleinste ausplauderte, nur um rasch vom Groll des Schnurrbärtigen loszukommen, konnte er gleich einpacken. Der drohte nämlich nicht nur, das spürte Simon. Dem war es bitterernst damit, abends bei seinen Eltern aufzuschlagen und eine Riesenbeschwerde loszulassen. Und was das für ein Donnerwetter bedeutete, dafür bot ihm die Fantasie breitesten Raum.

Und wieder säuselte die Stimme. „Du musst alle Angaben verfälschen, er wird dann vergeblich umherirren, nicht in der Lage sein, dich aufzuspüren. Kein Mensch in der Gegend kennt einen Jungen namens Hans Peter Schmidt. Wirst sehen, die Sache verläuft bald im Sande und schnell wächst Gras drüber."

Trotz aller Raffinessen, die in seinem Kopf umherspukten, tat ihm die spitze, greise Frau mit den tief eingesunkenen Wangen leid. Und am liebsten hätte er gesagt: „Bitte entschuldigen Sie, entschuldigen Sie, ich wollte das nicht, war aus Versehen. Ich mache das auch bestimmt wieder gut, aber bitte, bitte sagen Sie meinen Eltern nichts!" Doch der alte Mann, der ihn noch immer am Schlafittchen gepackt hielt, war nicht zu beruhigen und polterte los: „He, bist du taub! Sag endlich wie du heißt und wo du wohnst, oder soll ich dich erst übers Knie legen?!"

„Ach, lass ihn doch, Karl", schaltete sich jetzt zu Simons Überraschung die Geschädigte ein. Der alten Dame schien es merklich besser zu gehen. „Wird schon nicht so schlimm sein mit dem Fuß", sagte sie besänftigend. „Du weißt doch, wie stürmisch die Bengels heutzutage sind." Und ein schwaches Lächeln zeigte sich in ihrem spitzen Gesicht.

Aber längst hatten Simons Lippen die Lüge geformt. Nun stieß er sie aus. „Hans Peter Schmidt, Heydemann Ring 150!"

Auf einmal hatte der alte Mann ein Stück Papier zur Hand, fingerte einen Stift aus der Manteltasche. Er schrieb alles genau auf. Dann versetzte er harsch. „Jetzt hau bloß ab, verschwinde endlich du Lümmel, bevor ich es mir noch anders überlege und dir den Hosenboden stramm ziehe ...!"

Das ließ sich Simon natürlich nicht zweimal sagen. Doch kaum, dass er frei war, befiel ihn auf dem Heimweg eine quälende Ungewissheit. Ihm war ein Fehler unterlaufen, ein dummer Schnitzer, der unter Umständen sein Verhängnis werden konnte. Die Lüge war gut gespielt, aber nicht perfekt. Zwar würde man ihm mit dem falschen Namen wohl kaum auf die Schliche kommen. Aber die Straße? Sie stimmte. Und auch die Nummer des Hauseingangs war fast richtig. Er wohnte in der 152.

Oh Gott, dachte er niedergeschmettert, wie einfallslos von mir, bei den vielen Straßen. Sein Herz schlug in jedem Körperteil. Wie ein Kind, dem etwas ganz Furchtbares bevorstand, litt Simon den Rest des Tages geradezu Höllenqualen. Keinen Bissen bekam er herunter und beim kleinsten Geräusch, das vom Treppenhaus an sein Ohr drang, fuhr er erschrocken zusammen. Ständig sah er nach der Uhr an der Wand. Das Befürchtete schien auszubleiben. Auch an den beiden folgenden Tagen passierte nichts. Schon fühlte er die alte Erleichterung zurückkehren, da geschah das Unfassbare: Er war kurz vor dem Einschlafen, als ihn ein kräftiger Ruck von seiner Zudecke befreite. Sie landete auf dem Fußboden. Er riss entsetzt die Augen auf und starrte in das gespenstische, fuchsteufelswilde Gesicht seiner Mutter.

Seltsamerweise hatte sie diesmal keinen Handfeger dabei. „Los, steh auf!", befahl sie. „Komm mit, aber bisschen dalli!" In Schlafsachen trottete er hinter ihr her. Sein blasses Gesicht rötete sich, er spürte einen inneren Ruck. Ihm schwindelte. Dort im Wohnzimmer, dunkel gekleidet, hockte ein Geist und schlürfte Kaffee. Sein dichter, rotblonder Schnurrbart verlieh dem Gespenst sehr große Ähnlichkeit mit dem Mann aus der Alten

Richtenberger. Fassungslos stand Simon da und rieb sich die Augen. Plötzlich fing der Geist sogar zu reden an. „Guten Abend, Hans Peter!", begrüßte er den Jungen voller Ironie und fixierte ihn scharf. „Ich heiße übrigens Krüger", setzte er ebenso spöttisch hinzu. Im Sessel, dem Geist vis-à-vis, thronte Simons Vater, Walter Pissarenkow. Er zog ein Gesicht, als sei er gerade gezwungen worden, eine Zitrone im Stück zu verspeisen. Vor ihm lag eine aufgerissene Tüte mit Erdnüssen, aus der er sich in seiner Aufregung beinahe ununterbrochen bediente.

„Herr Krüger hat uns alles erzählt", erklärte Simons Vater knapp und eröffnete das Verhör mit der Frage: „Was hast du dir denn dabei gedacht?"

„Ja, das wollen wir gerne wissen!", warf Simons Mutter nachdrücklich ein. „Wir sind wirklich gespannt, was du uns darüber zu berichten hast!"

„Nichts. Was soll ich mir denn dabei gedacht haben?", reagierte Simon, der den Sinn der Frage nicht verstand, entgeistert. Wie sollte er noch wissen, was er in jenem verhängnisvollen Augenblick dachte, als das Malheur passierte.

„Aber du musst dir doch was dabei gedacht haben, Menschenskind", bohrte seine Mutter verbissen weiter, „oder willst du uns allen Ernstes weiß machen, dass du nicht überlegst, was du tust?"

„Es war nicht mutwillig ... ein Versehen ... die Straße, ich bin plötzlich gestolpert", stotterte Simon verängstigt und krampfhaft bemüht, überhaupt eine halbwegs plausible Erklärung für sein Missgeschick abzugeben.

„Ach so, jetzt ist also die Straße schuld. Komisch, jedes Mal, wenn du etwas ausgefressen hast, ist immer wer anderes daran schuld, nur nicht du. Womöglich schiebst du noch alles auf die arme Frau Krüger, nur weil sie sich erlaubt hat, mit ihrem Mann dort spazieren zu gehen!"

Der Geist namens Krüger nickte voller Genugtuung und fuhr sich mit theatralischer Gebärde über den Schnurrbart. „Ich war mit ihr beim Arzt, Junge. Die Wunde ist ziemlich tief. Sie hat eine Spritze bekommen und muss jetzt einen dicken Verband tragen."

„Was schlägst du vor, was sollen wir mit dir machen?", drängte ihn sein Vater verächtlich, nur in dem einzigen Bestreben, schnell eine angemessene Bestrafung zu verkünden. Keineswegs erwog Walter Pissarenkow, zur gerechten Findung des Strafmaßes, die Meinung seines Sohnes mit in Betracht zu ziehen. Das wäre ja noch schöner. Die Frage war also rein rhetorisch.

Eine entsetzliche Angst packte Simon. Er ahnte, was die Frage zu bedeuten hatte, ja worauf letztlich alles in diesem Nachspiel hinauslief. Schacht. Er würde sie hinnehmen müssen, wie so viele Male schon. Da nützte kein Bitten und Betteln, wusste er aus Erfahrung, und dennoch regte sich erneut die instinktive Kraft der Selbsterhaltung in ihm, ein verzweifelter Versuch, in letzter Minute der Wucht, die so furchtbar weht tat, zu entgehen. „Bitte, bitte entschuldigt", stammelte er unbeholfen und suchte, von Panik getrieben, nach den richtigen Worten. „Es war ein Unfall. Ich hab das nicht gewollt. Es tut mir auch leid."

„So, tut es das! Wer hat dir überhaupt erlaubt, einfach Omas schönen Stock runter auf die Straße zu nehmen?"

„Niemand", antwortete der Junge folgsam.

„Siehst du. Und warum hast du Herrn Krüger belogen, dir frech einen falschen Namen ausgedacht?"

„Ich hatte Angst!"

„Angst, wovor?"

„Dass ihr mich bestraft!"

„Natürlich!", entfuhr es Simons Mutter mit wildem Gesichts-ausdruck. „Weil du dich schuldig fühltest, kein reines Gewissen hattest … Und um nicht für die Tat einstehen zu müssen, hast du versucht, deine Spuren auf so dreiste Art zu verwischen!"

„Nein, nein!", rief Simon erbleicht, und noch ehe er mehr zu seiner Verteidigung vorbringen konnte, bekam er wieder die Frage seines Vaters präsentiert. „Und, was sollen wir nun mit dir machen?"

Simon schwieg.

„Was ist, kriegst du den Mund nicht auf?", beharrte sein Vater.

Endlich antwortete Simon verängstigt. „Vielleicht Stubenarrest, Fernsehverbot, kein Taschengeld."

„Hast du das gehört, Walter? Stubenarrest!" Seine Mutter lachte bitter auf. „So billig kommst du nicht weg. Du hast eine anständige Wucht verdient!", fauchte sie und setzte noch eisiger hinzu. „Und die wirst du nachher kriegen!"

„Oh, bitte, nein! Ich tue es auch bestimmt nicht wieder! Ich verspreche es!", flehte Simon. In seinem übergroßen Schrecken war ihm nichts Gescheiteres dazu eingefallen.

Bei diesen Worten erhob sich Herr Krüger von seinem Platz und sagte mehr zu sich selbst. „So, ich will dann mal los. Ich denke, ihr Sohn wird sich schon bessern." Und zu Simon gewandt. „Ich hoffe, es ist dir eine Lehre, Junge." Kaum war die Tür hinter ihm zu, erschien Simons Mutter mit dem Handfeger.

„Bitte, bitte, keine Wucht!", fing Simon zu schluchzen an. „Ich mach das auch alles wieder gut!"

Die Schläge saßen schlecht. Bei späteren Züchtigungen ging Karin Pissarenkow mildherzig dazu über, ihrem Sohn kurz vor der Verabreichung zu empfehlen, er möge doch einfach stillhalten und die halbe Minute, die der Akt andauerte, mal die Zähne zusammenbeißen, wodurch sich alles viel leichter überstehen ließe, statt sich tierisch am Boden zu winden, während sie sich abmühte, die Tracht kurz und präzise nur der einen Körperstelle, nämlich seinem Arsch, zu verabreichen, was er aber durch sein karnickelartiges Herumzappeln und Hände-davor-Halten permanent verhindere, und sich also nicht wundern müsse, wenn das harte Holz auch Stellen traf, die bewusst nicht vorgesehen waren; außerdem käme ihr Zeitplan dabei arg durcheinander.

VIERTES KAPITEL

Das Nachspiel in der Affäre Roswitha Gantke nahm für Simon folgenden Verlauf: Angstbleich und verweint war das Mädchen in die Arme ihres Vaters gelaufen, hatte sofort von den Grausigkeiten berichtet, die sie hatte erleben müssen, und wie sie von Simon Pissarenkow unter einem hinterhältigen Vorwand in diese schreckliche Gegend am Müllberg gelockt worden sei.

Als Dr. Fritz Gantke, ein ansonsten ruhiger und besonnener Mann von Anfang dreißig, akademisch gebildet und bereits im Besitz einer dermatologischen Praxis, erfuhr, was seinem einzigen Kind womöglich hätte zustoßen können, schwoll ihm vor Aufregung der Kamm. Frau Gantke war nicht minder erregt und aufgewühlt darüber, in welch großer Gefahr sich ihre liebenswerte und strebsame Tochter vermutlich befunden hatte, zumal die Zeitungen momentan voll waren mit Berichten über steigende Kriminalitätszahlen, gerade im Osten seit der Wende.

So setzten sich die Gantkes also noch am Sonntagabend spornstreichs zur elterlichen Wohnung des Übeltäters in Bewegung. Sie fanden keine Ruhe, und es erhitzte ihre Gemüter ungeheuer, was es wohl mit den toten Tieren, zu denen Simon ihre Tochter vorsätzlich gelockt hatte, für eine Bewandtnis haben mochte. Versteckte sich hinter dem ganzen makaberen Schauspiel vielleicht der Wunsch, andere zu quälen, ja schlummerte in dem zehnjährigen Jungen bereits ein niederer Instinkt, ein Sadist? Und ausgerechnet ihre Tochter musste an diesen kleinen, primitiven Strolch geraten. Wie konnte es nur geschehen?

Karin Pissarenkow wurde unmittelbar nach den ersten flüchtigen Ausführungen der Gantkes von so heftigen Herzbeschwerden heimgesucht, dass sie darum bitten musste, sich zur Beruhigung nach nebenan ins Schlafzimmer zurückziehen zu dürfen. Dort nahm sie ihre Tropfen und legte sich hin. Kein chronisches Leiden verbarg sich hinter den rätselhaften Stichen. Jene Attacken, die sporadisch kamen und gingen, waren bei Karin Pissarenkow normal, rein nervlicher Natur, und das seit Jahren. Hinzu kamen Einschlafstörungen, mit den Folgen eines permanenten Defizits an echter Schlafzeit, für die sich nach langer Selbstbeobachtung und ermüdenden Konsultationen bei Ärzten keine einleuchtenden Erklärungen finden ließen, weil Letztere auch dann auftraten, wenn keine Konfliktsituationen, jedenfalls keine vordergründigen, zu bewältigen waren. Für ihren Mann aber stand felsenfest, an ihren Schmerzen, an den schlaflosen Nächten, kurz, an ihrer angeschlagenen Gesundheit trug maßgeblich Simon die Schuld, ihr beider Sorgenkind.

Der Altstudent Walter Pissarenkow war gestern aus Gribnitz gekommen. Das straff vorgegebene Lernpensum ließ es nicht zu, sich öfter als ein bis zwei Wochenenden im Monat loszueisen, um bei der Familie in Strahlow zu sein.

Bei Scherereien mit Simon belastete ihn jedes Mal schwer, dass er vor zwei Jahren die Entscheidung getroffen hatte, allein in dieses zweieinhalb Bahnstunden entfernte Städtchen zu ziehen. War es nicht doch ein großer Fehler gewesen? Damals hatte er seinen Traum verwirklicht, an die Universität zu kommen, er wollte unbedingt ein Studium in Jura machen und dann später die Laufbahn als Staatsanwalt einschlagen. Nur ein knappes Jahr trennte ihn noch vom ersten Examen. Oh nein, er würde niemals hinschmeißen, sich nicht wegen dieses Abkömmlings die ganze Zukunft verbauen! Er musste andere Mittel und Wege finden, den Bengel endlich unter seine Fuchtel zu kriegen.

„Da siehst du, was du angerichtet hast!", hielt er ihm anklagend vor. Auf seinen versteinerten Zügen lag ein einziger großer Vorwurf gegen Simon. „Du bringst deine Mutter noch ins Grab!", setzte er mit bebender Stimme hinzu. Und zu den Gantkes gewandt, die sich wie jung Vermählte an den Händen hielten und einen erschütterten Eindruck machten: „Bitte entschuldigen Sie, aber uns nimmt das auch sehr mit. Sie sehen ja, meine

Frau ..." Gestopft in eine bauschige Trainingshose, einen billigen braunen Sack aus Ostzeiten, hing Walter Pissarenkow mit seinen dreiunddreißig Jahren eingesunken im Sessel, sich die förmliche Frage abringend. „Woll'n Sie'n Kaffee?"

„Nicht nötig, Herr Pissarenkow", winkte Fritz Gantke unruhig ab, „aber wenn Sie einen Aschenbecher hätten, wir rauchen nämlich beide."

„Gewiss doch", beeilte sich Pissarenkow zu sagen, erhob sich steif aus dem Polster und nahm von der Anrichte ein wuchtiges Exemplar.

„Sie rauchen wohl nicht?", erkundigte sich Herr Gantke höflich, indem er die ersten Qualmwölkchen ins Zimmer blies.

„Nein, noch nie", verkündete Pissarenkow verhalten, schränkte allerdings sogleich ein. „Na gut, als Kind mal gepafft. Aber glauben Sie mir", und aus seiner Stimme klang unverhohlene Bitterkeit, „manchmal bin ich dem Punkt sehr nahe, meine Vorsätze einfach fallen zu lassen."

„Könnte ich verstehen, bei solch einem Sohn." höhnte die Gantke aufgeputscht. Ihr erzürnter Blick traf Simon, der reglos in Puschen und Nachtzeug dastand und keine Silbe herausbrachte, nur unbewusst registrierte, dass Frau Gantke ihrer Tochter wie aus dem Gesicht geschnitten war.

Für Walter Pissarenkow war die Bemerkung der Frau eine versteckte Anspielung auf seine erzieherische Rolle als Vater. Zwar zog er ein saures Gesicht, verkniff sich aber wohlüberlegt jegliche Erwiderung auf ihre Spitze. Es konnte nur klug sein, wenn er sich weiterhin bieder gab und die Gantkes nicht unnötig reizte. Bestimmt war ihr Töchterchen kein Engel, das Püppchen. Aber vorrangig für ihn war jetzt, dass nichts an die große Glocke kam. Die Stadt war klein und voller Missgunst. Für den ungehinderten Weg in das Referendariat musste er streng darauf bedacht sein, alles, was auch nur im Geringsten darauf hindeutete, das es ihm öffentlich als Makel angehängt werden konnte, von sich fernzuhalten. Nicht die kleinste Ungereimtheit in seiner Familie durfte nach außen dringen. Wie schnell ließ jemand heute seine Verbindungen spielen und alles war mit einem Schlage vorbei. So rückte er sich also neu im Polster zurecht und versuchte, die Gesprächsfäden in der Hand zu behalten.

„Also, Herr Dr. Gantke, was genau hat mein Sohn ihrer Tochter angetan?"

„Rosi ist sehr empfindsam, müssen Sie wissen", erklärte nun Herr Gantke rührselig, und es war ihm anzumerken, wie redlich er bemüht war, seine Stimme im Zaume zu halten. „Wir sind sehr betroffen, Herr Pissarenkow, mit welcher Rücksichtslosigkeit der da", und er zeigte auf Simon, „unsere kleine Rosi verängstigt hat. Sie sollten sie sehen, sie ist völlig fertig."

Alle Strenge, die er aufbieten konnte, ließ Walter Pissarenkow in seine Gesichtszüge einsinken. Die derbe Nase war auf einmal zum drohenden Mittelpunkt seines rundlichen Schädels geworden, dessen Platte jetzt schon wenig Haar deckte. Da er die Angewohnheit hatte, sein bisschen Schwarz nun auch noch kräftig, sehr gleichmäßig und beharrlich bis über den Hinterkopf zu harken, riskierte er, es auf diese Art gänzlich zu verlieren. Üppig dagegen war die Behaarung der Brauen, die bis hin zur Nasenwurzel reichten und somit einen starken Kontrast zu den ziemlich klein geratenen Augen des Gestrengen bildeten. Dem verzerrten Mund schien im Nu alle Lust am Spaß des Lebens vergangen zu sein.

Simon kannte die Mimik seines Vaters genau. Wenn er die Flappe hängen ließ, in brütender Ruhe, halb nölend, halb nörgelnd dasaß, und nervös am Ringfinger spielte, war es nur eine Augenblickssache, bis sich der Mund straffte und in ein lautstarkes, bellendes Organ verwandelte. Der Fluch war alt, aber jedes Mal durchzuckte Simon erneut die Angst, sein Vater könnte es diesmal ernst meinen mit immer derselben Drohung. „Weißt du was, Simon, geh doch hin, wo der Pfeffer wächst! Ich hab einfach die Nase voll von dem Theater mit dir!"

Es wurde still im Zimmer. Wo wuchs der Pfeffer? Wie lange würde man bis dorthin unterwegs sein? Das ging auch den Gantkes durch den Kopf, denen das Derbe schon ganz gut gefiel, die aber ihre Zweifel hatten, ob es tatsächlich von ab-schreckender Wirkung war, solche Sprüche loszulassen. Was würde geschehen, wenn der Zehnjährige es ernst nahm und auf Nimmerwiedersehen das Weite suchte?

Wenn auch der Leichtsinn, mit dem Walter Pissarenkow seine Worte benutzte, mitunter von wenig Nachdenken, von wenig Weitblick zeugte, wodurch er zwangsläufig das Verhältnis zu seinem Kind immer mehr untergrub, ja auf dem besten Wege war, es systematisch kaputt zu machen, besaß er doch in mancherlei Hinsicht ein frappierendes Vorteilsdenken. Und so war ihm ganz nebenbei eingefallen, ja wie eine Erleuchtung rein zufällig in den Sinn gekommen, dass er Herrn Dr. Gantke brauchen konnte; den jungen Arzt, den Experten, ja er brauchte ihn unbedingt, um seine zahlreichen Leberflecken demnächst unter die Lupe nehmen zu lassen. Und in Vorbereitung dessen versprach der Treff hier recht nützlich zu sein. Auf Anraten eines medizinischen Ratgebers – und solche füllten einen Großteil seiner Freizeit – hatte sich Walter Pissarenkow nämlich dazu entschlossen, besonders auffällige Stellen, akribisch mit dem Stift zu markieren, einzukreisen und so auf mögliche Veränderungen hin in Beobachtung zu halten.

Simon unterdessen durchschaute, dass es für ihn wenig Verteidigungsmöglichkeiten gab, ob er nun die ganze Geschichte von vorne bis hinten aufblätterte oder nicht. Und auch ein Geständnis darüber, wie verzückt er von Roswitha gewesen war, und dass er darüber glatt den Kopf verloren hatte, würde ihm wohl wenig nützen.

Er schwieg daher eisern und sah niedergedrückt zu Boden. Warum nur, wirbelte es durch seinen Kopf, war denn niemand da, der ihm Schutz bot, und ihn davor bewahrte, von seinem Vater so schwer ins Unrecht gesetzt zu werden? Oma war verreist, nach Bremen, zu Verwandten. Mit ihr hätte er reden können, sie war die Beste. Durch seine langen Krankheiten hatte sie ihn begleitet, ihn nachts gesalbt, wenn im Brustkorb das Feuer tobte. Sie musste ihm vorlesen, am liebsten von den zwei Brüdern aus Grimms Märchen. Unter ihrer Bettdecke war er vor Alpträumen sicher.

Und wieder hörte er die unheimliche Stimme, die ihm gehässig zuflüsterte: „Das hättest du dir vorher überlegen müssen, Simon. Du hast doch Augen im Kopf und bist nicht taub. Roswitha kann dich nun mal nicht leiden, kapiert. Allein wegen deines Namens, bei dem jeder, der ihn richtig aussprechen soll, ins Stottern gerät, sind deine Chancen gleich Null. Erinnerst du dich, wie sie mit der halben Klasse loswieherte, als Gertchen Mandelkow deinen Namen verstümmelte? Und es von überall tuschelte, Pisser ... Pisser. Jetzt hast du die Bescherung, steuerst direkt auf eine drakonische Strafe zu."

Schon eroberte wieder die blaffende Stimme des Vaters seine Sinne. „Träumst du, Bengel? Mach endlich die Klappe auf! Ich will wissen, warum du solchen Mist baust!?"

Es hatte keinen Sinn zu antworten. Simon spürte das. In den Augen seines Vaters, des angehenden Juristen, kreiste die eiskalte Entschlossenheit, ihn vor den Gantkes schuldig zu sprechen, was immer er auch zu seiner Verteidigung vorbringen mochte. Und so presste er nur drucksend hervor. „Es tut mir leid, soll auch bestimmt nicht mehr vorkommen."

Fritz Gantke, der mittlerweile bei der dritten Zigarette angelangt war, schüttelte ungläubig den Kopf. „Ich will, dass die Sache untersucht wird, Herr Piss...enkow, verstehen Sie mich bitte. Ihr Sohn ist ein Kind, gerade mal zehn, genau wie unser Nesthäkchen. Noch ist nichts verloren, nur unternommen werden muss etwas. Warum führte er dem Mädchen diese Kadaver vor? Ja, was steckt dahinter? Grausig! Und dann noch so gemein zu fragen, wie sie den Anblick denn aufnehme. Da schüttelt es mich ..." Er unterbrach, zog an der Zigarette. „Was dort von Hund und Katze lag, war ziemlich tot, wenn ich das mal so ausdrücken darf, schlimm zugerichtet, wie uns die Kleine schilderte."

Mit Schwung griff Frau Gantke unvermittelt in den Monolog ein, wobei ein Feuer böser Vorstellungen ihr Temperament nährte. „Wie entsetzlich, sich auszumalen, er wollte unserem Kind, oh Gott, womöglich das Gleiche antun!"

Simon riss es fast vom Fleck, die Stimmlage kannte er doch, ihren preziösen, unnahbaren Klang. War es nicht Roswitha, aus deren Mund es bissig züngelte?

„Ich würde ihn mal zum Arzt schicken, Herr Piss...enkow. Vielleicht, na ja", sie machte dann so eine typische Geste an der Schläfe und fügte hinzu, „ist bei ihm ein Schräubchen locker."

„Erika, bitte!", gebot Fritz Gantke beschwichtigend.

„Na, ist doch wahr!", kehlte sie aufgebracht.

Was hier zur Sprache kam, überschritt für Simons Vater in den ersten groben Gedankengängen die Grenze eines dummen Jungenstreiches beträchtlich. So war gerüchteweise schon an sein Ohr gedrungen, dass Kinder in herumgammelnden Cliquen dabei beobachtet wurden, wie sie aus schaurigster Lust, verendete Haus-tiere jeglicher Art, ob Hund, Katze, Kaninchen, an heimliche Orte schleiften, um mit Stöcken und Stangen ins gedärmige Innere ihrer Körper vordringen zu können.

Für Walter Pissarenkow lag der Fall klar, irgendwie war der Bengel in solche makaberen Geschichten verstrickt.

Obwohl das Interesse an seinem Kind in Wahrheit recht mäßig war, wusste er längst, dass sich Simon im liebsten am alten Müllberg herumtrieb.

Am Abend des Gantke-Auftritts passierte nicht mehr viel mit Simon. Nach dem ihn sein Vater barsch ins Bett befohlen hatte, saß die gottverfluchte Bagage noch geraume Zeit zusammen; bruchstückhaft hörte er sie durch die Wände debattieren und beratschlagen. Später klimperten sogar Gläser, ja, wagte sich tatsächlich mal ein ungezwungenes Lachen in die Runde. Simon ahnte nicht, dass etwas Böses, weit Schlimmeres als Schacht, nebenan in Form eines gefühllosen Planes Gestalt annahm und sich wie ein Polyp im Kopf seines Vaters festsetzte. Doch zunächst blieb es ruhig im Hause. Die Gantkes gingen irgendwann, und Simon konnte ohne Schläge durchschlafen. Ja, es blieb wirklich lange ruhig.

FÜNFTES KAPITEL

Nichts Gutes verheißend, verflossen sieben Tage großer Schweigsamkeit, ohne dass das Ereignis noch einmal zur Sprache gebracht wurde. Seine Eltern wichen ihm aus. Wenngleich sie auch keine unnötige Strenge walten ließen, sah er sie die ganze Zeit über mit ernstem Gesichtsausdruck herumlaufen. Bald beschlich ihn das mulmige Gefühl, dass sie bestimmte Absichten gegen ihn im Schilde führten, mit dessen Bekanntgabe sie noch sehr zögerten. Also konnte es sich nur um eine Maßnahmen von ganz einschneidender Härte handeln, deren praktische Umsetzung ihnen einiges Kopfzerbrechen bereitete, weswegen sie Simon letztlich noch ein Weilchen zu schonen gedachten. Und immer, wenn sie glaubten, er bekäme es nicht mit, steckten sie eilig die Köpfe zusammen, schwatzten leise über rätselhafte Dinge.

Allmählich rüstete Altstudent Walter Pissarenkow wieder für sein Studium, und je näher die Stunde rückte, in der er im Zug nach Gribnitz sitzen musste, desto bedrückter verhielt sich seine Frau. Keine Nacht schlief sie richtig, klagte wieder über Dauerschmerzen im Kopf und jene sonderbaren Herzstiche, gegen die kein Medikament richtig anschlug.

Am Morgen vor der Abreise nahm Pissarenkow endlich seinen Sohn beiseite und gab ihm unumwunden zu verstehen, dass es für alle das Beste sei, wenn er vorübergehend ins Heim käme. Seine Stimme klang dabei völlig unaufgeregt, ein bisschen freundlich sogar, auch ein wenig mitleidig, so als würde er mit jemandem sprechen, dessen Befinden ihm auf einmal ernsthaft Sorgen bereitete und für den er nun jene Behandlungsmaßnahme ins Auge gefasst hatte, die alsbald wieder einen normalen Menschen aus ihm machen sollte. Das gleichgültige, fade umschriebene Ansinnen seines Vaters ließ Simon erstarren. Plötzlich schwebte er in einem grenzenlos öden Raum, aus dem sich das letzte zarte Gefühl der Geborgenheit verflüchtigte. Er wollte losschreien, aber sein leeres Herz versagte ihm die Stimme; stattdessen begann er still zu weinen, den Horror qualvoller Vereinsamung vor Augen. Wenn sie mich wirklich ins Heim, in die Fremde abschieben, kann ich auch gleich sterben, sagte er sich in tiefster Seelenstimmung, und war gleich darauf selber erschrocken, wie leicht ihm dieser schwerwiegende Gedanke zugeflogen war. Es dauerte mehrere Minuten, ehe sich Simon soweit unter Kontrolle hatte, nun stockend und mit verweinten Augen einigermaßen verständlich die Bitte hervorzupressen, ihn um alles in der Welt nicht ins Heim zu stecken.

Da ihn sein Vater irritiert ansah, wertete er sein Schweigen als vages Fünkchen der Hoffnung. Vielleicht war es nur eine letzte Warnung, ein Schuss vor den Bug, damit er begriff, was ihm drohte, wenn nicht Ruhe und Ordnung einkehrte zu Hause, ständig Ärger über ihn herrschte und er weiterhin so viel Schuld auf sich lud.

In dieser größten Krise, verfolgt von barbarischen Bildern über sein mögliches Schicksal, versprach Simon seinen Eltern hoch und heilig, vom heutigen Tage an, der liebste und beste Junge zu werden, ja seine Furcht war so riesig, so dämonisch, dass es ihm ein Leichtes war, seinen Vorsatz auf das Hartnäckigste zu beteuern. Sie würden schon erleben, was für ein feiner, folgsamer Sohn er sein konnte, wenn er nur den Willen hierzu aufbrachte.

Gegen Mittag verließ Walter Pissarenkow das Haus. Der Zug ging um 13 Uhr, und seine Frau begleitete ihn zum Bahnhof. Als Karin Pissarenkow nach einer halben Stunde zurückkehrte, rief sie Simon zu sich ins Wohnzimmer. Kaum war er erschienen, raunte sie auch schon geheimniskrämerisch. „Komm schon herein und mach bitte die Tür zu." Und ebenso leise forderte sie verhalten: „Setz dich hin, wir müssen uns mal unterhalten."

Bemerkenswert war – und es rührte ihn seltsam an – dass seine Mutter von ihrer althergebrachten Manier abließ, indem sie keinen so bitteren Ton, wie sonst üblich, anschlug. Ach, wie schön glatt und gepflegt ihre

Haut doch war, was er immer bewunderte, und nun noch viel stärker zur Geltung kam, da nichts tückisch Lauerndes im Augenblick ihre Miene entstellte. Den schmalen Strich des Mundes verkniff sie zu einem halben Lächeln. Und als sie endlich mit scheuem Augenaufschlag ansetzte fortzufahren, wirkte ihre Stimme gehemmt. Sie hatte Folgendes zu verkünden:

Ab dem nächsten Schuljahr, wenn Simon in die fünfte Klasse käme, werde er in Gribnitz wohnen, und zwar für ein Jahr, solange sein Vater dort noch studiere. Luftveränderung wäre unbedingt gut gegen sein Asthma. Dr. Kristen hätte oft darüber gesprochen und einen Klimawechsel, der die Beschwerden lindere, seit Längerem angeregt. Auch gebe es gewisse Aussichten, bei längerem Aufenthalt das Leiden ganz loszuwerden. Untergebracht würde er in einem Heim, bestehend aus zwei villenähnlichen Gebäuden, sehr hübsch auf einem Hang am See gelegen, und speziell ausgestattet zur Betreuung von Studentenkindern. Er müsse dort auch die Schule besuchen. Ab und zu an den Wochenenden, eher wohl sonntags, würde sein Vater ihn zu sich holen. Sie könnten was Schönes unternehmen, aber auch die schulischen Sachen und sonstige Dinge durchsprechen.

Simons Herz krampfte sich in einer neuerlichen Gefühlsaufwallung heftig zusammen. Er war nahe daran, wieder in Tränen auszubrechen, aber gleichzeitig erleichterte ihn ungemein, dass es sich bei der Einrichtung um keine Anstalt handelte, wo er zur Erziehung hin sollte, sondern schlichtweg um ein Heim zum Wohnen, ein Wohnheim eben, noch dazu baulich in attraktivem Stil und in guter Lage.

Darüber hatte sein Vater bisher kein Wort verloren. Woher kam diese plötzliche Fürsorge? Sah er seine Eltern etwa in einem falschen Licht? Lieber Gott, wenn er ihnen nun Unrecht tat, und sie ihm doch mehr zugeneigt waren, als er überhaupt ahnen konnte, nur auf ihre Art eben, zwar streng und spröde, aber im Innersten weich und gütig, wofür ja ihr Bestreben, ihm Luftveränderung zu verschaffen, ein klarer Beweis sein könnte. Wer weiß, was sie schon alles mit ihm durchmachen mussten, woran er selbst keine Erinnerung hatte. Sehnsucht ergriff von Simon Besitz. Und er schämte sich fast seiner abwegigen, negativen Gedanken. Wenn es so ist, dass sie mir wirklich helfen wollen, dachte er im Stillen, dann will ich mich nun auch fügen, denn wer sonst kann besser einschätzen, was für mich richtig ist, wenn nicht meine eigenen Eltern.

SECHSTES KAPITEL

Es war wenige Wochen vor Ende des vierten Schuljahres, und Simons Denken, welches voll auf die nahenden Veränderungen seiner Lebensumstände ausgerichtet war und ihm anfangs aus seinen verworrenen Träumen mit einem dumpfen, beklemmenden Gefühl der Ungewissheit hatte aufwachen lassen, nahm nun deutlich mildere Formen an. Und er begann sich zusehends mit dem Gedanken anzufreunden, bald nicht mehr hier zu sein.

Seine alte Klasse, in der Frau Schneweding selbstherrlich ihre Günstlinge, zu denen selbstverständlich auch Roswitha Gantke zählte, hochpäppelte, lag ihm nicht sonderlich am Herzen, gleichwohl ihn die dummen Sprüche, die zur Verstümmlung seines Namens beitrugen, inzwischen einigermaßen kalt ließen. Die würden ihm woanders wohl auch nicht erspart bleiben. Aber die ständigen Rangeleien und Stänkereien untereinander waren schließlich der Anlass, dass er immer öfter den Satz über seine Lippen brachte: „Gott, hoffentlich bin ich hier bald weg."

Ein bisschen wehmütig hingegen stimmte ihn der Abschied von Bernhard Bowitz, mit dem er die gleiche Bankreihe drückte und dem das Lernen auch nicht gerade zufiel. Er war in Simons Alter. Sein plumper Körperbau, das fleischige, unsymmetrische Gesicht, die rötlich braune Haartracht, aber in erster Linie die großen, abstehenden Ohren sorgten dafür, dass die meisten Mädchen einen großen Bogen um ihn machten. Bernhard gehörte nicht zum Pöbel der Klasse. Er war extrem zurückhaltend, geradezu scheu im Benehmen, redete nur das Allernotwendigste und ging allen Streitigkeiten vorsorglich aus dem Weg. Dieser bedachtsame Zug kam bei vielen nicht an, und er war Bernhards größter Fehler, denn Empfindsamkeiten im Hintergrund werden oft verkannt, und in den Augen seiner Mitschüler war Bernhard eben ein Muttersöhnchen, ein Weichling, ja eigentlich ein Schlappschwanz, den man je nach Laune foppen und umher schubsen konnte, wie man wollte, ohne dabei auf ernsthaften Widerstand zu stoßen. Zu solcher Sorte Subjekt gehörte vorübergehend leider auch Simon. Eines Nachts fasste er den garstigen Vorsatz, bei passender Gelegenheit auszutesten, wie weit er bei Bernhard gehen konnte. Angesichts der galoppierenden Stupidität des Schulalltags sah er in dem Gedanken, zu schikanieren, eine neue, willkommene Ablenkung. Und diese auch Wirklichkeit werden zu lassen, war etwas außerordentlich Verführerisches.

Die Teufelei nahm in der Unterrichtspause ihren Anfang. Bernhard war für seine Verschwiegenheit bekannt, deshalb erzählte ihm Simon als Einzigen freimütig von Roswitha und welchen Ärger er sich durch die ganze unleidliche Geschichte aufgeladen hatte. Er erwartete gar nicht, dass Bernhard hierzu Stellung bezog, obschon ihm ein bisschen Zuspruch und Trost gutgetan hätte. Aber Bernhard Bowitz war für aufrichtende Worte nicht der Typ, eher brauchte er selbst das Besänftigende.

Er setzte mehrmals an, etwas zu äußern, überängstlich darauf bedacht, dass nichts Brüskierendes, womöglich Beleidigendes herauskam. Schließlich wagte er den Satz: „Mit so einer Ziege solltest du dich nicht abgeben, Simon." Der sah ihn ungläubig an und dachte nur, du Schwachkopf, den Spruch hättest du stecken lassen können. So schlau bin ich inzwischen auch. Aber Bernhard, der langsam aus sich herauskam, fühlte sich noch bemüßigt anzuhängen: „Solche Weibsbilder wie die Gantke solltest du besser vergessen, die sind hochnäsig. Nichts für dich." Sprachs und verzog sich sogleich wieder in sein Schneckenhaus.

Eine Menge Frust kroch in Simon hoch, und Bernhards Einlassung war auf einmal ein gefundenes Fressen für ihn, endlich wie geplant mit den

Sticheleien anzufangen und selbige nach Schulschluss auf dem Heimweg in richtige Pöbeleien ausarten zu lassen. Er erfand Ausdrücke, die an Gehässigkeiten der schlimmsten Schimpfwörter heranreichten und an Gemeinheit kaum noch zu überbieten waren. Aber es war, als ob er zu einem Klotz sprach. Bernhard zuckte nicht. Er war ganz blass im Gesicht. Dessen willfähriges Nebenher-Trotten ermunterte Simon geradezu darin, die elende Piesackerei immer weiter auf die Spitze zu treiben. Ein spontaner Blick zur Erde half ihm dabei, seine Marterungen mit einer neuen Blitzidee zu vervollkommnen. Flugs bückte er sich und hielt im Nu eine Wäscheklammer zwischen den Fingern, ein ganz harmloses weißes Stückchen Plaste, das wer weiß wer hier verloren oder weggeworfen hatte. Ein wirklich gut erhaltenes Teil, konstatierte Simon in niederer Absicht und fummelte sogleich an der Federmechanik herum. Das Klemmteil spreizte sich, wie wunderbar. Er überlegte nicht lange, und noch ehe Bernhard wusste, wie ihm geschah, hatte er die schnöde Klammer straff am linken Ohrläppchen klemmen. Bernhard blieb still, nahm es sklavisch hin, ohne den geringsten Jammerlaut von sich zu geben. Ein Aufbegehren kam nicht infrage, und er hatte schon gar nicht im Sinn, darum zu flehen, dass der andere doch bitte aufhören möge. Viel zu stark waren die Furcht vor noch Schlimmerem und die Hoffnung minimal, seinen Peiniger bald los zu sein, wenn er sich ihm nicht willenlos unterwarf. So trottete er also lieber weiter ganz stumm und freiwillig an Simons Seite den Heidemann-Ring entlang, weiß im Gesicht und überhaupt nicht mit dem Gedanken spielend, der unwürdigen Szene mit flinker Geste zum Ohr selbst schnell ein Ende zu setzen und das zwickende Teil kurzentschlossen abzureißen.

Nun standen sie vor Simons Haustür, und es schien, dass die Pein gleich vorbei war.

Aber Bernhard musste noch eine lange Strecke bis zur Einbiegung in den Damaschkeweg zurücklegen. Der Schinder stellte sich in Positur und warnte. „Gnade dir Gott, wenn du das Ding unterwegs abmachst! Ich komme dir sonst hinterher!"

Treu und brav zog Bernhard weiter, schaute sich nicht um, und dennoch spürte er die Blicke des Quälers, die ihm im Nacken saßen. Nach hundert Metern fasste er Mut, und obwohl er noch längst nicht aus der Gefahrenzone heraus war, riss er das Folterstück einfach ab. Und es fiel zu Boden. Wie ein Pferd setzte Simon dem Aufsässigen sofort nach. Und Sekunden später baumelte das Teil wieder fest an Bernhards Ohrläppchen. „Trau dich das ja nicht noch mal!", ließ sich Simon fauchend und ganz außer Atem vernehmen. Und erst als der Gepeinigte hinter der schützenden Hauswand der nächsten Querstraße verschwand, gab Simon endlich Ruhe.

Ein anders Mal trieb ihn die Perfidität dahin, Bernhard auf dem Fußweg einen Feldstein hinterher zu rollen, präzise aufgesetzt, wie eine Kugel beim Bowling. Dick und schwer rumpelte der Brocken übers Pflaster, näherte sich bedrohlich den Beinen des Opfers. Bernhard merkte es im allerletzten Moment, sprang, hüpfte in die Höhe, aber der Stein sprang mit, traf Bernhard an der Wade, zum Glück nur leicht, holperte dann weiter ins Leere. Aber Simon war stolz, dass er auf große Distanz so gut gezielt hatte.

SIEBENTES KAPITEL

Damit keiner vergessen wird, begann Simon bereits ein paar Wochen vor seiner Abreise nach Gribnitz – er hatte ja noch Sommerferien – langsam mit den Verabschiedungen. Hierfür existierte ein oberflächlicher Plan, aber bereits beim Entwurf in seinem Kopf kamen nur wenige Personen infrage, denen er nicht nur anstandshalber, sondern aus ehrlicher Vorliebe, auf Wiedersehen oder Lebewohl zu sagen gedachte.

Zu jenem Kreis gehörte auf jeden Fall der Schuhmacher Ernst Warncke. Er bewohnte seit ewig das geduckte Häuschen Alte Richtenberger Ecke Heydemann–Ring, einen schwächlichen, immer mal notdürftig ausgebesserten Backsteinbau, mit zigfach überteertem Pultdach, löchriger, aber schön angestrichener Traufe, kleinen, beinahe niedlich anmutenden, jedoch schlecht schließenden Fenstern. Der versteckte Laden ließ sich nur vom Gehweg aus über eine kleine, steinerne Außentreppe erreichen. Oben gab es keinen richtigen Absatz.

Der Elfjährige stand auf der letzten Stufe, hielt die Klinke gedrückt, während er sich mit Schulter und Oberarm leicht gegen die Planken warf. Die verzogene Tür zitterte beim Aufspringen. Kaum hatte er den winzigen Raum betreten, erschien auch schon Herr Warncke, aufgescheucht wie ein Bär aus seiner hinteren Höhle, schlurfte zum Tresen. Es roch überall gut nach Leder. Und nach Öl. Das Dämmrige gehörte dazu. Die wundersamen, schweren Schleifmaschinen, von denen zwei direkt im Verkaufsraum standen, interessierten Simon nur am Rande. Er wollte gar nicht ihre genaue Funktion begreifen und was sie alles bewerkstelligen könnten. Das vergaß er ja doch wieder. Simon sah einzig den geschickten Meister, den grandiosen Künstler Ernst Warncke vor sich, den er nur in derber Arbeitsschürze und mit brauner Baskenmütze kannte. Und Simon hatte vor, ihn um eine Gefälligkeit zu bitten, eigentlich mit Manfred Bollnow zusammen. Mit Manfred bolzte er manchmal auf der Straße rum, immer dann, wenn Manfred gerade niemand anderen zum Spielen hatte, aber der hatte sich aus Feigheit gedrückt. Also musste er selbst die Sache in die Hand nehmen. Er setzte dabei voll auf Warnkes Gutmütigkeit, auf sein technisches Verständnis, und dass er als alteingesessener Meister nicht nur Schuhe besohlen konnte. „Hallo, Herr Warncke!" Simon zog aus dem Kunststoffbeutel Schuh um Schuh, stellte einen nach dem anderen frohgemut auf dem Tresen ab. Besonders die Kappen waren runter, weil Simon immer so nachlässig beim Anziehen hineinschlappte. Zur heimlichen Freude Warnkes würde es sich der Bengel wohl nie angewöhnen, den Schuhanzieher zur Hilfe zu nehmen. Warnkes Augen lächelten. Er witterte Arbeit. Das Herz in seiner starken Brust schlug höher.

Als mit dem Ende der DDR auch im Osten die Zeit des Wegwerfens anbrach, begannen für Ernst Warncke so schwere Zeiten, dass er oft nahe daran war, sein Gewerbe aufzugeben. Die Leute warfen ihre kaputten

Treter lieber in den Müll oder steckten sie in die Kleidersammlung, statt sie aufmotzen zu lassen. Reparaturen waren in der Tat kostspielig, lohnten mitunter nicht. Das lag weniger an den Materialkosten als vielmehr an der Lohnarbeit. Und die war teuer. Der Konsument sagte sich also, ich bin doch nicht blöd, gehe einfach auf den Schnäppchenmarkt und schaue nach Sonderposten. Dass diese billigen Latschen dann natürlich auch schneller hinüber waren, wollte niemand wahrhaben. Aber Oma Christ war eine von den wenigen unbeirrbaren Frauen vom alten Schlage, die entschlossen anwies: „Halt, nichts da, von wegen wegschmeißen! Bei mir fliegt nichts Brauchbares auf den Müll. Das fehlte noch. Nach dem Krieg waren wir über jedes Stück, das wir besaßen, dankbar. Warum sollten wir jetzt, nur weil vorübergehend alles im Überfluss vorhanden ist, anfangen, gute, reparable Sachen einfach wegzuschmeißen?"

Für Herrn Warncke waren solche Standpunkte nach der Wende Eintagsfliegen, aber immerhin schufen sie einen kleinen Lichtblick. Die Pissarenkows, allen voran Oma Christ, schienen ihm jedenfalls unbedingt die Treue halten zu wollen.

„Ich muss mich für eine Weile von Ihnen verabschieden, Herr Warncke", begann Simon hastig. Er wollte es möglichst schnell hinter sich bringen.

Warncke verfärbte sich. „Wohin willst du gehen, Simon?"

„Dorthin, wo es bessere Luft gibt."

„Bist du denn krank?"

„Sie wissen doch, Meister, meine Bronchien."

Ach ja, sein Husten, dachte Warncke, drehte und wendete die Quadratlatschen, um zu sehen, was er machen musste. „Und wo soll das sein, Simon?"

Simon überlegte kurz, dann versetzte er: „Es soll dort der Pfeffer wachsen." Warncke zog ein ungläubiges Gesicht, unschlüssig, ob er lachen oder ernst bleiben sollte. „Was erzählst du da. Pfeffer wird in Südamerika angebaut."

Endlich wusste Simon, wo der Pfeffer wuchs. Dann trug er etwas gedrückt vor: „Ich soll in so ein Heim, nach Gribnitz. Meine Mutter sagt, ich brauche Luftveränderung. Das meint auch der Arzt. Vielleicht werde ich dann geheilt.“

Herr Warncke nickte nachdenklich, konnte gar nicht aufhören mit Nicken. „Und was hat das mit dem Pfeffer zu tun, Simon?“

Simon straffte sich, machte sich hinter dem Tresen so groß er konnte. „Ich will später mal abhauen, Herr Warncke, mich verpissen, wenn Sie verstehen, was ich meine.“ Er flüsterte es halb.

„Nun werde mal deutlicher“, bat Warncke, in Spannung versetzt, und schmunzelte ein wenig.

„Werden Sie auch nicht quatschen? Sie müssen wirklich die Klappe halten, Meister, auch vor Oma, hören Sie!“

„Ist schon okay, du Lauser. Na rede endlich, was führst du im Schilde.“

„Ich brauche demnächst ein Boot, Herr Warncke, ein wirklich gutes, stabiles Boot. Es muss ja nicht riesig sein. Aber Sie sind der Einzige, dem ich zutraue, dass er so ein kleines seetüchtiges Schiffchen konstruieren kann. Sie haben doch Maschinen.“

Ernst Warncke fehlten die Worte. Alles Mögliche, was die Fantasien von Kindern bewegte, ging ihm durch den Sinn, aber es war unglaublich, dass ein Junge zu ihm, einem Schuster kam, um sich von ihm ein Boot bauen zu lassen. Und Simon sollte seine Träume behalten. „Na gut, wir reden später mal drüber, erst wirst du ja für eine Weile ohne auskommen, solange dein Heimaufenthalt andauert.“

Simon lächelte zufrieden. Er wusste, dass er sich auf Herrn Warncke verlassen konnte. Und beim Hinausgehen haspelte er noch, „der Rumpf sollte ziemlich breit sein, werden Sie das behalten? Und einen schönen tiefen Kiel haben. Dann kann es auch bei hoher See nicht kentern. Gegen eindringendes Wasser helfen am besten eine Doppelhaut und ein völlig geschlossenes Deck. Bloß nicht so`ne Schaluppe, die wie ein Ruderboot aussieht. Und wichtig ist auch die Kanone. Sie steht ganz vorne, am Bug.“

Als nächsten Besuch fasste Simon die Bäckerei Venz, ebenfalls nur ein Stück weit weg von seiner Wohnung, ins Auge. Samstag früh, als er zum

Brötchen holen geschickt wurde, war die Gelegenheit günstig, Frau Venz Lebewohl zu sagen.

Bisher war Simon noch nicht dahintergekommen, weshalb die Straße, in der Bäcker Venz über Generationen im Hochparterre eines verhunzten Altbaus sein Geschäft führte, den sonderbaren Namen Knöchelsöhren trug. Vor der Wende war Venz der einzige Bäcker weit und breit. Von überall sollen samstags die Menschen in aller Frühe, meist lange vor Öffnung des Ladens, nach Knöchelsöhren geströmt sein, damit zum Frühstück frische, knusprige Semmeln auf dem Tisch standen. Wenn sie zu dritt bedienten, sei es wohl flott gegangen, aber wehe, es stand nur eine Person hinter dem Ladentisch, dann hätte das Anstehen mitunter qualvolle Zeit verschlungen, berichtete Oma Christ. Das ist Geschichte. Jetzt hat Venz auch zu kämpfen, gegen die großen automatisierten Backhäuser, die Stände auf den Märkten, die mobilen Händler. Und so toll sind die Brötchen in ihrer Aufgeblasenheit heute ja auch nicht.

„Sieben Schusterjungen, zwei Kürbiskern und ein Wikinger", ratterte Simon sein Sprüchlein runter, indem er von einem winzigen Zettel ablas. Frau Venz, die selber bediente, war eine freundliche, aber auch nicht überfreundliche, eher zurückhaltende, kleine kompakte Frau, mit einem jener Allerweltsgesichter, wie man es ein Dutzend Mal am Tage irgendwo im Ort erblickte und dann wieder vergaß. Sie ist keine Schnatter, wie manche Verkaufstypen, sprach nur, was sie musste, hörte dafür geduldig zu und nervte schon gar nicht mit klatschsüchtigen Fragen. „Na, machen die Ferien Spaß, Simon?", floskelte sie.

„Geht so. Ich muss für länger weg, Frau Venz. Ich wollte schon mal auf Wiedersehen sagen."

„Aha, wo geht`s denn hin?"

„Zur Kur nach Gribnitz, liegt am See."

„Du hast es gut. Und für wie lange?"

„Das ganze fünfte Schuljahr."

Frau Venz merkte überrascht auf. „Ganz alleine?"

Simon senkte verlegen den Blick, antwortete gedämpft: „Nein, mit meinem Vater, er studiert dort schon länger."

„Na dann Hals- und Beinbruch, Simon."

In einer hauchdünnen Plastiktüte reichte sie ihm seine Brötchen herüber, nannte den Preis von vier Mark zwanzig. Die Kasse sprang auf. Simon legte ein 5-Markstück auf die Glasplatte. Er wollte noch etwas hinzufügen, aber ihm fiel nichts Vernünftiges ein.

„Hast du`s nicht kleiner?", wurde er gefragt. Anscheinend hatte sie heute schon viel großes Geld wechseln müssen. „Ich kann nicht rausgeben", erklärte sie mit teils aufgelöstem, teils vorwurfsvollem Gesichtsausdruck.

Simon zuckte irritiert mit den Schultern. Es war ihm peinlich, Frau Venz in einer Situation zu erleben, wo sie ihren letzten Groschen hergeben sollte. Schließlich verschwand sie nach hinten, kehrte mit einem Portemonnaie zurück, aus dem sie das Restgeld entnahm. Es klimperte auf die Glasplatte.

Er wusste später selbst nicht, was ihn geritten hatte, als er herausplatzte. „Ist schon gut, behalten Sie es. Stimmt so, Frau Venz!" Sprachs, nahm seine Brötchen und ging.

Simons spontane Großzügigkeit, hinter der sich eher etwas Einschmeichelndes verbarg, kam ihm noch teuer zu stehen. Oma Christ war außer sich vor Empörung, auf welche Art ihr Enkel von der drallen Venz so gemein behumpst worden war, denn laut seiner mit Schüchternheit vorgetragenen Aussage, hätte ihm die Bäckersfrau, die nach Oma Christ´ Meinung sowieso jeden übers Ohr zu hauen gedachte, keinen Pfennig zurückgegeben. „Das sieht der ähnlich, mit Kindern kann man`s ja machen!"

Wahrscheinlich rechnete Simon damit, seine Großmutter ginge der Sache nicht weiter nach, würde das Thema irgendwann unter „schlitzohrig" abhaken. Ein gewaltiger Irrtum. Aufgebracht tobte die Siebzigjährige nach Knöchelsöhren, Frau Venz energisch zur Rede stellend. Anstandslos bekam sie die fehlenden Groschen zurück. Frau Venz soll keinen Ton gesagt haben. Und dafür war Simon ihr ewig dankbar.

Zur Fleischerei Meineke, ansässig in der Alten Richtenberger, Ecke Knöchelsöhren, zog es ihn nicht hin. Frau Meineke war eine schleimig katzenfreundliche, gestrenge Gouvernante mit Dutt, die jeden Menschen, der vor ihrem Ladentisch auftauchte, geradezu nötigte, möglichst in Masse zu kaufen, ob es nun jemals verzehrt werden konnte oder nicht. In ihrer ganzen anbiedernden Sprechweise lag so ein Beiklang wie – ach, lieber Kunde, kauf doch bitte. Was du heute nicht kaufst, ist morgen bestimmt sauteuer. Also kaufe jetzt! – „Darf es ein bisschen mehr sein?", war wohl ihr liebster Satz, wenn sie den Berg Schabefleisch auf der Waagschale abstrich, ohne die Antwort – meinetwegen, wenn Sie nicht mehr berechnen – fürchten zu müssen.

„Kommt noch was dazu?" Auch so eine dämliche, den Kunden entmündigende Frage. „Stückchen Mageres vom Schwein vielleicht? Schöne Kammscheiben hab ich noch da. Wie sieht es denn mit Wurst aus, keinen Lachsschinken heute?"

Die nüchterne Erklärung, „Nein, das ist alles!", bedeutete für sie jedes Mal eine Härte. Sie verstummte abrupt und ihre Züge wurden so roh und kühl, wie das Fleisch in der Auslage. Dass die Wurst bei Meineke nicht schmeckte, war stadtbekannt. Alle kauften die Wurst bei Kuse. Die Meineke wünschte ihrem erbittertsten Konkurrenten schon lange die Krätze an den Hals, doch statt diese Krankheit zu bekommen, blühte Kuse eher noch auf. Sein Geschäft mit angeschlossenem Imbiss brummte wie nie zuvor. Und die Meineke erblasste vor Neid, wenn sie die Schlange bei Kuse erblickte.

Simon war auch mal mit der Meineke heftig kollidiert. Ohne sich des Brüskierenden seiner Worte bewusst zu sein, hatte er beim Herüber-reichen des Einkaufszettels geäußert. „Bitte nur das Fleisch, was draufsteht, die Wurst soll ich woanders holen." Das Adrenalin schoss der Meineke angesichts dieser vordergründigen Anspielung so heftig ins Blut, dass sie sofort pampig zurückzischte. „Dann kannst du dein Fleisch auch gleich woanders kaufen!" Eine folgenschwere Entgleisung. Kaum hatte

Oma Christ diese Äußerung aus Simons Mund vernommen, stürmte sie auch schon los.

Frau Meineke wurde von einem wahren Blitzgewitter getroffen. Bei jedem Einschlag, der davon begleitet war, dass ein Kunde nach dem anderen konsterniert dem Laden den Rücken kehrte, zuckte sie mehr in sich zusammen, bis sie schließlich so weit durchgedreht war, dass sie ihren Laden für diesen Tag zwangsläufig schließen musste.

Es gibt Abschiede, die sind traurig, bitter, herzzerreißend. Kurz vor seinem Aufbruch im Sommer 1996 – eine sengende Dunstglocke lag schon seit Wochen über der Stadt – vernahm Simon, dass es seiner Uroma väterlicherseits gar nicht gut ging. Sie wäre sogar bettlägerig. Die ganze Verwandtschaft war aufgescheucht.

„Ist doch kein Wunder bei dem Wetter", meinte Walter Pissarenkow geknickt, indem er sich fortwährend einredete, einzig und alleine die erbärmliche Hitze wäre daran schuld, weshalb seine hochbetagte Großmutter momentan unpässlich sei. Sie solle nur schön viel trinken und auf keinen Fall vor die Tür gehen, dann wird es schon wieder.

Seine Selbstprognose stützte sich vornehmlich auf die Anschauung, dass ein Mensch, der zeitlebens von Krankheiten verschont geblieben war und noch mit siebenundachtzig so quirlig, fidel und unternehmungslustig herumlaufen konnte wie Auguste, schon bald wieder auf die Beine kommen musste.

Der Krankenbesuch fand mit der ganzen Familie statt. Auguste Sowinski wohnte mit ihrem erblindeten Mann Johann seit 1974 bei ihrer verwitweten Tochter Wilma Pissarenkow, der Mutter von Simons Vater, im zweiten Stock einer alten, kürzlich erst instand gesetzten Villa in der Sarnowstraße 22, von dessen geschnörkelten Treppen, Erkern und Türmchen Simon schon immer ganz angetan war. Pissarenkows Vater war im selben Jahr mit nur 46 Jahren gestorben.

Seit Simon sprechen konnte, nannte er Wilma, die Andere-Oma, was immer wieder das Missbehagen seines Vaters wachrief, der dennoch nicht aufgab, seinem Sohn einzutrichtern, dass er sich doch endlich angewöhnen möge, sie mit Oma Pissarenkow anzureden. Dahinter verbarg sich der pure Neid. Es schmeckte Pissarenkow absolut nicht, dass seine bucklige Schwiegermutter, die er seit zehn Jahren notgedrungen im Haushalt duldete, von Simon mehr Aufmerksamkeit erfuhr, als Walters abgöttisch geliebte Mutter, die er bei jeder Gelegenheit in den Himmel hob.

Simons Gefühle waren aber nun mal ausschließlich bei Oma Christ, seiner sanften Ziehmutter, zu der er nachts ins Bett konnte, wenn er schlecht geträumt hatte. Ein Horror der Gedanke, wenn ihr etwas zustieße. Wilma, klein, rund und mit forschem Blick im langen Oval, war ein ganz anderer Mensch als Martha und sehr bald zum Mittelpunkt eines Familienkultes hochstilisiert, von dem später noch eingehender die Rede sein wird.

Sie hatten die kleine zierliche Auguste auf die Couch ins Wohnzimmer umgebettet. In steilen Kissen gewahrte Simon einen kantigen, blauschwarz geäderten Schädel, bedeckt mit silbrigem Flaum, der ihr Haar war. Die Wangen waren eingefallen. Der zahnlose Mund, der nach innen gewölbt die Lippen verdeckte, warf winzige Fältchen. Das Gesicht war spitz zur Stubendecke gerichtet. Die einst rastlosen Augen blinzelten müde, nahmen in ängstlicher Verschwommenheit die vielen Gestalten wahr, die um sie herumschlichen und unentwegt flüsterten: „Wird schon werden … wird schon werden." Auch Simon plapperte diesen Satz schnell nach. „Wird schon werden."

Aber es wurde nichts mehr. Noch in der Nacht verstarb Auguste Sowinski.

Ihr Ableben löste in der Sippe Pissarenkow allergrößtes Entsetzen, tiefste Trauer und Wehklagen aus. Auf dem Totenschein stand schlicht, Herzversagen. Aber Walter Pissarenkow, dem Enkelsohn und angehenden Staatsanwalt, war die Sache nicht geheuer. Wie konnte das Herz einer rüstigen Frau, die vor Tagen noch über sieben Beete sprang, plötzlich aussetzen? Es musste etwas anderes dahinterstecken. Bestimmt hätte man sie, wäre sie rechtzeitig auf den Kopf gestellt worden, retten können. Alles was hierzu in seinem Hirn vorging, wurde schließlich von einem einzigen Gedanken beherrscht: Er musste seine Großmutter obduzieren lassen. Das zu erreichen, war so gut wie unmöglich, aber Pissarenkow rannte von Pontius bis Pilatus, und da er ein paar wichtige Entscheidungsträger höchstpersönlich kannte, wurde die Sache zu guter Letzt angeordnet.

Das Ergebnis war ernüchternd. „Frau Sowinski ist an einen Gehirnschlag gestorben", dozierte der Pathologe, während er sich nebenbei die Hände wusch. „Medizinisch ausgedrückt, zerebraler vaskulärer Insult."

„Hm, sieh dir bloß einer an. Und etwas anderes ist ausgeschlossen?"

„Völlig."

„Sie war immer wohlauf … wie kann denn so plötzlich …?"

„In dem Alter, ich bitte Sie, Herr Pissarenkow. Wenn mich nicht alles täuscht, ging die selig Verstorbene auf die neunzig zu."

Wie schmählich, dachte Walter Pissarenkow, den es wurmte, dass dieser junge Schnösel Oma Auguste, die noch nicht mal unter der Erde lag, lakonisch eine Verstorbene nannte. Und maniert versetzte er: „Sie sprechen hoffentlich von meiner Großmutter."

„Ja, natürlich", berichtigte sich der Pathologe umgehend.

„Soll das heißen, mit siebenundachtzig ist man Anwärter für solche Gehirnschläge?"

„Gewissermaßen ja, Herr Pissarenkow. Ich versteh schon, Sie hingen sehr an ihr."

Pissarenkow nickte. „Ja, wir waren als Kinder viel bei ihr auf dem Lande." Und leise fragte er, „was meinen Sie, hat sie denn sehr leiden müssen?"

„Undenkbar, wenn Sie das tröstet. Sie muss schnell das Bewusstsein verloren haben."

„Das klingt beruhigend. Und es war wirklich nichts mehr zu machen, Doktor?"

„Soweit ich dem Bericht des Notarztes entnehmen kann, war sie bereits tot, bevor er eintraf."

Walter Pissarenkow saß in sich gekehrt auf dem Stuhl und beendete seine Fragerei. Er hatte nun Klarheit, mehr wollte er nicht. Aber es war eine dumpfe Klarheit, zu wissen, dass man an irgendetwas sterben musste, morgen schon, oder erst eines Tages, sich mitten im Leben meinend, wie Auguste. Und er versuchte sich vorzustellen, wie es sein könnte, wenn er in seinen letzten Zügen läge. Nichts schockte Walter Pissarenkow mehr, wie das stetige Altern. An jedem seiner Geburtstage saß er die ersten Stunden geknickt da und ließ die Gratulationswünsche wie eine Dusche wortlos an sich herabrieseln.

„Ach, Mensch, Walterchen", drückte ihn seine Frau dann meistens aufheiternd an ihre Brust. „Wir werden alle nicht jünger. Und so wie du auf deine Gesundheit achtest, wirst du bestimmt steinalt."

„Meinst du?"

Sie hatte den Nagel auf den Kopf getroffen. Mit einer hohen Lebenserwartung liebäugelte Walter Pissarenkow seit eh und je. Die Hundert zu erreichen, daran richtete er sich heimlich auf. War es nicht ein wundervolles Ziel? Und allmählich fand er wieder in eine bessere Laune zurück.

Auguste Sowinskis Beerdigung war für den kommenden Freitag angesetzt. Ihre engsten Angehörigen wünschten die Verstorbene noch ein Mal zu sehen, daher wurde ihr Leichnam im offenen Sarg aufgebahrt, damit alle, die ihr nahestanden, Abschied nehmen konnten. Simon sah diesem Tag mit Unbehagen entgegen, denn er hatte noch nie vor einem toten Menschen gestanden. Und plötzlich, nach unzähligen Vorstellungen, was ihn erwarten könnte, war der Tag da, lauschte er ängstlich dem gleichmäßigen Knirschen der Schritte, die sich über den breiten Schotterweg in Richtung Kapelle in Bewegung setzten. Man unterhielt sich, obwohl man sich nicht unterhielt. So viele Blumen bekam kein Mensch zu Lebzeiten.

Das Gebäude, auf das sie direkt zusteuerten, ähnelte einer Kirche und war zugleich Beherbergungsstätte für die in dichter Folge zu bestattenden Toten. Im Innern war alles in Schwarz, Braun, und Weiß gehalten, passend zur strengen Trauerkluft der Anwesenden.

In der nächsten dreiviertel Stunde sorgte ein Meer aus Blumen und Gebinden für eine herrliche, aber unnatürliche, eher makabre Prachtentfaltung. Von einem kurzen Korridor gingen geheimnisvolle Türen ab. Eine schroffe Frau schloss eine der Türen auf und sagte kurz angebunden. „So, zum Abschiednehmen bitte hier hinein!"

Ihre Stimme war die eines Mannes. Simons schlug das Herz bis zum Hals. Zitternd folgte er dem Pulk. Sobald sie die Schwelle übertreten hatten, nahm das Schnäuzen deutlich zu. Die Kammer bot den Trauernden nicht viel Platz. Simon konnte stehenbleiben oder sich auf eine der wenigen Bänke setzen, die bis dicht an den Katafalk heranreichten. Obgleich Auguste zu Lebzeiten eine kleine Person war, wirkte der Sarg, in dem sie aufgebahrt lag, in der Enge ungewöhnlich lang. Er war tiefschwarz. Sein Deckel lehnte schräg an der Wand. In dem Verlies lag ein scharfer blumiger Duft. Der entströmte unzweifelhaft dem Zudeck der Toten, welches über und über mit Stiefmütterchen gesäumt war. Jetzt wusste er, wie der Tod roch.

Das fahle Gesicht der Entschlafenen vermochte Simon kaum der lebenden Urgroßoma Auguste zuzuordnen. Es zeigte so spitz und abwesend nach oben, dass man es nicht mehr zeigen dürfte.

Jetzt nahm Simon doch Platz auf der Bank, die von einer einzigen Jammerklage geschüttelt wurde. Am hysterischsten verhielt sich die Andere-Oma. Andauernd stand sie über den Leichnam ihrer Mutter gebeugt und schrie zum Gott Erbarmen. Genau wie Simons Vater, nur mit dem Unterschied, dass über dessen versteinertes Gesicht keine Träne rann. Die Andere-Oma legte die Hand auf die kalte Stirn der Hinübergegangenen, berührte ihr Gesicht. Zu guter Letzt wurde der Toten noch ein Ring aufgesteckt und eine Bibel zwischen die gefalteten Hände gelegt.

Simon mochte am liebsten hinausstürzen, doch wie angekettet saß er da. Ach, endlich öffnete sich die Kammer. Sechs Männer mit Zylinder schritten herein, legten ohne zu fragen den großen Deckel über den Sarg, schraubten ihn zu. Simon atmete auf, endlich war die schreckliche

Prozedur vorbei. Den Anblick würde er wohl nie mehr loswerden und den Geruch einer Stiefmütterchen-Toten in der Nase auch nicht. Aber er wusste auch, dass er sich künftig sträuben würde, je wieder einen toten Menschen ansehen zu müssen.

ACHTES KAPITEL

Zwei Tage nach der Beerdigung – die Ferien neigten sich rasch dem Ende zu – eröffnete ihm sein Vater beim Frühstück, dass es morgen so weit sei. Sie würden die Verbindung um 13 Uhr nehmen, die er immer nehme, somit hätten sie in B. gleich Anschluss an die S-Bahn nach Gribnitz.

Noch am Abend fing Simons Mutter an, ihm seine Sachen herauszusuchen. Simon wollte ihr helfen, aber er war ihr nur im Wege und sollte lieber seinen Spielkram aufräumen. Sie schien mit dem Packen ewig zu brauchen. Nervös und unkonzentriert stopfte sie alles Mögliche in die Koffer, so als würde sie mit ihrer eigenen Entscheidung hadern und nach einem Weg suchen, Simons Reise hinauszuzögern. Sie kam nicht weit in ihren Überlegungen. Am Tapsen im Korridor erkannte sie den sich rasch nähernden Schritt ihres Mannes. Seine behände, fast stürmische, stets von Unrast getriebene Gangart versetzte sie beim Anblick seines Umfangs immer aufs Neue in Erstaunen, schien doch das Gesetz, viel Masse würde unweigerlich die Trägheit erhöhen, hier ins Gegenteil verkehrt; je mehr Gewicht ihr Mann auf die Waage brachte, desto lebhafter wurde er anscheinend, aber auch unleidlicher. Mit verkrümmter Miene erschien er im Türrahmen.

„Ist was?", zuckte sie mechanisch zusammen und betrachtete dabei die fest zusammengepressten Lippen, die seine Mundlinie zu einem dünnen Strich machten.

„Was soll sein", raunte er so leise und bemitleidenswert wie möglich, so dass sie kaum verstehen konnte, was er gesagt hatte, aber sofort wusste, dass er aus irgendeinem Grunde die beleidigte Leberwurst spielte. Da sie darauf nicht weiter zu reagierten gedachte, machte er zunächst kehrt, stand aber nach kurzem, nicht minder übel gelaunt, griesgrämig hinter ihr. „Kriegst du seine Plünnen heute vielleicht noch zusammen?!", platzte er ungehalten heraus. „Guck mal auf die Uhr! Ich dachte, es gibt eventuell mal Abendbrot, Karin!"

Das ist es also, dachte Karin Pissarenkow verbittert, er hat Knast. Und sein Fresschen steht noch nicht auf dem Tisch.

Von den verflossenen zehn Jahren Ehe hatte sie allein fünf gebraucht, um deprimiert zu erkennen, wie zwecklos es war, sich gegen die Starrköpfigkeit, Pedanterie und Nörgelei eines herumkommandierenden Patriarchen vom Schlage Walter Pissarenkows, der aus dem Hause der Sowinskis stammte, mit Erfolg wehren zu wollen, es sei denn, sie stünde die Schande einer Scheidung durch und könnte zudem noch Willen und Kraft aufbringen, beide Söhne, Simon und Klaus, alleine großzuziehen. Zu Letzterem fühlte sie sich außerstande. Um Anlässe für Streitereien von vorneherein abzublocken, wählte sie daher zunächst den Weg der Toleranz, später immer stärker der Nachgiebigkeit, der in Demut endete.

War es auch in Wahrheit nichts anderes als blinde Ergebenheit, Devotion, was sie vor ihren Kolleginnen stets bestritt, so fühlte sich Karin Pissarenkow doch blendend in jener Rolle und schwärmte sogar von einem geradezu bombastischen Leben, welches sie mit Beginn ihrer Anpassung an der Seite Walter Pissarenkows führen durfte. Und ununterbrochen konnte sie manchmal von ihren Reisen berichten, mit denen ihr Göttergatte sie ab und zu verwöhnte, und wie traumhaft es hier und dort, ohne die Gören am Hals zu haben, gewesen wäre.

Immer noch hockte Karin Pissarenkow über Simons Gepäck, schweigend und mit einem Anflug von Selbstvorwürfen, beinahe im Begriff sich querzustellen und ihren Mann vorsichtig daran zu erinnern, dass ihr Sohn morgen wegführe. Und ob ihm denn nicht auch komisch dabei sei, und sie sich im Übrigen nicht zerteilen könne wegen des Essens.

Aber er zog eine dermaßen verkniffene Fresse, dass sie es lieber bleiben ließ, stattdessen gingen ihre Versuche, ihn nicht nur schnell, sondern auch auf eine besondere Art wieder friedfertig zu stimmen einher mit der gedanklichen Frage, ob sie sich dabei nicht seines eigenen Vokabulars, zum Beispiel des Wortes Plünnen, bedienen sollte. Für liederliche Klamotten, ein ulkiger, ja trefflicher Ausdruck, den er da benutzt, ja vielleicht sogar selbst erfunden hatte. Jaja, doch, die Idee war nicht übel. Und sie griff sie nun auf und rief hastig: „Jawohl, und unter diesen scheiß Plünnen leidet nun die ganze pünktliche Abendbrotzeit!"

Der Liebedienerei aber nicht genug. Mit Wohlbehagen und sichtlich eingerenkten Zügen vernahm Walter Pissarenkow aus ihrem Munde, „Glaub mir, Walterchen, ein bisschen mehr Ordnung bei dem Jungen und ich wäre mit den Koffern längst fertig. Ich schlag vor, wir essen heute warm. Was meinst du? Ist doch der letzte Tag von dem Bengel. Und du musst ja auch für länger weg."

Sein leises Knurren sagte ihr alles. Und ohne noch etwas hinzuzufügen, zog sie sich ebenso leise an ihren Herd zurück, obschon das Kochen nicht gerade zu ihren Hobbys gehörte, gelang es Karin Pissarenkow in etwa dreißig Minuten eine für ihre Begriffe ordentliche Hausmannskost auf die Beine zu stellen. Ansonsten kümmerte sich gewohnheitsmäßig ihre Mutter ums Essen; sie musste immer was zu tun haben, sogar bei Bettlägerigkeit. Kaum ging es ihr besser, drängelte sie solange, bis ihr einer genügend Kissen in den Rücken stopfte, damit sie halb im Bett sitzend wenigstens das Kartoffelschälen übernehmen konnte.

Im Anschluss an die Trauerfeierlichkeiten hatte sich Martha Christ zum Zug nach Hamburg begeben. Zu ihrer Cousine fuhr sie regelmäßig jeden Sommer. Simon war mit auf den Bahnhof gekommen. Sechs Wochen hörten sich gewaltig an. Aber sie begründete ihm die lange Dauer anhand des unglaublich interessanten Märchens von der sogenannten Gerade-Mühle, zu der sie unbedingt wieder hin müsse. Dort habe sie vor, ihren Körper freiwillig durch eine Maschine aus lauter Rädern, die so schwer wie Mühlsteine seien, drehen zu lassen. Die Methode versprach, dass ihr krummer Rücken von Mal zu Mal ein Stück gerader würde und sie bald keinen Buckel mehr hätte. Kurz vor dem Abpfiff drückte er sie ganz fest. Wenn sie zurückkäme, würde er bereits fort sein. Er würde ihr mal schreiben.

Am praktischsten war es, wenn sie gleich in der Küche aßen. Der Tisch war groß, und wenn es auch eng war, Platz war genug, jedenfalls sparte sie sich das Hin- und Hergerenne mit dem Geschirr. „Kommt bitte essen!", rief Karin Pissarenkow, während sie rasch eindeckte. Als Erstes erschien ihr Mann. Simon und sein drei Jahre jüngerer Bruder Kläuschen folgten ihm nach.

Beim Betrachten der mehrfach aufgeschichteten Fleischscheiben, von denen das kleinste wenigstens die Größe eines Frühstückstellers hatte, lähmte es Walter Pissarenkow die Sprache, und nach der Milde seines Gesichtsausdrucks zu urteilen, durchströmte ihn gerade das erotische Gift einer süßen Wonne. Ihm war, als sang jemand in ihm, und jeder erneute Anblick des Fleisches machte ihn noch vor dem ersten Bissen schläfrig. Nicht zu fassen, es gab sein Leibgericht. Kotelett mit Blumenkohl. Sein Schwärmen wollte nicht enden. Mein Gott, wie gut sie es durchgebraten hat und so krustig paniert. Und für den Blumenkohl reichte kaum die große Schüssel. Walter Pissarenkow genoss seit Urzeiten in der Familie das Privileg der größten Portion. Schließlich war er 22 Jahre älter als Simon, dazu brachte er mit seinen einssechzig Größe, fünfundachtzig Kilo auf die Waage. Bei einem solchen Übergewicht, das wusste jeder, brauchten die Fettzellen stets viel Energie. Und Karin Pissarenkow sorgte schon von selber dafür, dass ihm seine Söhne nicht zuvorkamen und versehentlich nach der größeren Scheibe Kotelett langten. Um das sicherzustellen, eröffnete sie die Mahlzeit jedes Mal mit den Worten. „Guten Appetit, Walter greif zu!" Es war, als hätte sie die Worte einem Kampfhund zugerufen. Längst hatte Walter Pissarenkow die Lage sondiert. Ein besonders großes Stück lag ausgerechnet ganz unten. Wie eine Harpune ließ er seine Gabel in Richtung des Fleischtellers vorschnellen. Sie durchdrang erst die Panierschicht, bohrte sich dann spritzend durch eine Fettkruste und blieb im zarten Gewebe stecken. Nun hob er flugs und gierig vor Hunger die triefende Beute in die Höhe, ohne freilich etwas drunter zu halten, und riss das Teil brutal durch die Lüfte auf seinen Teller herab. Ob der blitzartigen Attacke war der Fleischberg jäh in sich zusammengefallen, einige Koteletts vom Servierteller auf die Tischdecke abgepurzelt. Niemand wagte etwas zu bemerken. Walter Pissarenkow liebte Fettränder, erwischte er ein Stück Durchwachsenes, bestrich er es dick mit Senf und schnalzte genüsslich mit der Zunge. Jetzt war der Blumenkohl an der Reihe. Er ließ sich die Terrine herüberreichen und hielt nur einmal kurz beim Schöpfen inne, sah gewichtig in die Runde und schöpfte weiter, so als wolle er die ganze Terrine leer schöpfen. Und seine Frau sagte nur, „es ist noch genügend im Topf, Walter." Erst als die Soße über den Rand seines Tellers zu tropfen drohte, setzte er die Terrine ab. Dann fragte er, wie um das Zeremoniell einem Höhepunkt zuzu-führen: „Kann ich etwas von dem Fett haben?" In einer kleinen Schale blinkte der Rest blanken Fettes aus der Pfanne. Er goss ihn sich komplett über die Kartoffeln. Während er das Essen in sich hineinschlang, beob-achtete er Simon aus den Augenwinkeln. Die Lust zu gängeln schien ihn jäh zu überkommen, denn er sagte: „Kannst du nicht gerade sitzen? Wie hältst du bloß das Besteck, Junge." Und sofort führte er ihm vor, wie er mit Messer und Gabel umzugehen hatte. Simon schnitt im Folgenden gar nicht so schlecht ab, da kam schon das nächste Reglement. „Man führt nicht den Mund zur Gabel, sondern die Gabel zum Munde, Simon!", schulmeisterte Walter Pissarenkow, dem es beim Triezen offenbar nur um seine Autorität ging und keineswegs darum, seinem Sohn tatsächlich etwas Lehrreiches beibringen zu wollen.

Klausi, der ruhig und artig neben seinem Bruder saß, fand es im Gegenteil recht spannend zu verfolgen, wie sein Vater, dessen Klugheit er immer bestaunte, gerade sehr anschaulich einige Tischsitten vermittelte. Und er ahmte, sehr zu Simons Verdruss, schnell einiges davon nach. „Nimm dir ein Beispiel an deinem drei Jahre jüngeren Bruder!", sagte Walter Pissarenkow, der mit Genugtuung sah, wie aufrecht der sonst lümmelnde Klausi plötzlich dasaß und majestätisch wie ein Fürst die Gabel übertrieben waagerecht zum Mund führte. Simon blickte seinen Bruder hasserfüllt an, der sich mit seinem Getue daran weidete, wie Simon gemaßregelt wurde, während er ein dickes Lob einsteckte. Für sein gemeines Ihm–in–den–Rücken–fallen, hätte er Klausi am liebsten an Ort und Stelle verdroschen. Aber sein Vater hätte den leisesten Ansatz sofort unterbunden. Er zog Klausi von klein auf vor:

Einmal als sie zu Besuch bei Tante Grete waren und Klausi, weil er ständig durchs Treppenhaus tobte, von einem fremden Mann übers Knie gelegt wurde, hatte Simon seine Mutter in der Küche echauffiert sagen hören: „Das lässt Walter bestimmt nicht auf sich beruhen, dass dieser Dreckskerl ausgerechnet seinen Lieblingssohn prügelt." Weitaus früher war die Geschichte mit dem Spiegel passiert. Klausi, gerade fünf, fing nebenan im Schlafzimmer wie am Spieß zu schreien an. Wie der Blitz war Simon bei ihm, gefolgt von Oma Christ. Brüllend und dabei immer in eine Richtung starrend stand der Kleine im Gitterbett. Oma Christ entdeckte als Erste das Malheur. Der ovale schöne Spiegel des Schlafzimmerschrankes sah aus wie ein riesiges Spinnennetz. Klausi muss dieses bizarre Gebilde mit dem Wurf eines derben Bauklotzes geschaffen haben. Schadenfroh sah der sonst immer schuldige Simon der drohenden Bestrafung seines Bruders entgegen. Erst nach Stunden ging die Tür. Kaum sah Klausi seinen Vater von der Arbeit kommen, stimmte er ein noch herzzerreißenderes Geschrei an. Simon lauschte. Nichts deutete auf eine Züchtigung hin. Nach einer Weile ebbte das Geplärre sogar ab. Und streichelnd stand Walter Pissarenkow am Gitterbettchen und tröstete seinen kleinen Butschi.

„Wie schmeckt es euch denn?", fragte Karin Pissarenkow förmlich in die Runde.

„Hmmm, ausgezeichnet", antwortete Walter Pissarenkow, der gerade einen leckeren Knochen zwischen den Fingern hielt und sich schläfrig darin vertiefte, die winzigen Fleischreste wie ein Hund abzuknabbern.

„Und dir, Simon?"

„Gut", antwortet dieser einsilbig.

Augenblicklich hörte sein Vater mit dem Knabbern auf, legte den

Knochen auf den Tellerrand und wandte sich schmatzend seinem Sohn zu. „Guuut … guuut … Wie sagt man richtig, Simon? Danke liebe Mutti, es schmeckt sehr gut."

Klausi merkte sogleich auf und äffte übermütig drauflos. „Danke, liebe Mutti, danke lieber Vati. Es schmeckt sehr gut!"

„Na bitte!", reagierte Pissarenkow und strich dem Jüngsten gerührt über den Hinterkopf. „Also, Simon, wir hören!"

Simon fühlte sich miserabel. Und es tat ihm leid, dass er das Wörtchen Liebe nicht flüssig über die Lippen bekam, wie sein kleinerer Bruder.

Wenn Vater und Mutter so großen Wert auf diese Anrede legten, dann konnte das nur bedeuten, dass sie sich als sehr liebenswerte, achtbare Menschen fühlten, denen die Familie über alles ging, und die daher verlangen konnten, wenigstens von den eigenen Kindern hin und wieder zu hören, was für liebe Eltern sie doch wären. Verdammt, gerade deshalb durfte er sie jetzt nicht enttäuschen. Also, warum sollte er sich ausgerechnet am letzten Abend noch Ärger einhandeln; es konnte doch nicht so schwer sein, wenigstens seinem Vater zum Gefallen, diesen kleinen beschissenen Satz herunterzuleiern. Dann wäre Ruhe. Befangen stierte er auf sein Essen, und ohne die Lippen zu bewegen, begann er mit einem kaum hörbaren „Danke", stammelte ein noch leiseres „lie...be", gefolgt von einem etwas verständlicheren „Mutti", dafür ein umso verkümmerteres, abgehacktes, ja ganze Silben verschluckendes „da...e lieb...er Va...i", und brabbelte abschließend noch die Laute „es schmeckt ... sehr gut" in den Bart.

Walter Pissarenkow war von den Socken, er hätte nicht erwartet, dass sich sein Sohn so zieren würde. Und indem er fassungslos den Kopf schüttelte, haspelte er unentwegt: „Jungejungejunge, als ob das so schwer ist, Menschenskind. Da hast du dir jetzt aber einen bei abgebrochen!"

Simon schlief die Nacht schlecht, zeitweise riss ihn eine starke Kraft in alte Traumstrukturen:

Dort ist er ein kleines Kind und liegt mit Fieber flach. Erst heißt es, er hätte

Gelbsucht. Ein anderer Arzt diagnostiziert jedoch eindeutig eine Rippenfell-entzündung. Simon muss wochenlang das Bett hüten. Oma versorgt ihn, auch seine Mutter erscheint gelegentlich am Krankenbett. Er hört die Stimme seines Vaters nebenan, seinen unverwechselbaren Schritt. „Kann Vati nicht mal kommen?", fragt er seine Mutter. „Ja, ja, er schaut nachher mal nach dir, Junge", antwortet sie beiläufig, nur damit er aufhört zu betteln. Aber es vergeht unendlich viel Zeit, ohne dass sein Vater im Zimmer auftaucht. Simon hört ihn durch die Wand deutlich reden und der Fernseher läuft. Er lauscht mit klopfendem Herzen seinen Schritten, die sich aber meistens entfernen, und wenn sie sich im Flur nähern, dann ist nicht Simon das Ziel.

„Kannst du Vati noch mal Bescheid sagen, Oma", bittet Simon nach Tagen vergeblichen Wartens, in der Hoffnung, sein vielbeschäftigter Vater würde es doch noch einrichten können, fünf Minuten seiner Zeit zu opfern oder wenigstens einen Blick durch die Tür zu werfen.

Irgendwas von Ansteckungsgefahr dringt an sein Ohr. Ist es das wirklich? Simon wartet jedenfalls vergebens.

Traumbildwechsel: Er sieht seinen Vater einen recht großen Raum betreten. Um ihn herum schleppen Verwandte Mobiliar. Bis auf eine einzelne durch-gelegene Couch ist das Zimmer vollständig leer geräumt. In weißem Bettzeug liegt dort Uroma Auguste. Sie kann kaum reden. Sein Vater beugt sich über die Kranke, befühlt ihr die Stirn, immer und immer wieder. Erschaudernd erkennt Simon, dass das Lager ein Sarg ist, ausstaffiert mit blauweißen Stiefmütterchen. Und laut und monoton echot eine Stimme: „Wird schon werden … wird schon werden!"

Der nächste Morgen war kühl, und hatte für Simon schon nichts Zurückblickendes an sich. Die wüsten Träume hatten sich aufgelöst in der beruhigend gleichmäßigen Betriebsamkeit des trocken und trostlos beginnenden Alltags. Die Straße, mühsam erwacht, wie gerädert, erduldete den frühen Verkehr. Gestern war sang und klanglos vorbei. Nun hieß es für Simon Abschied schweigen. Am Frühstückstisch, die hohle Frage. „Hast du auch alles?" Und im Flur warteten die aufgeblähten Koffer. Der

Vormittag verging rasend, gedankenleer, das vorgezogene Mittagessen vor Augen. Senfeier. Dann zogen sie alle vier los. Zu Fuß. Mit dem Auto lohne die kurze Strecke nicht, meinte Walter Pissarenkow, allein des aufreibenden Parkstresses wegen, dem er sich nicht aussetzen wolle. Klausi musste unbedingt mitlatschen, Simon beim Kofferrollen helfen.

Vielleicht weil mehr Autos als Leute unterwegs waren, kreuzte niemand, den sie kannten, ihren Weg. Und für Letztere gab es auch nicht allzu oft „Grün". Doch da, an einer unbeampelten Stelle des Bordsteins sammelten sich welche. Huschende Links-rechts-Blicke verrieten, man rüstete zum Spurt über'n Damm.

„Los, hin!", rief Walter Pissarenkow, dem die Zeit im Nacken saß, fast brüllend. Sie holperten gerade noch rechtzeitig heran, denn das Zick-zackrennen, begleitet vom protestartigen Hupkonzert einer einstweilen aufgebrachten, ruckenden, zuckenden Fahrzeugkolonne, hatte bereits begonnen. Es war wohl die Rückreisewelle. Ach, und die zweistöckigen Überlandbusse, die mehr standen denn vorwärts krochen, konnten Simon leidtun, dass sie so riesig und machtlos waren. Ausgerechnet jetzt senkten sich höhnisch die Schranken, die schon lange verschrien im Volk waren. Nichts kroch mehr. Und dahinter, zum Greifen nahe, der Backstein des Bahnhofs. Walter Pissarenkows Zorn vermochte nichts auszurichten gegen den Güterzug, welcher mit jedem Waggon härter und gleich-gültiger über seine Nerven rollte. Er schwitzte Blut und Wasser. Sie hatten noch zehn Minuten. Und plötzlich erwachte in Simon das hämisch kindliche Sehnen, ihr Gleis möge leer sein, wenn sie mit Mühe und Not den Bahnsteig erreichten. Das brachte erst mal Aufschub. Alles Weitere würde sich finden.

Konfus irrten die Blicke seiner Mutter dorthin, wo aus einer Öffnung in der Ferne Waggon für Waggon unablässig heranrollte. Klausi zählte laut mit. „Fünfunddreißig, sechsunddreißig." Und Simon verlangte es nach einem endlos langen Güterzug.

Er könnte hier noch ewig stehen und seine ganze Zeit mit rollenden Waggons verbringen. Der letzte Wagen, der unversehens, mit beinahe gehässigem Rattern vorbeizog, riss Simon abrupt aus jeglicher Illusion. Dann hetzten sie los. Allen voran Walter Pissarenkow, für den es einem Weltuntergang gleich käme, sollten diese verfluchten Leute von der Bahn sein pedantisches Konzept durchkreuzen und den Zug überpünktlich, auf die Sekunde genau, abpfeifen. Noch fünf Minuten, das müsste zu schaffen sein. Die wenigen Stufen zu den wahlweise zu benutzenden Eingängen des ehrwürdigen, einer Kirche wirklich täuschend echt nachgebildeten Schaugiebels, ließen sie schnell hinter sich. Im Nu standen die vier unterm Dach der gewölbten Haupthalle, umgeben von Reisenden in Zeitgestalt, die alle nur eines bewegte, den Zug nicht zu versäumen. Ihren Zug. Der Zug der anderen scherte sie nicht. Vom rauschenden Ton der Zeit, der hier herrschte, angesteckt, starrten sie, Kopf im Nacken, auf die digitale, sich rasend schnell einstellende große Zuganzeige, jagten blubbernd los – obgleich noch genügend Luft blieb –, um sich abermals unsicher aufgeschreckt vom verwirrenden Lautsprechergemurmel einzufinden vor der allmächtigen, abhängig machenden Zeittafel, als könnten von einer Minute zur anderen, in Bruchteilsekundenschnelle, all ihre engen Pläne und Vorstellungen doch noch von einer enttäuschenden Unzuverlässigkeit verschuldet, völlig durcheinandergeraten.

Angesichts dieser wogenden Überhast im Gewölbe, erschien das Verweilen in den bunten Logen der Gänge, wo Stand an Stand dem Verzehr keine Grenzen setzte, einfach abstrus für einen Ort der knappen Zeit, ebenso wie das zögerliche Streunen zwischen den überteuerten Angeboten der Souvenirläden und Boutiquen, ganz zu schweigen vom sinnleeren Hineindrängeln in einen der schundigsten Zeitschriftenläden im Umkreis.

Die müssen doch Langeweile haben, konnte Walter Pissarenkow, neidblass und verschwitzt, gerade noch denken, während er im Sturmschritt, seine Frau und die beiden Söhne hinter sich herziehend, eifersüchtig registrierte, wie einige Reisende, offenbar ausgehungert, dick belegte Baguettes in sich hineinwürgten, wobei sie die eifrigen Pizzarianer vom Nachbarstand im Schlingen fast noch übertrafen.

Alle naselang trieb irgendein Zwang Walter Pissarenkow dazu, seine Platzkarte herauszuwühlen. Er konnte sich Wagen- und Platznummer, zerstreut wie er war, einfach nicht einprägen, zu sehr machten ihm das Getümmel und der Zeitdruck des Verzichts zu schaffen. Als sie endlich auf dem richtigen Bahnsteig standen, wurde ihm merklich wohler. Und beim Anblick des scheinbar geduldig wartenden Zuges, löste sich langsam der Krampf in ihm.

Kein Drängen und Stoßen erwartete sie, nur einzelne besonnene Reisende, die noch damit beschäftigt waren, ihre Gepäckstücke zügig in die Wagen zu bugsieren.

Also kein Aufschub, nahm Simon ernüchtert wahr. „Hätte ich mir das nicht denken können", flüsterte er bekümmert vor sich hin. Doch es ist sonderbar. Die Enttäuschung in ihm hielt sich in Grenzen. Und er verstand gar nicht, warum. Vielleicht war es die Neugierde, die ihn auf andere Gedanken brachte, das tief verwurzelte kindliche Vertrauen, dass schon alles gut und richtig sein würde, was seine Eltern mit ihm vorhatten, und es nur zu seinem Besten sein konnte, wenn sein Vater ihn jetzt nach Gribnitz mitnahm.

Mit Staunen betrachtete Simon den überlangen Zug, der sich wie eine riesige Mutation eines Millionenfüßers schlankgliedrig ans Schienenbett schmiegte und geduldig zu warten schien, zu warten auf ihn. Geschwind kletterte er hinter seinem Vater in den Wagen. Und ihm war gar nicht nach Abschied zumute. Nach dem sie provisorisch das Gepäck abgestellt hatten, erschienen sie wieder an der Tür, stiegen kurz aus.

Die Verabschiedung fiel in den Abpfiff hinein. Er bekam von seiner Mutter einen Schmatz links und rechts auf die Wange. „Sei schön artig, Junge, und tu was dir gesagt wird!", gab sie ihm mit auf den Weg. Klausi fiel seinem großen Bruder um den Hals. Er hatte Tränen im Gesicht. Nun war Walter Pissarenkow an der Reihe. Wie in großer Leidenschaft zog er seine Frau zu sich heran, presste seinen Mund so fest und affektiert auf ihre Lippen, dass sie bald keine Luft mehr bekam, sich losriss und ganz außer Atem japste. „He, Walterchen, willst du mich ersticken!?"

Des Schaffners Brüllen ließ Simon und seinen Vater aufgeschreckt in den Zug springen. Die automatischen Türen schlugen sofort zu. Das Anrucken des Zuges war kaum zu spüren. Simon sah seine Mutter durchs Fenster in gleicher Geschwindigkeit neben dem Zug hergehen und winken, ein schräges Lächeln auf den Lippen. Klausi schluchzte.

Plötzlich erwachte in Simon ein Gefühl, als sei er von etwas Unentbehrlichem getrennt worden. Sehnsucht überkam ihn und ein Gefühl, der Vereinsamung sehr nahe zu sein, aus eigenem Verschulden. Wie hatte er nur versäumen können, seinem Mütterchen etwas Liebes und Nettes zum Abschied zu sagen. Das hätte der Anstand von ihm verlangt, wenn er es schon bei Tisch nicht fertiggebracht hatte. Und eine Stimme, die ihm seltsam vorkam, flüsterte nun beschämt. „Tschüss, liebe Mutti … liebe Mutti!"

Die Frau namens Karin Pissarenkow, seine Mutter, tippelte immer noch neben dem Zug her. Sie wird todtraurig sein, dachte Simon besorgt. Dann blieb sie stehen und winkte. Und er setzte sich auf seinen Platz und sah noch lange in ihr tränenleeres Gesicht.

NEUNTES KAPITEL

Sie hatten Fensterplätze. Der Zug beschleunigte schnell und erreichte bald eine Geschwindigkeit, die ab und zu einen lang-anhaltenden, singenden Ton erzeugte, der Simon wie der Ansatz zu einem Lied vorkam, einem Lied von der uralten Zeit, mit dem er irgendwo an weiten Landschaften vorbei, ohne groß nachdenken zu müssen, einem ungewissen Ziel zuschoss. Er drückte die Stirn ans Fenster, und im Vorbeifliegen der Landschaft, deren Felder er nie betreten, deren Ernten er nie erleben, in dessen Wäldern er nie wirklich untertauchen würde, obgleich ihm der Sinn danach stand, verschmolz sein Träumen von Liebe und Glück mit all der Sehnsucht nach den Augenblick für Augenblick sanft und zauberhaft Zurückgelassenem, mit dem herrlich Unbekannten der Welt dort draußen am Schienenstrang, dass ihm niemals gehören würde.

Sein Vater bekam von all dem nichts mit, er las und studierte in seinen Büchern, ebenso wie andere im Abteil, für die Bahnfahrten von A nach B eine notwendige, aber lästige Begleiterscheinung zu sein schien, bei der man gut daran tat, da eingepfercht in einem Zug wichtige Zeit gestohlen wurde, sich irgendwie über die langweilige, eintönige Zeit hinwegzuhelfen. Manche schaukelten sich auch hartnäckig bis zum Speisewagen durch, um sich die zähe Zeit mit unnütz Gastronomischem, das sein Geld nicht wert war, zu vertreiben; ja, eigentlich schien es den meisten Reisenden wirklich nur darum zu gehen, die Zeit buchstäblich zu vertreiben, sie zu verscheuchen, sie einfach wegzuschlafen, als ob sie erst existieren dürfte, wenn sie, die namhaft Reisenden, sie für gekommen hielten.

Schon Minuten bevor der Zug sein Ankommen verkündete, rappelte man sich sicherheitshalber hoch, hievte aufgeregt das Gepäck aus den Netzen, griff nach Jacken und Mänteln und machte drei Kreuze, dass in Kürze alles überstanden sein würde. Und in dieser Erwartungshaltung stand der Gang voll, obwohl der Zug noch fuhr, über Weichen hart schlingerte und manchen das Gleichgewicht nahm. Als er mit einem Ruck stand, ging ein Geschiebe durch die Menge, ignorierend, dass hier Endstation war. Und jeder hastete voran, froh und zufrieden darüber, nun endlich in seiner eigenen verfügbaren Zeit wieder angekommen zu sein.

Das Umsteigen am Bahnhof B. in die S-Bahn ging reibungslos vonstatten. Sie hatten sofort Anschluss. Doch der Rest der Strecke war eine ermüdende, schier endlose Fahrt über viele kleine Bahnhöfe, an denen der Zug jedes Mal hielt, Türen aufsprangen und kurz darauf wieder zuschlugen.

Am späten Nachmittag trafen sie endlich in Gribnitz ein. Sie passierten die Straße und gelangten schon nach wenigen Metern in eine jener Prachtgegenden aus Ruhe, Abgeschiedenheit und mondäner Wohnart, wie Simon sie bisher nur aus Filmen kannte. In ihrem übersteigerten

Drang nach Einzigartigkeit, Ruhm und Geltung hatten sich besonders reiche Villenbesitzer richtige kleine Schlösser hinsetzen lassen, wohl ganz dem Wahn verfallen, sich ihrer auf diese Weise bis in alle Ewigkeit gedenken zu lassen. Und jetzt sah er auch im Vorbeiwandern den See, der hier und da zwischen der Bebauung, den Bäumen und Büschen vage hindurchschimmerte, aber außer diesem erhaschten Anblick nur für Leute bestimmt schien, die sich rings um das imposante Gewässer, aufdringlich und einverleibend auf ihren scharf umzäunten Grundstücken verschanzt hatten.

Als der Weg sich plötzlich gabelte, folgte Simon seinem Vater nach links in ein Wohnviertel, dessen Häuser zwischen üppigem Buschwerk und hohen Bäumen auffallend dichter zusammenstanden als woanders. Durch die zahlreichen halb auf der Fahrbahn, halb auf dem Gehsteig beidseitig parkenden Autos wirkte die ohnehin in eine Sackgasse mündende Straße noch schmäler und trübte den Anblick des schönen Idylls. Nicht lange und sie kamen an eine Mauer aus Sockelsteinen, über die Simon gerade so hinwegschauen konnte. Gleich am Anfang war ihr Verlauf von einem zweiflügligen Holztor unterbrochen, das im Moment offen stand und eine Garage im hinteren Teil des Grundstücks sichtbar machte. Ungefähr zehn Schritte weiter kam das Gitter einer kleinen Pforte zum Vorschein, die sich ohne Weiteres öffnen ließ und Simons Aufmerksamkeit auf einen breiten, gut gepflasterten Weg lenkte, der schnurgerade an Rasenflächen vorbei auf ein mitten im Gelände errichtetes Haus zulief. Das wuchtige Gebäude, dessen klotziger Vorbau eine unüberdachte Hochterrasse zu tragen hatte, erweckte trotz seines interessanten Walmdaches mit zwei Schornsteinen und den spitzen Gauben unwillkürlich den Eindruck einer in Hast entstandenen, vom Stil her unvollkommenen Villa, obschon der bauliche Zustand der Substanz selbst, zumindest rein äußerlich, in tadellosem Zustand zu sein schien.

Das Gelände wirkte menschenleer. Und Simon wunderte sich, dass sie so ungestört hier entlang spazieren konnten, ohne dass jemand rief: „Hallo, zu wem wollen Sie denn?" Oder dass ein Hund auf sie zufegte.

Auf dem flachen Treppenpodest, fast zu ebener Erde, blieb sein Vater unvermittelt stehen, wandte sich zu Simon um, setzte den Koffer ab und bemerkte steif: „So, Junge, das wär`s, wir sind am Ziel. Tja, hier wirst du nun für einige Zeit wohnen. Und? Ist die Gegend nicht wundervoll? Hör nur, die Vögel." Er versuchte sie sogleich maniert zu erspähen, indem er ein paar Sekunden angestrengt in die Wipfel der Bäume starrte, abwartend, ob Simon sich davon inspirieren ließ. Aber nur kurz, wie unter Druck gesetzt, wanderten Simons Augen durchs Geäst, welches im böig aufkommenden Wind leicht hin und her schwankte. Und er entgegnete zögerlich. „Wo denn? Ich sehe keine Vögel."

Sein Vater machte sofort ein ernstes Gesicht und ließ augenblicklich von dem Thema ab, stattdessen sagte er bedeutungsvoll: „Komm, atme mal ganz tief durch." Und er führte ihm vor, wie er tief ein- und ausatmen sollte, um die filtrierende, heilsame Luft in seine kranken Bronchien zu inhalieren. Doch Simon benahm sich bockbeinig.

„Atme jetzt, Junge, atme!", trieb ihn sein Vater gereizt an, so als liefe Simon Gefahr, jeden Moment zu ersticken, wenn er nicht auf der Stelle kräftig atmete.

Statt es einfach zu tun, hielt Simon furchtsam und scheu nach den fremdartigen Wesen Ausschau, die sich vermutlich irgendwo dort in dem rätselhaften Gebäude versteckt hielten. Im selben Moment fiel er in den Augen seines Vaters wieder auf die Stufe des kleinen störrischen, des begriffsstutzigen Kindes herab, dass nicht hören konnte und unfähig war und zu dumm, ein Gefühl von Dankbarkeit zu entwickeln.

Und zum tausendsten Male entdeckte Simon in dem Mann den verwandelten Menschen, die Kreatur der Verdammnis, einen trotz allem Es mit ihm gut meinenden Teufel, klein von Wuchs und in der Haut seines wampenen Vaters, dessen karikiertes Gesicht den Mund am furchteinflößendsten erscheinen ließ und die buschigen, sich wie schwarzes Gewölk dicht zusammenziehenden Brauen auf der hohen Stirn.

„Ich wollte lediglich wissen, ob dir die Gegend gefällt, verdammt noch mal!" Simon zuckte zusammen, und um den Teufel, der nicht wusste, wer er war, günstig zu stimmen, nickte er eifrig und erklärte beschwichtigend. „Ja, ja, es ist wirklich schön hier, Vati."

Das sich schnell wieder in eine friedliche Vaterfigur zurück-verwandelnde gestrenge Wesen namens Walter Pissarenkow, blickte Simon fast gütig an, als ihm der einfühlsame Satz gelang. „Du wirst dich mit der Zeit schon eingewöhnen, glaub mir, Simon."

Sie tippelten nun zügig die restlichen Stufen hinauf, und während sein Vater die schwere Holztür klinkte, beschlich Simon ein unklares Gefühl der Beklommenheit. Wie mochten die Dämonen wohl aussehen, die gleich auftauchen würden, überlegte er mit größter Anspannung. Er musste jetzt gefasst bleiben. Noch schrecklichere Dämonen als in all den misslichen Ferienlagern konnte es unmöglich geben. Und er ahnte nicht, dass sich sein Vater schon die nächsten befremdlichen Worte zurecht-gelegt hatte. Und sie klangen fast wie der Spruch eines Vollzugsbeamten: „Ich übergebe dich jetzt dem Herrn Billing. Er ist der Leiter der Ein-richtung. Wir werden bereits erwartet."

Sie betraten ein Foyer. Simon sah auf den ersten Blick, dass die Wände vollständig mit dunklem Holz verkleidet waren, ebenso die Decke, was dem ganzen Interieur ein herrschaftliches Gepräge von Wert verlieh. Zur Vertäfelung passte die geschnörkelte Treppe. Eng und platzsparend mühte sie sich recht steil zu den oberen Gefilden des Hauses. Linker Hand ließ eine robuste Tür nur erahnen, wie großzügig der Raum dahinter sein musste, den er bestimmt noch betreten würde. Direkt geradeaus konnte er in einen kleinen Gang spähen, aus dem Wortfetzen an sein Ohr dran-gen. Optisch war nichts auszumachen, aber die Geräusche stammten von Frauen, die in unterschiedlichen Stimmlagen miteinander schwatzten. Und es roch immer stärker und unappetitlicher nach Essen. Dort wird die Küche sein, dachte Simon im Stillen. Das einsetzende Knarren der Stufen ging im dumpfen Klopfen der sich nähernden Schritte unter. Und noch ehe der treppab Trappelnde, ein mittelgroßer, gertenschlanker Mann, in schätzungsweise gleichem Alter wie Simons Vater, im Flur anlangte, begann er vertraulich und mit gewissen Anzeichen von Selbstsicherheit munter drauflos zu plappern. „Hallo, Herr Pissarenkow, das ist aber schön. Haben Sie`s denn gleich gefunden ...?" Er unterbrach sich, schlug die Hand vor die Stirn und rief ostentativ. „Stimmt, Sie waren erst im Frühjahr bei uns. Na dann war es ja diesmal leicht, uns hier hinten aufzuspüren."

Walter Pissarenkow nickte betreten. Ihm war es unangenehm, dass sein früherer Besuch zur Sprache kam, denn Simon brauchte es nicht unbedingt zu wissen.

„Ihr Schützling, wie ich annehme", schmunzelte der Dünne.

„Wenn ich vorstellen darf, mein Sohn Simon", erklärte Walter Pissarenkow schlicht, wobei ihm deutlich im Gesicht stand, dass er keine ausschweifende, ja eigentlich überhaupt keine großartige Unterhaltung anstrebte.

„Billing, Karl Heinz Billing", stellte sich der andere kurz vor. Dann gab er beiden nacheinander forsch die Hand.

Simon atmete fürs erste befreit auf, dass zumindest dieser Billing nichts Dämonisches an sich hatte. Das spitzige Gesicht und die leichte Himmelfahrtsnase ließen allenfalls den Vergleich mit einer zu groß geratenen Mickymaus zu. Herr Billing hatte schönes schwarzes Haar, was pfleglich lag, einen kleinen Mund und pfiffige, dicht zusammen-stehende dunkle Augen. Die weite Hose war gegürtelt, das karierte Hemd steckte locker im Bund.

Mittlerweile wurde es munterer im Haus, Türen gingen, Geschirr klapperte, Schritte hasteten, Rufe ertönten. Kreischen. Gezänk. Musik. Und eine Stimme von irgendwo rief. „Hör auf zu plärren, du Heul-suse!" Und dann erschienen nacheinander die Dämonen, meistens ein-zeln, pirschten vorsichtig heran. Einer der Geister, ein schielendes Wesen mit komischer Brille, lehnte sich leichtsinnig weit übers Treppengeländer, wohl neugierig mit der Frage beschäftigt, was für ein Affenarsch der Fremde wohl sein mochte, der dort unten als Sensation des Tages doof herumstand. Ein anderer war da schon mutiger, indem er sich ziemlich nahe an die Gruppe heranwagte und dabei unverwandt hin und her streifte, als hätte dies nicht viel zu bedeuten, doch der nur eines im Visier hatte, nämlich herauszufinden, womit ihm der Neuankömmling an Spannendem nützlich sein könnte.

Simon hatte die Geister nicht gerufen, trotzdem schlichen sie, während Herr Billing mit seinem Vater sprach, wie Spukgestalten aus ihren Verstecken. In immer kürzeren Abständen ging jetzt die große, robuste Tür. Ulkige Gesichter, auch weibliche, machten plötzlich abwechselnd lange Hälse, während gleichzeitig das Knarren auf der Treppe erheblich an Intensität zunahm. Ein weiteres Unikum schien nun zur Erkundung vorgeschickt zu werden, denn es wurde buchstäblich in den Flur hinausgeschubst, zum Schein mit einem Teller in der Rechten. Nun waren es schon zwei, die von all den Gaffern das Objekt der Begierde aus allernächster Nähe ungehindert beglotzen konnten.

Reaktionsbereit registrierte Simon aus den Augenwinkeln, dass die beiden Jungen um einiges älter waren als er. Nach seiner jahrelangen Erfahrung mit Unterdrücker-Typen im Milieu gewisser Straßen, musste das großmäulige, fiese Grinsen des kleinen Schwarzhaarigen nicht unbedingt etwas heißen, da sich die meisten nur stark fühlten, wenn es drauf ankam, aber schlappe Nudeln waren. Und Simon wusste genau abzuschätzen, mit wem er es körperlich aufnehmen konnte und um wen er lieber einen großen Bogen machte.

Aufs Boxen ließ er sich dabei nicht ein, das war nicht sein Ding. Er verwickelte jeden Feind in einen zähen Ringkampf mit Kopfhüft-schwung und doppeltem Nelson, bei dem er trickreich selten Niederlagen erlitt. Der andere, ein dunkelblonder Lockenkopf, sah aus, als ob er kein Wässerchen trüben konnte. Das sind die Brutalsten, dachte Simon voller Befangenheit. Sie schlagen ohne Vorwarnung zu, treten mit Füßen, kratzen und beißen, und wenn man sie endlich besiegt am Boden hat, spucken sie noch.

Karl Heinz Billing kannte seine Pappenheimer. Unmerklich hatte er ihre Absichten durchschaut, und da er genau wusste, von welch niederen Instinkten sich seine Schützlinge zuweilen treiben ließen, schob er sofort einen Riegel davor, indem er die beiden kleinen Provokateure erst scharf ins Auge fasste und sie dann mit der durchdringenden Stimme des Unduldsamen laut ansprach. „He, he! Dieter, Holger, was schleicht ihr hier wie Raubkatzen rum! Jetzt kommt mal gefälligst her!"

Die Strolche gehorchten prompt. „Darf ich bekannt machen. Das ist Simon, euer künftiger Mitstreiter. So, nun gebt euch mal die Hand."

Während sie dem Eindringling, dem Rivalen, widerwillig und lasch nacheinander die Flosse hinhielten, fiel Billing in eine Tonlage, die sich eher wie gutes Zureden anhörte. „Ich hoffe, ihr habt nichts dagegen, das Zimmer mit Simon zu teilen. Denkt mal, wie es euch ging, als ihr hier ankamt, versetzt euch in seine Lage. Also, herumgestänkert wird nicht und Einweihungskloppe könnt ihr vergessen. Sind wir uns da einig?!"

Sie nickten, ohne Billing dabei in die Augen zu blicken. Ein Dritter gesellte sich aufgelöst dazu. Die Neugierde hatte ihm wohl keine Ruhe gelassen. Er wollte dabei sein und unbedingt seinen Senf dazugeben, hatte man den Eindruck, obwohl ihn seine extreme Brille daran zu hindern schien, natürlich zu bleiben und ungehemmt aus sich herauszugehen.

Menschen, die wegen gewisser Gebrechen von anderen zurückgesetzt werden, geraten mitunter in einen Aufmerksamkeitsnotstand, der sie zu falschen, ja unangemessenen, geradezu übertriebenen Reaktionen verleitet, einer Abwehr, die das Vorurteil gegen sie eher noch schürt denn beseitigt. Und hier war es die Dreistigkeit, mit der er Simon seine ungewaschene Flosse hinhielt und grantig loslegte: „Tag, Piepel. Ich heiße übrigens Olaf. Wäre gut, wenn du dir das merken könntest. Und lass dir ja nicht einfallen, mich jemals Brillux zu nennen, nur weil sich ein paar von den Schwachköpfen, die hier herumglucken, ständig lustig über mich machen. Ich muss nämlich sonst Affenarsch zu dir sagen und dir jedes Mal eine reinschlagen. Ist das da oben angekommen?!"

Simon erstarrte vor Schreck. Brillux sah kräftig aus. Eine Kampfmaschine, die selbst den Tod nicht fürchtete. Vor ihr hatte Simon allergrößten Respekt. Und er beteuerte sofort und mehrmals hintereinander, dass er solch ein böses Schimpfwort niemals in den Mund nehmen werde.

Und um die Glaubwürdigkeit seiner Worte zu untermauern und Olaf seine Bestätigung zu geben, besiegelten sie ihre Abmachung mit Handschlag.

Walter Pissarenkow, dem die ganze Afferei langsam zu viel wurde, fand, dass es höchste Eisenbahn war, sich schleunigst aus dem Staube zu machen. Solchen Rüpeln und Streithammeln ging man besser schnell aus dem Wege. Und dann überkam ihn sogar ein bisschen Mitgefühl. Irritiert, ja fast bekümmert, überlegte er, wie sein Sohn, den er hier zurücklassen würde, mit dem Gesocks überhaupt klarkommen wollte. Doch jener Gedanke, mochte er auch noch so aufleuchtend, so vielversprechend und einsichtig gewesen sein, verflog, noch ehe ihm überhaupt ansatzweise eine vernünftige Tat hätte folgen können. Und jäh wiegelte Walter Pissarenkow wieder nur ab. Gott, es sind dumme, unreife Gören, sie werden sich zusammenraufen müssen. Das hab ich in dem Alter genauso gemusst. Billing ist ein alter Hase, der kriegt das schon hin. Und im Nu waren all die störenden Skrupel, die lästigen Zweifel, wie weggefegt.

„So, ich will dann mal steigen", beeilte er sich zu verkünden, um nicht noch einmal auf andere Gedanken zu kommen. „Besprochen haben wir, denke ich, alles."

Er drückte Billing die Hand, dann tätschelte er Simon, was höchst merkwürdig aussah, die Wange, strich ihm kurz über den Kopf und murmelte zum Abschied: „Also, halt die Ohren steif, Junge, wir sehen uns Sonntag." Mit diesen Worten ging er hinaus. Simon rannte ihm nach. Draußen im Park blieb er stehen, sah zu, wie sein Vater, als würde er gejagt werden, beinahe im Laufschritt das Grundstück durchquerte. Und mit einem aufkommenden Gefühl nahenden Weinens rief er hinter ihm her. „Tschüss Vati ... Tschühüss!"

Walter Pissarenkow konnte es nicht überhört haben, doch er stürmte weiter, hob nur ein einziges Mal schwach die Hand, ohne sich dabei umzudrehen. Dann war er um die Ecke verschwunden.

ZEHNTES KAPITEL

Vom ersten Tage an empfand Simon das Leben im offenen Gewahrsam der Stubenrauchstraße 14 wie eine Gefangenschaft. Das Einzige, was ihn aufrecht hielt, war die schöne Umgebung. In diesem Punkt hatten seine Eltern wirklich Recht behalten. Das Heimgelände lag nach Süden an einem Hang, von wo aus das andere Ufer des Sees mit seinen kleinen Einbuchtungen und Schilfgürteln gut zu überblicken war. Boote aller Klassen zogen ihre Spur durch das seichte Wasser, immer wieder überflügelt von den aufgetakelten Pötten, die mit ihren üppigen Aufbauten und der hohen Wasserverdrängung dem Ufer gefährlich nahe kamen; Muskelprotze hinter dem Ruder, in fast statuarischer Haltung, und sich rekelnde, halbnackte Girls auf den Decks in gleißender Sonne.

Seelisch wusste Simon nicht genau, was in ihm vorging, was er fühlen und denken sollte. Unerklärliches bedrückte ihn. Aber das musste wohl zum Verzicht dazu gehören und unabdingbar sein, wenn er wollte, dass er wieder richtig gesund würde.

Die Unterkunft, die sein Vater seit Beginn des Studiums nutzte, lag in der Domstraße 15, einem ruhigen, baumbestandenen Viertel, knapp zwanzig Minuten Fußweg vom Heim entfernt. Sie bestand aus zwei recht passablen Zimmern im ersten Stock einer uralten Villa, die der Universität als Internatsgebäude diente.

Er holte ihn immer nur sonntags, dafür, bis auf seltene Ausnahmen, pünktlich nach dem Frühstück. Und niemals wäre Simon auf den Gedanken gekommen, zu fragen, warum nicht schon samstags. Es war eben so und nicht anders und für Simon längst zu einer Gewohnheit geworden, über die er kein Wort verlor.

Bei jedem Treffen wollte sein Vater, dass sie ins Kino gingen. Möglicherweise verbarg sich dahinter die Absicht, sich selbst jede unnötig anstrengende Unternehmung zu ersparen. Meistens nahm er Simon ins nahegelegene THALIA mit. Dort liefen seit Geraumem die großen Vorankündigungen. TITANIC, mit Leonardo DiCaprio, war in aller Munde. Obwohl Simon erst elf war, kam er am Saal-Service anstandslos vorbei. Der Film in seiner neusten Version übte eine überwältigende Faszination auf ihn aus, obwohl ihm das Thema nicht neu war. Für vier Stunden konnte er alles vergessen, selbst seinen Vater, der regungslos und ohne besondere Anteilnahme in seinem Stuhl saß. Als dann endlich die Handlung reif war, dass sich der Bug des riesigen Dampfers nach unten bewegte, während das Heck immer schneller und schneller nach oben ging, um den Stahlkoloss schließlich vertikal in die erstaunlich ruhig liegende, Stern schimmernde See berstend hinabsinken zu lassen, ahnte er, dass alle Größe, womit Menschen es wagten, sich aufzuspielen gegen die Mächte der Natur, ein Nichts sein musste. Umso beklemmender empfand Simon nach jeder Vorstellung den Moment des Abspanns, wenn es begann langsam hell zu werden im Saal, und dem kurzen, betretenen Schweigen, erst ein hohles Raunen, dann die schneidende Stimme der Wirklichkeit folgte.

„Sag mal, was für obszöne Verse kann der Billing gemeint haben, die da im Heim kursieren würden?", überrumpelte ihn sein Vater, während sie gerade dabei waren, sich ruckweise durch die enge Sitzreihung hinaus in den Gang vorzuarbeiten.

Simon erschrak wie lange nicht. Verdammt, Billing muss mich verpetzt haben, durchfuhr es ihn. Er konnte es kaum glauben. Dabei war er gar nicht der Verfasser, hatte den Spruch selbst nur irgendwo aufgeschnappt, ihn sich aber wohlbedacht eingeprägt. Das war von äußerster Nütz-lichkeit. Prompt konnte er mit einem eigenen Beitrag die Sympathie der Gemüter gewinnen. Dazuzugehören, mitmachen zu dürfen, bedeutete ihm ungemein viel, eben dabei sein können, wenn sich die Meute bei ihren Witzen und Späßen zusammenfand. Und er hatte schnell die Lacher auf seiner Seite. Das war herrlich. Und einer wird wohl zum Billing damit gerannt sein. Volksverräter! Ach, was wusste sein Vater schon von den ewigen, elendig zähen Kämpfen in solchen Kreisen. Immer geht es doch um das Gleiche: Akzeptanz ... Beliebtheit ... Geltung.

Sie traten auf die belebte Straße hinaus. Nachdem sie ein Stück gegangen waren, versetzte sein Vater, „krieg ich heute noch eine Antwort?"

Simon blickte starr geradeaus, scheute sich, etwas zu sagen.

„Also, was ist mit den Versen?!", ließ Walter Pissarenkow nicht locker, obschon seine Stimme nicht aufgeregt klang. Simon zuckte genierlich die Schultern, schützte Ahnungslosigkeit vor und fühlte doch deutlich, dass er damit am Ende nicht durchkommen würde. Ein schreckliches Unbehagen griff auf seine angeschlagenen Nerven über.

„Es wäre besser für dich, du rückst mit der Wahrheit raus, mahnte ihn eine Stimme, sehr ruhig und ohne aufzubrausen. In leicht gebeugter Haltung, die Arme verschränkt auf dem Rücken, schlug Walter Pissarenkow eine beliebige Richtung ein. Mechanisch schlich Simon neben ihm her. In seinem Kopf arbeitete es fieberhaft. Was genau wusste sein Vater? Vielleicht war es nur Bluff.

Nach langem Herumdrucksen entschied Simon – so mies er sich auch dabei fühlte –, die erdrückende Last abzuwerfen. Die Umstände hierfür waren ähnlich dumpf und beschämend, wie am Abend vor seiner Abreise, wo ihm das Wörtchen LIEBE nur mühsam aus der Nase gezogen werden musste. Und mit kläglicher Stimme begann er: „Sakra dammi ... sprach der Ami ...!" Er stockte jäh. Hatte ihn der Mut doch wieder verlassen? Es ist wahnsinnig peinlich, dachte er, und ihm war zum Versinken elend. Sollte er seinem eigenen Vater so etwas wirklich zumuten?

„Na und weiter! Wie geht es weiter?!", drängte Walter Pissarenkow begierig. „Ich warte!" Er schien von unbeirrbarer Entschlossenheit, jedes Wort, Silbe für Silbe, buchstäblich aus ihm herauszuquetschen. Und auf einmal – es war gar kein Druck weiter nötig –, leierte Simon den ganzen Text in einem Zuge geständig herunter: „Sakra dammi, sprach der Ami, als er seinen Sack besah. Fünf Pfund Wolle an der Knolle. Reiche Ernte dieses Jahr." Kein Donnergrollen folgte, alles blieb still. Simon atmete schwer. Hatte er wirklich gesprochen oder alles nur in Gedanken gesagt? Und während er immer noch dicht neben seinem Vater herschlich auf der endlosen, grauen Straße mit ihrem aufgesprungenen Pflaster, den leeren Bäumen, stumpfsinnigen Häusern, warnenden Zäunen und den Fußgängern, die in unterschiedlichstem Tempo kreuz und quer ihrer Wege gingen, riskierte er einen unverhohlenen Blick nach der Seite, sah zu seinem Vater auf. Er traute seinen Augen kaum. – War es denn möglich? Sein Vater, der immer Gestrenge, versuchte gerade ein breites Grinsen zu unterdrücken. – Sofort verspürte er Leichtigkeit, ihm wurde ein wenig warm ums Herz. Es sah ganz danach aus, als sollte er diesmal Glück haben, Glück, mit einem blauen Auge davonzukommen, weil das Stimmungsbarometer nicht auf schweres Wetter hindeutete. Die Minuten verstrichen, aber dann, als die Straße noch öder da lag, ergoss sich über Simon der stinkende Wortschwall eines angeekelten Puritaners: „Du bist ein altes Ferkel, Simon! Olle Pottsau! Pfui!"

Reuig und stumm senkte Simon den Kopf, ließ die Arme herabhängen, presste die Lippen bis zur Farblosigkeit fest aufeinander. Er schämte sich fast zu Tode, war wie versteinert. Und obgleich es sein Hirn unbewusst durchspielte, vermochte er in diesem Zustand das Weite auch gar nicht zu suchen, um auf Nimmerwiedersehen irgendwo unterzukriechen. Sein Vater hatte ihn durchschaut, das Unanständige aus seinem Innersten ans Licht gezerrt. Mit Macht. Er war entlarvt, entlarvt als ein Schmutzfink, dem garantiert noch ganz andere Dinge im Kopf schwirrten, als nur diese eine lächerliche Sauerei. Ausgerechnet sein Vater musste Wind von der Sache bekommen. Und nun laberte er wortreich auf ihn ein: „Junge, wo lernst du bloß so was? Wer hat denn alles zugehört, als du diesen Spruch abgelassen hast?"

„Nur die Jungens."

„Welche? Die auf deinem Zimmer?"

„Ja, sonst keiner."

„Was, keine Mädchen?"

„Nein, ganz bestimmt nicht."

„Du lügst!"

„Nein, ehrlich."

„Wer`s glaubt, wird selig..."

Und so ging es den ganzen Rest des Weges über. Walter Pissarenkow horchte seinen Sohn aus, wie jemanden, der vielleicht schon auf Abwegen war. Erst in Sichtweite des Heimes konnte Simon endlich aufatmen. Abrupt blieb sein Vater stehen und bemerkte kühl: „Benimm dich zukünftig, Junge, das kann ich dir nur ans Herz legen. Weißt du", fügte er noch abschätzig hinzu, „ich möchte nicht kommen und mir beim nächsten Mal wieder solche Geschichten anhören müssen. Also, bleib sauber, Simon. Halt die Ohren steif!" Mit diesen Worten ließ er ihn stehen.

ELFTES KAPITEL

Simon hatte eine große Wut im Bauch. Ein Scheinheiliger war Billing in seinen Augen. Er würde ihn umgehend zur Rede stellen, was ihm eigentlich einfiele, ihn hinterrücks bei seinem Vater anzuschwärzen, und ob er nicht so viel Mumm besäße, ihm direkt ins Gesicht zu sagen, was ihm missfiele. Aber Karl Heinz Billing, der im Heim bekannt dafür war, gerne Mädchen für alles zu sein, kostümierte sich inzwischen verschiedentlich, so dass man allgemein schlecht an ihn rankam. An manchen Tagen entdeckte er Herrn Billing plötzlich in blütenweißer Kluft in der Küche, den Chefkoch mimend. Aber noch ehe er ihn zu fassen kriegte, war Billing schon der Mann, der dort draußen Schweiß überströmt und mit kohlrabenschwarzem Gesicht Briketts für den Winter über den Hof karrte. Dann überkam Simon ein Gefühl der Ehrfurcht. Und Billing passte plötzlich überhaupt nicht mehr in das Bild eines Verräters. Wie konnte er nur vorgehabt haben, auf den Mann loszugehen?

Wenn Billing kochte, war das Essen ganz anders und schmeckte wenigstens. Die Brüsing sollten sie endlich feuern, sie aber vorher noch zwingen, ihre eigene Scheiße zu fressen. Merkte denn der Billing nicht, was die dumme Tusse für einen Dreck zusammenkochte? Milchreis mit Bratwurst. Das musste man sich mal auf der Zunge zergehen lassen. Bevor Simon das Würgen kriegte, kratzte er das Zeug eilig vom Teller, direkt in die Tonne. Und er war nicht der Einzige. Aber die Brüsing, die von Tag zu Tag immer fetter wurde, kochte wohl aus Abscheu vor sich selbst und weil die anderen sie unentwegt hänselten, „ Iii, Milchreis mit Bratwurst … Iiiii!"

Sie sei ein Sozialfall mit Kündigungsschutz, raunte man. Billing bekäme sie nicht vor die Tür gesetzt und könne nur immer mal wieder sporadisch das Schlimmste verhüten helfen.

Eines Morgens konnte Simon Herrn Billing endlich klar identifizieren und war drauf und dran, ihm an die Gurgel zu springen. Er hatte schon die Worte, „Sakra dammi, sprach der Ami ...“ auf der Zunge, aber wie er auf den Mann zustürmte und der da stand, im langen staubfarbigen Gabardinemantel und der Mütze eines Sherlock Holmes, dazu unbekümmert lächelte, konnte er gar nichts Unsympathisches mehr an ihm finden. Und wie er ihn dann noch sagen hörte: „Tag, Simon, nun aber mal flott, mach dich fertig, wir wollen wandern, heute geht's ab nach Saalburg!", verflogen in ihm alle Rachegelüste. Vom täglichen Einerlei der Kinderbetreuung im Objekt selbst hielt sich Karl Heinz Billing weitgehend fern.

Man muss hier einfügen, dass das Heim, wie Simon bei seinem Eintreffen nicht sofort hatte bemerken können, aus zwei separaten Häusern bestand. Das weitaus hübschere Gebäude lag rechter Hand, halb versteckt hinter einer hohen Eibenhecke, und war mit dreißig oder vierzig Schritten zu erreichen. Die Konstruktion, ein Würfel mit spitzem Walmdach, besaß reichlich Fenstertüren, über die von drei Seiten ein Balkon betreten werden konnte, der neben seinem sehr lichten Geländer vollkommen aus braunem Holz bestand und an vier Punkten auf quadratisch gemauerten Säulen ruhte. Die dem Wasser abgewandte Seite schmückte eine teils verglaste, teils offene Veranda. In eben jenes zweite

Gebäude war Simon, nachdem ihn sein Vater verlassen hatte, hinübergebracht worden. Es war zum Wohnen für die Knaben gedacht, die man nach bestimmten Gesichtspunkten auf die Zimmer der oberen Etage verteilte, während die Räumlichkeiten des Erdgeschosses der Freizeitbeschäftigung aller dienten.

Simons Betreuer vor Ort, denen Karl Heinz Billing wie gesagt freie Hand ließ, waren im Wechsel mal Herr Donart Biel, mal Frau Agnes Höppner.

Dass Frau Höppner körperlich ein ganz schöner Brocken war, war für Simon kein besonderes Augenmerk wert. Er sah nur ihr hübsches, rundes Gesicht, dessen glückstrahlender Ausdruck gar nichts mit ihrer Figur gemein hatte. Das dunkelblonde Haar floss ihr bis zu den Schultern, ihre Wangen waren immer ein wenig gerötet, die Brauen beim Zuhören leicht angehoben. Und zuhören konnte Frau Höppner. Nie fiel sie Simon ins Wort. Er durfte immer ihn Ruhe ausreden, wenn er etwas loswerden wollte. Das schaffte schnell Vertrauen. Und er gestand ihr, dass er das alles nur wegen seiner entzündeten Bronchien auf sich genommen hatte.

Manchmal, im Bemühen um den passenden Ausdruck, lag etwas Überdeutliches in ihrer weichen Stimme, das umso erstaunlicher wirkte, desto konstanter sie beim Formulieren ihr Lächeln beibehielt und ihre weißen Zahnreihen ununterbrochen entblößte.

Einen ganz anderen Menschen hingegen verkörperte Donart Biel, der nach Simons Wahrnehmung eigentlich zwei Gesichter hatte, eines, das den Vierzigjährigen großen, schlanken Mann als agilen, streckenweise ganz normalen drahtigen Typen zeigte, der mit dem Fahrrad zur Arbeit kam und Sport und Spiel im Heim auf Vordermann brachte; das andere Gesicht, das eines kleinen Möchtegerns, der vieles dadurch wieder kaputt machte, in dem er sich – von Agnes Höppner mit Sorge beobachtet – gerne zu kleinen nadelstichartigen Abstrafungen einer subtilen Folter hinreißen ließ, deren Wirkung, da gegen den jeweiligen Delinquenten überraschend geführt, ihm wohl stets eine innere Genugtuung verschaffte.

Frau Höppner soll ihn an manchen Tagen unauffällig beiseite genommen haben, um ihm zu verdeutlichen, dass sie sich zwar als Erzieher alle in einer schwierigen Einrichtung befänden, das aber nicht mit einer Besserungsanstalt für verwahrloste Knaben und Mädchen zu verwechseln sei.

Von Anfang an fand Simon zu Biel keinen richtigen Draht, irgendwie war er ihm nicht geheuer, wenngleich sie sich öfter zusammen auf die Veranda setzten und Mühle oder Schach spielten. Das muss der Auslöser für die Konflikte gewesen sein.

Biel genoss im Schach lange den Ruhm des Unschlagbaren, was er auch deutlich raushängen ließ. Doch einmal, eher durch Zufall, gewann Simon die Partie. Der Tisch war schon vorher stark umringt. Jeder gab Simon Tipps, außer Holger Leuschner, der sich schleimend auf die Seite Biels schlug. Der hochrote Biel lag mit seinen Figuren in den letzten Zügen. Die nüchternen zwei Worte „Schach matt!" mussten Biel wohl vollends aus der Fassung gebracht haben, denn dem Herztod sehr nahe rief er beinahe bettelnd: „Noch mal zurück! Ich möchte noch mal zurück! Zurück! Scheiße, das hab ich übersehen … übersehen!"

Aber Simon schwieg. Er dachte gar nicht daran nachzugeben. Für ihn war die Partie zu Ende. Ohne ein Wort stand er auf. Biel blieb geschlagen sitzen und starrte entsetzt auf seinen gefangenen König. Seinem Blick nach zu urteilen, hätte er Simon am liebsten erwürgen mögen. Aber Simon verließ den Raum. Tagelang mied ihn Biel wie der Teufel das Weihwasser. Er kochte innerlich und sprach kein Wort mit seinem elfjährigen Gegner, der nur davon profitiert hatte, dass Donart Biel sozusagen etwas „übersehen" hatte.

Das Vergehen, dessen sich Simon ein paar Tage darauf schuldig machte, bestand darin, dass er, statt Tür und Treppe zu benutzen, an einem der Pfeiler direkt zum Balkon hinaufstieg. Er tat es, ohne das ihm eingefallen wäre, auch nur eine Sekunde über Konsequenzen nachzudenken, die seine Kletterpartie für ihn haben könnte. Warum sollte er auch, wenn er sich doch unbeobachtet fühlte und die Vorsprünge der

Sockelsteine seinen Füßen so guten Halt boten.

Schnell hatte er die vier Meter nach oben überwunden. Ausgerechnet Biel hatte die Szene, still abseits stehend, von einem verdeckten Punkt aus hämisch beobachtet. Erst wollte er einschreiten, aber dann entschied er, sich den Genuss einer Bestrafung für einen günstigeren Zeitpunkt aufzusparen. Und der kam prompt am nächsten Tag.

Nach dem Abendbrot wollte sich die Mannschaft geschlossen zum Fernsehprogramm hinüber ins Hauptgebäude begeben. Man muss hier vorausschicken, dass Flimmerkisten auf den Zimmern nicht erlaubt waren. Ein eigens hierfür hergerichteter, separater Raum diente dazu, dass zu bestimmten Zeiten dem Bedürfnis nach Fernsehen nachgegangen werden konnte. Die Methode roch nicht nur ein bisschen, sondern stank ganz schön nach den Reglements alter DDR-Sozialismus-Tradition. Selbst kollektives Fernsehen machte da keine Ausnahme. Vielleicht war die Freiheit bis in die Stubenrauchstraße in diesem Punkt noch nicht vorgedrungen; immerhin hatte das Heim Jahrzehnte in einem Grenzgebiet aus lauter Stacheldraht gelegen. Biel und Billing waren noch vom alten Schlag, das war schnell rum.

Während Karl Heinz Billing als ganz junger Mann das Heim 1984, noch zu DDR-Zeiten, übernommen hatte, stieß Donart Biel zwei Jahre später, also kurz vor der Wende, dazu. Es war damals schon Sitte, bei Verfehlungen Fernsehverbote auszusprechen, denn Fernsehen galt im Heim als besondere Vergünstigung und gehörte nicht zu den Selbstverständlichkeiten. Die Strafe traf den Disziplinlosen jedes Mal empfindlich, weil sie Biel bewusst und aus reiner Schikane immer dann verhängte, wenn sich herumgesprochen hatte, dass eine wirklich gute Sendung kommen sollte, der schon Tage vorher das halbe Heim mit großer Spannung entgegenfieberte.

So geschah es trotz längst versunkener DDR-Zeiten auch diesmal mit Simon. Ach, was war das für ein Hieb, als kurz nach dem Antreten Biel auf ihn zukam, ihn geringschätzig von oben bis unten musterte und inbrünstig sagte: „Du nicht, Simon!" Simon hatte es irgendwie geahnt. Ohne zu widersprechen, scherte er aus der Reihe aus. Die anderen schwiegen.

„Fernsehverbot. Geh in dein Zimmer!", setzte Biel mit Pathos hinzu. Er ließ ihn einfach stehen. Dann marschierte der Trupp wie eine Herde Strafgefangener hinüber ins andere Gebäude.

Simon war todunglücklich, ja wütend und traurig zugleich. Aber er hatte zwischenzeitlich gelernt, sich mit den verschiedensten Einschnitten in seine Gefühlswelt, zumindest oberflächlich, abzufinden, und er war scheinbar auch nicht nachtragend. Oft sah der nächste Tag ja schon wieder ganz anders aus, viel heller und barg manchmal auch sehr fröhliche, aufheiternde Stunden. Dennoch beschloss er, sich künftig auf spezielle Art an seinen Feinden unter den Menschen zu rächen. Und das solche Sau wie Biel ihn um den „Grafen von Monte Christo" gebracht hatte, würde er ihm sein Lebtag nicht verzeihen. Das sollte ihm Donart Biel elendig büßen.

Als die Meute spätabends wieder eintrudelte, nahm ihn Dieter Schmidt freundschaftlich beiseite und sagte leise: „Das hast du nun davon, du hättest die Ratte gewinnen lassen sollen. Jetzt hat er dich auf dem Kieker. Solche Aktionen, wie deine Kletterei, sind natürlich ein gefundenes Fressen für Biel, dir eins auszuwischen. Du musst jetzt höllisch aufpassen, dass er dich von der nächsten Folge nicht auch wieder ausschließt. Die kommt nämlich nächste Woche."

Simon hätte sich niemals aussuchen können, mit wem er das Zimmer bewohnen wollte. Warum auch, er kannte ja ohnehin niemanden. Billings Vorstellungen von einer sinnvollen Zusammenlegung seiner Schützlinge, sofern er überhaupt darüber nachgedacht hatte, schienen weitestgehend im Dunkeln zu liegen. Kurzerhand und ohne Widerrede hatte er Simon in das Zimmer von Olaf Hassdorf und Holger Leuschner gesteckt, während Dieter Schmidt schon früh in den Genuss eines attraktiven Einzelzimmers gekommen war. Daraus machte Dieter auch keinen Hehl. Für ihn hing dieser Vorzug einfach mit seinem Alter zusammen. Er war schon 14 und hatte geistig, so viel stand fest, den anderen einiges voraus. Und körperlich sollte sich nur mal jemand trauen ... Brillux und Leuschner, obwohl er sich ständig mit ihnen abgab, waren in seinen Augen mittlerweile zwei schwer pubertierende Arschlöcher, die mit 13 früh und abends im Bett wichsten, was das Zeug hielt, und sogar darum wetteiferten, wer den schnellsten Abgang hatte. Zu dieser Situation hatte Dieter, wenn er ehrlich war, wesentlich beigetragen, auch wenn er froh war, dort raus zu sein. Einst nämlich hatte er Brillux im Beisein von Leuschner inbrünstig die frivolen Spielchen der Onanie beigebracht, indem er ihm ab und zu einen runterholte. Und Brillux war am Anfang stöhnend und unter Herzrasen, die Hand am Steifen, vom Laken hochgesprungen, weil er sich das unheimlich abhebende Gefühl, das seine Pupillen hinterm Glas noch verdrehter erscheinen ließ, nicht erklären konnte. Gott, was war das!? Sein Pisser war eine feurige Schlange, die ihr weißes Gift vor aller Augen über den schönen Teppich verspritzte.

„Du bist eine alte Sau, Brillux!", hatte Leuschner gerufen. „Mach das gefälligst weg!"

Brillux, wenn er nicht so abgeschlafft gewesen wäre, wäre Leuschner um ein Haar an die Kehle gesprungen. „Halts Maul! Wenn du noch einmal Brillux sagst, tret ich dir in die Eier, du Affenarsch!", schrie er ihn an. Aber Brillux hatte Blut geleckt. Tagtäglich spürte er fortan den Drang, unbedingt onanieren zu müssen. Jeden Abend bettelte er Dieter an, er möge es ihm mit der Hand machen, wenigstens ein allerletztes Mal. Diesmal blieb Brillux bis zum Schluss liegen, und der kalte Bauer, wie sie das klebrige Zeug inzwischen unter sich bezeichneten, spritzte ihm fast bis zu den Brillengläsern hinauf.

Nach Simons Einquartierung, gleich links oberhalb der Treppe, merkte dieser schon am ersten Abend, dass mit Brillux und Leuschner etwas nicht stimmte. Sie lagen plötzlich ganz still da und ihre Bettdecken wackelten im Takt merkwürdig hoch und runter. Bevor sich Simon mit diesem Phänomen näher beschäftigte, stellte er nüchtern fest, dass der Raum vom Platz her gerade zum Schlafen reichte. Von Vorteil war allerdings der

Balkon, der an zwei Seiten vom Zimmer aus zugänglich war und vielleicht den Benutzer für die Enge des Raumes ein wenig entschädigen sollte. Spät in der Nacht weckte ihn ein Geräusch. Und da sah er, wozu der Balkon noch gut war. Der lockige Holger, gefolgt von Olaf, hatte sich hinausgeschlichen. Er sah, wie ihre Schatten über den Balkon huschten und flugs um die Ecke verschwanden. Simon machte sich Gedanken, was die beiden vorhaben könnten. Er wartete. Aber auch nach einer viertel Stunde lag er immer noch mutterseelenallein in seinem kargen Stübchen. Ob er ihnen folgen sollte? Schon stand er in luftiger Höhe im Freien. Aber das alte Holz, mit dem der Boden bedeckt war, knarrte fürchterlich. So schlüpfte er trotz der Kühle der Nacht einfach aus den Pantoffeln und tippelte barfuß, fast nur auf Zehenspitzen, immer rechts herum, dem Verlauf des Balkons nach. Hinter einem der Fenster brannte Licht. Er setzte die Füße ganz sachte auf und pirschte sich im Zeitlupentempo näher heran. Leise Stimmen waren zu hören. Die Glastür war nur angelehnt. Er schob die Gardine mit angehaltenem Atem ein Stück beiseite. Was er gewahrte, war nichts Aufregendes. Holger und Olaf saßen im Trainingsanzug neben Dieter Schmidt auf dessen Bett. Sie baldowerten angestrengt irgendetwas aus, in das sie Simon offenbar nicht einzuweihen gedachten. Simon überlegte, ob er sich zu erkennen geben sollte, aber so viel Traute brachte er nicht auf. Schließlich huschte er, genauso leise, wie er gekommen war, zurück in sein Zimmer. Er legte sich hin und fiel bald darauf in einen festen Schlaf.

Am anderen Morgen, an einem Samstag, Simon hatte kaum die Augen richtig aufgeschlagen, erblickte er Olaf, wie er mit freiem Unterleib im Zimmer umherging. Er hatte einen Ständer. Und Simon merkte sofort, dass es Olaf scheinbar gefiel, sich ihm in dieser intimen Pose zu zeigen. Im Hintergrund, halb mit dem Rücken zur Wand, die Beine über die Bettkante gestreckt, lag entspannt Holger Leuschner. Er hatte unten nichts an. Sein Steifer war im Absinken begriffen. Sonderbare Lachen einer weißen, sahneähnlichen Flüssigkeit, schwammen als kleine Rinnsale um seinen Bauchnabel herum.

Simon fand die Erektion Olafs recht eindrucksvoll und stimulierend, jedenfalls nicht abstoßend, den Anblick des voll bekleckssten Holger hingegen eher unanständig, aber durchaus bildend, wenn er bedachte, wie hart seine eigene Pfeife mitunter wurde, ohne dass er dieser sporadisch auftretenden Steifheit bisher irgendeinem besonderen Zweck zuordnen konnte. Es war manchmal quälend und wollte nicht nachlassen. Aber es war auch nicht schlimm, wie er am eigenen Leib spürte. Er musste nur Geduld haben und warten und nur zusehen, dass die Ausbeulung keiner mitbekam. Und mithilfe von Holger und Olaf war er auf dem besten Wege, dass die Geheimniskrämerei, die um Schwänze gemacht wurde, endlich ein Ende haben würde.

Er hatte den Gedanken noch nicht richtig zu Ende gesponnen, da legte sich Brillux auch schon unter seine Bettdecke und sagte mit blöder, leise keuchender Stimme. „Komm mal her!"

„Was willst du denn?"

„Frag nicht so blöd, fasse mal unter die Bettdecke."

„Wie, unter die Bettdecke?"

„Na eben unter die Bettdecke, Affenarsch!"

Er griff Simon am Arm und zog ihn heran, so dass die Hand des Jungen schließlich wie von selbst und freiwillig unter der Zudecke verschwand. „Hast du das Rohr vorhin nicht gesehen? Das sollst du dir schnappen, stell dich nicht an!"

„Fass es doch selber an", sagte Simon, indem er die Hand verschämt ein Stück zurückzog.

„Hör mal, Kleiner, wenn du nett bist, kannst du bei uns mitmachen. Dieter leitet uns an. Du magst doch Dieter, nicht wahr?"

Simon konnte es nicht verhehlen, dass er mit Dieter Schmidt lieber zusammen war, als mit diesen Kreaturen, deshalb fragte er neugierig. „Was habt ihr ausgeheckt? Ach, deshalb seit ihr gestern Nacht so plötzlich verschwunden." Er verriet nicht, dass er sie bei Dieter gesehen hatte.

„Du kriegst auch alles mit!", höhnte Brillux. „Na los, nimm ihn endlich in die Hand!"

„Sag erst, was ihr vorhabt!", stellte Simon als Bedingung. Brillux grinste
nervös. Sein Gesicht nahm hinter der Brille wieder diesen blöden Zug an.
„Erklär du's ihm, Holger."

Holger Leuschner war jetzt dabei, sich die Spuren seiner Onaniererei
vom Körper abzuwischen. Er benutzte dazu sein Taschentuch, was er
anschließend zwischen Bett und Wand verschwinden ließ. Dann richtete
er sich auf und sagte zu Simon. „Halt aber die Schnauze, verstanden!"

Simon nickte, obwohl er im Stillen dachte, kommt drauf an, wenn es
ein Streich gegen Biel ist, warum nicht. Umso besser, dann hab ich
wenigstens jetzt gleich Verstärkung bei meiner Rache. Was aber, wenn die
beiden ganz schreckliche Dinge planen ...?

„Wir wollen nachts zu dem Weibern ... hier über uns", raunte
Leuschner.

Simon bekam große Augen. „Zu denen? Das ist aber gefährlich."

Normalerweise waren alle Mädchen im Hauptgebäude untergebracht.
Nur aus Platzgründen schliefen Dagmar Engel, Gudrun Marx und Heike
Martens, alles Kinder zwischen zehn und zwölf, unter der Dachschräge
im Würfel.

„Mach dir bloß nicht in die Hosen, Kleiner", quakte Brillux aufge-
peitscht vor Lust und versuchte, sich seinen Penis im Händchen des uner-
fahrenen Simon vorzustellen.

„Wir sind doch nicht von gestern ... Und nun mach endlich, sonst
kannst du vergessen, dass wir dich mitnehmen!"

Simon überlegte, wäre das nicht die einmalige Gelegenheit, endlich
ernst genommen zu werden? Er musste, wenn es auch schwerfiel, diese
Feuertaufe bestehen. Dann würde er bei den Großen, von denen er ja nur
lernen konnte, unwillkürlich Schlag haben und künftig einbezogen in ihre
reiferen Geschichten werden.

Schon glitt seine Hand unter die Bettdecke, fühlte alsbald Haare, dann
die Wurzel des Schaftes. „Und was soll dann ablaufen?", fragte er misstrauisch. Brillux war ganz vertieft, er konnte nicht mehr antworten.
Holger sagte: „Wir werden die Weiber als Versuchskarnickel benutzen."

Simon stutzte. „Wie bitte? Was für Versuche, was für Karnickel?" Er legte jetzt seine Finger ohne weitere Aufforderung, fast behutsam, um Olafs Glied und spürte, wie es diese kleine Umarmung mit einem Zucken honorierte.

„Nun ja, also es geht um ihre Genitalien", rückte Holger mit der Sprache heraus. Simon hatte keine Ahnung, was Genitalien waren; der Begriff war ihm bislang noch nicht untergekommen, und er fragte deshalb ganz unbedarft: „Klingt interessant. Und was sind Genitalien?"

„Du musst das Ding rubbeln, du Affenarsch, dann erfährst du es!", stöhnte Brillux, dessen Mohrrübe immer noch unbeweglich in Simons Faust ruhte.

„Und wie geht das?"

Brillux fuhr hoch. „Hör mal Holger, wir können den doch nicht mitnehmen, der ist ja selbst zum Wichsen zu dämlich!"

„Mann, ich krieg das schon hin!", rief Simon hastig, um sich nur keine Blöße zu geben. Dann begann er, einem Instinkt folgend, die Hand langsam an Olafs Schwanz rauf und runter zu bewegen.

„So?", erkundigte er sich.

Brillux grimassierte, verdrehte dabei die Augen und stöhnte leise. „Schon besser!"

Und Simon nahm das Wort „Genitalien" noch einmal laut und fragend in den Mund.

„Kommt aus dem Lateinischen", erklärte Holger, der inzwischen vom Bett aufgestanden war und gemächlich einen Slip überzog. „Das sind die Geschlechtsorgane", schulmeisterte er.

Simon merkte auf. „Ach so, und da wollt ihr bei den Mädchen ..." Er hielt inne.

„An der Fotze spielen!", schnaufte Brillux. „Mach weiter!"

Die linkische, ziemlich unbeholfene Massage sorgte für eine Erektion, dennoch war kein Gefühl, kein Trieb bei Simon damit verbunden; es war nichts, als das mechanische auf und ab der gefälligen Hand eines Elfjährigen.

Der Ausdruck „Fotze" war Simon nicht ganz neu. Schon sehr zeitig war das Wort auf Schulhöfen und Spielplätzen immer wieder an sein Ohr gedrungen und hatte ihn stets krampfhaft über seine Bedeutung nachgrübeln lassen. Sehr bald begann er zu ahnen, dass etwas besonders Abfälliges dahinterstecken musste, denn er erlebte immer öfter, wie sich Jungen im Streit oder bei Neckereien das Wort gegenseitig an den Kopf warfen. Auch Simon war von solchen Attacken nicht verschont geblieben. Zu den unmöglichsten Gelegenheiten, an x-beliebigen Schauplätzen bot sein abstruser Nachname, zigmal Anlass, den ersten Silben das Wort „Pisser" anzudichten und mit dem Ausdruck „Fotze" in einen Spott speienden Zusammenhang zu bringen.

Mit neun war es der Begriff „Ficken" gewesen, hinter dessen Sinn zu kommen, ihn lange gepackt hielt. Der drei Jahre ältere Hans Becker, eine Treppe tiefer, für dessen Jargon jene abstruse Vokabel wohl einem Wort aus höherer Bildung gleichkam, verbreitete es in den jungen Cliquen und dachte nicht mal im Traum daran, nähere Erläuterungen zu geben. Er empfand nur heimliche Freude. Simon wurde von Mal zu Mal kribbeliger, und eines schönen Tages schließlich plapperte er „Ficken ... ficken ... ficken!" so laut und unbefangen auf der Straße herum, dass sich einige Leute kopfschüttelnd umdrehten; die meisten jedoch liefen stur im Eilschritt vorbei. Verwundert sah Simon ihnen nach. Er war enttäuscht. Weshalb war niemand stehen geblieben, hatte ihn beiseite genommen und ihm vernünftig zu erklären versucht, was er da eigentlich von sich gab?

Hans Becker aber konnte sich vor Vergnügen kaum halten. Er grinste unentwegt vor sich hin und trieb seine Gemeinheiten zu guter Letzt noch auf die Spitze. „Frag doch mal im Laden nach, ob einer mit dir fickt!"

Simon hatte schon ganz andere Prüfungen bestanden, von denen er nicht wusste, warum er sich ihnen eigentlich aussetzte. Prompt marschierte er in den nächstbesten Laden, stellte sich an die Kasse und fragte mit der unschuldigsten Miene von der Welt: „Kann man bei ihnen auch ficken?" Die Kassiererin, höchstens 16, vermutlich gerade in der Ausbildung, blond, bekam einen riesigen Schreck und drückte geistesgegenwärtig den Signal-knopf für interne Klärungen. Simon war völlig perplex, als eine bebrillte ältere Dame in Sekundenschnelle auf der Bildfläche erschien. Ihr Blick war streng. Das wird die Chefin sein, dachte er, ohne sich von der Stelle zu rühren. Vielleicht ist sie zuständig fürs Ficken.

Die Auszubildende flüsterte der Dame etwas ins Ohr, deren Gesicht sich augenblicklich verfinsterte. „Zieh gefälligst Leine!", warf sie ihm brüsk an den Kopf, ohne einen Grund für ihre Aufforderung zu benennen. „Benimmst du dich zu Hause auch so!? Also, marsch, mach dass du wegkommst, sonst ruf ich die Polizei!"

Dieser Drohung leistete Simon widerspruchslos Folge, obschon es ihn wurmte, dass er so gar nichts über das „Ficken" hatte in Erfahrung bringen können.

Hans Becker lachte sich unterdessen halb schief. Da entschloss sich Simon zum Äußersten. Als Oma Christ ihm abends Märchen vorlas, fragte er sie so schonend wie möglich: „Du, Oma, ich wollte nur mal wissen, was ist Ficken?"

Der alten Frau fiel sofort das Buch aus der Hand. Sie schlug entsetzt die Hände vors Gesicht, als ob Simon die Pest hätte. „Du meine Güte! Du meine Güte!", rief sie in einem fort, und nachdem sie sich wieder einigermaßen gefasst hatte, fügte sie in äußerst ernstem Tonfall hinzu. „So etwas darfst du nicht sagen, Simon, das ist ein sehr unanständiges Wort ... Hast du das etwa von dem Becker?" Verschämt war sie den ganzen Abend bemüht gewesen, das Gespräch krampfhaft auf ein anderes Thema zu lenken...

„Und wenn die Weiber nun kreischen!", gab Simon zu bedenken.

„Wir gehen hin, wenn sie schlafen", lautete Holgers Antwort.

„Wenn sie schlafen?" Plötzlich spürte Simon, wie ihm etwas Warmes langsam über den Handrücken quoll. Ohne einen einzigen Laut von sich zu geben, hatte sich Olaf ergossen. Simon zog abrupt seine Hand zurück. Das klebrige Zeug ekelte ihn an. Holger reichte ihm Zellstoff. „Hier, nimm ... Die alte Sau hätte ja mal Bescheid sagen können!" Nach einer Pause setzte Holger neu an. „Ja, wenn sie schlafen, können sie nichts mitbekommen. Der Dieter, weißt du, der hat so ein Buch über die Genitalien von Mädchen. Fotze ist ein schmutziges Wort ... Wir wollen es mit dem Finger tun, ganz vorsichtig, damit sie nicht aufwachen."

Simon war sprachlos vor Bewunderung über den kühnen Plan. Das war mal was anderes. Zwar war ihm schleierhaft, woher Holger die

Gewissheit nahm, dass Gudrun, Dagmar und Heike, selbst wenn sie fest schliefen, bei dem Experiment stillhalten würden, aber der Einfall stammte immerhin von Dieter, auf den er große Stücke hielt. Und seine Bücher galten allgemein als gut, also fragte Simon nicht weiter.

ZWÖLFTES KAPITEL

Dieters Plan musste reifen und konnte daher nicht sofort in die Tat umgesetzt werden. Simon und er kamen sich über das Schach näher. Dieter beherrschte das strategische Brettspiel ausgezeichnet; dazu war er auch noch klug genug, Arschlöcher wie Biel niemals matt zu setzen. Bei ihm durfte Biel immer zurück. Aber indirekt erniedrigte er ihn dadurch, dass er nacheinander seine wichtigsten Figuren schlug und ihn dann in der Agonie großzügig immer und immer wieder zurücksetzen ließ, bis das Spiel irgendwann Remis stand. Das war reine Taktik von Dieter, denn was Dieter brauchte, war Narrenfreiheit für seine höhere Bestimmung, und die konnte er nur bekommen, wenn er beim Personal ein Stein im Brett hatte. Aber Dieter konnte noch viel mehr.

Zum Beispiel Baumhäuser bauen. Der Garten war überhaupt sein Revier. Unverfänglich führte er Simon dorthin, wo die geeignetsten Bäume hierfür standen. Eine alte Lärche überragte alles. Sie besaß treffliche Äste zum Klettern. Auf halber Höhe entdeckte Simon in einer Gabelung das knorrige Gebälk eines Hochsitzes, der zu einem aus Zweigen, Ästen und Laubwerk bestehenden Unterschlupf ausgebaut worden war.

„Ist das dein Werk?", fragte Simon staunend und ganz hingerissen von dem raffinierten Versteck, an das man nicht so leicht herankommen konnte, weil den Baum ein schwer überwindbares Buschwerk umgab.

„Natürlich", gab ihm Dieter stolz zur Antwort. „Wenn du dich traust, kannst du gerne hochsteigen. Du bist doch darin geübt, was Kletterkünste angeht."

Simon hatte die Anspielung verstanden, die sich hinter Dieters Angebot verbarg. Unschlüssig sah er ihn an. Komisch, immer hatte Dieter dieses verschmitzte, undurchsichtige, ja überlegen wirkende Lächeln an sich. Die Anatomie seines breitkantigen Gesichtes schien es fest in seine Züge eingegraben zu haben. Dazu die pechschwarzen Haare, damit kam er insgesamt gut an.

„Wer weiß denn sonst noch von der Hütte?“

„So ziemlich alle“, verriet Dieter bereitwillig.

„Das heißt, die Erzieher auch?“

„Wenn ich es dir doch sage.“

„Und du durftest sie ohne Weiteres bauen?“

Dieters verschmitztes Grinsen wollte nicht weichen. „Sollte ich etwa um Erlaubnis bitten? Pah, dann wäre der Bau nie entstanden.“

Ein Gefühl der Hochachtung ergriff Simon. Und er dachte bei sich. Wie mutig von Dieter, Dinge zu tun, die ich ohne Zustimmung niemals wagen würde.

„Und jeder darf nun nach Belieben hinauf?“

„Ehrlich gesagt, sie haben es indirekt sogar verboten. Als Erste hatte sich Frau Höppner aufgeregt und voller Sorge Bedenken angemeldet. In ihren übertriebenen Vorstellungen von den Gefahren war sie gleich zur Heimleitung gelaufen, weil es so hoch sei. Aber Billing und Biel sahen es zunächst gelassen, winkten ab, vornehmlich Billing, der schon immer was fürs Abenteuer übrig hatte. Er meinte, Baumhäuser seien seit Menschengedenken gebaut worden, und er wäre selbst als ganz junger Spund deshalb ständig auf Bäume geklettert, genau wie vor ihm sein Vater und dessen Vater, und keinem sei je etwas zugestoßen.“

„Und was ist bei der Sache nun herausgekommen?“

„Nichts. Stillhalte-Taktik. Biel meint, er möchte, solange er Dienst hat, keinen dort oben sehen. Wer sich erwischen lässt, muss mit Konsequenzen rechnen.“

„Dann kletterst du also auch nicht mehr in die Hütte?“

„Doch, fast jeden Tag.“

„Und … Biel?"

„Ich lass ihn im Schach gewinnen, außerdem füttere ich seine Fische im Aquarium und bring ab und zu sein Fahrrad auf Vordermann."

Simon begriff langsam, dass, wenn zwei dasselbe tun, es noch lange nicht das Gleiche war; also entschloss er sich, trotz allen Reizes, fürs Erste darauf zu verzichten, die Hütte persönlich zu inspizieren, zumindest solange nicht, wie Dieter dabei war, oder Gefahr bestand, dass er von Biel gesehen werden konnte.

Es war einer der letzten Spätherbsttage, als Simon, wie fast jeden Tag in der Woche, missmutig das verhasste Schulgebäude in der Virchowstraße verließ und über etliche Umwege dem Heim zusteuerte. Dort angelangt, ging er schnurstracks aufs Zimmer, streifte sich die Riemen seiner Mappe von den Schultern und ließ den Tornister achtlos, mit einem dumpfen Poltern, zu Boden fallen. Er war leicht. Nicht zum ersten Mal war sein geringes Gewicht auf Simons Saumseligkeiten in puncto Ordnungsliebe zurückzuführen, denn die Hälfte an Büchern und Heften vergaß er permanent einzustecken. Dafür hatte er heute bei Kaulbach mit einem dicken Eintrag bezahlen müssen.

Der Unterricht war bereits seit drei Monaten in vollem Gange, doch richtig bei der Sache war Simon von Anfang an nicht. Schon sehr bald verlor er in den wichtigsten Fächern das Land aus den Augen und dümpelte, vom behandelten Stoff weit entfernt, geistig auf einem traurigen Meer der Ahnungslosigkeit herum, dösend und Löcher in die Luft starrend, ohne einen blassen Schimmer hierbei zu haben; und ihm fiel schließlich nur noch eines ein, nämlich die Stunden zu stören, wo er nur konnte. Je öfter er Letzteres allerdings versuchte, desto rascher, ja unaufhaltsamer hatte sich aufgrund der disziplinarischen Macht, die sich automatisch gegen ihn verschwor, der Schulalltag allmählich zu einem quälenden Muss hin entwickelt. Er konnte die aufgeblasenen Lehrer plötzlich auf den Tod nicht mehr ausstehen. In seinen Augen waren sie nichts als sture Pauker und Disziplinatoren. Sein einziger Trost waren einige Klassenkameraden, mit denen er ganz gut zurechtkam. Aber später mehr hierzu. Damit nicht genug. Simon stand in vielen Fächern mittlerweile auf der Kippe. Mathe war ein rotes Tuch für ihn, die Rechtschreibung ein Buch mit sieben Siegeln. Die Lage war also gar nicht lustig, das wusste Simon, aber sie besaß auch nicht die Gewichtigkeit, einen Ruck auszulösen, der imstande gewesen wäre, ihn von Grund auf umzukrempeln. Im Moment des Schmerzes dachte Simon nur immer das eine, ich muss das Unabänderliche durchstehen, muss es irgendwie hinter mich bringen. Kommt Zeit, kommt Rat. Die Kraft hierfür, meinte er, aus dem Glauben an das „Jetzt" schöpfen zu können, nach der Devise: Wozu gewinnen? Überstehen ist alles.

Dieses besondere „Jetzt" begann im Anschluss an die Schule, im Gewebe der Straßen, dessen friedfertiges Geflecht ihn nicht einzufangen gedachte, sondern getrost durch die weiten Maschen schlüpfen ließ. Da ist kein Aufpasser zu erblicken, der ihm auf Schritt und Tritt folgt und energisch ruft. „He, wo willst du hin?! Hier geht es entlang, nicht dort!" Und überall auf seinen beliebigen Wegen lauschte er dem Klang angenehmer Stimmen, und nur diesen Stimmen, sonst keinen, die im Vorbeiziehen ihre eigene, unverwechselbare Melodie hatten, sich um sein Schweigen und Schreiten dankbarerweise nicht kümmerten, ihm fortwährend seine Ruhe gönnten.

Und das „Jetzt" verkörperte auch die schöne Bäckerin, an dessen Stand im PLUS er nie vorbeikam, ohne ihr das täglich Stück Torte mit einer kleinen Abgabe seines Taschengeldes zu zollen. Sie war überaus freundlich. Sie kannte ihn ja nicht weiter, woher auch, weiß zum Glück nichts von seinen Zensuren. Und das sollte am besten auch so bleiben, dass sie ihn nur mit seinem Wunsch, gerne Torte zu essen, in Verbindung brachte, mit sonst nichts. Es machte ihm Spaß, ihr dabei zuzusehen, wie sie sein Selbstgewähltes, natürlich das mit der meisten Creme, erst vorsichtig mit einem speziellen Messer unterfuhr, es anschließend wie ein rohes Ei auf die Pappunterlage absenkte und dann ebenso behutsam, dass es nicht zerdrückte, in sehr dünnes Papier einschlug. Wozu diese Mühe, dachte er. Aber er würde ihr niemals die Freude nehmen. Sie sollte wissen, dass er jeden noch so unbedeutenden Handgriff, jeden Augenaufschlag an ihr bewunderte. Und sie reichte ihm das kleine Luft gepolsterte Päckchen herüber, nannte ihm den Preis von einszwanzig und fragte noch. „Und nichts zu trinken heute, Schelm?"

„Doch, aber ich trinke zu Torte meist Cola, keinen Kaffee."

„Kann ich mir denken, wir haben auch Cola."

Er schmunzelte. „Oh, seit wann gibt es beim Bäcker denn Cola?"

„Du machst mir vielleicht Spaß", lächelte sie. „Warst du mal bei der Post? Da gibt es neuerdings sogar Bier."

Er fasste dies wirklich als Spaß auf. „Also gut, dann eine Cola!"

Verrückte Welt, dachte Simon. Nächstens gibt es beim Schuster noch Socken.

Er nahm die Büchse, bezahlte den Rest und trat auf die Straße. Zwei Häuser weiter, im nächsten „Jetzt" hatte er das Luft gepolsterte Päckchen ruckzuck entfaltet, sich über das herrliche Stück Cremetorte hergemacht. Und mochte es auch noch so schmierig und fettig dabei zugehen, anders als mit Gemansche ließ sich Torte mit den Händen nun mal nicht essen, erst recht nicht im Gehen. Er leckte sich im Anschluss alle fünf Finger. Ausgerechnet in dem Moment, als er das Papier einfach fallen lassen wollte, belebte sich die Straße. Das fehlte ihm noch, dass er das lästige Überbleibsel womöglich nicht loswurde. Ein einsam parkendes Auto kam ihm gerade recht. Er schlenderte nahe genug heran, bückte sich, tat so, als würde er sich die Schuhe binden, dann segelte der Rest, gut gezielt, unter die Karosse. Langsam kam er hoch. Erledigt. Niemand hatte sein Tun beobachtet und auch nicht gesehen, wie seine Hand kurz in der Hosentasche verschwand, um sich die Finger innen am Futter sauber zu wischen.

Simon blickte voller Abscheu auf die am Boden liegende Mappe. Und als ob es sich bei Selbiger um den braunen, stinkenden Torso von Kaulbach handeln würde, nahm er kurz Anlauf und stieß mit der Fußspitze so hasserfüllt dagegen, dass das unschuldige Leder einen großen Bogen durch die Luft beschrieb und gegen den Schrank prallte. Simon lachte bei diesem Streich fast schreiend auf. Er hatte Kaulbach eine verpasst. Nun lag die Sau neben dem Möbel, aber wimmerte nicht mal. Halbwegs befriedigt nach seiner Entladung ersparte er sich, wie ein Blöder noch zusätzlich auf dem ohnehin geschundenen Opfer herumzutrampeln. Kein Mensch schien etwas von Simons Schlachtruf wahrgenommen zu haben, höchstens die Fische in Biels großem Aquarium auf der Veranda unten, und selbst das war noch fraglich.

DREIZEHNTES KAPITEL

Der Würfel wirkte an diesem trüben Herbstnachmittag wie ausgestorben, die meisten Kinder waren entweder noch in der Schule, im Haupttrakt mit Essen beschäftigt oder auf dem Heimgelände verteilt, so dass man ihr Spiel kaum bemerkte. Frau Höppner war bei ihnen, hielt sich aber überwiegend im Haupttrakt auf. Biel hatte zum Glück Spätschicht. Simon warf sich apathisch aufs Bett und versuchte, das Kapitel Schule für diesen Tag endgültig abzuhaken. Ein heikles Unterfangen, was automatisch einschloss, dass er den Tornister vor morgen früh nicht mehr anzurühren gedachte, also mit anderen Worten, in den morgigen Schultag genauso lotterig hineinstolpern würde, wie in den heutigen. Und was fing er jetzt an? Ihm fiel Dieters Baumhaus ein. Welch vortreffliche Ablenkung. Auf diesen günstigen Augenblick hatte er im Stillen gehofft. Mit Schwung war er aus dem Bett, trat mit klopfendem Herzen ans Fenster und vertiefte sich in die Vorstellung, wie einfach es doch sein musste, jetzt und ohne viel Federlesens den Baum zu erklimmen. Wer wollte ihn daran hindern? Nach seiner Berechnung war es eine Sache von vielleicht dreißig Sekunden, bis er die schwer einsehbare Stelle im hinteren Teil des Anwesens erreicht haben würde. Den Weg kannte er ja. War das geschafft, böte ihm eine Wand aus hart und knorrig verschlungenem Gestrüpp eine einzigartige Deckung, seinen Plan munter in die Tat umzusetzen. Er zögerte nicht länger. Das neue „Jetzt" rief ihn förmlich zu sich.

Und er spurtete wieselflink drauf los, nahm zwei Stufen auf einmal, peilte draußen vor der Tür kurz die Lage, wetzte über den weichen Rasen auf den Hang zu, stolperte, ließ sich fallen und rutschte ein paar Meter bergab. Hier war er bereits aus dem Sichtfeld möglicher Verfolger. Er rappelte sich hoch und trabte gemächlich ein Stück am See entlang, bis er das Gefühl hatte, ungefähr in Höhe seines Zieles angekommen zu sein. Dann kroch er die bemooste Böschung auf allen Vieren wieder nach oben. Eine Mauer aus störrischem und wild vor sich hin wucherndem Gesträuch wollte ihn hindern, weiterzukommen. Und er musste schon über Dieters Gespür für natürliche Bollwerke staunen, die seinen Baum mitsamt dem Versteck dort oben schwer zugänglich machten. Eine Ruhe von ungewöhnlicher Tiefe, die einer stockdunklen Nacht gleichkam, empfing ihn. Mechanisch hob er die Arme schützend zum Kopf und begann in geduckter Haltung das zähe Gebüsch zu durchdringen. Sein Atem stolperte. Zum Glück hatte er die unscheinbare Lichtung schnell erreicht. Der Anblick der hohen Lärche ließ ihn innerlich wachsen, aber gleichzeitig mahnte ihn ein unbestimmtes Gefühl, dass irgendetwas in dem Garten nicht stimmte. Ob es mit der Stille zu tun hatte? Die war ihm nicht geheuer. Unvermittelt hörte er die Worte seines Vaters, diffus und von fern, und eigentlich längst vergangen. „Na, Simon, ist es nicht schön hier … Sieh nur, die Vögel!" Aber er hatte seit seiner Ankunft stets vergeblich nach dem Gefieder Ausschau gehalten. Und jetzt dämmerte ihm langsam, was es mit dem Ungewöhnlichen der Stille auf sich haben musste. Es fehlte das Gezwitscher. Barg der Garten etwa ein Geheimnis? Er führte den Gedanken nicht weiter, sondern wandte sich zielgerichtet dem Baum zu, schätzte ab, wie er es am besten anstellen sollte, ihn zu bezwingen. Der dicke Stamm war unten fast kahl, aber seine kleinen, polypenartigen Ausstülpungen, die einen trittfesten Eindruck machten, könnten ihm bis zu einer gewissen Höhe als natürliche Stiegen dienen. Und ohne zu zaudern, begann er mit dem Klettern. Die urwüchsige, wundersame Beschaffenheit des Stammes bot ihm tatsächlich genügend Halt, einen guten Meter problemlos vom Boden wegzukommen, dann erst vermochte er mit langgestrecktem Arm einen der starken Äste zu ergreifen. Die Gefahr abzurutschen war somit gebannt und sein weiteres Hangeln wurde automatisch sicherer. Endlich kniete er auf dem ersten Ast, packte gleich den nächsthöheren und stemmte und zog sich so Meter für Meter weiter hinauf, das Zerstobene eines trüben, von Vögeln freien Himmels weit über sich, von Gabelung zu Gabelung, wie ein klammernder Affe der Neuzeit, gelenkig und kühn. Und je weiter er vorankam, desto geschmeidiger waren seine Bewegungen. Und er fühlte sich richtig als Held.

Nach den groben Abmaßen zu urteilen, bot die Höhle in Form eines geräumigen Kastens schätzungsweise zwei erwachsenen Menschen bequem Platz. Ihre äußere Beschaffenheit war alles andere als stümperhaft, was Simon Rätsel aufgab. Nach welcher Methode mochte Dieter wohl vorgegangen sein, die zahlreichen Bretter, Balken und das ganze Strauchwerk bis hier hinauf zu bugsieren? Und wie war es ihm dann noch gelungen, das schwere Material in so schwindelerregender Höhe mit handwerklichem Geschick zu verarbeiten? Da Simon nicht an Zauberei glaubte, sah das Ganze für ihn eher nach einer äußerst waghalsigen, ja geradezu lebensmüden Aktion aus, hinter der für seine Begriffe ein großer Wille gestanden haben musste. Die Hütte war nur von unten, durch eine großzügige Aussparung im Boden begehbar. Sie ermöglichte Simon ohne besondere Klimmzüge schnell ins Innere des Verstecks zu gelangen. Er konnte aufrecht stehen und ging vorsichtig bis an den Rand der Beplankung. Auf allen vier Seiten hatte Dieter beim Verlatten an recht breite Zwischenräume gedacht, die den Blick ins Gelände nicht einschränkten, außerdem war auf diese Weise für einigermaßen Lichteinfall gesorgt, der auch nötig war, da die Überdachung von vornherein sehr viel Einstrahlung wegnahm. Durch diese Gegebenheiten gewahrte Simon das Grausige nicht sofort. Erst als er sich zum Ausruhen auf die Bretter sinken ließ, fiel sein Blick auf die toten Vögel in den Ecken. Simon bekam einen furchtbaren Schreck. Entsetzt sprang er hoch. Er musste sich in die Mitte stellen, weil überall am Rand die Kadaver lagen. Kreidebleich, aber ohne einen Schrei auszustoßen, stand er da und be-trachtete im matten Licht zitternd seinen Fund. Was war hier geschehen? Überwiegend war es schwarzes Gefieder, was dort mit hoch gestreckten Krallen lag. Er zählte zehn verendete Vögel. Den meisten fehlte der Kopf, einige lagen mit verdrehten Hälsen da. Simon erkannte deutlich ihre gelben Schnäbel. Tote Tiere erschauderten ihn schon immer, dennoch verlor er bei ihrem Anblick nicht den Kopf, so wie damals die eingebildete Gantke, der er eins auswischen wollte und sie deshalb zu dem toten Hund geführt hatte. Simon war jegliche Lust an der Baumhütte vergangen. Wer mochte dieses Massaker bloß angerichtet haben? Eine Katze? Ein Marder? Nun wurde ihm auch klar, weshalb sämtliche Vögel den Garten mieden. Sie spürten die Gefahr und hatten vielleicht sogar miterleben müssen, wie ihre Artgenossen umgekommen waren.

Merkwürdig, wenn es stimmte, dass Dieter beinahe täglich zur Hütte hinaufkletterte, weshalb hatte er dann hierzu geschwiegen? Während Simon kurzentschlossen mit dem Abstieg begann, der ihn trotz seiner Gewandtheit mehr Kraft kostete, als der Aufstieg, ließ ihn vor lauter Erregung der Gedanke nicht los, seine unglaubliche Entdeckung dem ersten Menschen, der ihm über den Weg lief, kund-zutun. Du bist nicht gescheit, bremste ihn gerade noch rechtzeitig eine innere Stimme. Und sein etwas wacherer Verstand sagte ihm, dass Frau Höppner eigentlich die Einzige wäre, die infrage käme. Zu ihr hatte er den besten Draht, und sie würde ihm bestimmt sagen können, was von der Geschichte zu halten war. Mit Dieter könnte er dann immer noch reden. Aber sein inneres Ich meldete sich abermals und eine Stimme rief: „Halt, nicht so hastig! Denk nach, was bringt es dir? Sie weiß dann, dass du auf dem Baum warst und muss dich unter Umständen der Heimleitung melden. Also schadest du dir erstens nur selbst und zerstörst zweitens dein gutes Verhältnis zu Dieter, der dir blind vertraute, und ohne den du nie von dem schönen Versteck im Baum erfahren hättest."

„Aber warum sollte mein Verhältnis mit Dieter Schaden nehmen?"

„Sei doch nicht naiv. Wenn Frau Höppner überhaupt etwas in Erfahrung bringen will, sähe sie sich durch deine Aussage geradezu gezwungen, Dieter zur Rede zu stellen, weil er als Einziger Aufklärung bringen kann, was wirklich dort oben geschehen ist und woher die vielen Vögel stammen, deren Leben ausgerechnet in seinem Versteck auf so schreckliche Weise endete. Und denk mal ja nicht; Dieter ist viel zu clever, als dass er etwas ausplaudert, was er nicht ausplaudern will ... Aber dir wird er nur noch mit Hohn begegnen." Die Stimme schwieg abrupt. Und Simon kam sich im selben Moment sehr schäbig vor. Nein, Dieter jetzt in Schwierigkeiten bringen, nur wegen des ungeklärten Schicksals von ein paar Vögeln, das durfte er nicht riskieren, das war kein Vogel ihm wert. Er brauchte Dieter doch. Und er wollte noch viel von ihm lernen. Und mit dem festen Entschluss, die Sache nun auf jeden Fall für sich zu behalten, durchdrang er, ohne auf peitschende Zweige zu achten, forsch das Gebüsch und lief leichtfüßig über den nassen Rasen direkt auf das Haus zu.

Simon war noch nicht ganz durch die Tür, da wäre er fast mit einem Mann zusammengeprallt, der Donart Biel zum Verwechseln ähnelte. Aber als der vermeintliche Doppelgänger den Mund auftat und in einem Ton, der etwas Hinterfotziges hatte, rief: „Hups ... da ist er ja ...Wo hast du gesteckt? Alle suchen dich schon", rieselte es Simon eiskalt über den Rücken. Leibhaftig, wie eine sprungbereite Katze, wand sich vor ihm im Sportdress die elastische Gestalt des Menschen Biel, dessen Art sich zu geben er eher dem Typ des widerlich Feisten zuordnen würde denn des körperlich Fitten. Doch Biels Korpus war nun mal von Gott in Stromlinienform erschaffen, das Haupt fließend schmal, die Haare, zur Minimierung des Luftwiderstandes extrem kurzgehalten, die Äuglein von hellblauem Durchblick.

Simon schluckte. „Wo soll ich denn gewesen sein ... Im Garten. Wieso?" Er starrte Biel ungläubig an und konnte immer noch nicht begreifen, dass er sich so im Schichtplan geirrt haben sollte.

„Im Garten?" Ein fratzenhaftes Grinsen erschien im Gesicht des in

Überlegenheit schwelgenden Aufsehers. „Der Garten ist groß, geht's vielleicht ein bisschen genauer!"

„Dort hinten." Simon zeigte in eine imaginäre Richtung.

„Aha, also dort wo die Lärche steht", hakte der Vernehmer hartnäckig nach.

„In etwa", antwortete Simon, den das Verhör zu quälen begann, folgsam.

Der Aufseher nickte nachdenklich, sagte plötzlich versonnen. „Da siehst du mal, welche Freiheiten du heute genießt, Bürschchen. Früher verlief dort ..." Er stockte und ließ einen Moment den Blick schweifen. „Ja, exakt dort ist die Grenze. Das ganze Ufer war auf dieser Seite abgezäunt. Erst ganz grob, dann immer engmaschiger. Und der Baum diente den Posten später als Beobachtungspunkt."

Hatte Simon richtig vernommen? Der Baum, ein ehemaliger Postenturm? Er sperrte Mund und Augen weit auf. Der Vernehmer erriet seine Gedanken und sagte herauslockend. „Gib's doch zu, du bist hochgeklettert!"

Vernebelt von seinen Worten nickte Simon geständig, in der festen Annahme, dass es der Aufseher Biel mit einer Verwarnung bewenden lassen würde, aber die Neugierde trieb ihn noch zu der Frage. „Die Hütte dort oben, hat die wirklich der Dieter gebaut, Herr Biel?"

„Wie kommst du denn auf den Schwachsinn? Hörst du nicht richtig hin? Der Hochsitz stammt zu hundert Prozent aus Zeiten des DDR-Grenzregimes; da hast du den Dieter bestimmt falsch verstanden ... Was hat er denn noch so erzählt?"

„Also, er meinte, sie hätten untersagt, dass der Baum zum Klettern benutzt wird."

„Siehst du." Biel verschränkte die Arme vor der Brust, so dass Simon den Werbeaufdruck FILA auf seiner teuren Sportjacke kaum noch erkennen konnte. „Aber du hast dich nicht daran gehalten."

Simon schaute an Biel vorbei und nickte abermals reumütig. „Kann ich jetzt durch, ich wollte auf mein Zimmer?"

„Nicht so hastig, melde dich erst mal beim Heimleiter; er sitzt mit den anderen unten im Freizeitraum."

„Um was geht es denn?"

Biel zuckte die Schultern und begann, wie einem inneren Kommando gehorchend, plötzlich leicht auf der Stelle zu hüpfen. „Keine Ahnung, ich glaube es dreht sich um Weihnachten … Na, hau schon ab!"

„Um Weihnachten?"

Biel hüpfte immer schneller. Er hörte jetzt gar nicht mehr hin, was der andere von sich gab. Und noch ehe Simon dazu kam, eine weitere Frage zu stellen, sprang er an ihm vorbei in den Garten hinaus und sprintete davon.

Mit gemischten Gefühlen, grüblerisch und nicht ohne Furcht, betrat Simon wenig später den besagten Raum, an den sich nahtlos die verglaste Veranda anschloss. Sie wirkte beruhigend. Ebenso beruhigend wirkte Billing, der vorne am gewölbten Aquarium stand und in die Gleichmut der Zierfische vertieft zu sein schien. Es waren einige besonders hübsche Exemplare darunter, die Donart Biel einst, um zu imponieren, aus einer Feierlaune heraus der Einrichtung großzügig vermacht hatte. Billing war wie ein kleines Kind, wenn es an der Zeit war, die Fische zu füttern. Ungern überließ er den Akt anderen, immer aus Angst, jemand könnte sie versehentlich überfüttern und damit unbewusst zugrunde gehen lassen. Manchmal klopfte er auch an das Glas und ergötzte sich am Zucken der herrlichen Salmler.

Gut zwei Dutzend Kinder, unter denen sich auch Olaf Hassdorf und Holger Leuschner befanden, hockten an gesonderten Tischen und brüteten unter Aufsicht von Frau Höppner über ihren Schulaufgaben. Dieter Schmidt war auch erschienen, und wie es aussah, von Billing in der gleichen Angelegenheit herbestellt worden.

Er warf Simon einen verschmitzten Blick zu und machte ihm mit einem Wink deutlich, dass er ruhig an seinen Tisch kommen könne. Kaum hatte sich Simon gesetzt, da gesellten sich noch Gudrun Engel und Dagmar Marx in die Runde, was zwar sofort sein Herz höher schlagen ließ, ihn aber gleichzeitig verschämt an Dieters schweinischen Plan erinnerte, der demnächst durchgezogen werden sollte.

Mit feierlicher Miene verkündete Billing, dass er sich anlässlich des bevorstehenden Weihnachtsfestes ausgedacht habe, mit einigen der hier Anwesenden ein tolles Märchenstück zu inszenieren, zu dessen Premiere im Advent dann alle Eltern eingeladen werden sollen. Er stolzierte nun zu der meterlangen Falttür, deren Vorhandensein bis-her kein sonderliches Interesse erregt hatte, und mit theatralischer Gebärde zog er sie so weit auf, dass der dahinter liegende, nicht sehr tiefe Raum vollständig ins Blickfeld rückte. Dann erklärte er pathetisch: „Und das wird unsere Bühne!"

Simon war total hingerissen. So viel Wohlwollen, in einem Theaterstück mitwirken zu dürfen, hatte er nicht erwartet. Und es meldete sich sein schlechtes Gewissen: Verdienst du es überhaupt? Du wusstest doch, dass es verboten ist, auf den Baum zu klettern! Aber statt Bestrafung zu empfangen, sieh an, wirst du sogar noch belohnt.

Theater spielen war schon immer Simons heimlicher Wunsch. Und Billings Idee, die Ziehharmonikatür als starren Vorhang zwischen Bühne und Zuschauerraum zu nutzen, fand er einfach grandios.

Das von Billing ausgewählte Stück, ein bekanntes Hausmärchen der Gebrüder Grimm, hieß *Schneeweißchen und Rosenrot*. Simon kannte die Geschichte in-und auswendig. Oma Christ hatte ihm auf sein Bitten früher oft genug aus dem Buch vorlesen müssen. In den Geschichten prallten immer Gut und Böse aufeinander, aber am Ende siegte das Gute. Der Wolf war tot, er konnte niemanden mehr fressen.

Es war auch Simons tiefste Überzeugung im Alter von elf Jahren, dass sich die Welt im Grunde recht simpel einteilen ließ, nämlich in zwei Lager, das der Schlechten und das der Guten. Er musste nur das Schlechte, welches sich wie eine Art Hakenwurm an der Fäulnis mancher Kreaturen satt fraß, eine Weile schmerzlich erdulden lernen, sich plagen, dann würde die Übermacht des Guten sich plötzlich wehren, unweigerlich zurückschlagen und ihn zwangsläufig, der Logik einer immerwährenden Gerechtigkeit folgend, aus seiner entwürdigenden Lage befreien. Dieser Gedanke war Simons größter Trost. Und er klammerte sich an ihn, wie ein Gläubiger an Gott.

Billing entschied, dass Simon den Bären spielen sollte, einen verwunschenen Prinzen, den positiven Helden im Stück also, während er Dieter Schmidt die Rolle des hysterischen Zwerges zuteilte, der das Böse verkörperte. Da nur zwei Mädchen von Billing geladen waren, lag auf der Hand, dass die Rollen von Schneeweißchen und Rosenrot mit ihnen besetzt werden würden.

Im ersten Moment ärgerte sich Simon, dass er nicht den Zwerg spielen durfte. Aus der Rolle des Keifenden, des undankbaren Wichtes war einiges herauszuholen und das Publikum würde seiner Darstellungsweise bestimmt reichlich Applaus spenden, aber andererseits kam ihm der Bär gar nicht so ungelegen. Immerhin wäre der Held dann er, der Gute, auf dessen Seite die Zuschauer stünden. Billing versorgte alle Darsteller mit einem Textbuch, dessen Dialoge er selbst verfasst hatte und setzte die erste richtige Probe für den kommenden Mittwoch an. Damit gingen sie auseinander.

Am Abend desselben Tages widerfuhr Simon genau das Gegenteil von dem, was ihm noch am Nachmittag von Billing als „Zuckerbrot" dargereicht worden war, nämlich die „Peitsche". Dieter hatte ihn ja vor einiger Zeit gewarnt. „Wenn du es nicht schaffst, den Biel für dich einzunehmen, musst du dich nicht wundern, wenn er dir bei jeder Gelegenheit das Leben schwermacht!"

Die ganze Truppe hatte gegessen, sich gewaschen und stand in Trainingsanzügen abmarschbereit zum Fernsehgucken vor dem Gebäude. Einige, darunter auch Holger Leuschner und Olaf Hassdorf, fühlten sich genötigt, aufgeregt darüber zu debattieren, was sie von anderen über bestimmte Szenen aus dem Film, *Die Jagd nach dem grünen Diamanten*, gehört hatten und dass man den Film unbedingt gesehen haben musste.

Da trat Donart Biel vor Simon hin und sagte von oben herab: „Na sag mal, was suchst du denn hier? Fernsehen? Du nicht, das ist doch wohl klar. Verkrümle dich gefälligst auf dein Zimmer, Kletterheini!"

Simon verfärbte sich augenblicklich. Die lakonischen Worte, *Du nicht!* bohrten sich wie ein Dolch in seine kleine Seele. Sein Herz schlug so heftig im Hals, dass er fürchtete, es würde im nächsten Moment durch den Mund herausgeschleudert werden. Der Aufseher ließ ihn links liegen. Und Simon starrte ihm nach, als entfernte sich gerade ein schreckliches Ungeheuer von ihm.

Simon legte sich ins Bett, obgleich er wusste, dass er, solange der Film dauerte, kein Auge zumachen würde. Alles Mögliche kreiste in seinem Kopf. Er sah sich wieder in der Baumhütte stehen, von der er nun wusste, dass sie schon vor seiner Zeit entstanden sein musste, und er erkannte die toten Vögel, dann wieder hörte er Billings Stimme, wie er von *Schneeweißchen und Rosenrot* erzählte. Und auf einmal sah er die Fische und stellte sich vor, wie er an Biels Stelle Futter hineinstreute. Das Bild ließ ihn nicht los. Da schwebte ein riesengroßer Fisch, der Biels Züge trug, im Schwarm vieler kleiner Fische bis dicht an die Glaswand heran und gurgelte in abstoßendem Unterwasserton. *„Du … nicht … Du … nicht!"*

Simon schwoll der Kamm. Na warte, dachte er zornig. Euch werde ich's zeigen, ihr Bielschen Viecher! Ihr sollt solange Futter von mir kriegen, bis es euch zu den Kiemen herauskommt! Mit diesem Vorsatz sprang er aus dem Bett, hatte im Nu das Nötigste auf dem Leib und schlich eine halbe Minute später in den abgedunkelten Freizeitraum.

Leise surrte die Apparatur des Aquariums vor sich hin. Und grünlich leuchtete der Quader des Glasbehälters. Ahnungslos, wie in einem Kosmos der Schwerelosigkeit, schwebten die arglosen Fische. Er musste sich Biels Schädel vor Augen führen, ansonsten war es schwer zu solch einer Tat zu schreiten. Doch kurz bevor er dazu überging, das bereitstehende Futter in Unmengen hineinzukippen, beschäftigte ihn noch die sadistische Frage, wie lange es wohl so ein Tier an der Luft aushalten mochte, ehe es elendig krepierte?

Der kleine Kescher lag auf dem Deckel, wo er immer lag. Simon ergriff ihn, entfernte rasch den Deckel und tauchte das Netzlein mit Vorbedacht langsam ins Wasser. Er kam nicht tief genug, der Stiel war zu kurz, also musste er, um erfolgreich fischen zu können, mindestens mit der Hand unter Wasser gehen. Auch das reichte nicht aus. Die Fische stutzten nur. Schließlich verschwand sein Arm bis zum Ellenbogen. Simon erwischte den dicksten Buntbarsch und hob ihn geschwind mitsamt dem Kescher absichtlich ein Stück aus dem Behälter. Dort verharrte Simon, ließ „Biel" ein ganzes Weilchen in der Erstickungsluft zappeln, bis sein Zappeln soweit nachgelassen hatte, dass er ihn schnell wieder dem rettenden Sauerstoff übergab. „Biel", halbtot vor Angst, aber stumm, schlingerte bedenklich, doch sieh an, er fing sich nach Kurzem, schien wieder einigermaßen bei Kräften zu sein, schwebte ganz akzeptabel wie noch zuvor. Das war für Simon Anlass, sein Spiel ruhig auf die Spitze zu treiben; so rasch stirbt sich's offenbar nicht. Und der Kescher war schon wieder hinter „Biel" her. Viel zu geschwächt war das Opfer, um die erneute Gefahr schnell genug zu erfassen. Diesmal ließ er „Biel" sich auszappeln. Zwei geschlagene Minuten lang währte die Agonie an der Luft, dann erst hing „Biel" leblos im Netz. Simon war ziemlich erschrocken über sich selbst. Wenn der Fisch jetzt tot war, dann hatte er zum ersten Mal richtig gemordet. Das war schon ein bisschen mehr, als nur Fliegen zerquetschen. Und in tätiger Reue unternahm er hastige Belebungs-versuche. Zu spät. Das Wasser, des Fisches Element, vermochte „Biel" nicht mehr zurückzuholen. Wie ein Flugzeug mit versagendem Schub trudelte der Leib zum Grund des Gefäßes hinab. Im Nu wurden Dutzende Salmler, zwar stumme, aber unliebsame Zeugen für Simon, aus ihren Schlupfwinkeln angelockt. Jetzt war es unumgänglich, zur Vertuschung des ersten Verbrechens musste er ein zweites begehen, und dabei nicht lange überlegen. Ohne Umschweife ergriff er die Tüte. Es war eine Menge Futter darin, bestimmt ausreichend für einen ganzen Monat, und er kippte über die Hälfte ihres Inhalts flugs in den Behälter hinein.

Morgen früh wird Biel seine Fische ins Klo spülen können, dachte er in hämischer Freude, während er sich daranmachte, geschwind und dennoch gründlich, am Tatort aufzuräumen. Es sollte alles so aussehen wie vorher. Er durfte auf keinen Fall seine Spuren hinterlassen. Als er kurze Zeit später wieder in seinem Zimmer eintraf, kroch er sofort ins Bett, löschte das Licht und wartete. Jeden Augenblick könnten seine Mitbewohner hereingestürmt kommen, rücksichtslos wie immer und natürlich prahlend. Also stellte er sich schon mal schlafend, tief und fest schlafend.

VIERZEHNTES KAPITEL

Der nächste Morgen, trübe, dunkel und kalt, ein beschissener Schulmorgen wie immer eigentlich, begann leise. Es war gegen halb sieben. Doch noch ehe Simon mit dem Anziehen fertig war, wurde es im Haus schlagartig laut. Er vernahm zunächst einzelne, dann mehrere erschütternde Ausrufe, die bis hin zu zornigsten Entsetzensausbrüchen reichten. Erst fünfzehn Minuten später wurde das Krakeele von einer heftigen Debatte über den unnatürlichen Tod der Fische abgelöst. Er horchte genau hin, was gesprochen wurde. Und nach allem, was er dem Getratsche entnehmen konnte, tappte die Bagage – Gott sei Dank – im Dunkeln, rätselte und spekulierte über den möglichen Tathergang. Wenn auch wenig erleuchtet, so doch halbwegs ordentlich gekleidet, stieg Simon, die unnütze Mappe stramm geschultert, zügig und klopfenden Herzens die Treppe hinunter.

Ach du liebe Zeit, Frau Höppner, Billing und Biel rannten sinnlos umher. Es herrschte ein ziemlicher Wirrwarr. Und Simon blieb stehen. Sein Herz schlug stärker, aber äußerlich ließ er sich keinerlei Anspannung anmerken. „Guten Morgen", grüßte er in einem Tonfall, den er treuherziger nicht hätte wählen können. Ihn erstaunte selbst, wie gut er inzwischen verdrängen konnte, was er gestern angerichtet hatte und wie leicht es ihm dadurch fiel, eine überzeugende Unschuldsmiene aufzulegen.

Sein ganzes Erscheinungsbild wirkte so harmlos, so unglaublich naiv, dass weder Biel noch Billing Verdacht schöpften, er könne etwas mit dem Anschlag zu tun haben. Demzufolge verzichteten sie vorerst darauf, ihm Fragen zu stellen.

Diese Entwicklung beruhigte ihn fürs Erste. Und seine große Hoffnung war, dass sich bald nichts mehr aufklären ließe.

Stoisch, als wüchse bereits das erste zarte Gras über die Geschichte, trat er aus dem Haus. Sein Weg zur Schule war kurz und unnachdenklich. Noch merkte er nicht, wie ihn die Tat verfolgte. Aber im Unterricht holte ihn das schlechte Gewissen rasch ein, und ihm wurde mit einem Schlag deutlich, dass er die Angst vor Entdeckung nur unterdrückt hatte. Erstarrt und geistesabwesend saß er in seiner Bank. Der Klassenraum war plötzlich ein großes Aquarium. Kaul-bach kritzelte mit großer Hingabe ununterbrochen Zahlen an die Tafel, die sich vor Simons Augen in ein Gewimmel trudelnder Fische verwandelten. Dann fiel sein Name und Wortfetzen drangen an seine Ohren. Er schreckte hoch. Was wollte Kaulbach?

Ein Mitschüler flüsterte ihm etwas zu, aber es war viel zu leise. Kaulbachs schnarrende Stimme brachte ihn wieder zu sich: „Sag mal, schläfst du? Ich hatte dich etwas gefragt!"

Simon rutschte verlegen hin und her, schließlich presste er hervor:

„Entschuldigung, was wollten Sie denn wissen?"

Für diese Antwort hatte Kaulbach nur ein geringschätziges Kopfschütteln übrig. Simon war sein schlechtester Schüler; konnte er anderes erwarten? Dennoch wiederholte er sich. „Was verstehen wir unter dem kleinsten gemeinsamen Vielfachen?"

Simon machte ein bedeppertes Gesicht. Er hatte den Stoff nie begriffen. Was das Kleinste war, ging ihm noch auf … ein Staubkorn zum Beispiel, ach Quatsch, ein Atom war noch viel, viel kleiner. Und das Gemeinsame? Dieters Plan? Ja, genau, das war etwas Gemeinsames … Aber beim Vielfachen hörte es auch schon auf. Was mochte wohl damit gemeint sein? Es herrschte eine peinliche Stille im Raum.

Kaulbach wandte sich jetzt an die ganze Klasse. „Wer hilft Simon auf die Sprünge?" Etliche Arme flogen hoch. Aber Kaulbach ignorierte sie genüsslich. Absichtlich gab er Luise Richter das Wort, sie gehörte zu den wenigen, die sich nicht gemeldet hatten, was ihn überraschte. Womöglich war ihr das Thema zu anspruchslos und sie ließ lieber anderen den Vorzug. „Na, Luise, wie ist es, können wir die Antwort von dir hören?"

Kaulbach war anzumerken, dass er jedes Mal eine tierische Freude dabei empfand, wenn es ihm gelang, Simon mit der geistigen Überlegenheit anderer Schüler aus dem Gleichgewicht zu bringen. Solcher Praktiken bediente er sich in letzter Zeit mit Vorliebe und nahm dabei ruhig in Kauf, dass Simon immer mehr auf Durchzug schaltete.

Für Simon war Luise Richter der Inbegriff des Traummädchens, welches man zwar sehnsuchtsvoll betrachten, aber nie wirklich haben konnte. Er musste dabei an Roswitha Gantke denken, die bei Weitem nicht so hübsch war wie Luise, dennoch als Fall von Schrulligkeit mit Simon nie etwas im Sinn gehabt hatte.

Luise war ein völlig anderes Wesen. Sie war nicht überheblich, wirkte im Gegenteil sehr sensibel und zurückhaltend, was auf eine verletzliche Seele hindeutete. Ihre äußeren Attribute übten dadurch auf Simon eine noch größere Anziehungskraft aus.

Nachts wälzte er sich manchmal in seinem Bett und konnte an nichts anderes denken, als an ihren geschmeidigen Körper, an die Art, wie sie sich bewegte, an ihren Gesichtsausdruck, den Mund, die dunklen Augen, ihr schulterlanges, schwarzes Haar. Und er sah beschämt ihren Brustansatz. Dabei kam ihm in den Sinn, dass sie auch eine Ritze haben musste, wie alle anderen Mädchen zwischen den Beinen. Und vielleicht schon Haare unten. Die Vorstellung widerte ihn an, denn sie war säuisch und eine gemeine Entgleisung seinem Traumbild gegenüber. War es nicht abscheuerregend, wie Brillux und Holger über Mädchen dachten, die in ihren Augen alle nur kleine Fotzen waren?

Allerdings bemerkte Simon sehr bald, dass Luise zwar wie jedes hübsche Mädchen gerne umgarnt wurde, es jedoch absolut nicht leiden konnte, in der Schule wie das Püppchen behandelt zu werden. Reagierte sie darauf abweisend, hieß es sofort aus der Ecke der Bengels, die geile Richter sei doof, stolz und hochnäsig geworden, eine affektierte Streberin, der wohl die vielen Einsen mittlerweile zu Kopf gestiegen seien.

Aus solchen Behauptungen sprach gekränkte Eitelkeit, sonst nichts. Hochmut passte gar nicht zu Luise; sie ging nie mit ihren guten Noten hausieren. Und es trat noch ein anderer bis dahin unbekannter Zug an ihr zutage, der die ganze Klasse in Erstaunen versetzte. Und der offenbarte sich jetzt in ihrer prompten Reaktion auf Kaulbachs Versuch, sie gegen ihren Mitschüler wieder mal ausspielen zu wollen, indem sie voller Bescheidenheit entgegnete. „Oh, entschuldigen Sie, Herr Kaulbach, aber ich muss wohl an der Stelle gerade geträumt haben. Ach, wenn Sie uns die natürlichen Zahlen noch mal erläutern könnten ... wäre schön...!" Ihr Lächeln war bezwingend.

Kaulbach geriet gehörig aus dem Konzept. Hatte er richtig vernommen? Nahm ihn seine Klassenbeste vielleicht auf den Arm? Alle Augen wanderten zu Luise. Und während die einen wohl dachten, huhuhuhu, das sieht ja nach Solidarität aus … Von wegen geträumt, wem will denn Luischen, der sonst alles zufliegt, das weismachen, frohlockten hingegen die anderen innerlich, Mensch toll, dass sie sich von dem Arsch nicht mehr benutzen lässt.

Aber Simon war weiß Gott nicht aus dem Schneider. Kaulbach fühlte sich verklappst und lud sofort nach. Er kannte Simons allergrößte Schwachstelle, seinen mangelnden Ordnungssinn, und genau an dem Punkt setzte Kaulbach jetzt listig an. Es war ihm höchst wichtig, schnell wieder Oberwasser zu bekommen. „Na schön", begann er in lauerndem Tonfall, „dann packt bitte jetzt alle eure Mathematikbücher aus und schlagt Seite 44 auf."

Ein Gerappel und Geklicke von Schultaschen setzte augenblicklich ein. Aber auch in Rucksäcken und sonstigen Beuteln wurde gekramt. Simons

Augen huschten hilfesuchend umher. In seiner Mappe fand er das Buch nicht. Ihm fiel auch partout nicht ein, wo es sein könnte. Er hatte es schon gestern vermisst. Und überhaupt sah es in seiner Mappe, wie er selbst verblüfft feststellte, heute noch armseliger und krimskramsiger aus als sonst. Und er hatte ein dummes Gefühl, wenn er dabei an die kommenden Unterrichtsfächer dachte. Als einziger saß er nun da ohne eigenes Buch vor der Nase, verschämt mit in das Exemplar seines Banknachbarn schielend und harrend der Dinge, die da unweigerlich auf ihn zukamen. Ihm war ganz und gar nicht wohl in seiner Haut. Und es schoss auch wieder erschaudernd seine furchtbare Tat in ihm hoch. Er sah die gemeuchelten Fische und wusste, dass er sich neben den schulischen Querelen damit ein zusätzliches, ja weitaus schlimmeres Problem aufgehalst hatte. Oh Gott, wie konnte er auf Biels Bestrafung nur mit so viel Unbedacht reagieren und gleich töten? Aus Genugtuung? Das war die Sache nicht wert. Was geschehen war, schmerzte ihn. Was konnten diese armen, hilflosen Fische dafür, dass Biel so fies zu ihm war?

Kaulbach hatte gewonnen. Wieder war ein dicker Eintrag, der zweite nun in dieser Woche, fällig. Und was kam dann? In der Pause führte ihn Kaulbach zum Lehrerzimmer. Noch im Flur sagte er zu Simon. „Du stehst in Mathematik auf der Kippe, Simon. In Deutsch sieht es nicht viel besser aus. Außerdem klagen die Kollegen, dass du ständig ihren Unterricht störst."

Im Lehrerzimmer waren sie allein. „Ist dir eigentlich klar, was das heißt, Simon?" Simon wusste es, aber er blieb stumm.

„Du bist versetzungsgefährdet, Junge!"

Simon erbleichte. Ihm war zumute, als sei ihm gerade eine sehr ernste Erkrankung mitgeteilt worden, die einer dringenden Behandlung bedürfe. Er bekam auf einmal schlecht Luft, und er fror.

„Ich denke, es wird das Beste sein, ich rede mal mit deinem Vater, was?!

Simon hatte große Angst, aber der Trotz war beinahe noch stärker. „Von mir aus, reden Sie doch, mit wem Sie wollen … Mathe interessiert mich sowieso nicht … Das können Sie meinem Vater ruhig er-zählen, und was mich nicht interessiert, kann und will ich auch nicht verstehen!"

„Na, wenn das deine Einstellung ist", entrüstete sich Kaulbach, dem die Mathematik über alles ging, „dann brauch ich mich ja nicht zu wundern, dass du so bist!" Und noch mehr von oben herab setzte er demütigend hinzu. „Interessiert dich denn überhaupt irgendetwas?"

Simon fühlte sich in der bedrängenden Gegenwart seines Lehrers, für den er wohl nicht allzu viel zu taugen schien, miserabel. War er womöglich wirklich minderwertig, ein Dussel, weil er in Mathe nicht durchblickte und in Deutsch alles falsch schrieb? Er musste an Luise denken. Was für ein schönes, großartiges Leben musste das sein, das sie führen konnte, unbeschwert und ohne Angst vor der Schule. Alles fiel ihr so leicht. Geknickt stand er da, sah an Kaulbach vorbei und sagte: „Ich glaube ... Rollen spielen, in Stücken ..."

Kaulbachs Miene nahm einen ungläubigen, fast bedauernden Zug an. „Na schön, schön ... das ist vielleicht dein Steckenpferd, aber trotzdem musst du doch in Gottes Namen richtig lesen, schreiben und auch rechnen können, Simon ...Was soll denn sonst aus dir werden?"

Den Spruch kannte Simon auswendig. Kaulbach ähnelte in vielem seinem Vater. Nur äußerlich unterschieden sie sich grundlegend. Kaulbach war von mittlerem Wuchs, schlank, hatte ein schmales, gut gepflegtes Gesicht, hielt die Haare extrem kurz, trug runde Augengläser. Und er litt unter manierierten Zuckungen, meistens um die Schultern, als würde ihn ab und zu ein Juckreiz plagen. Aber auch Augen und Mund verkniffen sich des Öfteren in schneller Folge.

Das Klingelzeichen kam Kaulbach gelegen. Was er loswerden wollte, war gesagt worden. Er hatte einfach keine Lust, die Diskussion gegen Simons Bockbeinigkeit ins Unendliche zu führen. „Mach jetzt, dass du in deine Klasse kommst, Bengel ... Nun komm, renne!"

FÜNFZEHNTES KAPITEL

In den nächsten Novembertagen spürte Simon eine deutliche Rückkehr seiner schon verschwunden geglaubten asthmatischen Beschwerden. Nebel, wie er ihn bisher nur von zu Hause am Sund, aus seiner Stadt der vielen Teiche kannte, stieg langsam vom See auf und trieb in dicken Schwaden unheilvoll auf das Gelände des Heimes zu. Durch den Dunst, der alsbald im Garten herrschte, erkannte er eine Gestalt. Es war Dieter Schmidt. Simon war nicht wohl, er atmete schwer. Seine trockenen Hustenanfälle hörten sich nicht gut an.

Der Boden lag voller Laub und abgerissener Zweige; es war überall glitschig. Dieter war mit irgendetwas beschäftigt. Er musste den anderen kommen gehört haben, denn er verharrte plötzlich. Um nicht auszurutschen, trat Simon äußerst vorsichtig auf. Nun war er fast bei ihm. Außer bei den Proben zu *Schneeweißchen und Rosenrot* bekam er Dieter in letzter Zeit kaum noch zu Gesicht. Sie hatten auch lange nicht mehr zusammen Schach gespielt. Jetzt, im bizarren Nebel, erschien er ihm wieder als kleiner, hässlicher Zwerg. Und er hatte entzückt vor Augen, wie erstaunlich echt Dieter die Rolle verkörperte. Alle Darsteller feixten und klatschten vor Vergnügen, wenn das durchgedrehte, jämmerliche Wesen, was da wie angestochen auf der Bühne umhersprang, loskeifte. „Ihr dummen Gänse, was haltet ihr Maulaffen feil …!"

Dieter besaß ein wirklich beneidenswertes Talent, und mehr denn je suchte Simon seither seine Nähe. Aber es war nicht so leicht, an ihn heranzukommen. Dieter ging gerne und oft allein seiner Wege, wofür er sich bekanntermaßen am liebsten in das weitläufige, abenteuerliche Gelände des Heimes zurückzog. Und keiner fragte danach, was er wohl manchmal stundenlang dort draußen im Garten zu suchen hatte.

Jetzt erkannte Simon etwas in Dieters Rechten. Es sah schwarz aus und pulsierte aufs Heftigste. Dieter grinste übers ganze Gesicht und hielt die

Hand hoch. Als ob er zaubern konnte, stach plötzlich die Sonne durch den Dunst. Simon gewahrte den Vogel in Dieters Faust und erschrak. Das Tier hatte einen gelben Schnabel. Verängstigt und desorientiert bewegte sich der kleine Kopf in alle erdenklichen Richtungen. Simon fiel der Hochsitz ein, und eine Ahnung, die noch sehr im Dunkeln lag, machte ihn argwöhnisch. Was hatte Dieter mit dem armen Vogel vor?

Simon bekam eine Hustenattacke, die Brust tat ihm weh und er rang nach Luft. Dann war es wieder vorbei. Und er hörte Dieter sagen. „Du hast auch schon mal besser gehustet, Kumpel … Es ist die Jahreszeit, geht vorbei … Momentan sind viele Leute krank."

Simon spuckte den Schleim aus, der sich in seinem Mund angesammelt hatte. Er zeigte auf den Vogel. „Wo hast du den gefunden? Ich dachte, Vögel gibt es hier keine."

„Zumindestens nicht mehr viele, das stimmt", versetzte Dieter in einer Art, die Simon Bange machte. „Dann komm mal mit!"

Dieter ging vor ihm her auf die Sockelsteinmauer an der Straße zu. Die kleine Amsel, die schon halb tot sein musste vor Angst, hielt er dabei umklammert wie einen Stein, den er nach Belieben durch die Luft schleudern konnte, wenn ihm danach war. Plötzlich fragte er beiläufig. „Warst du das mit den Fischen? Kannst es ruhig zugeben. Keine Angst, sie verdächtigen dich nicht. Für Biel bist du zwar ein Kletterheini, aber Mord traut er dir nicht zu … Ich wette, du hast es getan. Also rede schon!"

Sie erreichten die Mauer, die zwar recht niedrig, dafür aber mit breiten Platten belegt war, so dass ein Mensch zur Not oben entlang balancieren konnte. Etwa in der Mitte erblickte Simon zu seiner Verwunderung einen umgestülpten Korb. Er hatte die Beschaffenheit jener simpel geflochtenen, rechteckigen Körbe, wie man sie an jedem x-beliebigen Obststand erwerben konnte. Es gab nur einen kleinen Unterschied. Der hier besaß keinen Henkel. Gebannt blieb Simon stehen. Was hatte das zu bedeuten? Er hatte den Eindruck, vor einer großen Erfindung zu stehen. Er dachte nach. Und seine Vermutung nahm Formen an, ja wahrhaftig, Dieter musste ein Genie sein. Die Neugierde trieb ihn zur Ungeduld, und er fasste noch mehr Vertrauen zu Dieter. Jetzt endlich wurde Simon redseliger. „Du darfst mich nicht verraten, Dieter, bitte!" Ein kurzer, trockener Hustenanfall unterbrach ihn.

„Blödsinn!", erwiderte Dieter, in dessen Augen der Erfindergeist leuchtete. „Warum sollte ich das tun? Biel ist nicht mein Freund. Vielleicht solltest du mal zum Arzt gehen … bist ziemlich erkältet."

„Es war nicht recht, Dieter", stammelte Simon. „Ich habe Furchtbares getan. Nun ist mir wieder besser, wo du es weißt."

„Bleib ganz ruhig, ich bin auch kein Engel. Schau nur richtig hin." Dieter deutete mit dem Finger der linken auf seine Konstruktion.

„Ja, ja, ich überlege schon", lächelte Simon einschmeichelnd, doch mit spürbar wachsendem Interesse. Es wird eine Falle sein, denke ich mir."

„Perfekt erkannt! Pass auf, ich kippe den Korb jetzt an einer Seite ein Stück an, klemme dann den kleinen Holzpflock drunter. Die Angelsehne wird daran festgebunden, und ich laufe mit der unsichtbaren Schnur bis hierher ins Gebüsch. Als Köder nimmst du am besten Rosinen, das lockt die kleinen Biester mächtig an."

Dieter hielt den kleinen Vogel noch immer in der Rechten. Die Amsel hatte die Augen geschlossen und bewegte sich nicht mehr.

„Lebt er noch?", fragte Simon beunruhigt.

„Ja, aber er stirbt gleich. Am besten wir machen ihn tot, sonst quält er sich nur."

„Das kann ich nicht, Dieter."

Dieter sah ihn verständnislos an, grinste. „Lass mal, ich erledige das schon." Er stutzte. „Komisch, bei den Fischen scheinst du nicht so zimperlich gewesen zu sein!"

„Fische kann man essen, weißt du", erklärte Simon, dem gerade keine bessere Ausrede einfiel. „Bei uns zu Hause gab es oft Fisch. Aber Singvögel sind wie Engel, und nützlich dazu."

„Du bist ein Spinner!", rief Dieter und schleuderte den Vogel ohne mit der Wimper zu zucken gleichgültig gegen die Mauer. Wie auf ein Zeichen durchbrach ein greller Lichtstrahl den Nebel. Geblendet kniff Simon die

Augen zusammen. Als er sich wieder orientieren konnte, sah er den Engel zerschmettert am Boden liegen. Er zuckte noch, aber war schon hinüber.

„Musste das sein!?", hauchte Simon schreckenstraurig.

„Na du bist mir vielleicht einer, soll sich das Tier lieber quälen?"

„Aber er lebt doch noch!"

„Ach was, das sind nur die Nerven. Hast du nicht gesehen, gerade hat Gott seine kleine Seele zu sich geholt." Mit diesen Worten zog Dieter ein langes Lineal aus seiner Jacke. Er hielt es wie ein Schwert in die Luft und lachte. Dann packte er vor Simons Augen den verendeten Vogel und schnitt ihm auf der Mauer ruckzuck den Kopf ab.

Alles ging so blitzschnell vonstatten, dass Simon eine Weile glaubte, er sei in einen bösen Traum verstrickt und würde gleich mit ein bisschen Nachhelfen erwachen. Wie Schuppen fiel es ihm nun von den Augen. Ihn schauderte. Und er fand seine dunkle Ahnung bestätigt; die hingerichteten Vögel im Baum, das war ganz klar Dieters Handschrift. Aber welchen Grund konnte er haben? Was mochte dahinterstecken? Wen beabsichtigte Dieter damit zu treffen? Und noch etwas anderes gab Simon Rätsel auf. Weshalb hatte er sämtliche Opfer umständlich bis hinauf in die Baumhöhle geschafft?

Dieter bemerkte Simons verstörten Blick. Seine geistige Abwesenheit ging ihm irgendwie auf die Nerven, so dass er ungehalten krächzte. „Was hast du denn? Ist dir schlecht? Du siehst wirklich zum Kotzen aus, ich merk's die ganze Zeit. Irgendwas stimmt nicht mit dir. Geh morgen bloß zum Arzt und lass dir die Brust abhorchen."

Simon fand wieder zu sich. Er sah, wie Dieter daranging, seine Vogelfalle mit raschen Handgriffen abzubauen. Einen Moment herrschte betretenes Schweigen. Aber Simons Gedanken arbeiteten angestrengt. Dann presste er bitter hervor. „Mein Klassenlehrer sagt, ich muss vielleicht die Fünfte noch mal machen. Wenn mein Vater davon erfährt, wird er mich wohl nicht mal mehr sonntags holen... Meine Mutter ruft kaum an... Oma ist die Einzige, die von sich hören lässt... Mit Biel, dem schmierigen Hund, komm ich einfach nicht klar... Und nun auch noch diese Schlaflosigkeit wegen der Fische..." Simons Gedrücktheit löste bei Dieter eine gewisse Regung aus.

Er stand vor ihm, den Obstkorb unter den Arm geklemmt, und fragte interessiert: „Warum haben sie dich eigentlich hier ins Heim gesteckt?"

Simons Antwort kam prompt. „Damit mein Asthma weggeht."

Dieter kapierte nicht. Er verzog den Mund. „Ach so, du dachtest, du wohnst hier im Sanatorium?"

„Das nicht", stellte Simon klar, „aber Gribnitz liegt eben in einer anderen Umgebung."

Dieter war baff. „Was du redest, daran glaubst du nicht wirklich. Wie soll bei der Witterung jemals dein Asthma weggehen? Alles ist hier so feucht, und du merkst doch selbst, wie du keuchst." Und während Simon erneut loshustete, erklärte er starrköpfig. „Ja schon, nur versteh mal Dieter, trotzdem ist die Luft hier anders und weil sie anders ist, ist sie für mich gesünder, als oben an der See. Und nur darum geht es. Um die Luftveränderung. Ich muss eben abwarten."

Dieter zuckte die Schultern. „Das verstehe, wer will, ich jedenfalls begreife überhaupt nichts." Dennoch begnügte er sich einstweilen stillschweigend mit dieser einfältigen Erklärung.

Sie pilgerten weiter durch das kahle, rutschige Gelände und kamen dabei unversehens in die Nähe des berüchtigten Baumes. Sie blieben stehen. Dieters Blick, der sich plötzlich verdüsterte, wanderte hinauf zur Höhle, und er sagte leise und mit etwas Hohn in der Stimme. „Du und deine Probleme. Was willst du? Du hast wenigstens noch einen Vater. Sei zufrieden und hör auf zu jammern!"

Simon warf seinen Blick jetzt auch zur Baumhütte hinauf. Wie konnte das gemeint sein? Hatten sich seine Eltern getrennt? Oh Gott, war sein Vater womöglich gestorben?

Dieter mochte sich scheinbar nicht näher äußern, er war auf einmal wie zugeknöpft.

Aber Simon brach das Schweigen. „Was ist, klettern wir nach oben?"

Dieter verzog das Gesicht, als verlangte Simon Unmögliches von ihm.

„Bist du noch zu retten!", rief er ablehnend. „Wenn Biel das spitzkriegt, können wir uns beide frisch machen! Du kannst doch ein Lied davon singen, und außerdem, das Holz ist nass, schmutzig und kalt. Ich hab keine Lust, mir vorher in dem Gestrüpp alles aufzureißen, dann der Nebel dazu … Das schaffen wir nicht!"

„Du hast recht, Dieter, wir können es auch auf ein anderes Mal verschieben, aber willst du mir nicht trotzdem erzählen, was vorgefallen ist, wer dir Böses angetan hat?" Und er hatte dabei die vielen toten Vögel vor Augen.

„Was du alles wissen willst", gab Dieter mit spöttischem Funkeln zurück, dennoch dachte er über ihn nach, zum Teil ungewollt, beäugte ihn verstohlen und schien auf einmal ergriffen, mit welcher Beharrlichkeit der Jüngere seine Gesellschaft suchte. Und hatte er nicht gerade erst vorhin die Begeisterung für seine Erfindung mit ihm geteilt? Andererseits wiederum behagte es Dieter offenbar, Simon zappeln zu lassen, ihn mit vagen Andeutungen wie, „ich weiß nicht, ob ich dir alles erzählen kann, es gibt da eine alte Geschichte...", zu verwirren.

Wenn Simon meinte, sie seien allein und hätten den Garten für sich gepachtet, so war er auf dem Holzweg. Stimmen näherten sich, fröhliches Geplauder. Das Knacken im Unterholz war ein Zeichen, dass noch andere längst darauf gekommen waren, den Garten, und alles was darin kreuchte und fleuchte, zu ihrer eigenen, urwüchsigen Erlebnisstätte zu machen. Der Nebel schien kein Hindernis zu sein. Aus dem Gesträuch traten in einiger Entfernung zwei Mädchen hervor, Hand in Hand und so herzig zueinander, dass man sie für Schneeweißchen und Rosenrot hätte halten konnte. Sie kamen zögerlich näher. Wenngleich Simons Herz sofort aufgeregt zu hüpfen anfing, ließ er sich in Gegenwart Dieters die Beschwingtheit nicht anmerken, die das plötzliche Auftauchen von Dagmar und Gudrun in ihm auslöste. Simon hätte nicht sagen können, welches der Mädchen er für das Hübschere hielt, beide gefielen sie ihm auf ihre Art gleich gut. Dagmar war die Stille. Ihre Gesichtsfarbe war sehr hell, der Mund klein, kaum breiter als ihre Nasenflügel. In ihren schmalen

Augen ruhte eine beständige Freundlichkeit. Gudrun, die Dunklere, hatte ein sehr waches Antlitz. Ihr Gesicht wirkte viel voller, die Züge gröber; in ihren großen braunen Augen tanzte ein kaum zu bändigendes Temperament.

Was Simon sofort wieder einfiel, war der unheimliche Plan der Jungen mit Dieter als Rädelsführer an der Spitze. Bei Gudrun Marx konnte er sich durchaus vorstellen, dass sie nicht nur aus Neugierde beim Fummeln stillhalten würde, hingegen ihm beim Betrachten der empfindsamen Dagmar Engel eher unbehaglich zumute war.

Als Dieter die Mädchen gewahrte, bekam er einen Rappel. Plötzlich nahm er eine gekrümmte Haltung ein, verstellte sein Gesicht und sprang in ein naheliegendes, dorniges Unterholz. Dort zappelte er und quäkte wie durchgedreht. Erschrocken liefen die Mädchen zum Gebüsch, auch Simon eilte besorgt herbei. „Was ist mit dir los?", rief Gudrun entsetzt, können wir irgendwie helfen. Simon ahnte beinahe, was hier ablief. In seiner zwergenhaften Gekrümmtheit drehte ihnen Dieter über die rechte Schulter den Kopf zu. Er glotzte mit roten, feurigen Augen und schrie originalgetreu wie im Märchen. „Was steht ihr da, könnt ihr nicht darangehen und mir Beistand leisten?!"

Dagmar, in der das Schneeweißchen erwachte, erfasste sofort die Situation und ging in die Hocke. „Was hast du angefangen, kleines Männchen?"

„Dumme, neugierige Gans!", bläkte Dieter. „Ein wenig Reisig hab ich mir holen wollen, um kleines Holz in der Küche zu haben; bei den dicken Klötzen verbrennt gleich das bisschen Speise, das unsereiner braucht, der nicht so viel hinunterschlingt, als ihr grobes, gieriges Volk. Im Gestrüpp verheddert hab ich mich nun und kann mich selbst nicht befreien ...!"

Gudrun lachte albern auf. Und Dieter schnarrte. „Pfui, was bist du garstig!"

Die Mädchen gaben sich nun alle Mühe, dem Jungen aus der Klemme zu helfen, aber er war tatsächlich so weit ins Gebüsch eingedrungen und mit Widerhaken bestückt, dass alles Ziehen und Reißen nicht half. Simon war von der Echtheit der Spielszene total beeindruckt.

„Du musst deine Jacke ausziehen", empfahl Dagmar die Ruhe bewahrend. „Das wird doch sonst nie was."

Dieter wollte kein Spielverderber sein. Mit erstaunlicher Gelenkigkeit wand er sich aus dem guten Stück, anschließend ließ er sich von den Mädchen an Armen und Beinen aus dem Gebüsch schleifen. Kaum war er frei und hatte sich hochgerappelt, begann er zu nörgeln. „Ungehobeltes, täppisches Gesindel, konntet ihr nicht säuberlicher umgehen, zerfetzt mir fast mein schönes Jäckchen!"

Die Mädchen prusteten vor Vergnügen. Simon wollte nicht dumm dastehen und fühlte sich genötigt, in das übertriebene Gelächter einzustimmen. Mit dieser Vorstellung hatte ihn Dieter glatt an die Wand gespielt. Sein Genie für die Schauspielerei war unverkennbar. Und es verdross Simon, dass er nicht die Geistesgegenwart besessen hatte, schnell in die Rolle des Bären zu schlüpfen und auch etwas zum Besten zu geben.

SECHZEHNTES KAPITEL

Selbst Tage danach stand er noch ganz unter dem Eindruck von Dieters Begabung. Doch auch das Bild von seiner rabiaten Seite blitzte immer wieder in seinen Gedanken auf. Er sah Dieter als berechnenden Fallensteller herumlaufen, der sich an unschuldigen Vögeln vergriff. Sobald er dabei an seine eigene scheußliche Tat dachte, überlief es ihn kalt und er war dicht daran, zu zittern. Es kam so weit, dass er von einer Sekunde zur anderen panisch aufsprang, und dorthin loszog, wo verlassene Straßen seine Gedanken entwirren konnten. Doch der Wunsch nach Alleinsein machte alles nur schlimmer. Er ging und ging und war ein Grübler, vor dessen Augen wie auf einer Leinwand all das Verwerfliche ständig aufflackerte. „Oh Gott", flüsterte er halb verrückt vor Angst, „bin ich nicht genauso roh wie er?"

Wahrhaftig, dachte er, ich stehe auf einer Stufe mit ihm, wo soll da der

Unterschied sein? Aber warum reg ich mich auf? Dieter meinte, sie haben mich nicht in Verdacht. Er wird die Klappe halten. Und ich spiele ihnen weiter etwas vor, ganz einfach, ich werde lügen, lügen, dass sich die Balken biegen. Und es ist die Wahrheit, die reine Wahrheit.

Eines Nachts konnte er nicht mehr. Holger und Olaf hatten kaum zu grunzen begonnen, da schlich er hinaus auf den Balkon. Der Frost störte ihn nicht. Geschwind tippelte er über die knackenden Bretter, immer am Haus entlang, bis er vor Dieters Fenster stand. Zaghaft klopfte er an die Scheibe. Als sich nichts regte, pochte er stärker. Ein Lämpchen ging an, und Dieters Gesicht erschien wie auf einem Bildschirm. Er wirkte zerknittert und stierte Simon an, als sähe er einen Geist. Dann öffnete er ihm. „Bist du noch zu retten … mitten in der Nacht … Komm rein. Mann, ist das bärisch kalt!"

Beim Betreten des Raumes wich seine Angst; ein leichtes Gefühl der Geborgenheit durchströmte ihn. Das ist also sein Reich, dachte Simon bewegt.

Beim näheren Umsehen bekam er Hemmungen. Das Aufgeräumte war ihm zu ungewohnt. Nichts lag verstreut, weder schmutzige Wäsche noch irgendwelcher Plunder, keine abgegriffenen Zeitschriften, geschweige denn zerschundene Bücher. Nirgends entdeckte er – so wie er es von sich kannte – angefangene Süßigkeiten oder halbleere Cola Flaschen, auch die schulischen Utensilien hatten sorgsam ihren Platz in Wandregalen, kurzum, in puncto Ordnung konnte sich Simon von Dieter eine Scheibe abschneiden. Ihm fehlten die Worte. Bisher war ihm Dieters Reich verschlossen gewesen.

„Was ist passiert?", drängelte Dieter, der in seinem frisch gewaschenen Schlafanzug auf der Bettkante hockte und versuchte, aus Simon schlau zu werden. „Mann, du siehst aus, wie Braunbier mit Spucke." Dann grinste er frivol. „He, jetzt weiß ich, der Kleine will endlich fummeln, kann es scheinbar nicht erwarten!"

Simon wehrte sofort heftig ab. „Nein, nein, deswegen bin ich nicht gekommen!" Dieter merkte verdutzt auf. „Hm, ach so." Und Simon versetze deprimiert. „Ach, es ist … Nun, die Tat verfolgt mich immer noch. Manchmal bilde ich mir ein, sie kommen nachts und reißen mich aus dem Schlaf. Und ich dachte, vielleicht weißt du mehr, du bist doch älter und viel tapferer als ich … Also, du glaubst, sie kommen nicht dahinter? Verstellen kann ich mich gut, oh ja, aber wer weiß, wie lange ich das durchhalten werde …!"

„Hör endlich auf, dich zu zermartern!", fiel ihm Dieter ins Wort. „Sie haben keinerlei Beweise. Du darfst dich nur nicht ins Bockshorn jagen lassen, und außerdem, wegen der ollen Fische, wer hat da schon Lust darauf, ewig solches Palaver zu machen. Wirst sehen, bald kräht kein Hahn mehr danach."

„Meinst du? Verdammt, ich will's ja glauben. Bei Gott, ich schwör's, nie wieder soll mir das passieren!"

„Jetzt entspann dich mal, du Quälgeist. Du musst dich ganz einfach ablenken. Denk an was Geiles meinetwegen. Das hilft. Male dir zum Beispiel aus, wie aufregend es sein muss, wenn du Schneeweißchen zwischen die Beine fasst … obwohl, ich denke mir bald, Rosenrot ist die Lustvollere von beiden."

Dass ihm Dieter das Fummeln an Dagmars Geschlechtsteil zubilligte, schmeichelte Simon ein wenig, und dennoch, die Vorstellung davon konnte ihn nicht sonderlich aufmuntern. „Dein Beistand tut mir wirklich gut, Dieter", erwiderte er aufrichtig und lenkte das Gespräch sogleich in eine andere Richtung.

„Komisch, warum weiß ich über dich nur so wenig? Wie bist du denn hier gelandet? Und was ist mit deinem Vater? Willst du nicht doch reden?"

Dieter sah ihn beeindruckt an. „Na gut, Kleiner, weil du es bist und damit du mir nicht länger auf der Seele kniest, aber den Rest der Nacht will ich mir nicht um die Ohren schlagen, das sag ich dir gleich … Setz dich endlich auf deinen Arsch. Nimm den Stuhl dort." Simon tat wie ihm geheißen. „Willst du 'ne Cola?"

Simon nickte. Und während Dieter gleich darauf die Flasche lässig aus

seiner Hausbar angelte, sagte er ziemlich ausdruckslos. „Ums vorweg-
zunehmen, die Höhle haben andere errichtet; repariert hab ich sie, okay.
War auch 'ne Leistung. Bugsiere du mal das Zeug bis dort oben hinauf."

Simon legte bewusst eine Miene auf, als träfe ihn die Mitteilung völlig
unvorbereitet. Dieter brauchte ja nicht wissen, dass er Teile der Wahrheit
bereits kannte.

Nachdem Dieter Simon die Flasche hingestellt hatte, sprach er mit nach
innen gerichtetem Blick. „Früher, also was heißt früher, na ja zu DDR-
Zeiten eben, da hat ein schlauer Kommandeur den Wipfel als Beobachtungspunkt für seine Grenzer ausbauen lassen. Von dort oben und gut
getarnt ließ sich das Gelände wunderbar in Schach halten.

Das Heim lag im Sperrgebiet und war, wie man so schön sagte, das
letzte Haus an der Grenze." Dieter wurde leiser. „Schwer vorstellbar, aber
mein Vater hatte hier zuletzt als Erzieher gearbeitet. Er galt als politisch
zuverlässig, daher haben sie ihn 82 genommen; meine Mutter ging mit
mir im neunten Monat schwanger ..."

Simon unterbrach ihn. „Entschuldige, aber kannten Billing und Biel
deinen Vater noch?"

„Ja, Billing kam zwei Jahre später und übernahm das Heim. Biel soll
wohl erst 86 hier angefangen haben."

„Ja, und weiter?"

Dieter wurde noch leiser. „Mein Vater wurde im Sommer 87 unten am
See ermordet."

„Was, ermordet?" Simon schluckte.

„Er war erst 26 und ich war damals fünf. Mama nahm die Nachricht
gefasst auf. Ich wunderte mich. Sie war sonderbar ruhig und redete, als
ob das Leben von Papa, der mich immer Freundchen genannt hatte, nur
vorübergehend unterbrochen worden wäre. Erst Wochen später, nach
allen Untersuchungen und Verhören, als Papa im Sarg lag, brach sie
zusammen." Dieter verstummte.

„Das ist ja furchtbar", hauchte Simon sichtlich bewegt. „Wie konnte es
dazu kommen?"

„Tja, Papa wollte wohl über'n See in den Westen ... da trafen ihn die Kugeln von dort oben. Kurz nach der Wende gab es einen Prozess. Mein Onkel hatte ihn angestrengt. Sie haben Papas Grab geöffnet und ihn gründlich untersucht. Einer von den beiden Schützen meinte, der *Flüchtige* habe wohl lange in einem Gebüsch zugebracht und auf die Dunkelheit gewartet. Aber einige unglückselige Vögel, weiß der Teufel, wie diese Biester plötzlich dort hinkamen, sollen fast genau an der Stelle, wo sich mein Vater versteckt hielt, verräterisch piepsend aufgeflogen sein ... und sie hätten ohne Vorwarnung fast gleichzeitig abgedrückt, die Hunde."

Jetzt wurde Simon einiges klar, für Dieter waren es Unglücksvögel, die eine Mitschuld am Tod seines Vaters trugen, und nun übte er symbolisch an allem Vergeltung, was in diesem Garten fleuchte.

„Gott, das ist ja gruselig. Und was geschah weiter?"

„Es sollte alles geheim bleiben. Im Prozess nach der Wende ließ sich auch nicht mehr genau feststellen, aus welcher Waffe die tödlichen Schüsse tatsächlich abgefeuert worden sind. Bewährung haben die Kerle bekommen, stell dir vor. Der Kommandeur allerdings, ein Major, ist für drei Jahre in den Knast gewandert, längst wieder draußen. Bis vor zwei Jahren hab ich bei meiner Mama gelebt. Sie ist aber mit mir nicht fertig geworden. Als sie schließlich noch mit dreißig anfing Jura zu studieren, hat sie mich ins Heim gesteckt, aus-gerechnet hierher, wo Papa gestorben ist ..." Dieter brach abrupt ab. „So, mehr gibt es nicht zu erzählen, mach dich jetzt wieder rüber in dein Bett und denk bloß nicht weiter an diese Lappalie mit den Fischen."

Die beiden in seinem Zimmer hatten seine Abwesenheit nicht bemerkt. Sie schliefen immer noch tief und fest. Für den Rest der Nacht wurde Simon von schrecklichen Zerrbildern und Alpträumen heimgesucht. Jemand schoss von der Baumhöhle auf ihn. Er begann sich dagegen zu wehren, indem er krampfhaft aufzuwachen versuchte, doch der Sog war sehr stark und zwanghaft. Er rannte durch den Garten, die Geschoss-garben schlugen hinter ihm ein. Als er gewaltsam die Augen aufriss, lag er in Schweiß gebadet da, und er dachte, wenn nun alles nicht stimmt, was mir Dieter erzählt hat, wer weiß, womöglich hat sich die Geschichte ganz anders zugetragen, was soll ich glauben? Aber besser, ich gebe Ruhe, irgendwas wird schon dran sein. Und vielleicht ist sie ja der Grund, warum Dieter diese Narrenfreiheit genießt ... Denk an was Geiles, hatte Dieter empfohlen. Ich kann dem nichts abgewinnen. Ich bin nicht geil. Luises Nähe suchen war schön, dort hingehen, wo sie am ehesten zu treffen ist. Aber wo ist das? Ihre Adresse lässt sich leicht rauskriegen.

SIEBZEHNTES KAPITEL

Im Weihnachtsmonat, Anfang Dezember, einen Tag nach Niko-laus, bescheinigte man dem Realschüler Simon Pissarenkow tatsächlich eine akute Versetzungsgefährdung. Wenn er so weitermache, würden auf seinem Halbjahreszeugnis nur Fünfen und Sechsen in den wichtigsten Fächern erscheinen. Sein Vater musste in der Schule antanzen. Dort schilderte ihm Kaulbach im Beisein noch anderer Lehrkräfte, wie mise-rabel es um seinen Sohn bestellt sei. In Mathe sei er weit zurückgefallen, es fehle ihm einfach das logische Denkvermögen, höchstens dass er mal nach sturem auswendig lernen, ohne die Zusammenhänge zu verstehen, etwas rein mechanisch beantworten könne. Maßgeblich habe wohl sein mangelndes Interesse zu dieser dramatischen Entwicklung beigetragen. Darüber hinaus fiele auch seine Schusseligkeit, seine permanente Unkonzentriertheit jedem auf. Und letztlich böte er immer wieder Anlass zu Ermahnungen, weil er fortlaufend durch Faxen seine Mitschüler vom Unterricht abhielte.

Die Kunde von den fatalen Lernergebnissen seines Sohnes brachte Walter Pissarenkow völlig aus der Fassung. Entsetzen und Ratlosigkeit bestimmten abwechselnd den Ausdruck seiner Gesichtszüge. Er konnte kaum sprechen, sosehr hatte ihn Kaulbachs Botschaft ernüchtert.

„Wie um alles in der Welt konnte es nur so weit kommen?", jammerte er unentwegt und in stiller Selbstbemitleidung vor sich hin. Nach dem Bedenken aller Seiten gelangte er schließlich zu der These, dass es wohl seine Gutmütigkeit war, die Simon dazu verführt hatte, außerhalb seiner Reichweite nichts mehr für die Schule zu tun. Nun war das Kind kurz davor, in den Brunnen zu fallen.

Fast eine ganze Woche verging, ehe er Simon am darauffolgenden Sonntag aus dem Heim in die Domstraße holte und ihn sich dort vorknöpfte. Simon wurde einer Stichprobenkontrolle unterzogen, während der ihn sein Vater aufforderte, den mitgebrachten Ranzen zu leeren, dessen abgewetztes Äußeres schon mal Bände sprach. Aber außer fliegenden Blättern, verschmierten Heften, Lehrbüchern ohne Rücken, einem Füllfederhalter mit zerspreizter Feder, ein paar abgebrochenen Bleistiftstummeln, einem ausgezehrten Radiergummi kam nichts zum Vorschein, was man zum längeren Überleben an einer Schule nach seinem Dafürhalten unbedingt benötigte.

Mit steingrauem Gesicht ging Walter Pissarenkow einige lose Seiten durch.

„Wo seid ihr jetzt gerade in Mathe?"

„Geometrie, glaub ich."

„Glaubst du, aha!"

„Wie lautet denn der Satz von Thales?"

„Ich komm jetzt nicht drauf."

Nach einer endlos erscheinenden Zeit des Durchblätterns sagte Walter Pissarenkow gebieterisch: „Du bist ganz allein schuld daran, Simon. Ich hab mir nicht das Geringste vorzuwerfen. Vielleicht kannst du dich erinnern, bevor wir ins Kino marschiert sind, was ich dich da immer gefragt habe: „Junge, hast du die Woche geübt? Kannst du alles? Hast du deine Sachen zusammen? Und immer hast du mir hoch und heilig beteuert, ja Vati, ja, Vati, ja Vati! Und genickt hast du außerdem, genickt ...!"

Im Angesicht der Miesere kapierte Walter Pissarenkow mit einem

Schlage, welch zusätzliche Belastung es für ihn bedeutete, sich neben seinen schwierigen und vor allem Zeit raubenden Examensvorbereitungen, noch mit den schulischen Angelegenheiten seines Sohnes auseinandersetzen zu müssen, denn bisher hatte er diese problemlos von sich fernhalten können. Und nach dem, was aus Simons Mund gekommen war, schien ja alles zum Besten gestanden zu haben … Enttäuscht überlegte Walter Pissarenkow, was er in der vertrackten Situation nun mit Simon anstellen sollte. Ein Sitzenbleiber in der Familie? Der Gedanke daran war ihm unerträglich. Um seiner Verärgerung über Simons Verheimlichung Luft zu machen, legte er daher fest, seinen Sohn zur Strafe erst am übernächsten Sonntag wieder zu sich holen. In der Zwischenzeit hatte Simon gefälligst die Nase in die Bücher zu stecken und zu ochsen. Und bis auf weiteres waren natürlich sämtliche Kinobesuche aus dem gemeinsamen Programm gestrichen. Damit es auch fruchtete, hatte sich Walter Pissarenkow strenge Stichprobenkontrollen einfallen lassen, die ohne vorherige Ankündigung stattfinden sollten. Und wehe dem, Simon hatte dann wieder nicht gelernt.

Simon stand mit gesenktem Kopf da. Von allen freudigen Ereignissen, die vor ihm lagen, gab es nichts Abwechslungsreicheres als den Kinobesuch am Sonntag. Und worauf konnte er sich jetzt noch freuen? Krampfhaft überlegte er, welche Vergnügungen, welche Wonnen ihm blieben. Meinte sein Vater allen Ernstes, wenn er sich nur noch auf den Hosenboden setzte und paukte, ohne ab und zu kleine, den Alltag erhellende Belohnungen zu empfangen, würde der Knoten platzen?

Luise fiel ihm ein. Ach nein, das war vergebliche Liebesmüh. Er verwarf den Gedanken. Der Aufwand war zu groß, und nach allem, was ihn die kurze Bekanntschaft mit Roswitha Gantke gelehrt hatte, würde sicher nichts Erbauliches dabei herauskommen, ja ihn am Ende nur noch wehmütiger stimmen. Was war mit Dieters Plan, der zu ruhen schien? Ja, ja, der war schon aufregend, und er würde auch mitmachen wollen, doch barg er zu viele Gefahren, so dass Gefühle der Hochstimmung in Simon dafür ebenfalls nicht aufkamen. Zu guter Letzt kam ihm das Theaterstück in den Sinn, und der Gedanke daran, bereitete ihm wirklich Genuss, erst recht, wenn er sich die Gaudi mit Dieter als Zwerg vor Augen führte, und wie ihm als Bären die beiden Mädchen den Schnee aus dem Pelzwerk klopften und immer vertrauter mit ihm wurden. Ach, ja, das war eine Freude, wenn sie ihm mit den Händen das Fell zausten, ihre Füßchen auf seinen Rücken setzten und mit ihm hin und her walgerten, und er sich's gerne gefallen ließ von Gudrun und Dagmar, und nur dann, wenn sie es zu doll trieben, rufen musste. „Lasst mich am Leben, ihr Kinder. Schneeweißchen, Rosenrot, schlagt euren Freier tot ...!"

Gott sei Dank, es gab also doch etwas, dass ihn trotz Strafe beflügeln konnte. Nun fragte Simon eingeschüchtert seinen Vater. „Kommst du wenigstens zur Weihnachtsfeier? Herr Billing übt mit uns gerade an einem Stück. Alle Eltern sind eingeladen. Ich werde auch ganz bestimmt in die Schulbücher gucken, Vati."

„Das muss ich mir noch stark überlegen, Simon", erklärte Walter Pissarenkow höchst unverbindlich. „Wenn ich in nächster Zeit sehe, dass du gelernt hast, lasse ich vielleicht mit mir reden."

Obwohl ihm immer beklommener zumute wurde, wartete Simon, aller negativer Vorzeichen zum Trotz, auch am darauffolgenden Sonntag wie gewohnt auf seinen Vater. Er zog dabei die winzige Möglichkeit in Betracht, sein Vater könnte den Ärger inzwischen verdaut haben und würde es letztlich nicht fertigbringen, ihn das ganze Wochenende im Heim schmoren zu lassen.

Schon vor dem Frühstück hielt sich Simon ständig nervös am Fenster auf, in der Einbildung, er könne ihn damit herangucken. Und er hatte kaum den letzten Bissen verzehrt, rannte er wie angestochen den Gartenweg entlang bis zur Straße, um nach ihm Ausschau zu halten. Als er bis zum Mittag nicht aufgetaucht war, wusste er, dass er nicht mehr kommen würde.

Nun bedrängte ihn zusehends, was er seinem Vater unlängst versprochen hatte, aber er sah auch, dass die Kiste ziemlich verfahren war, und bei dem ganzen Wirrwarr und Schlamassel fiel es ihm verdammt schwer, sich tatsächlich aufzuraffen, sich die Mappe zu schnappen und den ganzen Sonntag vor seinen toten Schulbüchern zu verbringen.

Im Verlauf des Nachmittags erinnerte ihn ein Blick zur Uhr schmerzlich daran, dass gerade im THALIA der Film lief. Und er vermisste das Kino plötzlich mehr, als seinen Vater. Ein wenig Aufmunterung verschaffte ihm die Anwesenheit von Frau Höppner, obschon er sich nicht vorstellen konnte, dass ihre angeborene Überherzlichkeit, mit der sie die Dinge zu managen suchte, irgend-etwas Entscheidendes für ihn bewirken konnte. Doch nicht auszudenken, wenn der Stinkstiefel Biel Dienst gehabt hätte, der Auf-seher. Das hätte seiner miserablen Gemütsverfassung bestimmt den Rest gegeben.

Frau Höppner hatte mitbekommen, dass er fast als Einziger nicht abgeholt worden war. Sie wandte sich zu ihm und sagte mit ihrer sonderbar weichen Stimme. „Mach dir keinen Kopf, dein Vater wird dich schon wieder holen. Was war denn los?"

„Er dachte, es läuft in der Schule."

„Und?"

„Sieht schlecht aus. Herr Kaulbach hat mit ihm geredet."

„Warum hast du denn nichts gesagt?"

„Weiß nicht", druckste er.

„Siehst du. Und nun?"

Er wusste nichts darauf zu antworten, und um ihm aus der Verlegenheit zu helfen, bot sie ihm an: „Wenn du willst, gehen wir mal deine Schulsachen durch."

Aus seiner Miene sprach weder Ablehnung noch Begeisterung. Und sie fügte liebenswürdig hinzu. „Du bist doch nicht dumm, Simon ... Also, ich bitte dich, jemand der Schach spielt ..."

Und es bekam ihm gut, aus ihrem Munde zu hören, dass er nicht auf den Kopf gefallen wäre.

„Ich schnalle Mathe nun mal nicht!", hielt Simon jetzt vehement dagegen.

„Ich weiß, den Bären spielen liegt dir eher", gab sie fast fröhlich zurück.

„Aber ohne Mathe kommst du nirgendwo durch. Du darfst einfach keine Ruhe geben, musst dir die Aufgaben solange erklären lassen und Fragen stellen, bis der Groschen gefallen ist … Na, wie sieht's aus, setzen wir uns nun hin?"

Ein bisschen widerstrebend folgte er ihr auf die Veranda, und während er zögerlich seine lädierten Hefte und Bücher auf dem Tisch ausbreitete, wagte er einen kurzen Blick zum Aquarium. Was er sah, verblüffte ihn. Als sei jenes andere, grässliche Bild plötzlich für immer in seiner dunkelsten Vergangenheit untergegangen, schwebten dort und zuckten hinter grünlichem Glas die lebendigsten Fische, in Arten und Farben der Einzigartigkeit. Er war verzaubert. Und seine verabscheuungswürdige Tat kam ihm plötzlich vor wie ein böser Traum.

Frau Höppners Stimme holte ihn zurück. Er könnte wetten, dass sie gerade gesungen hatte, leise vor sich hin, irgend so einen abgedroschenen, albernen Quatsch. Sie hielt jetzt eines von Simons Heften hoch. Es drohte in seine dünnblättrigen Bestandteile zu zerfallen. Und auf einmal zwitscherte sie in eigener Melodie: „Ordnung ist das A und O, A und O, A und O, Ordnung ist das A und O, macht uns lebensfrohoho, macht uns lebensfroh." Er sah ihre strahlend entblößten Zahnreihen. Simon schaute sie groß an, wiederholte. „Ordnung ist das A und O, soooo?" Eine verrückte Redensart, gesungen gar nicht schlecht.

Müsste sie nicht anders mit ihm umgehen? Wo blieben die Vorhaltungen? Sie sah doch, was los war.

„Pass auf, Simon", fuhr sie weiter fort und es hörte sich an, als ob eine freudige Überraschung auf ihn wartete, „was hältst du davon, wenn du den heutigen Tag zum ersten Tag vom Beginn deines Lebens machst?"

Simon verstand nur Bahnhof. Sie hat 'ne Meise, dachte er bei sich. Und in zweierlei Hinsicht war ihm die Sache nicht geheuer: Warum auf einmal diese Fürsorglichkeit? Bisher hatte sich doch auch keiner so richtig um ihn gekümmert. Und wie war dieser bescheuerte Satz nur gemeint? Er zuckte die Schultern, ihm war die Lust schon wieder halb vergangen. „Was wollen Sie?", versetzte er ungläubig. „Ich bin schon elf und hab ehrlich gesagt keinen Bock drauf, wieder ein Säugling zu werden."

Frau Höppner musste hell auflachen. „Aber so ist es doch nicht zu verstehen, Junge. Ich meine, du fängst heute, also jetzt, ja in diesem Augenblick, ganz neu an, vergisst was war."

Er starrte Frau Höppner wie das achte Weltwunder unverwandt an. War sie jetzt durchgedreht? Er schüttelte den Kopf. „Das sagt sich so leicht."

„Und wird mit Willen vollbracht!", rief sie begeistert aus. „Komm, spitz deine Bleistifte an, damit siehst du, geht's los. Mit Tun. Warte, ich hole Einschlagpapier für die Bücher." Mit diesen Worten sprang sie hoch und stampfte los, kam mit den Umschlägen wieder herein und fragte: „Hast du noch leere Hefte?" Sie fasste ihn um die Schulter, flüsterte: „Die alten Bekritzelten würde ich mal schön weit weg legen", sprach's und war flugs bei der nächsten Sache. „Was soll denn das sein?" Betroffen nahm sie den verschandelten Füller zwischen Daumen und Zeigefinger und war sofort eingeschmiert: „Konntest du mit dieser Drahtbürste überhaupt jemals schreiben?"

„Geht gerade so, berühmt ist es nicht ...kratzt und kleckst, das doofe Teil", antwortete er naserümpfend, wie wenn ein normaler Verschleiß diesen Zustand herbeigeführt hätte. Und von Minute zu Minute fand er mehr Gefallen am Ablauf des Nachmittags. Frau Höppner war irgendwie gut drauf, sie kam immer mehr in Schwung und rief entschieden: „Das werden wir natürlich sofort ändern. Ich leihe dir einen neuen Füller, Simon. Aus meinem Bestand. Ich hoffe, du gehst pfleglicher damit um." Abermals verließ sie stampfend den Raum; diesmal blieb sie etwas länger weg. Als sie aufgekratzt zurückkehrte, hielt sie ein schmales Etui in der Hand. Der Füller, den sie mit überschwänglicher Geste dem Kästchen entnahm und vor Simon auf den Tisch legte, hatte einen grünlich schimmernden Farbton.

„Oh, danke", sagte Simon gerührt. Ihm war beinahe wie Weihnachten. Seine Mutter hätte ihm längst links und rechts seine Hefte um die Ohren gehauen, aber Frau Höppner veranstaltete ein wunderschönes, geduldiges und mitreißendes Trara um seine Sachen … weil doch heute der erste Tag vom Beginn seines Lebens war. Das musste er auskosten. Und es war ja wirklich ein erhebendes Gefühl, dass alles für ihn neu anfing. Er schob ihr nun keck die Fragmente der Federtasche hin, die sie mit konstant liebenswürdigem Augenaufschlag sogleich näher zu inspizieren begann. „Das ist aber nicht schön, du", bemerkte sie abschwächend und richtig aufgehend im Prozess der Veränderungen. Sie begutachtete sein Lineal, das lauter Einkerbungen aufwies und daher nur noch zackige Linien zustande brachte. Den Ratzefummel, der mehr schmierte denn radierte, ließ sie ohne Pardon in den Papierkorb fallen. Selbstlos rüstete Frau Höppner nun alles an Utensilien nach, was Simon im Laufe seines Heimaufenthaltes entweder kaputt gekriegt oder verbummelt hatte. Zum Schluss schenkte sie ihm noch Filzstifte in allen erdenklichen Farben. Besonders der Zirkel, ein ansehnliches Prachtstück, dessen metallene Schenkel sich erhaben anfühlten, ließen ihn aus dem Staunen nicht herauskommen. Womit hab ich das verdient, fragte er sich und konnte nicht verhindern, dass die bösen Bilder noch einmal rasant in seinem Kopf abliefen, bis die Freude ihn doch übermannte. Ganz aus dem Häuschen ruckte er auf seinem Stuhl hin und her. Konnte er seiner Erzieherin das jemals danken? Wie Kaulbach wohl reagieren würde, und Luise erst. Der Gedanke an das Versäumte überschattete plötzlich alles. Und seine Verunsicherung stieg wieder an. Und um dem entgegenzuwirken rief er deshalb erregt: „Werden Sie mir in Mathe helfen?"

„Ja, natürlich", sagte sie freundlich, aber forsch und wurde nachdenklich. „Schön, dass du den Willen hast … Aber ich bin nicht immer da, du wirst dich ab heute auch selbst dahinterklemmen müssen."

Das wollte er unbedingt, ja unbedingt tun und versprach es zunächst fest in sich hinein. Wer war er nur, dass ihm ab und zu Menschen begegneten, die es gut mit ihm meinten? Sie schienen ihm, ohne es direkt auszusprechen, zu verzeihen, so als ob alles halb so schlimm wäre. Sie trugen ihm nichts nach; blieben ganz ruhig, schürten keine Angst.

Es war wohl das Gute und Böse nebeneinander, dem er manchmal ausgesetzt war. Nun, er war es seiner Erzieherin einfach schuldig, sich endlich am Riemen zu reißen, ihr verlockendes Angebot von einem neuen Leben anzunehmen und fortan hauptsächlich an die Schule zu denken, indem er mit Fragen nervte und notfalls nachbohrte, bis er die Aufgaben verstand. Und die schönen Sachen würden ihm den Start sicher erleichtern. Und er durfte auch Herrn Billing nicht enttäuschen, der ihm vorbehaltlos die Rolle des Bären über-tragen und zur Premiere extra für ihn einen richtigen Bärenkopf zum Überstülpen aus dem Theater besorgt hatte. Und Frau Höppner sagte jetzt: „Also, wir fangen mal da an, wo du meinst, den wenigsten Durchblick zu haben. Du denkst manchmal bestimmt, oh, hoffentlich fragen sie nicht das gerade. Das stimmt doch, oder?"

Er nickte heftig und war froh, dass Frau Höppner so anfing. Da fiel ihm auch gleich ein, was es war, dass ihn piesackte. Und er setzte schon an, es zu beschreiben, kam aber nicht gleich dazu. Frau Höppner musste vorher noch unbedingt Herrn Billings Ausflugsidee loswerden. Und die Nach-richt war beinahe zu viel des Guten. Eine Ferienreise nach Schneeheim stand auf dem Programm, mit Skiern, Schlitten und allem, was zu einer richtigen Winterausrüstung gehörte. Simon konnte sich das alles im Geiste in etwa vorstellen, und er war irgendwie ganz wuschig, wenn er an sein neues, anstrengendes und doch so auf Freude ausgerichtetes Leben dachte, wofür es am Ende lohnte, wenn es sein musste, auch sonntags über den lebendigen Büchern zu hocken. Und ganz zugänglich und begierig sprach er aus: „Bis heute hab ich das kleinste gemeinsame Vielfache nicht begriffen und auch nichts gesagt ... Wir sind dann im Stoff weitergegangen, den Rest können Sie sich ja denken."

„Gut, dann fangen wir mal damit an", sagte Frau Höppner. „Das ist doch ganz leicht, wirst schon sehen." Und binnen einer Stunde hatte ihn Frau Höppner so weit, dass er etliches über natürliche Zahlen wusste, den engen Zusammenhang der Begriffe Teiler und Vielfaches erfasste und zum Schluss alle Teilbarkeitsregeln für Faktorenzerlegungen halbwegs intus hatte. Sie wiederholte immer wieder, ließ ihn Beispiele rechnen, selbst Beispiele entwickeln und riet ihm, das alles jeden Tag wenigstens eine viertel Stunde lang zu üben.

Mit merklichem Eifer legte er sich ins Zeug, zuzuhören, nachzudenken, aufzuschreiben. Wenn auch noch ein wenig Widerwillen in ihm steckte, so würde er ihn, davon war er überzeugt, bald überwunden haben, und es war schon ein sonderbares Gefühl, Dinge verstanden zu haben, die ihm vorher gleichgültig gewesen waren und ihn daher nicht interessiert hatten. Und in diesen Lichtblick hinein fragte er gegen Abend: „Ich würde gerne noch ein Stück laufen, Frau Höppner. Es ist zwar schon dämmrig, aber ich gehe nicht weit. Erlauben Sie es?"

„Wo willst du denn hin? Meinetwegen können wir auch für heute Schluss machen."

„Ach, nur ein bisschen Luft schnappen und das ganze verdauen. Darf ich?" Er dachte in dem Moment an mehr, als nur daran, den Kopf frei zu kriegen, fühlte, dass er es verdient hätte, jemanden Nettes anzutreffen, und es war natürlich Luise, deren Weg zu kreuzen er sich unsinnigerweise vorstellte.

Frau Höppner sah ihn prüfend an. „Aber renne nicht so weit, halbe Stunde, dann bist du zurück." Und wie nach einer plötzlichen Eingebung schickte sie ihm nach. „Was machen eigentlich deine Bronchien? Du hustest manchmal ganz schön ..." Er zuckte im Weiter-gehen nur mit den Schultern und verließ den Raum.

Auf der menschenleeren Straße angekommen, wählte er eine beliebige Richtung und konnte nicht ahnen, dass es der Weg war, auf dem er unter Umständen und mit ein bisschen Zufall, Luise direkt in die Arme laufen könnte. Nur sehr grob wusste er, wo sie zu Hause war, den etwaigen Umkreis, gar nicht weit von der Domstraße entfernt. Um die allerdings machte er nun einen großen Bogen. Er wollte gerade wieder abbiegen, da trat aus dem Dunkel seine Mitschülerin Luise. Er war so perplex, dass er einfach schnell vorübergehen wollte. Aber sie blieb abrupt stehen, und da erst hielt er an. Das matte Licht der Straßenbeleuchtung ließ sie noch schöner, anmutiger und reiner erscheinen, als es die Helligkeit tagsüber in der Schule vermochte.

„Hallo, was machst du denn hier?", fragte sie weniger aus Verlegenheit denn aus freudiger Überraschung. Und ihm wurde ganz blümerant, wenn er daran dachte, was ihm noch vor zwei Minuten insgeheim im Kopf herumgegeistert war. Und er konnte ihr doch unmöglich gestehen, dass er sich die ganze Zeit in einem Umfeld wähnte, wo sie unter Umständen leicht anzutreffen wäre. Und nun wäre er fast im Dunkeln an ihr vorbeigerannt. „Ich vertrete mir die Beine", versetzte er so beiläufig wie möglich. „Und du?"

„Ich muss noch zu Ulrike, sie kann Mathe nicht."

Das war für ihn ein Stichwort. Er merkte seufzend auf. „Ach ja, Mathe ..." Gehemmt sprach er den Satz nicht weiter; er könnte ihr ja von seinem Nachmittag mit Frau Höppner und der wundersamen Wandlung erzählen. Lieber warte ich den morgigen Schultag ab, dachte er bei sich. Das wird das Gescheiteste sein, nur nicht immer gleich alles ausposaunen. Wenn's so bleibt, kriegt sie's eh früh genug mit. Und kommt mir was dazwischen, hab ich wenigstens den Mund nicht zu voll genommen. So standen sie beide da in dem fahlen Licht. Und es war an eine Unterhaltung nicht zu denken.

„So, ich muss dann los", sagte sie hastig, und sie war bestimmt nicht in Eile. Sie wollte noch etwas loswerden, es lag ihr auf der Zunge, aber ihre Blicke trafen sich nur noch einmal, dann gingen das Mädchen und der Junge langsam den Abend hindurch ihrer Wege.

ACHTZEHNTES KAPITEL

In der Grundschule am See, insbesondere in Simons Klasse, gab es zwei Arten von Schülern, die im Unterricht mitarbeiteten. Und auf Mitarbeit legte Kaulbach schon immer den allergrößten Wert. Das waren zum einen die, welche eifrig die Hand hoben, wenn der Lehrer etwas wissen wollte, zum anderen jene, die sich zögerlich, aber immerhin mutig meldeten, wenn sie etwas nicht verstanden hatten. Und die Frage, ob jemand etwas nicht verstanden hatte, wurde ja meistens obligatorisch gestellt. Simon fiel seit der ernsten Aussprache zwischen Kaulbach und seinem Vater durch besonders häufiges Melden auf, um Verständnisfragen zu stellen. Er schlug damit eindeutig seinen Banknachbarn, den sympathischen Achim Heuer aus dem Rennen, der aber zur ersten Kategorie gehörte, jedoch eigenartigerweise, wann immer ihm Kaulbach die Gelegenheit zu sprechen einräumte, verschmitzt mit den Achseln zuckte und nichts zu sagen wusste. Die Taktik von Heuer ging nicht lange auf, weil es Kaulbach nicht allein um Quoten ging, sondern darum, ob jemand überhaupt etwas wusste, wenn er die Hand wie verrückt hochriss und vielleicht dabei sogar noch schnipste. Die Schnipserei Achim Heuers war besonders ausgeprägt, und Kaulbach warf ihm oft einen mahnenden Blick zu.

Mit seinen neuen Utensilien war Simon ein ganz anderer Mensch. Im gefährlichen Körper der Schule fühlte er sich plötzlich recht verteidigungsfähig und enorm sicher. Die Formeln des Lernstoffes waren ein verzwicktes Gebilde, jedoch das Gefühl, nach und nach durchzusteigen, desto häufiger er Fragen stellte und unbeirrt nachbohrte, war manchmal direkt berauschend. Und seine Sachen, das schwor er sich, wollte er künftig hüten, wie seinen Augapfel. Mit Genugtuung, freilich nicht ganz ohne Skepsis, nahm Kaulbach auf, dass Simon die ersten, von einem beachtlich hohen Ausstattungs-niveau begleiteten Ansätze zeigte, sich um einhundertachtzig Grad zu drehen. Einziger Nervenpunkt, Simons ehrgeiziges Gefrage stahl ihm wertvolle Zeit seines Unterrichtes. Dagegen war Kaulbach so gut wie machtlos. Simon verfolgte mucksmäuschenstill die Stunden und faltete beim Zuhören sogar die Hände. Doch sobald Kaulbach gezwungenermaßen herausbrachte: „So, gibt es noch Fragen?", war Simon der Erste, der seinen Arm blitzartig nach oben streckte und Kaulbach mit Fragen geradezu bombardierte.

Im Wettbewerb der fliegenden Hände war Simon noch nicht dahinter gestiegen, ob das Gebärden von Achim, der im Übrigen die tollsten Grimassen schneiden konnte, eher reinen Schabernack zeigte denn eine übertriebene Jagd auf Quoten war oder ob er etwa mit dem Kalkül spielte, sich durch sein andauerndes unsinniges Melden bei Kaulbach einzuschmeicheln.

Wissentlich mit den Antworten daneben zu liegen oder sich bei Aufruf gar unerhörter Weise nicht äußern zu können, konnte wohl kaum bewirken, dass ihn Kaulbach, außer seine scheinheilige Mitarbeit grimmig tolerieren zu müssen, noch besonders hervorzuheben gedachte.

Während sich andere über Achims Benehmen amüsierten, hielt ihm Kaulbach verbissen zugute, dass ihm von anderen Lehrkräften gelegentlich Erfreuliches über Achim zu Ohren kam. In Deutsch und Musik zum Beispiel hatte er durchaus Stärken; das ließ die Schlappen in der Mathematik in einem etwas milderen Licht erscheinen.

In jüngsten Zeiten der Verlotterung, dass rechnete ihm Simon hoch an, hatte Achim ihn, den Vergesslichen, anstandslos mit in seine Bücher linsen lassen. Für diese Geste versprach er sich nun von Simon im Nachhinein Entgegenkommen und stellte sich vor, dass er ihm gelegentlich mit seinem schönen neuen Füllfederhalter aushelfen sollte. Er selbst verfügte ja über ein sehr armseliges, unmodernes Exemplar aus zweiter Hand, das zudem öfter mal beim Schreiben aussetzte.

Zu Simons Leidwesen spekulierte Achim Heuer aber nicht nur darauf. Längst hatte er Simons kompletten Schatz in seine dreisten Überlegungen einbezogen und berief sich aufs kameradschaftliche Verborgen. Simon erbleichte und alles in ihm sträubte sich gegen Achims Begehr. Kam gar nicht infrage, dass er auch nur für eine Sekunde das kostbare Teil aus der Hand gab. Achims Wunsch stand im deutlichen Missverhältnis zu dem, was er ihm wirklich schuldig war.

Aber der Schalk verlegte sich aufs Betteln und fing an zu schmeicheln: „Wenn du mir den Füller leihst, Simon, dann darfst du auch in meinem kleinen Kabarett mitwirken. Ich hab gehört, du spielst bei euch im Heim den Bären. Auf meiner Hofbühne kannst du jede Rolle haben!"

Simons Aufregung ging gedämpft in unmerkliche Neugierde über. Was ist denn das wieder für eine Spinnerei, dachte er misstrauisch. Wovon redet der da? Was für ein Kabarett? Achim erahnte Simons Bedenken und gab blitzschnell eine kleine Probe seines vortrefflichen Mienenspiels zum Besten, so dass Simon nicht anders konnte, als laut loszuprusten.

In der Pause kam dann die große Überraschung. Geradewegs begab sich Achim in eine der Ecken des Schulhofes. Dort hob er geschwind ein Stöckchen auf und zog eine kräftige Linie bogenförmig in den feuchten Erdboden. Das sollte seine Bühne eingrenzen. Nun stellte er sich in Positur, verzog das Gesicht und vollführte schwungvolle Gesten. Als er mit näselnder Stimme zu reden anfing, wurde deutlich, ihm lag sehr an Schwülstigkeit, womit er sich Wirkung erhoffte, während er das Inhaltliche eher als nebensächlich abtat. Achims Bildnis beschrieb sich etwa so:

Er war von mägerlicher Statur, sein schwacher Hals trug einen nahezu kugelrunden Kopf, der etwas spärlich mit rötlichem Blond bedeckt war. Schon die leicht abstehenden Ohren und das von Sommersprossen übersäte Gesicht genügten, um den Eindruck des Lausbübischen zu erwecken, kam nun noch die schlitzförmige Augenstellung hinzu sowie jenes kleine, aufragende Näschen, war der Schabernack fertig und verlieh Achim für immer das Gepräge des Schalks.

Für ein Bürschchen, das bei Wind und Wetter nur im dünnen Mäntelchen umherrannte, war er erstaunlich selten krank. Im Gegensatz zu den meisten Robusten aus seiner Klasse fehlte er kaum.

Als Simon sich näherte, standen sie schon im Halbkreis, dicht gedrängt um Achim herum. Mit hochschraubender Stimme rezitierte er gerade ein paar abartige, teils selbst verfasste Verse, denen die Umstehenden zum Teil frenetischen Beifall spendeten und sich dabei ausschütteten vor Lachen. Angesteckt lachte auch Simon mit, obwohl er dem Text nichts Originelles abgewinnen konnte, aber er erinnerte sich an den Affen, der mit Genuss in die Seife gebissen haben soll, weil es völlig nach seinem Geschmack war.

Von Achims Reimen ging ein Gedicht etwa so:

„Ich hatte Schmerzen, ach oh weh, an der Leber und am Zeh. Zum Doktor gehen wollt ich nicht, gewesen war es meine Pflicht. Doch eines Tages, ach oh

Graus, hielt ich es nicht mehr länger aus, der Krankenwagen musste kommen, er hat mich unter Schmerzen mitgenommen.

Im Krankenhaus kam ich durch einen schmalen Gang, bis ich vorm Operationstisch stand. Ich sah den Arzt mit einem Dolch, er war ein Esel, er war ein Molch. Was willst du mit dem Dolche, sprich? Kartoffeln schälen, verstehst du mich ..."

An dieser Stelle hielt Achim plötzlich inne. Er hatte Simon kommen sehen und rief ihm theatralisch zu: „Hehehe, wer kommt denn da geschritten? Nun aber rein in unsre Mitten!" Alle Blicke richteten sich im Nu auf Simon. Der war peinlich berührt. Wollte ihn Achim etwa auffordern mitzuspielen, hier im Freien und vor aller Augen? Aufgeregt, halb zitternd vor Schreck, blickte er um sich. Da gewahrte er im Publikum auch Luise. Sofort musste er an ihre zufällige Begegnung gestern Abend denken, an seine Scheu, gegen die er nicht ankam und die immer alles, was er sich an schönen Worten vorher zurechtgelegt hatte, zunichtemachte, noch ehe er den Mund aufbekam. Doch hier, ganz unvermittelt, gab ihm ihre Gegenwart einen unerwarteten Auftrieb, so dass er keine Sekunde mehr zögerte, zu Achim vorzustoßen. Und im Drängen rief einer: „Geht mal auseinander, lasst Simon durch!" Schon stand er an Achims Seite. Und er hatte noch keine einzige Silbe herausgebracht, da wurde er schon durch einzelnes Klatschen und lautes Zurufen dermaßen ermuntert, dass ihm auf Anhieb gleich mehrere Ideen kamen, was er vortragen könnte. Kurzerhand entschied er sich für ein paar Verse, die ihm von seiner Mutter einfielen, und die er sich gut gemerkt hatte, weil sie so drollig waren. Er spitzte den Mund, hob etwas den Blick, brachte die Hände in die richtige Stellung und begann: „Hier ist der Schlüssel zum Garten, wo die drei Jungfrauen warten ..." Erstes Gekicher.

„Die erste heißt Minka, die zweite heißt Binka, die dritte heißt Zinkzankzinowia Biwia-Binka ..." Losplatzendes Lachen. Quietschen. Gebrüll.

„Da nahm Minka einen Stein und warf ihn Binka aufs Bein. Da fing Zinkzankzinowia Biwia-Binka ganz entsetzlich an zu schrei'n."

Das Publikum tobte. Luise war hellauf begeistert und bog sich vor Lachen. Einige riefen: „Zugabe ... Zugabe ...!" Und Achim flüsterte ihm zu: „Na, hab ich dir zu viel versprochen, bei mir kannst du alles vortragen. Was ist, kommen wir jetzt ins Geschäft?"

Simon sah zu Luise hin. Ihr Lachen wurde schwächer. Dann klingelte es. Alles flutete auseinander und strömte zum Eingang. Simon trabte neben Achim her. Kurz vor dem Hineingehen fragte er ihn: „Warum meldest du dich eigentlich immer, selbst wenn du weißt, dass du gar nichts weißt?"

Achim zuckte die Achseln. „Was soll ich dazu sagen. Es macht mir Spaß; außerdem merk dir eines, du lernst für die Lehrer, nicht für dich. Die wollen nur zufriedengestellt sein. Wetten, dem Kaulbach ist es völlig schnurz, was aus uns später wird, der hat nur seine Interessen im Kopf, und ich hab keine Lust drauf, dass er mir ständig auf den Docht geht, also hebe ich lieber freiwillig, so oft wie möglich, die Flosse, verstehst du?"

Bezaubert von der Resonanz seines Auftritts, war Simon gewillt, auf den Handel einzugehen, sobald er Achims Ehrenwort hatte, auch wirklich dauerhaft an seiner fantastischen Schulhofbühne mitwirken zu dürfen. Achims Antwort ließ nicht einmal zwei Sekunden auf sich warten. „Na klar!", rief er hellauf begeistert und hätte am liebsten sofort in Simons Schatzkästlein gegriffen. Und noch bevor der Unterricht weiterlief, besiegelten sie mit Handschlag ihr seltsames Abkommen.

Drei Bankreihen schräg hinter Simon saß Luise. Wie mochte sie ihn jetzt wohl sehen, nach diesem Auftritt? War er nun ein ganz anderer in ihren Augen? Ungehemmt hatte er alles aus sich herausgeholt. Und ihm war reichlich Applaus gespendet worden.

Noch hatte sie ihm direkt nichts gesagt, vielleicht wollte sie sich nicht näher äußern. Er müsste sich getrauen, sie einfach zu fragen, wie sie es fand. Mitten im Unterricht wandte er sich zu ihr um, in der Hoffnung sie würde zurückschauen, ihm irgendein Signal senden. Und da hob sie die Brauen, nickte zustimmend und lachte leise vor sich hin. Sein Herz klopfte wild. Dann sah er, wie ihr Mund sich abwechselnd breit und spitz verzog, tonlos etwas formte, so deutlich, dass er von ihren Lippen ablesen konnte: Zinkzankzinowia-Biwia-Binka. Ihre Nachahmung kam aus dem Innern, ein deutliches Zeichen, dass er mit seinem Sprüchlein genau in die Seelenkammer des Mädchens vorgedrungen war. Er hatte sich in der Klasse noch nie so gut gefühlt, wie in diesem Moment. Noch zwei, drei solch imponierende Auftritte und er wäre mit seinem Ansehen bei vielen gerettet. Der Ansporn war enorm. Die Vorstellung, er käme Luise in absehbarer Zeit womöglich so nahe, wie in seinen gewagten Traum-bildern, setzte eine übermütige Energie in ihm frei. Als sein Puls wieder gleichmäßiger ging, spürte er eine ganz neue Form der Sehnsucht langsam in sich aufsteigen.

NEUNZEHNTES KAPITEL

Je länger Achims Worte in Simons Kopf umherschwirrten, denen zufolge man mit dem elendigen Drücken der Schulbank nur einer Abhängigkeit vom Lehrkörper nachgeben würde, desto mehr Übereinstimmungen zu seinen eigenen Erfahrungen auf dem Gebiet des Gehorsams entdeckte er plötzlich. Hatte er seine Sachen alle beisammen, erledigte einigermaßen die Hausaufgaben, meldete sich in einer Tour, redete dem Lehrer mit seinen Antworten zum Munde, dann gab es keine Unannehmlichkeiten, keine Zerwürfnisse, keinen Zoff, kurz gesagt, er hatte seine Ruhe. Individuen wie Kaulbach waren nun mal nicht austauschbar, das war die klare, unabänderliche Situation, also hatte Simon keine Wahl, entweder er änderte seine Einstellung oder er musste unweigerlich mit den Folgen leben, und die hießen: Demütigung vor anderen, deprimierende Zensuren, Aufhetzen seines Vaters, und am Ende lauerte die Gefahr, das Klassenziel nicht erreichen zu können. Simon trug dem Rechnung, und um die schlimmste Pein, nämlich die immer mal wieder aufkeimende, sich fies einschleichende Unlust zu unterdrücken, stellte er sich bewusst immer und immer wieder dieselben Fragen: Was freut mich eigentlich? Was hab ich an Angenehmem jetzt zu erwarten? Und der angedeutete Skiurlaub in Schneedorf war das Herausragende, was ihn von allen bevorstehenden Erlebnissen sofort aufmunterte. Durch Freude den selbst auferlegten Zwang ins Notwendige abzumildern, das genau war die Methode, mit der er schon in Kürze in eine Situation hineingelangte, die ihm einen günstigen Entwicklungsverlauf beschied.

Das besänftigte auch zusehends seinen vom Examensstress gebeutelten Vater, den Vorknöpfer und Stichprobenkontrolleur, obschon er die ersten Male verblüfft war, wie rasch Simon Fortschritte gemacht hatte. Diesen Erfolg schrieb er einzig und allein seinen drakonischen Maßnahmen zu, und prompt erschien er nun wieder sonntags nach dem Frühstück auf der Bildfläche, um Simon zu sich in die Domstraße zu holen.

An einem dieser Tage muss ihn wohl Frau Höppner abgepasst haben, denn er zog noch bis zum Abend ein versauertes Gesicht. „Die Alte ist nicht ganz dicht, spinnt doch!", zischelte er ärgerlich vor sich hin. Und zu Simon gewandt. „Sag bloß, du denkst jetzt auch, ich hätte dich hängen lassen! Einen Knacks … Was für einen Knacks?" Er packte Simon wirr bei den Schultern, stierte ihm ins Gesicht und rief wie im Fieberwahn: „Wo denn, wo hast du einen Knacks?! Du hast doch keinen Knacks … Also, ich sehe keinen Knacks, tut mir leid … Das ist doch lachhaft!" Und nach einer Weile stieß er versöhnlich aus. „Na bitte, es geht doch. Du kannst nämlich, wenn du willst, Junge … Schon traurig, dass ich erst richtig garstig mit dir umgehen musste, ehe du kapiert hast, wie wichtig die Schule für dich ist!"

Die Premiere von „Schneeweißchen und Rosenrot" feierte einen Riesenerfolg. Seinen Vater im Publikum zu wissen war für Simon der Antrieb, sich mit seiner Rolle besonders leidenschaftlich zu identifizieren, und der nachgebildete Bärenkopf, durch dessen offenes Maul er alles um sich herum erkennen konnte, war die große Attraktion dabei. Dieter hatte sich von Herrn Billing als grässlichen Zwerg verkleiden lassen. Die runzelige Maske verlieh ihm einen alten, verwelkten Gesichtsausdruck, doch wenn er schnarrte, tanzte in Dieters grünlichen Augen ein wildes Feuer. Der weiße Bart war das Hervorstechendste an seiner Montur; er reichte ihm hinab bis zu den Füßen.

Zart und anmutig hingegen waren Dagmar und Gudrun zurechtgemacht. Gudrun trug eine weiße, Dagmar eine rote Bluse, dazu hatten sie recht kurze, schwarze Röckchen an, die ihre weichen Beine entblößten. Die weißen Ringelsöckchen ließen die beiden noch niedlicher erscheinen. Während der ganzen Aufführung, das entging Simon nicht, benahmen sich Brillux und Holger als Einzige höchst sonderbar. Sie saßen in der ersten Reihe, und immer wenn Gudrun oder Dagmar ihren Text sprachen, wechselten die beiden zweideutige Blicke miteinander und grienten in einer Art, von der nur Simon ahnte, was wirklich dahintersteckte.

Nach der Vorstellung gab es noch Kaffee und Kuchen. Sein Vater redete kaum mit ihm. Er schien mit seinen Gedanken bei anderen Dingen zu sein. Simon suchte krampfhaft das Gespräch. „Wie geht es zu Hause?"

„Mutti hat viel zu tun", antwortete er kurz angebunden und setzte knapp hinzu. „Weiterbildung." Plötzlich schien ihm etwas eingefallen zu sein, etwas von Wichtigkeit, denn er hob die Brauen. Dann raunte er ihm zu: „Wir müssen uns noch über deine Weihnachtsgeschenke unterhalten."

Simon nickte, ohne genau zu wissen, worauf sein Vater hinauswollte. „Nächste Woche ist schon der vierte Advent, Vati. Und dann darf ich nach Hause, stimmt's?" Seine Augen leuchteten erwartungsvoll.

„Ja, ja", gab sein Vater trocken zurück, als stünde nicht Weihnachten vor der Tür, sondern irgendein verpflichtendes Ereignis, wofür Simon um Bewilligung von Kurzurlaub ersuchte. Als sich Walter Pissarenkow vorzeitig aus der Kaffeerunde verabschiedet hatte, ohne auf das Thema der Weihnachtsgeschenke näher eingegangen zu sein, überlegte Simon noch eine Weile, was er wohl gemeint haben könnte, aber schnell lenkten ihn andere Gedanken ab. Und er war geistig wieder bei Brillux und Holgers lüsternen Blicken während der Vorstellung. In einem geeigneten Augenblick – der Chor der Weihnachtslieder war gerade verklungen –

stellte er Holger, den Vernünftigen, zur Rede. „Hör mal, ich bin doch nicht blind … Ihr habt euch die Mädchen für heute Nacht aufs Korn genommen, gib's doch zu, so wie ihr gestiert habt!"

Holger Leuschner blieb ganz gelassen. „Das hängt ganz von Dieter ab. Er ist der Planer, frag ihn doch." Dann ließ er ihn stehen.

An Dieter war nicht gleich ranzukommen, einige Jungen hatten ihn unmittelbar nach der Aufführung in Beschlag genommen. Als bester Schauspieler des Abends war er überall in den Mittelpunkt des Interesses gerückt. Und viele wünschten sich auf ihre Weise, mit ihm gut Freund zu sein. Irgendwann war es Dieter anscheinend zu bunt geworden, so dass er sich von der Gruppe losriss und einer ruhigen Ecke zustrebte. Da gewahrte er Simon. Unversehens trafen sich ihre Blicke. Und Simon packte die Gelegenheit sofort beim Schopfe, ihm Winkzeichen zu geben. Sekunden später stand er neben ihm. Die Ecke hinter dem Tannenbaum war ideal, niemand konnte etwas mitbekommen. „Ich muss dich was Wichtiges fragen, Dieter!", stieß Simon ungeduldig, halb flüsternd hervor.

„Und was gibt es so furchtbar Wichtiges?"

„Holger tut so komisch und Brillux noch viel schlimmer. Ich glaube, sie wollen, dass du für heute Nacht das Startzeichen gibst. Hast du das vor?"

Dieter überlegte nicht lange und mit wenig Regung im Gesicht antwortete er. „Ich hab inzwischen nachgedacht. Ich glaub, wir verschieben die ganze Aktion, bis wir in Schneedorf sind. Hast du nicht gehört, Billing will mit allen dorthin zum Skilaufen. Mensch, Simon, in einer Skihütte bei Mondschein, noch dazu in den Bergen, glaub mir, da haben wir weit bessere Chancen, als hier oben in der muffigen Dachkammer, dass sich die zwei Süßen unten befummeln lassen."

ZWANZIGSTES KAPITEL

Die Weihnachtsferien begannen in Gribnitz mit milden Temperaturen um die sechs Grad, und es regnete in Strippen. Simon dachte sehr wenig darüber nach, warum es nicht schneite; die Natur war eben launig. Aber etliche Leute, denen die dunkle Jahreszeit schwer zu schaffen machte, zogen daraus wie immer ihre eigenen Schlüsse. Richtig weiße Winter mit klirrenden Frösten seien wohl nicht mehr zu erwarten, verlautbarten die einen, während die anderen sogar noch einen Schritt weitergingen und meinten, sie seien von einem weltweiten Klimawandel betroffen, welchen die Menschheit gerade erlebe, nämlich den Übergang von brutheißen Sommern zu total verregneten Wintern. Zu den Leuten, die sich genau zu erinnern glaubten, in ihrer Kindheit hätten durchweg strenge Winter alle Gewässer der Umgebung binnen Kurzem zufrieren lassen und man sei in Massen aufs Eis gegangen, gehörte auch Walter Pissarenkow.

Am Donnerstag holte er Simon überraschend früh aus dem Heim ab. Simon war guter Dinge, denn er ging davon aus, dass sie schon in Kürze im Zug nach Hause sitzen würden. Doch unterwegs fing sein Vater plötzlich an, ausschweifend von Schlittschuhen zu erzählen, die ihm seine Mutter, als er ungefähr in Simons Alter war, einst zu Weihnachten geschenkt hätte, das heißt, eigentlich hatte sie ihm damals ein bisschen von ihrem Ersparten zugesteckt, damit er sich im Laden was Hübsches aussuchen könne; er wüsste doch selbst am besten, was ihm gefalle, dann spare sie sich nämlich das tagelange Herumsuchen in den Geschäften, in welchen einem leicht unnützes Zeug aufgeschwatzt würde, worüber man sich nachher ewig gräme. Wie ein Schneekönig habe er sich damals über das Geld gefreut und war spornstreichs zwei Ecken weiter die blinkenden Eisen kaufen gegangen.

Simon schwante, dass sein Vater mit diesem Bericht lediglich vorbauen wollte, wie er prinzipiell über das Thema der Beschenkung zu festlichen

Anlässen dachte und dass es für ihn, ähnlich wie seiner Mutter damals, ein Graus sein musste, sich über Schenkungen den Kopf zu zermartern, nur um für irgendwelche zweifelhaften Überraschungen zu sorgen, und dass es also kurzum das Bequemste sei, Simon entweder an die Hand zu nehmen und mit ihm rasch die Läden abzuklappern oder ihm das Geld gleich so in die Hand zu drücken.

Gedacht, getan. Den Bahnhof links liegen lassend, strebte Walter Pissarenkow straffen Schrittes der nächstgelegenen Geschäftsstraße zu und Simon tippelte halb im Laufschritt nebenher. Endlich fragte er zaghaft: „Wohin gehen wir, Vati?"

„Dorthin, wo wir für dich was zu Weihnachten kriegen", ließ sich Walter Pissarenkow knapp vernehmen. Ach, deshalb die Geschichte von den Schlittschuhen, dachte Simon bei sich. Und sie kamen in den ersten Laden. Dort sah er ein Modellflugzeug, das konnte man an einem Katapult weit in die Lüfte schießen, und er hielt es hoch und drehte es, nickte und bekam es. Die Märklin Eisenbahn, zwei Häuser weiter im Kaufland, das Begehrlichste, was er je bewundert hatte, aber eine unerschwingliche Sache, durfte er sich allerdings gleich aus dem Kopf schlagen und bei dem Preis selbst als Traum für die Zukunft vergessen. Aber er stand da und starrte lange gebannt auf die großen, mittleren und kleinen, zum Spaß niedlich dahinsurrenden Waggons, die süßen Loks, die spannenden Tunnel und Weichen.

Ein flacher Karton mit Brettspielen, seitlich im Regal erspäht, lenkte ihn ab. Er lupfte einfach den Deckel, ergründete blitzschnell, dass die Schachtel auch Schachfiguren enthielt, sah dann mit fragenden Augen zu seinem Vater auf, der ziemlich genervt reagierte und mit nüchterner Geste entschied. „Na tu's schon in den Korb!" Dort befand sich bereits der von ihm freigebig genehmigte Stabilbaukasten, zu dem sich kurz danach noch das Puzzle, was nicht gerade ein Schnäppchen war, gesellt hatte, nebst einer ominösen Tüte mit diversen Indianerfiguren, die Simon nicht aus der Hand legen wollte. Dann war der Punkt erreicht, da hatte es Walter Pissarenkow satt, noch länger umherzuziehen. Stumpf, ganz voller Argwohn betrachtete er die bisher erworbenen Sachen, beugte sich unversehens zu Simon herunter und brummte ihn an: „Man kann bei dir immer nur kaufen … Nachher verbummelst du's wieder oder das Zeug liegt herum, irgendwo in der Ecke, kaputt, zerwichst, im Arsch!"

Die Worte schüchterten Simon nicht ein, er kannte ihn ja. Aufgeweckt schlenderte er weiter durch die Sportabteilung. Und knurrig stapfte sein Vater hinter ihm her: „Nu is langsam Schluss, Jung, mehr wie achtzig Mark kann ich nicht berappen! Also, siehst du noch was, ansonsten lass uns hier verschwinden?" Simon war die Enttäuschung anzumerken, er druckste herum. „Keine … Schlittschuhe?"

Walter Pissarenkows Blick fiel automatisch auf das Preisschild. Sofort war er wie zugenagelt. „Bist du noch bei Trost!", schnarrte er ganz entsetzt. „Guck dir bloß an, was die dafür haben wollen. Ne, Bengel … ne, ne, das lassen wir mal schön bleiben!" Doch gleich darauf wurde er ein wenig nachgiebiger und nuschelte kompromissbereit. „Na gut, ein Buch will ich noch drauflegen, das ist aber das höchste der Gefühle. Und mach schnell, sonst schaffen wir den Zug nicht!"

Verschämt stöberte Simon an einem Wühltisch vergilbter, irgend-wo ausrangierter alter Schmöker. Es war ja auch kein richtiger Buchladen. Schließlich stieß er auf Mosaiks von Hannes Hegen. Sein Herz hüpfte. Aus den Heften schöpfte er seine Inspirationen für das Hinausziehen in die Ferne. Und unerklärlicher Weise kam ihm plötzlich ein altes Liedchen von Oma Christ in den Sinn, und leise begann er zu summen: „Hinaus in die Ferne für'n Sechser fetten Speck. Den haben wir so gerne, den nimmt uns keiner weg. Und wer das tut, den hau'n wir auf die Schnut, den hau'n wir auf die Nase, so dass sie blut …"

Weihnachten zerrann für ihn schnell und nach Neujahr hieß es, dass er gleich morgen, obwohl noch Ferien seien, nach Gribnitz zurückfahren müsse. Damit hatte er fast gerechnet, doch gewisse Anzeichen deuteten darauf hin, dass noch Ungeahntes auf ihn zukam.

Zum Ende der Feiertage hatten seine Eltern abwechselnd damit begonnen, ihn mit ungewohnten Redensarten zu umschmeicheln. Auf einmal war er in ihren Augen schon ein großer, verständiger Junge, den man nicht mehr wie ein Kleinkind an die Hand nehmen müsse. Simon spitzte die Ohren. Worauf wollten sie hinaus? Bei ihren Unterhaltungen fielen nun regelmäßig die Namen der verschiedensten Ferienorte, bis schließlich nur noch über den einen Ort, nämlich Middeln gesprochen wurde. Jenes geheimnisumwobene Middeln schienen sie als ihr nächstes Reiseziel anvisiert zu haben, denn seine Mutter blätterte von morgens bis abends in ein und demselben bunten Prospekt, welches eine unglaublich reizvolle Gebirgslandschaft zeigte, tief verschneit und mit eng aneinander geschmiegten Häuschen im Tal.

„Wo ist das?", fragte Simon beeindruckt.

„Im Kleinwalrital", antwortete seine Mutter mit schiefem Lächeln, ohne ihm dabei ins Gesicht zu sehen.

„Und wo liegt das?", wollte Simon wissen.

„Weit weg ... im Allgäu, Junge. Was du alles fragst, das kennst du ja doch nicht." Konkreter drückte sie sich nicht aus.

Erst auf dem Weg zum Bahnhof, nächsten Mittag, gestanden sie ihm in letzter Minute, dass sein Vater diesmal nicht mit ihm zurückkommen könne, für eine ersatzweise Begleitperson aber gesorgt wäre. Die Verzweiflung in Simon war noch gar nicht richtig ausgebrochen, da setzten sie ihn auch schon ins Zugabteil einer recht betagten, fremden Person, einer Frau Wendland, gegenüber. Sie sei eine Nachbarin von Oma Wilma und müsse zufällig in dieselbe Richtung, erfuhr er. Frau Wendland habe sich bereit erklärt, ab und zu ein Auge auf ihn zu werfen, teilte ihm sein Vater mit, dafür erwarte er aber auch, dass sich Simon während der langen Fahrt ein bisschen um die alte Dame kümmere, falls sie Hilfe brauche; er sei schließlich schon groß und verständig. Im gleichen Atemzug rückten seine Eltern damit heraus, dass sie morgen in aller Frühe nach Middeln starteten, woanders sei um die Zeit kein Zimmer mehr zu bekommen gewesen. Und Kläuschen bleibe ja auch bei Oma zu Hause. Nun wusste er Bescheid. Die Anwesenheit der spröden, blassgesichtigen Frau Wendland, die scheinbar nicht reden wollte, war für Simon das gespenstische Abbild seiner Verlorenheit als gleichgültig Weggestoßener. Sie war der gruselige, immer beunruhigend wirkende Angstausdruck in Menschengestalt, dem er gnadenlos in den nächsten Stunden standzuhalten hatte. Und er fühlte, so wie jemand, den der Brechreiz würgte, dass er dem Weinen sehr nah war. Aber wohin mit den Tränen, überlegte er zitternd. Die eigentümliche Alte ließ ihn nicht aus ihren geröteten Augen, und ihr weißes Haupt wackelte ganz leicht, kaum merklich, hin und her; also legte er die Hände vors Gesicht und weinte lautlos, tat es in ganz kleinen Schüben, dass sie nichts merken konnte. Und das erleichterte ihn. Der Zug war schon in voller Fahrt, da hatten sie immer noch kein Wort miteinander gewechselt. Simon sah aus dem Fenster und sein junges, unreifes Leben flog nur so vorbei an dem übermächtigen Leben dort draußen, der großen unbekannten Weite aus Dunkel und Licht, die zu ergründen er Millionen an Leben brauchte. Und die ständige Vorstellung, womöglich wenig Bedeutendes erfahren zu haben von all den Dingen am Ende seiner Bruchteil-Zeit, außer, an seiner Ungeliebtheit selbst schuld gewesen zu sein, erschütterte ihn zutiefst, je deutlicher er sich seines Ausschlusses wieder einmal schmerzlich bewusst wurde. Nun schielte er zu der kleinen, gebeugten weißen Frau hinüber und überlegte, wie so ein alter Mensch, dessen Tage gezählt waren, wohl über das Leben denken mochte. Was bereitete ihr noch Freude? Sie wird gläubig sein, schätzte er, des Öfteren die Kirche aufsuchen und dort stille Gebete murmeln. Und ihr wird klar sein, dass es bald Zeit ist, zu geh'n, denn sie sieht sehr müde und verbraucht aus. Oma Christ schlief auch viel, meistens beim Fernsehen, aber sie war noch ganz gut auf dem Damm und vor allem redete sie noch munter daher, hatte im Gegensatz zu der greisen Frau Wendland, die nur einiger undeutlicher Laute fähig war und mehr zufällig denn bewusst lächelte, immer einen sinnigen Spruch parat. Und vom Sterben wollte sie nichts hören.

Das Gesicht seiner Begleiterin wies feine Härchen auf, die sie nicht weiter zu kümmern schienen. Ihre Handrücken waren transparent wie das Delta von blauen Flüssen. Jetzt strich sie sich eine weiße Strähne aus der Stirn. Sie tat Simon leid.

Oma Christ hatte ihm erzählt, dass sie an ein höheres Wesen, an Gott glaubte, und daran, in den Himmel zu kommen, obwohl sie schon lange nicht mehr in der Kirche war. Und er sah sie auch nie Gebete sprechen.

Je länger die Bahnfahrt und das Schweigen andauerten, desto schwerer fiel es Simon zu ergründen, wozu das Theater mit der alten Frau Wendland als seine Begleiterin eigentlich gut sein sollte. War sie wirklich zu schwach, um mit ihm reden zu können? Er würde es austesten, und sein Blasendruck kam ihm dabei gerade recht. Mit einem Ruck erhob er sich, stand nach zwei Schritten bereits an der Tür. Wenn sie noch nicht verkalkt ist, wird sie reagieren, überlegte er listig, und mit scheelem Blick auf die Alte, machte er sogleich Anstalten, das Abteil flugs zu verlassen. Sieh an, in Frau Wendlands Gesicht trat augenblicklich die Lebendigkeit einer von den Toten Erweckten. Über ihrem dünnen Mund erschienen zahlreiche schräge Fältchen. „Wohin gehst du, Junge?", krächzte sie heiser, aber sonst vernehmlich, und hatte das Wackeln ihres Kopfes schwer unter Kontrolle. Stumm ist sie also nicht, konstatierte Simon überrascht und schöpfte gleichzeitig Hoffnung, die Starre alsbald durchbrochen zu haben. „Austreten", antwortete er kurz und schob sich auf den Gang.

„Dann beeil dich aber!", forderte seine Begleiterin im Basston, als ob es von seinem Willen abhinge, wie lange sein Pinkeln andauerte. Nach zwei Minuten saß er ihr wieder erwartungsvoll gegenüber.

„Du warst lange weg", sagte sie halb traurig, halb vorwurfsvoll.

„Nicht doch, es waren höchstens zwei Minuten, Frau Wendland", erwiderte er so schonend wie möglich, lächelte und nahm das gebrochene Eis sofort zum Anlass, um Fragen zu stellen. „Wohin soll's denn gehen, Frau Wendland?"

Die nahm eine verständnislose Miene an, aus der ängstliche Verwirrung sprach. „Was fragst du das? Nach Gribnitz natürlich, wohin denn sonst", krächzte sie. „Hat dein Vater dich nicht informiert? Deine

Großmutter Wilma und ich waren jahrelang Nachbarn. Wir haben uns prima verstanden."

„Aha, und wen besuchen Sie in Gribnitz?", schob er höflich nach.

Sie schaute betreten von ihm weg. „Wen sollte ich dort schon besuchen, niemanden weiter. Ich gehe nämlich ins Heim."

Sie hätte auch Kloster sagen können, das hätte sich genauso mysteriös angehört. „Komisch, genau, wie ich", stieß Simon überrascht aus.

„Ach ja, wegen deiner Bronchien, nicht wahr", sagte sie halb mitleidig.

Ungläubig starrte Simon sie an. „Ach, das wissen Sie sogar."

Frau Wendland zuckte die Achseln: „Hat mir dein Vati erzählt." Und dann wurde sie wieder so stumm wie am Anfang.

Simon beugte sich nun ein wenig vor; der gleichmäßig rauschende Flug des Zuges machte ihn schläfrig. Er stützte die Ellenbogen auf seine Knie, ließ den Kopf in beide Handflächen sinken, schloss die Augen und dämmerte leicht dahin. Alles Mögliche drängte sich in sein Hirn. An was Bestimmtes konnte er dabei nur Sekunden denken. Der Augenblick, das Jetzt, schien ihm zu trostlos, um zu verweilen, und von Bedeutung nur das Unsinnigste allen Nachdenkens, nämlich das unverrückbar Vergangene, das erstarrte Gestern; so schlecht, so gut, so verworren es auch gewesen sein mochte, neu aufleben, statt es dort absterben zu lassen …

So holte er im Geiste die Geschenke, die original verpackten Dinge ihres Einkaufes noch einmal erwartungsvoll unter dem Weihnachtsbaum hervor, hörte seine Mutter selbstgerecht fragen: „Na, freust du dich nun, Junge?"

„Bedanke dich mal bei Mutti!", hakte sein Vater vorsorglich ein, als fürchtete er, Simon könnte diese überaus wichtige Handlung außer Acht lassen. Aber Klausi war schneller, tippelte mit seiner Feuerwehr im Arm zu ihr hin und küsste und herzte erst seine Mutter, dann umarmte er stürmisch seinen Vater vor lauter Dankbarkeitsgefühlen angesichts des schönsten aller Spielzeuge, dass ihn den ganzen Abend an den Fußboden fesselte. Und Simon schritt mit leuchtenden Augen zu seiner Mutter und drückte ihr einen flüchtigen Kuss auf die Wange. „Danke, für die schönen Geschenke Mutti!" Überall baumelten noch die kleinen

Preisschildchen ... Er sah sich in Gedanken auf dem Teppich knien, die Schlacht-reihen seiner Indianer dicht formierend, dann wurden kleine Bauklötze von einer Ecke aus durchs ganze Zimmer gekegelt, direkt hinein in die Angreifer. Klausi machte quietschend mit. Attacke der Dragoner. Und so hatte er alle Tage irgendetwas mit Action gespielt, mit Kämpfen. Es gab Sieger und Verlierer, Tote und Verwundete. Am wenigsten interessierte ihn der akkurate Stabilbaukasten, auch das Puzzle ließ er nach Kurzem links liegen. Das neue Schachspiel hatte er vorsorglich im Rucksack verstaut. Damit dürfte Dieter schon bei nächster Gelegenheit zu schlagen sein ... Ach ja, Omas alte durchgelegene Couch, längst unbrauchbar als Trampolin, hatte für einen seiner neusten Einfälle herhalten müssen, der Nachbildung eines Autos nämlich. Dazu benötigte er an Material unbedingt ihren nostalgischen Stuhl, dessen geflochtener Sitz sich ausgezeichnet für das Hindurchzwängen eines Abflusssaugers eignete, dann ein paar Kissen und Decken, höchstens noch Kochlöffel. Besagter Stuhl wurde nun mit wenigen Handgriffen so auf der Couch positioniert, dass die Sitzfläche als Armaturenbrett diente. Mit den Decken umhüllte er die Stuhlbeine zum Fantasiegebilde einer Motorhaube. Die Kissen stapelte er auf der liegenden Lehne. Dort war der Fahrersitz. Nun erfolgte etwas Schmerzliches, aber Unabdingbares. Wollte man das Fahrzeug überhaupt lenken können, musste der hölzerne Stiel des Abflusssaugers, quasi die Lenksäule, das zarte Geflecht des Stuhles durchdringen. Etwas Grobheit blieb da nicht aus. Aber sein Spiel war Simon viel wichtiger, als jegliche Schonung eines so alten Stück Möbels...

Bis auf die kleine, lautstarke Unterbrechung durch den Schaffner, der jeden Fahrschein penibel unter die Lupe nahm, konnte Simon ungestört vor sich hindösen: Dann lauschte er dem sanften, sehr feinen, nahezu singenden Violinton des Zuges, den sein Dahinflug erzeugte. Dieser schnittige, moderne Schlangen-Bogen spielte Geige. Was für ein Abschiedslied auf den derben Gleis-Saiten so großer Verlassenheit.

Weihnachtsmusik? Ach ja, den ersten Festtag verlebten sie immer alle zusam-men bei Oma Pissarenkow. Tante Ingrid und Tante Rosel waren auch zugegen.

Die Andere-Oma hatte wie immer reichlich gebacken. „Kalten Hund" unter anderem. Zu allen Anlässen gab es immer „Kalten Hund" und herrlichen Baumkuchen natürlich, und jedes Mal beging Simon den Fehler, sich noch ein zweites schönes Stück dieses schokoladig fetten Hunds einverleiben zu wollen, wovon ihm nach jedem Bissen zusehends übler wurde. Zum Glück konnte er sich rechtzeitig bremsen, so dass ihm erspart blieb, sich womöglich übergeben zu müssen.

Beim Kaffeetrinken konnte die rundliche Oma Pissarenkow nicht an sich halten, ihre Gäste unentwegt aufzufordern, nur tüchtig zuzulangen. Sie habe in der Küche noch ein ganzes Blech Pflaumenkuchen stehen und auch an „Kaltem Hund" würde es nicht mangeln. Hatte sie sich endlich hingesetzt und selbst ein Stückchen auf den Teller gelegt, sprang sie nach dem ersten Bissen schon wieder hoch, goss hier und da Kaffee nach oder schnitt wie angestochen Kuchen auf. Von allen Seiten prasselten nun Worte des Lobes und der Bewunderung über ihre einzigartigen Backkünste auf sie ein.

Manchen Hausfrauen steigen solche Huldigungen zu Kopf, sie fühlen sich dermaßen geschmeichelt und so wahnsinnig bestätigt, dass es wie eine riesige Herausforderung in ihren Empfindungen hochschießt, es noch weiter, viel weiter, ja bis zur unvergleichlichen Vervollkommnung ihrer Talente bringen zu wollen.

Oma Pissarenkow musste wohl einem solchen Menschenschlag angehören, denn um sich auch noch den letzten Beweis für ihre großartigen Backkünste zu sichern, rief sie lauthals und voller Besessenheit: „Denkt daran, Herrschaften, es muss alles alle werden!"

Simons Mutter, die bei solchen Gelegenheiten gerne aß, aber höchstens zwei Stückchen verkraftete, flüchtete sich mit aufgesetztem Lächeln geschickt in die Ausrede, sich für das baldige Abendbrot unbedingt noch einen Platz im Magen reservieren zu wollen, woraufhin Oma Pissarenkow angeregt aufsprang und wie vor einem Wettkampf ihrer Schwiegertochter ermunternd zurief: „Nun iss mal … iss, Karin … Du hast nichts zum Zusetzen, Mädel!"

Oma Christ hielt sich bei allem sehr zurück. Die Mutter ihres Schwiegersohnes war ihr noch nie richtig geheuer. Sie mochte zwar in der Küche unerreichbar, ja nahezu perfekt sein, als Mensch jedoch, der sich gerne im Mittelpunkt sah, besaß

Wilma Pissarenkow einige Charakterzüge, mit denen Oma Christ absolut nicht umgehen konnte, am allerwenigsten mit ihrer besserwisserischen Art des Eigensinns, dem verbissenen, nach ihrer Nase ausgerichteten Auftrumpfen, mal abgesehen von solchen Launen, mit maulender Visage stets und ständig an allem herumnörgeln zu müssen.

Wie gesagt, die beiden Frauen waren sich nicht besonders grün, trugen jedoch ihre Aversionen vor niemandem aus.

Als ständiger Störenfried, was nur keiner auszusprechen wagte, aber jeder verächtlich dachte, wurde Uropa Sowinski angesehen. Wie immer hatte der Alte mit der breiten Stirn, dem weißen Flaum auf dem Schädel, den abstehenden großen Ohren und der derben Nase im stacheligen Gesicht, zwischen Anrichte und Kachelofen rechtzeitig seinen Stammplatz eingenommen. Dort saß er gebeugt in einem strapazierten Korbsessel; über Schenkel und Knie lag eine bis zu den Dielen hinabreichende Wolldecke gebreitet. Die rechte Hand ruhte im Schoß, seine Linke umschloss krampfhaft den Griff eines Krückstocks. Sie sah verdorrt aus diese Hand und zitterte leicht. Seine Pupillen überzog ein gräulicher Schleier. Er bewegte den Kopf nur zum besseren Hören, denn Johann Sowinski war seit Kurzem gänzlich erblindet. Nach einer Weile begann er seiner ältesten Enkelin, Rosel, in röchelndem, jedoch unmissverständlichem Tonfall aufzuerlegen, sie möge ihm doch bitte eiligst den blauen Napf bringen, damit er den Schleim im Hals loswerde. Tante Rosel kannte das Prozedere und fluchte leise vor sich hin, verschwand aber schließlich, wenn auch widerwillig, parierend im Bad und erschien strammen Schrittes nach Sekunden mit dem besagten Gefäß. Der mit Blindheit gestrafte Greis ließ ein starkes Räuspern vernehmen, in seiner Kehle rasselte es wie bei einem Erstickenden, dann spie er dreimal in den Topf hinein und reichte ihn seiner Enkelin tattrig zurück. Kaum war des Spucknapfs Inhalt entsorgt, suchte der weit über Achtzigjährige mit äußerster Willensanstrengung von seinem Sessel hochzukommen. Seine klapperdürre Figur wankte und es schien, dass sein Körper jeden Moment in sich zusammenbrechen würde. In der Runde stockte der Atem. Einige schauten weg, doch Wilma Pissarenkow herrschte ihren Vater unflätig an. „Was ist denn? Sag doch einen Ton, Vater! Was drämmelst du schon wieder so rum?!"

Im gleichen Augenblick sprang Simon hilfsbereit auf, stützte seinen Urgroß-vater am Arm, rief hastig aus: „Warte, Opa, ich helfe dir hoch." Und unschlüssig den anderen zugewandt. „Er will bestimmt aufs Klo!"

„Ja, ja", pflichtete Karin Pissarenkow ihrem Sohn peinlich berührt bei. „Ist schon richtig Junge, begleite mal deinem lieben Uropi aufs Örtchen."

„Das ist doch bloß wieder eine seiner Schikanen, wette ich", raunte Tante Rosel ihrer Schwester Ingrid verärgert zu. Für die war Johann Sowinski nichts weiter als ein siechender Pflegefall, der die ganze Verwandtschaft absichtlich in Trab halten wollte.

Die greise Hand legte sich auf Simons zarten Handrücken. Eine Kröte, dachte Simon. Sie fühlt sich an wie eine alte, schleimige Kröte. Dann packte die Hand, die er erst für ein ekliges Tier gehalten hatte, plötzlich erstaunlich fest zu. Es steckte mehr als die lasche Kraft einer Kröte dahinter, eine sonderbar harte Kraft nämlich, das spürte Simon. Es musste eine uralte Kernkraft in dem Manne schlummern, der so lange die kleine Flosse seines Urenkels gedrückt halten konnte, eine Stärke, die dem ehemaligen Bauern, dem Gutsherrn aus Skazinnen, Johann Sowinski, niemals abhandengekommen war.

Vor der Klotür ließ ihn Simon allein. Er ging zurück ins Zimmer und setzte sich an den Tisch. Tante Rosel starrte mit Abneigung auf ihren Teller. „Mir ist regelrecht der Appetit vergangen", erklärte sie in maßloser Übertreibung.

„Nun mach mal halblang, Rosel", fühlte sich Simons Vater genötigt kritisch einzuschreiten. „Du hast kein Recht, so über ihn zu urteilen, er ist schließlich dein Großvater!"

„Deiner wohl nicht?", reagierte Tante Ingrid sarkastisch gegen den Einwand ihres Bruders. Nervös begann sie ein Päckchen Zigaretten aufzureißen, was sie meist tat, wenn familiäre Situationen prekär zu werden drohten.

„Na gut, dann eben unser Großvater!", korrigierte sich Simons Vater versöhnlich. Tante Ingrids Hetze war irgendwie ansteckend. Im Nu griff sie auf Tante Rosel über, die die Nase rümpfte und zynisch bemerkte: „Hast du gesehen, in was für Klamotten er rumläuft … Herrgott, hat er nichts anderes auf die Knochen zu ziehen, als diese schrecklich weiten Pluderhosen? Und mit den Hosenträgern, du große Güte, na, das sieht mir vielleicht verboten aus!"

„Bedenke, er ist ein baltischer Pruzze!", stichelte Tante Ingrid erneut.

„Ein Pruzze?", fiel Tante Rosel ein. „Da bist du falsch unterrichtet, meine Liebe. Die frühen Ahnen der Sowinskis waren eindeutig Piasten, ein Herrschergeschlecht aus Masowien!"

Oma Christ war über so viel Abfälligkeit zutiefst erschüttert, ließ es sich aber nicht anmerken. Angestrengt überlegte sie, ob sie den beiden Gänsen nicht ein paar passende Worte sagen sollte. Aber es war Weihnachten und nicht angeraten, im Pissarenkow-Clan aus der Rolle zu fallen. Und sie bemerkte daher nur sehr zurückhaltend: „Ich finde, dass er sehr reinlich aussieht. Manche in seinem Alter sollen ja regelrecht verkeimt sein."

„Und samstags wird er immer gründlich gebadet!", setzte Wilma Pissarenkow mit Nachdruck hinzu.

Jemand schabte an der Zimmertür. „Geh mal, das wird Opa sein!", stieß Simons Mutter ihren Sohn an. Der war sogleich zur Stelle. „Komm, Opa, halt dich an mir fest!" Er wollte ihn zu seinem Sessel führen, aber der Greis beharrte störrisch darauf, ins Schlafzimmer geführt zu werden …

Simon schreckte hoch. Der Zug hatte spürbar an Tempo verloren, ratterte und holperte über Weichen von Gleisbett zu Gleisbett. Vorort-Bahnsteige zogen dicht vorbei, dann folgte ein kurzer Waldabschnitt und wieder wechselte der Zug das Gleisbett, rauschte über eine Brücke und verlor weiter an Tempo. Sie passierten weitere kleinere Bahnhöfe mit erstarrten Menschen. Plötzlich krächzte Frau Wendland: „Wir sind bald da. Ich muss vorher noch mal wohin!" Es fiel ihr schwer, im fahrenden Zug das Gleichgewicht zu halten. Sofort sprang Simon ihr bei. Als sie stand, schwankte der Waggon wie ein von Böen erfasstes Schiff.

„Kommen Sie, ich bring Sie", sagte Simon, und die alte Frau hakte sich bei ihm ein. Ein dankbares Lächeln, was ihm guttat, huschte über ihr Gesicht. Er postierte sich im Gang unweit des WCs und wartete. Leichter Regen schlug an die Scheiben. Der Zug hatte wieder etwas mehr Fahrt aufgenommen, so dass auch das Schwanken erheblich nachließ. Etwas im Glas spiegelte ihm das Bild seines Urgroßvaters:

Er lag in den Daunen bei offenem Fenster und stammelte Gebete … Was war eigentlich mit Klausi in der Zeit? Simon erinnerte sich, seinen jüngeren Bruder nur still am Tisch sitzen gesehen zu haben, geduldig all den sonderbaren Gesprächen und Abläufen lauschend, die er wohl nur schwer in sein kindliches Schema einzuordnen vermochte, in sein Verständnis für Richtiges und Falsches, Gutes und Schlechtes.

Das gemeinsame Schlafzimmer, Gott, was für ein Eisstall. Seit Uroma Sowinskis Tod, schlief Andere-Oma in dem Bett neben ihrem Vater. Warum taten sie sich diese Kälte nur an? Am Fußende, quer zu den Betten, befand sich in Form einer schlichten Liege eine dritte, unbequeme Schlafmöglichkeit. Das gesamte übrige Mobiliar, wahllos zusammengestellt aus allerlei Schränken und Regalteilen, erweckte den Eindruck, als wäre es aus rein praktischen Erwägungen im Laufe der Jahre hier abgestellt worden. Beim Anblick des grünlichen Kachelofens sah man sofort, dass er nicht benutzt wurde. Drumherum stapelten sich Kisten und Kästen und auch oben drauf lagen einige undefinierbare, in Decken verpackte Sachen. Andere-Oma hatte vorher die Daunendecken ein wenig am bullernden Ofen der Wohnstube angewärmt, ehe der Greis fast unter dem Berg verschwand und nur sein Stoppelgesicht mit dem brabbelnden Mundwerk noch zu erkennen war. Mit dem Waschen sei es heute schon reichlich zu spät gewesen, erklärte Oma Pissarenkow der Gesellschaft, dafür würde sie ihn morgen früh von oben bis unten abseifen, anschließend noch eine ordentliche Rasur verpassen.

Uropas Bettgang führte schon nach wenigen Minuten zu einer ganz anderen Grundstimmung bei den Feiernden. Und die ersten sachten Rufe nach alkoholischen Getränken wurden laut und lauter. Vorreiter war Simons Vater. Er stand von der Tafel auf, blinzelte kurz in die Runde, verschaffte sich durch hartes Räuspern Ruhe und formulierte die allgemein wichtigste aller Fragen: „So, was trinkt ihr denn?" Da die Wahrscheinlichkeit groß war, dass die Wünsche unterschiedlich ausfielen, wandte er sich nun in leicht gebeugter Haltung und mit knetenden Händen jedem einzelnen seiner Angehörigen zu, die um den Tisch herum platziert waren, beginnend bei seiner ältesten Schwester Ingrid und präzisierte: „Was trinkst du, Ingrid?"

Ingrid zeigte frohe Miene, weil es endlich zur Sache ging, nachdem ihre Mutter den alten Störenfried ins Bett gesteckt hatte. „Ein Körnchen", antwortete sie kurz und spitzmündig, während ihre Schwester Rosel gestand, richtig Durst auf Bier bekommen zu haben. Simons Mutter hingegen äußerte den bescheidenen Wunsch nach lieblichen weißen Wein, dem sich Oma Christ ohne lange zu überlegen anschloss.

Oma Pissarenkow tanzte mit ihrem Eierlikör etwas aus der Reihe, und Simons Vater war ganz auf Kognak eingestellt.

Zum Gelächter aller vermeldete Kläuschen, er wolle auch Schnaps trinken.

„Hast du da noch Töne … Der Bengel verlangt seinen Schnaps!", mokierte sich Tante Rosel mit aufflammendem Gelache.

„Gebt ihm Gänsewein, der kann nicht schaden!", fiel die zu kleinen Scherzen aufgelegte Tante Ingrid lebhaft kichernd ein.

Pingelig, wie Erbsenzähler nun mal sind, fasste Simons Vater noch einmal die Namen der fraglichen Getränke zusammen und verließ mit kurzen Getrappel zielsicher die Stube.

Als er nach zwei Minuten wieder auftauchte, zwei Flaschen in jeder Hand, lenkte Simons Mutter das Interesse auf die Weihnachtsmusik. „Leg uns mal eine schöne Platte auf, Walterchen!", nervte sie ihren schwer beschäftigten Mann. Der reagierte sofort gereizt und haute fuchtig heraus, ob sie denn nicht sehe, dass er gerade keine Hand frei habe. Und dann belehrte er sie noch darüber, sich jetzt ein bisschen auf das Wesentliche zu konzentrieren, falls sie nichts dagegen einzuwenden hätte.

„Wir sollten langsam mal zur Bescherung kommen!", mahnte Tante Rosel mit Blick auf die Uhr an. „Es wird sonst zu spät, meint ihr nicht auch?"

Bei dem Wort Bescherung könnte Simons Mutter schon wieder aus der Haut fahren. Bescherung? Rosel musste bekloppt sein, wieso denn jetzt plötzlich Bescherung? Sie wirkte ganz zerfahren, ganz nervös. Und ihre Erregung wuchs. Verflucht und zugenäht, es ist doch fest ausgemacht gewesen, dass sie sich gegenseitig nichts schenken wollten, wozu also fing Rosel von diesem Thema an? Anscheinend wollte sie wieder mal protzen, die angehende Medizinstudentin, was sonst. Und diejenigen, welche sich strikt an die Vereinbarung gehalten hatten, waren dann natürlich die Gelackmeierten. Gott, wenn sie nur wüsste, wie sie das Ganze unterbinden könnte!

„Oh ja, ja, bitte, bitte!", flehte das bis dahin schweigsame Kläuschen seine Mutter mit leuchtenden Augen an. „Ich will Bescherung ... Bescherung ...!"

„Ich denke, wir sollten zunächst mal auf Weihnachten anstoßen!", griff Tante Ingrid beharrlich den Trink-Gedanken wieder auf, während Simons Vater in voller Konzentration die restlichen Getränke heranschleppte, sie auf der Anrichte abstellte und danach anfing, überall die passenden Gläser zu verteilen. Schweigen kehrte ein.

Keiner wusste warum, so dass Simons Mutter befürchten musste, Rosel würde aus Verlegenheit gleich wieder von der leidigen Bescherung anfangen, und sie warf daher ablenkend ein: „Machst du jetzt bitte Musik, Walterchen ... Vielleicht kann uns Simon ja nachher noch ein schönes Weihnachtsgedicht vortragen."

„Nicht wahr, Simon", meldete sich Oma Pissarenkow, „so was bringen sie euch doch gewiss in der Schule bei?"

Simons Vater ging in die Hocke. Er legte eine der alten Ost-Schallplatten auf, von denen sich seine Mutter nicht trennen konnte, hob den Tonarm leicht an, zog ihn kurz nach rechts, bis ein kurzes Klacken den Teller zum Drehen brachte, und er wischte erst mal Staub. Nun folgte der Akt, den jeder an diesem Gerät fürchtete, doch immer wieder praktizieren musste, solange die alte Technik noch halbwegs funktionierte, nämlich das sachte Absenken des hochempfindlichen Saphirs auf die tausendfach gewundene Rille. Längst war diese zigfach beanspruchte Rille angekratzt und der Tonarm schlitterte demzufolge bei ihrer kleinsten Berührung mit einem kurzen Ratschen und Aufjaulen aus der feinen Bahn. Ein vielstimmiges „Ohohohoho!" war die unmittelbare Reaktion der Angehörigen. Aber dann lag der Saphir wie durch ein Wunder sanft auf und die knabenhaft schöne Stimme Peter Schreiers ließ alle andächtig einstimmen in das Lied „Es ist ein Ros´ entsprungen ..."

Weit kamen sie nicht. Der diffuse Klang einer Mundharmonika, der sich in ihren Gesang mischte, brachte den Chor jäh von der richtigen Melodie ab.

„Still, seid mal still!", befahl Simons Vater mit fahriger Handbewegung. Alle verstummten, lauschten und rätselten, wer das sein könnte, der die Dreistigkeit besaß, ihre Muse so zu stören. „Sag bloß, der Opa bläst auf dem Kamm!", belustigte sich Simons Tante Rosel, die als erste die Sprache wiederfand. Ihre Worte waren kaum verklungen, da war sie schon weiß wie die Wand. „Mist, ich glaube der Opa hat meine Mundharmonika … Er sabbert auf meinem schönen Instrument herum!"

„Seit wann besitzt du denn eine Mundharmonika?!", stieß ihre Schwester Ingrid verwundert aus. „Spielen kannst du doch eh nicht!"

„Selbstverständlich habe ich eine Mundharmonika", entrüstete sich die Angesprochene. „Die hat mir Mutti geschenkt, da war ich erst sieben. In der schmalen Tischschublade, jetzt weiß ich´s wieder, ja genau dort drinnen hat sie immer gelegen!" Und im selben Moment stürzte sie zur Schublade hin, riss sie ruckartig zu sich heran. Eine rötliche Schachtel kam zum Vorschein. Die Schachtel war leer, und ingrimmig platzte Rosel heraus: „Das ist nur Bosheit von ihm, genau wie sein ekliges Spucken. Und immer lässt er mich den schleimigen Napf leeren!"

„Du übertreibst, Rosel. Er kann doch kaum krauchen. Opa und Mundharmonika, das ist völliger Quatsch, hast du ihn denn jemals musizieren sehen?" Tante Ingrid wandte sich ihrer Mutter zu. „Oder hältst du irgend-was vor uns geheim, Mutti?"

„Oh nai, oh nai!", ging Andere-Oma in ihrer ostpreußischen Tonart sofort in Abwehrhaltung über. Ihr Gesicht verzerrte sich zu einer Flappe, so als ob es etwas ganz Unheimliches und Abnormes wäre, wenn sich herausstellte, dass ihr gebrechlicher, gänzlich erblindeter Vater, der die meiste Zeit im Bett zubrachte, Mundharmonika spielen konnte. „Warum sehen wir nicht einfach nach", mischte sich Simons Mutter neugierig in die Debatte ein. „Ich kann mir das beim besten Willen nicht vorstellen."

„Darauf hättet ihr auch gleich kommen können", versetzte Simons Vater unwirsch und stellte die Musik leiser. „Also, wer geht nun rein? Nicht alle, sonst kriegt er noch einen Schock."

„Ich gehe freiwillig", meldete sich Simon.

„Ich auch!", rief Kläuschen.

„Ihr bleibt schön hier, Jungens, lasst Tante Rosel das machen. Die kennt sich *mit ihm aus ..."* Simon hörte die Toilettentür gehen. Die Saugspülung röchelte.

„Wo steckst du denn, Junge ... bist du noch da, Simon!?", rief die alte Frau, als sei sie erblindet und er ihre einzige Stütze. Und prompt wackelte sie zittrig nach links, in die falsche Richtung. Ihr Tun riss ihn aus seiner geistigen Abwesenheit. Mit zwei, drei Schritten war er bei ihr. „Halt, wir müssen hier entlang, Frau Wendland! Dort geht's zum Speisewagen! Sie wollen doch nicht in den Speisewagen?"

Er fand, dass sie eine Ewigkeit in dem Klo gewesen war. Ob sie groß gemacht hatte, überlegte er. Vielleicht plagt sie ja Durchfall? Seltsam, sie riecht gar nicht. Uropa dagegen roch scharf. Der Prutze stank ganz gemein nach Pisse, wenn er ihn führte. Mit einem Katheter in der Harnröhre sei dies kein Wunder, war Simon kürzlich aufgeklärt worden.

Sie griff nach seinem Arm, wie nach einem rettenden Ast. „Ach, da bist du ja!", krächzte sie schreckensbleich. „Gott sei Dank!" Erleichtert wanderte ihre Hand zur Brust.

„Ich renne ihnen schon nicht weg, Frau Wendland", bemerkte Simon überzeugend und war zutiefst beruhigt, selbst nicht allein sein zu müssen, auch wenn jener Beistand nur eine alte, hilfsbedürftige Person war. Gott, war er weit weg gewesen; er musste erst mal wieder zu sich kommen. Das war schwer. Mit seinen Sinnen weilte er noch halb in der Weihnachtsrunde. Und irgendwie drängte es ihn, gewisse Gedanken zum Abschluss zu bringen. Er brachte sie zu ihrem Fensterplatz. Er sah hinaus. Sie fuhren schon in den Bahnhof ein. Die Welt von gestern, das Unverrückbare, war langsam am Erstarren. Viel war nicht übrig geblieben vom alten Jahr in seinem Kopf. Das Schlechte wurde nicht schlechter, das Gute blieb wie es war, warm und mitfühlend, aufopfernd und verzeihlich. Der gierige Augenblick verschlang alles Gewesene, auch das starke Böse, spie es manchmal mit den Erinnerungen wieder aus, stückweise und unverdaut, aber der Auswurf wurde schon schwächer ... und schwächer ...

Tante Rosels plötzlicher Angstschrei gellte ihm noch in den Ohren: Alle waren sie gleich hineingestürzt in den Eisstall, Andere-Oma voran. Simon sah, wie ein ziemlich langer, recht schmaler Lederriemen dumpf über die Bettdecke klatschte wie ein Lasso, eingeholt wurde und abermals klatschend niederfuhr. Der Greis lag flach wie ein Brett da. In seiner blinden Verwirrtheit schlug er schnauf-röchelnd in die Richtung neben dem Bett, wo er seine Enkelin Rosel wähnte, verfehlte sie aber. Er klatschte nur keuchend immerfort auf die Bettdecke, und stöhnte dabei: „Warum bist du nicht in der Kirche?! Wirst du wohl in die Kirche gehen, elendiges Luder ...!"

Und endlich sprang Andere-Oma hinzu, entriss dem tobenden Prutzen das Leder, zog ihm auch die Mundharmonika aus der verkrampften Linken...

Simon schreckte auf. „In wenigen Minuten erreichen wir B.!", hallte monoton die Lautsprecherdurchsage.

„Wir müssen gleich umsteigen, Frau Wendland", sagte er halb benommen. „Kommen Sie."

„Weißt du denn wo's langgeht, Simon?"

Er lächelte verschmitzt. „Aber Sie sind doch die Aufpasserin, Frau Wendland." Sie nickte ihm befangen zu und sagte nichts. Simon wühlte aufgeregt ein gefaltetes Blatt Papier aus dem Rucksack. Die Bremsung setzte ein. Ein kurzes Kreischen, dann stand der Zug. Endstation. Zischend gab die Automatik die Türen frei. Mit zwei Sätzen war Simon draußen, griff hastig nach dem Koffer der alten Dame, zottelte das schwere Teil hinunter aufs Pflaster, dann stützte er sie an der Hand, bis sie beide Füße sicher auf dem Bahnsteig abgesetzt hatte. Wie Moleküle begannen die Menschen aneinander zu reiben; die Lautsprecher-Ansagen überschlugen sich regelrecht vor Wichtigkeit.

„Ich glaube, wir müssen den Leuten nachgehen", sagte sie willkürlich.

Aber er verharrte wie angewurzelt auf der Stelle. In dieser wider-hallenden Kathedrale aus gewölbtem Glas und Stahl gerieten seine Gedanken ganz durcheinander, und vor lauter Gewimmel schlug sein Herz so heftig, dass er mit seinem großen Merkzettel, den er immer wieder hektisch überflog, plötzlich inmitten des stetigen Hin und Her von

Reisenden nicht mehr viel anzufangen wusste. Nervös huschte sein Blick über die digitalen Anzeigetafeln. Wie waren sie nur damals von den erhöht liegenden Gleisanlagen zur S-Bahn gelangt? Je mehr er sich in das Wirrwarr der Ausschilderungen vertiefte, desto fahriger und orientierungsloser wurde er. Es war eine Kopflosigkeit, die ihn fast in Panik versetzte. Und er hatte Frau Wendland am Hals, eine Greisin, die sich noch viel weniger auskannte als er. Sie war ihm überhaupt keine Hilfe, eher eine Last, und wie es schien, total auf ihn angewiesen. Andererseits tat sie ihm leid, und er hatte auch nicht vor, sie irgendwo abzuschütteln, wie einen ausgedienten, jämmerlich winselnden Hund. Ein gewagter Gedanke durchzuckte ihn: Weiß sie überhaupt, wo sie hin muss und wo genau ihr Heim liegt in Gribnitz?

Endlich löste er sich vom Fleck und folgte wagemutig Schritt für Schritt einer Gruppe munterer Leute. Treuherzig und pustend wackelte Frau Wendland neben ihm her. Dann kam der Stau und es ging nur noch stockend voran. Das Nadelöhr war eine schmale Rolltreppe, die plötzlich alle benutzen wollten. Sie gelangten auf eine tiefere Ebene, die aber immer noch zwei bis drei Meter über dem Straßenniveau lag.

Simons Erinnerung verschmolz mit dem Gelb großflächig gefliester Wände. Und er fühlte, dass linker Hand gleich jene wuchtige Treppe auftauchen musste, deren unglaublich viele Stufen er bereits zwei Mal mit seinem Vater genommen hatte. Das Gefühl täuschte ihn nicht, da war sie, steil und starr. Das Hinaufsteigen – auch ohne den schweren Koffer – war für die alte Dame eine mühselige Arbeit. Sie nahm all ihre Kräfte zusammen, hielt krampfhaft mit beiden Händen das blinkende, kalte Geländer gepackt und schon beim leisesten Versuch, ihr zu helfen, hörte er mürrische Laute.

Geschafft, Gott sei Dank. Der S-Bahnzug rollte gerade ein. Simon atmete auf. „Wir sind richtig, Frau Wendland."

EINUNDZWANZIGSTES KAPITEL

Gegend Abend erreichten sie Gribnitz. Ein Großteil der Fahrgäste, die der Bahn entstiegen, trabte sogleich zu den Taxen auf dem Vorplatz, andere wiederum schwangen sich auf Fahrräder oder traten den gewohnten Fußmarsch an.

„Ich bring dich bis zum Heim, Junge!", erklärte Frau Wendland auf einmal lebhaft und mit einer Entschiedenheit, die ihn nicht nur verblüffte, sondern angesichts ihrer Konstitution auch ziemlich in Verlegenheit brachte. Er war ein gelenkiges, flinkes Kerlchen von elf Jahren, da konnte er unmöglich zulassen, dass eine schwächliche Frau um die achtzig, welche beim Gehen regelrecht lahmte, sich rein aus Ehrgeiz und Eigensinn und um in seinen Augen vielleicht halbwegs rüstig zu erscheinen, sich so für ihn abmühte, statt umgekehrt – wie es auch vernünftig und logisch wäre – seine sichere Begleitung auf ihrem Weg in Anspruch zu nehmen.

Es dunkelte schon, und bis zur Stubenrauchstraße brauchte man in normalem Schritttempo höchstens zehn Minuten. Nach etwa hundert langsamen Metern blieb Simon abrupt stehen. „Warten Sie!", versetzte er etwas schroff. „Ich denke, es ist vernünftiger, wenn Sie jetzt nicht weiter mitkommen, Frau Wendland." Und er sah sie dabei von der Seite scheel an.

„Ich rufe Ihnen am besten ein Taxi!"

„Nun bleib mal ganz friedlich!", schnaufte sie sichtlich ermattet. „Allein gehst du mir jedenfalls nicht. Dein Vater hat mich gebeten, dich möglichst bis vor die Tür zu begleiten."

„Tut mir leid", geriet Simon in heftige Erregung, „das krieg ich nicht auf die Reihe! Ich soll in Obhut genommen werden, aber einem alten, geschwächten Menschen wie Ihnen wird zugemutet, alleine zurecht zu kommen. Wo müssen Sie überhaupt hin?"

Sie holte tief Luft, und als hätte ihr der Satz die ganze Zeit auf der Zunge gelegen, sagte sie schnell: „Zum Caritas, Betreutes Wohnen am Weberplatz."

Simon fand zu seiner anfänglichen Gelassenheit zurück und bemerkte freundlich: „Lassen Sie das mal mit dem Bringen, Frau Wendland. Ist natürlich total lieb von Ihnen und gut gemeint, aber ich krieg das auch selber hin. Wissen Sie, mir ist bei der Geschichte mit Ihnen sowieso nicht ganz wohl. Sie sind in einem hohen Alter, na ja und doch schon ziemlich ..." Er kam ins Stocken, fand nicht den passenden Ausdruck. „Klapprig, wolltest du wohl sagen", half sie ihm krächzend, allerdings noch bei sehr hellem Verstand, auf die Sprünge.

„Oh nein ... nein", haspelte er verlegen, „wie kommen Sie denn darauf, Frau Wendland. Sie sind eine ältere Dame und können eben nicht mehr so wie junge Leute herumhüpfen, meinte ich bloß ... Und darum kann ich partout nicht begreifen, weshalb man Ihnen für die anstrengende Fahrt niemanden zur Seite gestellt hat. Sie werden doch bestimmt Kinder haben, Geschwister, irgendwelche Verwandten."

„Ja gewiss, gewiss mein Jungchen", entgegnete sie in aufseufzender Schwermut und strich ihrem Schützling auf einmal sanft über den Kopf. Ihre knorrige Hand erinnerte Simon an die noch welkere Hand seines Urgroßvaters. „Zwei Kinder hab ich großgezogen, Sohn und Tochter", erklärte sie mit einem unmerklichen Lächeln aus schönen Erinnerungen. Er sah, wie sie angestrengt überlegte.

„Möchten Sie sich vielleicht einen Moment ausruhen, Frau Wendland?", fragte er beinahe flüsternd und zeigte auf ein Bänkchen, welches jemand zwischen den Feiertagen dort neben einer Baumgruppe aufgestellt haben musste.

„Hinsetzen? Es ist kalt, Jungchen, man holt sich leicht was weg. Na gut, lass uns eine Minute verschnaufen. Alter Mensch ist kein D-Zug."

Das harte Bänkchen unter dem kahlen Geäst war zum Glück einigermaßen trocken.

„Mein Sohn Herbert", begann sie tiefsinnig, „der war früher bei der

Staatsanwaltschaft beschäftigt, weißt du … in der DDR. Nach der Wende konnte er sich noch über Wasser halten, aber als wir neues Bundesland wurden, tauschten sie in Herberts Dienststelle die meisten Leute aus. Von den Älteren durften gerade mal zwei bleiben. Herbert fiel nicht darunter. Wie alle im Justizapparat hatte Herbert auch in die Partei eintreten müssen; normale Sache … Anzug, und am Revers das entsprechende Abzeichen. Gott, das war einfach Pflicht, weißt du … Was wollte man machen? Und das haben die denen trotz allem schwer angekreidet. Schweinerei eigentlich. Für die war Herbert in Staatsnähe gewesen, eine rote Socke, ein verirrter Kommunist. Trotzdem mimten sie noch Großzügigkeit, musstest noch danke sagen, wenn du mit 58 in den Vorruhestand gehen durftest. Er lehnte ab, fühlte sich noch lange nicht zum alten Eisen gehörend. Ich kann mich erinnern, wie er einst diesen Max Drabant verknackt hat."

„Und wer war Max Drabant?", fragte Simon gespannt.

„Ein Kriegsverbrecher, Jungchen. Der hat während der Nazizeit russische Gefangene erschießen lassen und auch eigenhändig mit seiner Pistole ein paar von ihnen einfach abgeknallt! Herbert hatte eine Menge Zeugen aufmarschieren lassen, Beweise gab es genug. Und in der Zeitung stand alles haarklein über den Prozessverlauf. Lebenslänglich haben sie ihm aufgebrummt. Hört sich erst mal vernünftig an, aber der Kerl war schneller wieder draußen, als du gucken kannst. Das lag an den eingenisteten Rechtsverdrehern. Die studierten die alten Akten, zählten Erbsen und konnten Drabants Urteil wegen so 'nem Schnitzer beim Verfahren kassieren. Kurze Zeit später wurde das Urteil aufgehoben, Drabant prompt auf freien Fuß gesetzt, so als seien alle Tatvorwürfe, die man gegen ihn erhoben hatte, aus der Luft gegriffen."

„Das ist ja nicht zu glauben, trotz der Beweise?"

„Jawohl! Aber Herbert berichtete, in den Augen der Eingenisteten galt der Vorsitzende Richter als seinerzeit befangen, weil die oberste Parteiführung schon im Vorfeld auf das Strafmaß hingewirkt haben soll, die Urteilsfindung gewissermaßen politisch beeinflusst hätte."

„Und wie hat ihr Sohn auf die Sauerei reagiert?"

„Geflucht hat er, aber irgendwann abgewunken. Der Dr. Kattanek, ein alter Freund, hatte ihn in seine Kanzlei übernommen. Konnte er froh sein. Ich glaube Verkehrsrecht, oder so ähnlich. Rechtsanwalt. Mal was anderes. Soll sich momentan vor Mandaten kaum retten können. Oh ja, der Herbert war schon immer ein wendiger Kopf in der Juristerei."

„Und was ist mit Ihrer Tochter?"

„Ach ja, die Gerda. Das Mädel lebt seit Jahren hier in Gribnitz, überwiegend bei ihrer Lebenspartnerin namens Britta. Hat nach der Wende eine Arztpraxis aufgemacht."

„Was, hier in Gribnitz?"

„Ja."

„Und dann gehen Sie trotzdem ins Heim?"

„Selbstverständlich!"

„Und warum gerade hier in Gribnitz? Gibt es in Strahlow nichts?"

„Den Platz hat der Herr Pissarenkow, also dein seliger Herr Vater, irgendwie besorgt, weil ich mich doch mit seiner Mutter öfter erzähle, meiner Nachbarin im gleichen Flur, na, deiner Oma Wilma sozusagen, und sie ja gesehen hat, dass ich nicht mehr so kann, allein schon wegen der Plackerei mit den Kohlen. Der Quassmann, dem die alte Villa gehört, steckt doch nichts rein, lässt alles verkommen. Ein Wessi. Angeblich ist er klamm. Und die Öfen sollten schon längst rausgerissen werden."

Simon wurde nachdenklich. „Dann kennen Ihr Sohn und mein Vater sich anscheinend ganz gut, wie ich das so sehe?"

„Hundertprozentig, na über den Dr. Kattanek, nur darüber. Das weiß ich von der Wilma. Dein Vater will vielleicht dort einsteigen, wo der Herbert ist."

„So, meinen Sie?", Simon war leicht abwesend. „Seltsam, und bei Ihrer Tochter kommen Sie nun auch nicht unter?"

„Anfangs war sie dazu bereit, ja. Herbert hatte doch ewig mit seiner Schwester telefoniert, von meiner Wohnung aus. Ich hockte nebenan im kleinen Zimmer, bin ganz still gewesen. War gut so, damit ich nichts verpasste. Er wurde immer lauter, brabbelte etwas vom Karren in die Muschel, ich hörte nur Wortfetzen: ‚Dann karre ich sie dir eben vor die Tür‘, oder so ähnlich. Ich glaube, mit dem Karren war ich gemeint, hihi hihi!" Die gemeine Äußerung ihres Sohnes schien sie noch zu belustigen. Simon war baff. „Da können Sie noch lachen?", stieß er impulsiv aus. „Ich finde das ziemlich schuftig, was Ihr Herbert, der große Held, da mit Ihnen macht. Wie passt denn das zusammen, ein Staatsanwalt, der erst Kriegsverbrecher anklagt und später seine eigene Mutter anderen vor die Tür karrt, wie einen alten Schrank, den man irgendwo loswerden muss. Das ist doch so was von gemein." Sie nickte ihm schwach zu, ihr Gesicht verkniff sich beschämt.

„Und wie ist es weitergegangen?", fragte Simon zaghaft.

„Die Gerda hat mich tatsächlich zu sich geholt, mit dem Wagen, vor vier Wochen. Brauchte sich der Herbert wenigstens nicht die Mühe machen, mich hinzukarren. Niedliche Zweitwohnung hat sie, im Parterre gelegen. Stube und Küche. Alles sehr nobel. Gekacheltes Bad, Zentralheizung, fließend Warmwasser." Frau Wendland verstummte.

„Warum sind Sie dann nicht geblieben?", fragte Simon verwundert.

„Wegen des Alleinseins. Schlimmer als zu Hause. Gerda hat sich so gut wie nie blicken lassen. Keine Zeit. Und geraucht hat sie wie ein Schlot, wenn sie sich mal bequemte, zu erscheinen. Und kaum ein Wort mit mir geredet hat sie, stattdessen in ihre Bücher gestiert und viel solches Papier bekritzelt, und immer geistig woanders. Nach vierzehn Tagen hab ich mich klammheimlich aus dem Staub gemacht. Noch ehe Gerda es mitbekam, landete ich wieder in Strahlow. Der Herbert hat fürchterlich geschluckt, als er mich sah, und einen dicken Hals bekommen. Sofort hat er seine Schwester angerufen, mitten in der Arbeit, und sie zur Schnecke gemacht. Du, die Gerda muss ihm richtig pampig gekommen sein. Soll behauptet haben, ich wäre den halben Tag nicht aus den Federn gekommen, hätte nachmittags noch blöde im Nachtzeug auf dem Bettrand gesessen, was gar nicht stimmte, und hätte außerdem aus lauter Trotz ständig das Essen verweigert."

„Ach so", sagte Simon mehr zu sich selbst. „Weil Ihren Kindern die Zeit fehlt, sich ordentlich um sie zu kümmern, ziehen Sie jetzt freiwillig in dieses Altenheim."

Die Vorstellung, dass es sich offenbar so verhielt, machte Simon ganz konfus. Und bleich im Gesicht zog er automatisch gewisse Parallelen zu seiner eigenen ungewöhnlichen Situation, die ihm bei genauerer Betrachtung so sehr viel anders gar nicht erschien. Der Unterschied lag einfach nur darin, dass man ihn mit knapp elf Jahren plötzlich sich selbst überließ. Er sei schon groß und so verständig, hieß es da scheinheilig, während Frau Wendland ein alter, hilfsbedürftiger Mensch war, den sein eigen Fleisch und Blut nur widerwillig bei sich aufnehmen wollte.

Die alte Frau nickte und nickte, ihre blutunterlaufenen Augen schienen von dem Druck, der sich in ihrem Schädel aufgebaut hatte, noch röter geworden zu sein. Und er wusste nicht, wie er auf das seltsame, unkontrollierte Wackeln ihres Kopfes reagieren sollte. Lieber wich er ihren Blicken ab und zu aus.

„Mein Gott", sagte sie in gedrücktem Ton, doch geistig sehr rege. „Jetzt rächt sich bestimmt manches von früher." Etwas in ihrer Erinnerung schien aufzuflackern, sie zu umschweben, wie ein böser Geist, der ihr hämisch zuflüsterte: „Siehst du Agnes, nun stehst du da, jammernd, hilflos und einsam ... Hab ich dir nicht immer prophezeit, dass jeder Mensch eines Tages das kriegt, was er verursacht ...!"

„Wie meinen Sie das, Frau Wendland?!", rief Simon in einer Aufwallung von Furcht. „Was meinen Sie, soll sich denn rächen?"

„Es ist bestimmt dreißig Jahre her", begann sie. „Mein Sohn muss um die zwanzig gewesen sein. Eines Morgens, ich weiß gar nicht ... ja, doch, ich war schon sehr zeitig zu den Stenders gefahren ... jedenfalls rief mich dort seine junge Frau an: ‚Stell dir vor, der Herbert liegt im Krankenhaus', teilte sie mir aufgeregt mit. ‚Von wo aus rufst du denn an?' erkundigte ich mich, es besaß doch kaum jemand Telefon im Lande.

‚Aus der Telefonzelle ... von wo sonst, überschlug sich ihre Stimme ... Er hat Magenbluten!'

‚Magenbluten, wie kommt denn das?' Ich war ganz aufgelöst, wollte im ersten Augenblick alles stehen und liegen lassen, zum nächsten Bus laufen und sofort zu Herbert in die Klinik eilen." Die alte Frau wurde still.

„Und, haben Sie's getan?", fragte Simon interessiert.

Sie antwortete grüblerisch: „Die Elke meinte, er würde sich noch in der Wachstation befinden, und sagte noch, von einem Besuch hätte in seinem Zustand jetzt niemand etwas ... niemand etwas. Ja, also am Abend, da hab ich mit der Klinik telefoniert. Es ginge ihm schon ein bisschen besser, sagten die mir. Das war beruhigend. Am darauffolgenden Tag rissen die Anrufe bei den Stenders nicht ab. Lauter aufgescheuchte Verwandte ... Und ein jeder wusste freudig zu verkünden, dass Herbert wohl bald wieder auf dem Damm sein würde. Woher sie denn die Gewissheit hätten, erkundigte ich mich neugierig. Ha, da war doch die Bagage wirklich von irgendwelchen Münzfernsprechern aus bis zum behandelnden Arzt vorgedrungen. Der erste Schreck war also schnell überwunden. Auch am nächsten und übernächsten Tage erreichten mich nur gute Meldungen. Meine Besorgnis legte sich, schwand rapide, ich spürte am ganzen Körper, wie sich die Anspannung langsam löste, aber weißt du, ich spürte auch mit Unbehagen die nachlassende Empfindung, unbedingt zu ihm zu müssen. Was, in Gottes Namen mochte mich nur geritten haben, auf einmal alles zu verharmlosen? Fest stand, die Nachricht, dass Herbert über den Berg war, brachte mich ihm nicht näher, im Gegenteil, wieder baute sich da jene ungewöhnliche Distanz zu ihm auf, die ich mir bis heute nur schwer erklären kann. Meine Erinnerung ist verschwommen. Ich schäme mich für Dinge, die ich inzwischen verdrängt habe. Sie müssen urplötzlich im Vordergrund gestanden haben, mir wichtiger gewesen sein, als der Besuch bei meinem genesenden Sohn auf Station 3, der nach ein paar Wochen kuriert entlassen wurde, ohne dass ich, seine Mutter, eine einzige Minute an seinem Krankenbett verweilt hatte. Mich beschäftigt das in letzter Zeit wieder häufiger, Jungchen. Ich glaub', der Herbert hat mich seither nicht mehr besonders leiden gekonnt. Stets hatten wir den Mantel des Stillschweigens über die unleidliche Geschichte gebreitet; vielleicht ist ja deshalb unsere Beziehung lediglich eine einvernehmliche geworden. Liebevoll war sie nie. Und jetzt, wo es langsam mit mir bergab geht, wird er sich triumphierend sagen: „Soll doch die alte Schrulle zusehen, wo sie bleibt. Früher, früher da war ich ja Luft für sie … Luft, Luft!"

„Das reden Sie sich vielleicht bloß ein, Frau Wendland", beschwichtigte Simon. „Wissen Sie, wenn Ihr Sohn ihnen das wirklich bis in alle Ewigkeit nachträgt, dann zieht er sich das schön an den Haaren herbei, denk ich. Dann brauchte er nur einen Grund, um seine Mutter im Alter so schäbig behandeln zu können."

„Ich hab ihn einfach nicht besucht", beharrte sie mit gesenktem Blick und in einer Tonart, als wartete sie geradezu darauf, dass Simon die Befürchtung, ihr Herbert würde nur wegen früher so mit ihr umspringen, zerstreuen möge. „Daran gibt's nun mal nichts zu rütteln", setzte sie wehleidig hinzu.

„Aber Frau Wendland", ging Simon gleichmütig auf sie ein, „wie lange ist denn das Ereignis her. Außerdem, Sie sind immer noch seine Mutter. Wer weiß, was für schwierige Zeiten Sie durchmachen mussten, und Ihr Sohn legt sich da was zurecht, weil es ihm gut in den Kram passt. So kommt mir das Ganze jetzt vor. Sie dürfen sich keine Schuld geben. Und es ist doch auch längst verjährt." Plötzlich fiel ihm noch etwas ein, und er bemerkte leise: „Mein Vater ist auch mal nicht gekommen, als ich stramm das Bett hüten musste, und war nur nebenan in der Stube. Das war eine ansteckende Krankheit bei mir. Sehen Sie, ich lag im Fieber. Aber deswegen verachte ich ihn doch später als alten Mann nicht, und es gibt ja auch meistens eine Erklärung für alles."

„Schwierige Zeiten sagst du". Sie überlegte. „Stimmt, Jungchen, verworren und wild. In Anstellung war ich, bei reichen Leute. Eine sehr bescheidene Person übrigens die gnädige Frau Stender in Zarrendorf. Das Nest liegt schon ein Ende von Strahlow weg. Hab dort ein Zimmerchen bewohnt. Ach, die nette Frau Stender, ich solle nicht immer gnädige Frau sagen, hat sie mich energisch ermahnt, hähähähä. Sie wäre nicht gnädig.

Es würde genügen, wenn ich sie einfach mit Frau Stender anrede, mit weiter nichts. Außer sonntags gab's selten frei."

„Na bitte, das wird Ihrem Sohn bloß entfallen sein. Da kommen wir der Sache doch schon auf den Grund. In Stellung waren Sie, konnten gar nicht schalten und walten, wie Sie wollten. Wenn ich Sie wäre, würde ich mir nicht so viel Gedanken machen, Sie haben sich überhaupt nichts vorzuwerfen ..."

„Na gut", sagte die alte Frau und erhob sich schwerfällig. „Die Vergangenheit holt einen manchmal ein, ich werde mich dran gewöhnen müssen. Nun komm, das Stück schaff ich schon noch."

„Sie sind unverbesserlich, Frau Wendland", lachte Simon auf. „Aber gut, wenn Sie denn drauf bestehen, meinetwegen begleiten Sie mich bis vor die Tür."

Er zog ihren schweren Koffer hinter sich her und konnte alles nicht recht begreifen. Wie wollte sie nur in ihr Heim finden? Und während er über eine praktikable Lösung nachdachte, kam sie noch einmal auf ihre Zeit als Hausangestellte zu sprechen. Diesmal klang sie viel gedrückter, und ihm war, als müsse sie in aller Kürze, solange er noch an ihrer Seite war, unbedingt etwas loswerden, etwas, dass man niemandem so leicht anvertraut, selbst guten Freunden nicht, weil es Unbehagen hervorruft und womöglich in Abgründe zeigt. Und plötzlich merkte er überrascht auf: „Die Frau Stender, musst du wissen", krächzte sie weinerlich, „die hab ich damals schwer hintergangen." Und ihr Blick war so reumütig erstarrt, wie wenn die Betreffende leibhaftig vor ihr stünde.

Warum erzählt sie mir das, durchzuckte es Simon, und er dachte im Stillen, das klingt ja wie Buße, wie die krampfhafte Suche nach Vergebung. Weshalb rückt sie damit überhaupt heraus? Und warum gerade jetzt? Und er entgegnete zurückhaltend: „Aber Frau Wendland, was Sie da andeuten, hat mich nun wirklich nichts anzugehen. Sie sollten unschöne Dinge nicht aufwärmen, nicht nach dreißig Jahren."

„Ich kann dich eben gut leiden, Simon", schmeichelte sie ihm ein wenig. „Du warst sehr anständig zu mir. Dein Vater meinte, ich sollte gut auf dich Acht geben. Und ich glaube, er wäre überrascht, wenn er wüsste, wie rührend du mit alten Menschen umgehst."

Er fühlte, wie sie ihn regelrecht drängte, sich weiter offenbaren zu dürfen. Und Simon war nicht wohl bei dem hartnäckig anklammernden Gebaren der alten Frau, dennoch tat sie ihm leid, und er versuchte sich vorzustellen, was wäre, wenn es seine Oma beträfe, ob man sie ebenfalls von heute auf morgen abschöbe, in solch ein gespenstisches Haus, weit weg von ihrem trauten Heim. Der Gedanke daran versetzte ihm einen Stich. Mit aller Macht würde er sich dagegen stemmen. Niemals durfte er zulassen, dass sein liebster Mensch irgendwem vor die Tür gekarrt würde. Und mitfühlend erklärte er: „Sie können beruhigt sein, Frau Wendland, ich steh ihnen schon bei. Wir sind übrigens jetzt angelangt. Warten sie eine Sekunde, ich sag nur drinnen schnell Bescheid, wegen des Taxis." Damit lief Simon ins Gebäude.

Nach zwei Minuten stand er wieder auf der Straße. „Das Taxi ist unterwegs!", rief er hastig, und da noch ein bisschen Zeit war, setzte er ruhigen Tones hinzu. „Meinetwegen, wenn sie's halt erleichtert, was war bei der Frau Stender denn so Schlimmes?"

„Ich betrog sie mit ihrem Mann!", platzte die alte Frau geradewegs heraus. Ihre Miene war bitter verzogen. „Wir hatten eine Affäre miteinander. Ich weiß gar nicht ... Über ein Jahr ging das wohl. Frau Stender war völlig ahnungslos, zumindest merkte man ihr nicht an, dass sie etwas vermutete. Ihr Gatte war um einige Jährchen älter als ich. Karl plante unser Beisammensein immer bis ins kleinste Detail, bedachte alle Eventualitäten. Es war ein schreckliches, doch aufregendes Geheimnis, das ich da hütete. Ich erinnere mich jetzt dunkel, es war diese Zeit: Frau Stender musste für länger weg ... genau, und ich konnte Karl jeden Tag sehen. Ich hatte nichts anderes im Kopf. Er war erst der zweite Mann in meinem Leben, mit dem ich richtig zusammen war. Der Vater von Herbert ... Also Herbert kann sich nur ganz schwach an ihn erinnern, ist kurz nach seiner Geburt auf und davon. Das war vor dem Kriege. Otto war ein hohes Tier, ein Kriminaler, ein Beamter, wenn du verstehst, was ich meine. Der hatte strengstes Verbot, mit einer wie mir die Ehe einzugehen, geschweige denn zusammenzuleben. Ich war doch nichts, kam aus dem Waisenhaus. So eine nimmt doch kein Herr von solchem Stande. Aber Karl, der Karl Stender hat immer beteuert, er lässt sich scheiden. Die Stenders hatten zwei hübsche Mädchen. Er war wohlhabend, ein Kaufmann, und dann eine wie mich? Ich fühlte mich emporgehoben, sicher und stolz. Dann sah ich wieder die Frau Stender, eine attraktive, schlanke Frau, und immer lieb und zuvorkommend, gar nicht garstig zu dem Karl, wie ich mir immer einbilden wollte. Und redete nur Gutes über ihren Mann. Und am Abend ist er doch wieder zu mir geschlichen; er war zärtlich, und war für mich genauso wenig der Karl von Frau Stender, wie ich in seinen Augen nicht die kleine angestellte Haushälterin war. Ich hielt einen verwunschenen Prinzen umschlungen, den ein schrecklicher Fluch am anderen Morgen zurückverwandelte in den manierlichen, erhaben lächelnden Karl Stender, den seine Frau vor mir unbefangen küsste und der seine zwei kleinen Töchter begeistert auffing, wenn sie ihm von Weitem im Garten in die Arme liefen. Gott, vielleicht hätte ich ihm nicht verraten dürfen, dass mein Vater, der letzte Postillion von Strahlow ein alter Säufer war, sich tot soff wegen Anna, meiner Mutter, die viel zu früh starb. Sie hatte TBC."

„Ihr Taxi, Frau Wendland!", unterbrach Simon den Redefluss.

Ein milchig weißer Mercedes, seitlich mit Werbung beklebt, glitt rasch heran, bremste weich ab. Der Chauffeur, ein schlaksiger junger Kerl, sprang aufs Pflaster. Der Motor tuckerte noch. Dann öffnete er die Tür zum Fond. Es kostete Simon einiges an Kraft und verlangte viel Umsicht, Frau Wendland in ihrer Steifheit, ohne Quälerei auf das Polster des Rücksitzes zu bugsieren. Der Koffer wurde verstaut.

„Machen Sie's gut, Frau Wendland. Und erklären Sie dem Mann genau, wo sie hinmüssen. Ich komme Sie vielleicht mal besuchen ... Weberplatz war das doch, nicht?"

„Tschüss, Jungchen ... Und komm bald ... bald ...!" Weiter kam sie nicht. Der Schlaksige knallte die Türen. Der Wagen zog an.

ZWEIUNDZWANZIGSTES KAPITEL

Simon konnte es kaum glauben, Frau Wendland, seine Begleiterin, die alte gebeugte, weißhaarige Frau mit dem fabelhaften Gedächtnis, davon schweben zu sehen, wie ein Phantom. Hatte er gerade geträumt? War sie nur ein Geist seiner Einbildung gewesen?

Das milchweiße Taxi bog in die Hauptstraße ab und entschwand somit seinen Blicken. Mit ihren merkwürdig verzwickten Geschichten war ihm die alte Frau richtig ans Herz gewachsen. Er war traurig. Und wieder allein. Leichter Frost zog ihm die Beine hoch. Alles war so still, so unwirklich. Ein Angstschauer durchrieselte ihn. Frau Wendlands krächzende Stimme fehlte ihm. Von einer inneren Unruhe getrieben spulte sich einiges an Bildern in seinem Kopf ab, teil-weise zerrissen und ohne logischen Zusammenhang, dann wiederum in überdeutlichen Details, mal rasend schnell, mal verharrend und dann stetig kreisend um ein und dieselben Worte und Sätze. Beinahe irre machte ihm beim Versuch einer nüchternen Betrachtung die Sache an sich, und in erster Linie, warum ihn seine Eltern allein in den Zug gesetzt hatten, mit dieser alten behäbigen Frau, die wie er in ein Heim unterwegs war.

Ist es nicht merkwürdig, überlegte er angestrengt, mein Vater hat ihr den Heimplatz besorgt, nicht ihr Sohn … Mein Vater … Was geht ihn die Sache an? Warum kümmert er sich um anderer Leute Angelegenheiten? Wie war das genau? Er ging noch einmal einige Punkte durch: Er war ins Zugabteil gekommen. Dort hatte schon Frau Wendland gesessen, anfangs als Gespenst, still und starr. Sie müsse zufällig in dieselbe Richtung, ja, ja, das hatte er behauptet, sein Vater. Zufällig? Undenkbar.

Es muss alles vorbereitet gewesen sein. Er selbst wird die Unter-bringung organisiert haben, sehr akribisch, diesem Herbert zum Gefallen, und mit dem schlauen Gedanken daran, auf diese Weise in Ruhe seine Reise antreten zu können. In Ruhe … in Ruhe? Simon kam mit der Denkweise nicht zurecht, wie sein Vater auf die alte, wackelige Frau Wendland setzen konnte, eine zwar geistig mobile, doch körperlich stark beeinträchtigte Person … Wie er das mit dem Heimplatz für sie wohl geschafft haben mochte … Er muss sich gut auskennen in Gribnitz. Nun, nach vier Jahren hat selbst ein Altstudent so seine Kontakte geknüpft. Nach all den Schilderungen der Alten wird sich ihr Sohn buchstäblich von ihr getrennt haben, hätte er sie sonst nicht wenigstens bis zum Zug gebracht, stattdessen – und Simon wiederholte jetzt diesen Gedanken-gang – hatte sein Vater die Aufgabe übernommen. Im Auftrag. Wie rührend. Was für ein Teufelssohn, das heißt, nur wenn es stimmt. Und erst die Tochter … War es nicht witzig, die Mutter erst hierher zu schicken, zu dieser Bequemen, Gleichgültigen, obwohl abzusehen war, dass das nichts werden konnte, sie hier hängen zu lassen, weit weg von zu Hause, in einer komfortablen Einsamkeit … Ganz recht, davongestohlen hat sie sich letztlich, aber sie ist doch wieder hier angelangt, reumütig und jammernd wegen dem Herbert, nun ins „Kloster" marschierend, in so ein „Betreutes Wohnen", unter ihresgleichen womöglich. Abwechslung wird es schon geben, es wird ja betreut, das Wohnen. Ob die Tochter wohl mal hingeht? Wohnt ja hier...

Simon schlenderte die Pflastersteine entlang, auf das Hauptgebäude zu. Ehe er hineinging, fuhr ihm ein spöttisches „Pha, pha!" über die Lippen. Und er sprach zu sich selbst: „So weit ist es nun schon, ich führe Selbstgespräche. Wenn das einer merkt, der denkt sofort, ich bin nicht recht bei Verstand. Bestimmt besuche ich Frau Wendland, sie ist doch elternlos. Wie furchtbar. Eine Waise. Ich hab wenigstens Eltern, sollte mich glücklich schätzen. Was ist eigentlich für ein Tag heute? Montag, ja. Am Sonntag wird mein Vater noch im Kleinwalrital sein.

In den darauffolgenden Tagen seines Heimaufenthaltes, der ihm nun stärker als Gefangenschaft denn als geheimnisvoller Hort für seine Genesung ins Bewusstsein drang, trat Simon jetzt öfter bis dicht an die Böschung heran, die nicht allzu steil zum Wasser hin abfiel und blickte lange versonnen hinaus auf den See. Dort, am anderen Ufer, ein paar Hundert Meter entfernt, soll einmal die Welt begonnen haben, die die Leute diesseits des Sees lange Zeit *Drüben* genannt hatten. Als die Wende kam, die Grenzen sich wundersam auftaten, war er gerade vier, zu klein für eine haftende Erinnerung an den vielgepriesenen Augenblick. „Nun konnten wir plötzlich alles kaufen, was uns Spaß machte", erklärten ihm die einen später in glückstrahlender Manier, denn drüben im Westen habe es schon immer Dinge gegeben, von denen die Leute im Osten nicht mal träumen konnten, weil sie sie gar nicht kannten. „Und stell dir vor", steigerten sich wiederum andere euphorisch hinein, „du konntest ab sofort durch die ganze Welt reisen. Das war das Größte. Und niemand legte dir mehr Steine in den Weg. Wir waren endlich frei … frei!"

Frei? Trotz abgeschaffter Grenzen, die Simon in ihrer Funktion nie wahrgenommen hatte, kam es ihm jetzt vor, als befände er sich auf einer Insel der toten Vögel, ausweglos eingeschlossen vom Meer, und die mächtigen, villenartigen Gebäude, wie warnende Wächter in seinem Rücken.

In solchen Momenten stumpfsinnigen Hinausstarrens spielte er zum ersten Mal in seiner Umgebung mit dem düsteren Gedanken an Flucht. Diese Überlegung zeugte von seiner Trübsinnigkeit, gleichzeitig aber war sie begleitet von einer unglaublich angenehmen, ja geradezu wohltuend prickelnden Wirkung, einem Hochgefühl des Ansporns zu einzigartiger Stärke und Überlegenheit. Und in seiner ersten groben Vorstellung war er gar nicht so weit entfernt, die Idee schon recht bald in die Tat umzusetzen.

Es war noch schulfrei, und bis auf Wolfram Knabe und ihn durften alle anderen Kinder die restlichen Ferientage offenbar bei ihren Familien zu Hause verbringen, ein Umstand der ihn ungehemmt zum Weinen brachte und bei ruhiger Überlegung klarmachte, wie verführerisch günstig der Zeitpunkt eigentlich war, in einer passenden Minute der Aufsicht des diensttuenden Biel unbemerkt zu entkommen.

Im Ausreißen besaß Simon gewisse Erfahrungen. Die stammten aus der früheren Zeit in Gefangenenlagern von Kindergärten. Dort hatte er derartige Fluchtpläne oftmals spontan im Kopf entworfen. Am anderen Morgen, sobald Oma Christ vermeinte, ihn sicher am Tor verabschiedet zu haben, war er flugs – sie hatte ihm kaum den Rücken gekehrt – in einen geheimen Seitenpfad gehuscht, um von da aus sofort über etliche Schleichwege in Richtung seines geliebten Müllbergs aufzubrechen. Dort lag die Freiheit. Unter den Aufseherinnen befand sich eine Frau Nietz, mit hochgesteckten Haaren, was ihr so schlecht nicht mal stand. Aber Simon war ihr ein Dorn im Auge, woraus sie auch keinen Hehl machte. Kleinste Unartigkeiten ahndete sie mit Anschreien und mitunter setzte es schallende Ohr-feigen. Als Oma Christ davon erfuhr und sich die Ziege deswegen zur Brust nahm, hörte das Ohrfeigen schlagartig auf. Hämisch verlegte sich die Schlange stattdessen aufs Ziepen, aufs gemeine Ziepen an seinen feinen Härchen über den Ohren, oder trat ihm absichtlich, ohne eine Miene zu verziehen, kräftig auf die Zehen. Er konnte die Male gar nicht zählen, in denen sie ihn in eine Zimmerecke stellte, damit er sich schäme.

Das Schrapnell wohnte gleich bei ihm um die Ecke, nicht weit. Eines sonntags parkte eine Funkstreife vor ihrem Haus. Blaulichter drehten sich. Simon kam zufällig vorbei. Sanitäter trugen etwas Menschen-ähnliches auf einer Trage hinaus, schoben es geschwind in den Krankenwagen. Wenig später erschien ein Mann im Türrahmen, in Handschellen, flankiert von zwei grünen Polizisten. Frau Nietz kam nie wieder.

Die Drake, die Hausmeisterfrau, war noch viel schlimmer und hätte eigentlich den Tod verdient. Sie keifte nur herum. Sie besaß einen Köter unbekannter Rasse, ein graues, fusseliges Ungetüm, genauso böse und hinterhältig wie sein Frauchen. Simon aber hatte zu dem Tier Zutrauen. Er ging auf Hunde zu, wie andere auf Menschen zugingen, und hatte in der Regel auch Glück mit dem Streicheln. Kuro lag vor seiner üppigen Hütte an der Kette und knurrte nur leise. Auge in Auge mit Kuro tastete sich Simon Stück für Stück näher heran, und er war nur von dem einen

Gedanken beseelt, das seltsame Wesen unbedingt streicheln zu wollen. Listig, dabei verhalten knurrend, lauerte Kuro, bis Simon den ersten halben Schritt in seinen Wirkungskreis gesetzt hatte. Dann schoss er mit einem gewaltigen Satz auf ihn zu. Simon wich instinktiv zurück. Die lange Kette ruckte an, aber der Biss traf Simon gerade noch in die kleine Brust. Er schrie vor Schmerzen nur einmal kurz auf, war jedoch sofort wieder still. Und kein Mensch erfuhr jemals von jener gefährlichen Begebenheit mit dem Hund.

Am liebsten spielte Simon seine Flucht Abend für Abend kurz vor dem Einschlafen durch. Dort, allein im Bett, ohne Holger und Brillux im Zimmer, nahm sie Gestalt an. In vielen Einzelheiten malte er sich aus, wie er ausreichend gewappnet, den Dolch im Gürtel, den Proviant, bestehend aus zwei trockenen Brötchen im Rucksack, einen sehr günstigen Augenblick abpassend, ohne Nervosität, das verfluchte Terrain verlassen würde, über die Pforte. Natürlich über die Pforte, locker und mit ganz normalem Benehmen, wie wenn er mal eben kurz vor die Tür spazieren ginge. Und dann lässt er in forschem, unauffälligen Tempo die Stubenrauchstraße in weniger als einer Minute hinter sich. Gleich muss die erste rettende Querstraße kommen. Jetzt! Nun scharf links hinein hier. Gut so. Fantastisch, niemand sitzt ihm im Nacken. Noch einmal links und dann rechts und kreuz und quer, und er sickert ohne Verfolger in den von Menschen überfüllten Boulevard ein. Seine Spur, wenn nicht bereits längst verwischt, wird sich spätestens auf Linie 11 und 24 der Tram verlieren. Noch den einen oder anderen Bus zur Sicherheit genommen, und er dürfte sich schon als halbwegs untergetaucht betrachten. Außerhalb der Stadt ist ihm wohler, und bald kann er aufatmend hineinschlüpfen in ein dichtes Wäldchen aus Nadelbäumen, denn er weiß ja, die Stille und Düsternis einsamer Orte birgt den großen Vorteil der Unauffindbarkeit in sich. Die Felder liegen brach, großer Mist, sie bieten ihm kein Versteck, er wird die schlammigen Äcker weit umgehen müssen, vielleicht aber in den Strohballen des einen oder anderen abgelegenen

Gehöfts Unterschlupf finden und für seine Häscher dann die Stecknadel sein. Ach, und die Nässe, die Kälte der Jahreszeit, hat er daran mal gedacht? Sein Asthma wird ihm zusetzen.

Am anderen Morgen, als er die Augen aufschlug, aufstand und sich wusch und den Regen unablässig die Scheiben hinunterperlen sah, fehlte ihn angesichts der anderen Wirklichkeit abermals der Mumm, sich zu dem Wagnis aufzuraffen. Und er verschob, wie jeden Morgen, sein Vorhaben auf ein anderes Mal. Dennoch hielten ihn seine rein theoretischen Erwägungen soweit aufrecht, dass er die Beklemmungen der nächsten Tage einigermaßen gut überstehen konnte.

Am Donnerstag, irgendwann nachmittags, wurde er von Biel ans Telefon geholt. Simon war ganz aufgeregt. Anrufe konnten schlechte und gute Nachrichten bringen.

Seine Mutter war am Apparat. Es war das erste Mal, dass sie überhaupt im Heim anrief. „Hier ist Mutti, wir wollten uns nur mal melden", sagte sie überbetont freundlich, wie um ihr Gewissen zu erleichtern. „Vati steht neben mir", schmeichelte sie. „Er will dich dann auch noch sprechen." Simon versuchte sich den Gesichtsausdruck seines Vaters neben ihr vorzustellen.

„Hier liegt überall hoher Schnee", verkündete sie lebhaft. „Riesig sind die Berge, kann ich dir sagen ..."

„Und wie ist das Wetter?", erkundigte sich Simon der Höflichkeit halber.

„Blauer Himmel, wir haben nur Sonne!", geriet sie ins Schwärmen, scheinbar überwältigt von der Einzigartigkeit ihres Aufenthaltsortes und in der Hoffnung, der Funke der Begeisterung von der Landschaft würde auf Simon überspringen.

Aber Simon antwortete zurückhaltend: „Das ist ja schön. Hier regnet es nur. Seit ihr in den Alpen?"

„Ja, natürlich, Junge, was glaubst du, wo wir sind. Kleinwalrital. Vati knipst den ganzen Tag nur. Er bringt ein paar Bilder mit. Wie geht's deinen Bronchien?" Sie ließ ihn nicht zu Wort kommen. Er spürte intuitiv,

dass sie das Telefonat nicht unnötig in die Länge zu ziehen beabsichtigte.
„Na ja, ich gebe dir Vati jetzt mal."

„Hallo, Simon!" Seine Stimme klang herb, sachlich und abgehackt. „Ja,
Mutti hat dir ja schon erzählt … Hat das mit Frau Wendland geklappt …?"

„Sie hat mich gebracht, ja, ja", bestätigte Simon informativ, wollte dann
noch etwas hinzusetzen, aber sein Vater fuhr ihm eilig dazwischen:
„Schön! Ansonsten …" Unvermittelt stockte er, räusperte sich zu einer
Gedankenpause und versetzte dann ein wenig bekümmert: „Ja, ich war
hier gestern beim Arzt, wieder dieses blöde Kribbeln in den Füßen, weißt
du." Es schnarrte und rauschte plötzlich im Apparat. „Wir müssen jetzt
Schluss machen … unsere Münzen …" Damit brach das Gespräch ab.

Am darauffolgenden Montagmorgen, vor Beginn der Schule, bekam
Simon Atembeklemmungen wie lange nicht. Nach dem Aufstehen spürte
er sofort, was los war. Er fühlte sich zudem schlapp, seine Beine waren
wie Blei, ihm brummte der Schädel. Das größte Problem bei solchen
Anfällen hatte er immer damit, sie Uneingeweihten verständlich zu
machen. Selbst die Lehrer, allen voran Individuen vom Schlage
Kaulbachs, argwöhnten, wenn er ohne zu husten und zu schnauben
behauptete, dass er schlecht Luft bekäme. Das Heimtückische war nämlich, dass die Krankheit in einer bestimmten akuten Phase keine direkten
Symptome zeigte, für Außenstehende also völlig unsichtbar ablief. Simon
litt einfach nur unter der Not, richtig durchatmen zu können, einer
Kurzatmigkeit quasi, die bei jeder schnelleren Bewegung besonders
quälend war.

Das kurze Telefonat mit seinen Eltern ging ihm nicht aus dem Kopf.
Halbe Nächte dachte er über manchen Satz nach, was dahinterstecken
könnte, wie die Worte gemeint waren? Ob sie wohl noch mal anrufen
werden? Wie lange die Semesterferien seines Vaters dauern mochten?
Wann er wohl wieder geholt würde? Und was es eigentlich mit dem
Kribbeln in seines Vaters Füßen auf sich hatte? Kribbeln. Früher wurde
davon öfter geredet. Seine Mutter käme nachts kaum zur Ruhe, weil er

stundenlang durch die Wohnung wandere oder nervös auf dem Bett säße. Mit Medikamenten könne man das Syndrom inzwischen eindämmen, aber die seltene Krankheit, mit der er sich seit frühester Jugend herumschlüge, nicht wirklich heilen.

Frau Höppner merkte, was mit Simon los war, und empfahl ihm, er solle sich einen Halswickel machen, heißen Tee trinken, zwischen-durch ruhig ein Dampfbad nehmen, über einer Schüssel mit Kamille mehrmals inhalieren und vor allem dürfe er nicht ans Wasser gehen bei dem Wetter. Die feuchte Luft dort wäre reines Gift für ihn. Simon wunderte es, dass ihn niemand zum Arzt schickte. Selbst Frau Höppner, die seinen Zustand bemitleidete, vertrat die Ansicht, dass es ausreiche, wenn er sich mit den herkömmlichen Hausmitteln selbst kuriere, statt der Krankheit mit harter Chemie zu Leibe zu rücken. So ging er also trotz seiner Atemnot, die ihn zwang, öfter stehen zu bleiben, weiter zur Schule. Jeder Arzt hätte ihm wahrscheinlich sofort stramme Bettruhe verordnet und ihm dringend ans Herz gelegt, fürs Erste zu Hause zu bleiben. Stattdessen hielt Simon nicht einmal ein Attest in Händen, keine Bescheinigung, die ihn von bestimmten Tätigkeiten befreite. Und so geriet er unwillkürlich in den Sportunterricht des Menschenschinders Alois Kleiber. Auf Kleibers Sportstunden freute sich selbst der sportlich begabteste Schüler nicht. Es begann gleich mit diesen dusseligen Dehnungsübungen, anschließend befahl Kleiber den Entengang. Simon stand Folterqualen aus. Immer wieder trieb Kleiber seine Schüler in die Hocke, wobei er selbst diese dämliche Haltung einnahm und watschelte. Ein Ende war nicht abzusehen. „Tiefer! Arsch runter, Menschenskind!", schrie Kleiber hysterisch. „Das ist doch keine Hocke, Pissarenkow!" Es hatte den Anschein, als wollte Kleiber aus allen kleine Enten machen. Da stand Simon abrupt auf, wankte zu Kleiber und erklärte verschüchtert: „Entschuldigung, Herr Kleiber, aber ich kann heute nicht, bin krank."

„Wie, krank?"

„Ich bekomme schlecht Luft!"

„He, Heuer, mach mal das Fenster ein bisschen auf, hier bekommt einer schlecht Luft!", donnerte Kleiber unflätig durch die Halle und presste dabei die Fäuste fest in die Hüften. Einige Schüler kicherten. „Ist dir schlecht, oder was?"

„Bronchialasthma!", stöhnte Simon.

Kleiber kniff die Augen zusammen: „Tolles Fremdwort, wohl auswendig gelernt, was? Dann bring gefälligst eine Befreiung", setzte er unwirsch hinzu. „Los, Schubkarre jetzt, und anschließend Liegestützen, wirst du wohl gerade noch schaffen!"

Widerspruchslos legte sich Simon bäuchlings auf den Parkett-boden, stützte sich auf den Armen ab. Achim Heuer sollte sein Partner sein. Der fasste seine Beine an den Fußgelenken und hob an, dann drängte er Simon auf den Händen vorwärts zu marschieren, quer durch die Halle. Die anderen Schüler taten untereinander das Gleiche. Nach wenigen Metern knickte Simon ein und blieb regungslos liegen. Sofort war Kleiber bei ihm, verzog irritiert das Gesicht. „Was ist mit ihm?", schnarrte er zu Achim Heuer gewandt. Der zuckte die Achseln.

„Steh schon auf!", rief Kleiber verhalten. Simons Atmung ging flach.

„Ich glaube, er ist tot", sagte Heuer in schlechtem Scherz. Kleiber lief dunkelrot an.

„Erzähl nicht so einen Scheiß, Heuer!" Er bückte sich zu dem Zusam-mengebrochenen herab, tätschelte ihm die Wangen. Im Nu war Simons Körper umringt von seinen Klassenkameraden. „Geht's dir gut, Pissa-renkow? He, Pissarenkow, mach keinen Quatsch!" Und Kleiber hörte nicht auf, an dem leblosen Simon herumzutätscheln.

Als Simon zwei Stunden später die Augen aufschlug, fand er sich in einem Bett wieder, schaute in das liebevoll lächelnde runde Gesicht von Frau Höppner. „Wo bin ich, was ist mit mir?", stutzte Simon.

„Du bist im Heim, Junge, liegst in deinem Bett", antwortete Frau Höppner. „Alles in Ordnung!"

„War ich ohnmächtig?", fragte Simon wie im Trance.

„Sieht so aus. Du hattest offenbar einen Sportunfall. Dein Turnlehrer hat dich mit dem Auto gebracht."

„Herr Kleiber?"

„Ja, so hat er sich vorgestellt."

„Er wollte mich umbringen!", fuhr Simon hoch.

„Unsinn!", rief Frau Höppner und drückte ihn sanft in die Kissen zurück. „Der Herr Kleiber hat dich sogar mit hochgetragen, hier in dein Bett!"

Simons Augen waren plötzlich starr zur Decke gerichtet und mit kaum wahrnehmbaren Lippenbewegungen fragte er: „Ist es eigentlich schlimm, wenn man stirbt, Frau Höppner?" Er merkte, wie sie jäh zusammenzuckte.

Bei dem Wort *Sterben* sind die Menschen immer ganz aufgeregt, richtig wuschig, und bitten energisch darum, man möge bitte von diesem Thema jetzt ablassen.

Aber Frau Höppner antwortete behutsam: „In deinem Alter, Junge, denkt man noch nicht ans Sterben. Du bist doch gerade neu geboren, denke daran, und in der Schule bist du doch wirklich viel besser geworden."

„Ich glaube, es ist sehr dunkel dort, wo der Tod wohnt", ging Simon beharrlich weiter auf das Thema ein. „Aber auch sehr friedlich, und man wird endlich mit allem in Ruhe gelassen."

„Mein Gott, über was du Bürschchen in deinem Alter schon nachdenkst, nun hör aber auf. So ein Quatsch!"

„Wissen Sie was, Frau Höppner, der Kleiber hatte doch nur Angst um seinen Arsch. Er ist ein Unmensch. Mein Tod ist ihm in Wahrheit ganz wurscht egal!"

„Du musst dich jetzt schonen, Junge, und aufhören, düstere Gedanken zu haben", redete Frau Höppner beruhigend auf ihn ein.

Aber Simons Psyche war schwer angeschlagen, und so ließ er sich nicht abbringen von den Worten: „Hören Sie, Frau Höppner, es ist schwer für mich Klarheit zu bekommen. Ich überlege immer hin und her, aber das

Beste, was meine Eltern für mich wollen, schmerzt mich einfach. Ich habe ständige Sehnsucht, doch sie wollen so wenig wie möglich in meiner Nähe sein. Und manchmal bilde ich mir schon ein, Sterben wäre das Richtige, um zu erfahren, wie sie wirklich zu mir stehen und welche Schuld ich an allem trage."

Frau Höppner fuhr erschrocken zurück: „Du bist nicht bei Trost, Simon. Sterben, um die Wahrheit zu finden? Deine Eltern lieben dich auf ihre Art, da bin ich mir sicher. Der Tod macht dich nicht erfahrener!"

„Sehen Sie, jetzt reden Sie doch über den Tod", schmunzelte Simon. „Nun, ich meine, vielleicht muss man ja nicht richtig tot sein, sondern nur für eine Weile, nur so zum Schein, eben scheintot, und alles mit anhören können."

„Ach, Simon, Simon, ich merk schon, du willst herausfinden, was du ihnen bedeutest. Ist dafür der Tod nicht ein zu hoher Preis?" Und plötzlich schwenkte sie um. „Hör zu, jetzt konzentriere dich mal ganz auf das Leben. In ein paar Wochen, ich hoffe, du hast es behalten, will Herr Billing mit euch in den Skiurlaub fahren. Freue dich darauf. Und jetzt musst du erst mal richtig gesund werden. Und schlaf ein bisschen."

DREIUNDZWANZIGSTES KAPITEL

Simon schlief lange und traumlos, und mit jedem neuen Erwachen ging seine Atmung wieder gleichmäßiger. Dann dachte er an den Ausflug und spürte, wie ihn die Vorfreude aus seinem Tief langsam heraushob.

Eine ganze Woche hatte ihn Frau Höppner nicht in die Schule gelassen, ihm heiße Getränke ans Bett gebracht, aber in Abstimmung mit der Heimleitung keinen Arzt geholt. Sie meinte, er wäre aus dem seelischen Gleichgewicht und Johanniskraut sei auf jeden Fall gut gegen seine miserable Gemütsverfassung. Vor den Nächten als Kranker graulte ihm immer. Seit Holger und Olaf zurück waren, wichsten sie noch öfter und geräuschvoller unter der Bettdecke, als je zuvor. Und aus dem Dunkeln hörte er Holgers Stimme sagen: „Hol dir doch auch einen runter oder kriegst du ihn nicht hoch, Kleiner? Nimm deinen Pisser in die Faust, dann klappt das schon, wirst sehen, nachher schläfst du wie ein Murmeltier."

Simon flüsterte, er habe dazu keine Lust, und der andere solle endlich Ruhe geben. Heimlich, still und leise aber experimentierte er im Halbschlaf an seinem Ding herum, doch leider nur mit dem mäßigen Erfolg eines recht wonnigen Gefühls im Kopf, dass irgendwann wehtat. Bei Tagesanbruch bekam er dann die Quittung. Ein hartnäckiges Brennen stellte sich ein. Seine Eichel war angeschwollen. Und er musste die entzündete Stelle ständig eincremen.

Der lang ersehnte Tag der Abreise rückte näher. Dann war er da, und Simons anfängliche Befürchtung, seine Krankheit könnte ihm in letzter Sekunde noch ein Schnippchen schlagen, bewahrheitete sich zum Glück nicht. Karl Heinz Billing hatte wochenlang alles Wesentliche organisiert. Die Skiausrüstung war das geringste Problem. Schon lange vor der Wende verfügte das Heim über eigene Bretter und Rodelschlitten. Sie waren zwar nicht auf dem Stand, den der moderne, erfinderische Markt mittlerweile hergab, aber in brauchbarem Zustand und nicht verschlissen. Bei der angespannten Finanzlage, welche Billing zwang, streng zu haushalten, lehnte er es strikt ab, seine letzten Reserven darauf zu verwenden, etwas Neues zu beschaffen, wenn das Vorhandene noch gut in Schuss war und all die Jahre gehalten hatte. Dieser Gedanke Billings war verhängnisvoll.

Simon ahnte schon, warum ihn Dieter so genüsslich von der Seite angriente, als Schneeweißchen und Rosenrot vor ihnen als erste in den Bus einstiegen. Wahrscheinlich sollte das den alten Plan in ihm wachrufen, der mit dem Gedanken verknüpft war: Bald ihr Süßen kommt die Nacht des großen Spaßes … Ihr wisst nur noch nichts von eurem Glück.

Dieter verfolgte die Mädchen zielstrebig durch den Gang. Als sie in eine der Sitzreihen huschten, belegte er sogleich den Platz hinter ihnen. Ihrem Gackern und Tuscheln nach, waren die beiden nicht abgeneigt, den drolligen Zwerg in ihrem Rücken zu wissen. Simon, der Bär, pflanzte sich sogleich an Dieters Seite. Und der hatte auch nichts dagegen, konnte er wenigstens mit ihm Schach spielen während der langen Fahrt.

Brillux und Holger hatten die schlechteren Plätze erwischt und zogen einen Flunsch. Brillux war sogar ziemlich wütend und probierte mindestens ein Dutzend Mal, Simon von seiner Position zu verdrängen.

„Lass ihn in Ruhe!", rief Schneeweißchen halb im Ernst, halb im Spaß auflachend, „sonst erschlägt dich der Bär!"

„Der ...?", Brillux blickte verächtlich auf Simon herab und geiferte: „Der ... der soll bloß sein Maul halten. Das war mein Platz!"

„Scher dich weg!", fuhr Dieter, ohne aufzubrausen, dazwischen und sah Brillux warnend an, als ob er sagen wollte: Sonst bist du bei der Aktion draußen, Dummkopf!

Brillux zog den Kopf zwischen die Schultern und wankte wortlos in den hinteren Teil des Busses. Es begann leicht zu schneien, und je weiter es nach Süden ging, desto mehr ähnelte die Landschaft einer kleinen Antarktis. Und der Bus kam Simon vor, wie eine schmale, hohe Fähre in der weißen Gischt des Eismeeres, dessen Schollen Autos waren, die er schwankend vor sich hertrieb oder nach Belieben zur Seite abdrängte, von Spurrinne zu Spurrinne, dem verwegenen Ziel entgegen. Ein gläsernes Ungetüm und sein Steuermann, ein unscheinbares Männchen, weit unten, fast die See berührend, in seiner Kanzel, und jeder Versuch, der Müdigkeit nachzugeben, widerstehend. Wie konnten sie nur alle diesem einzigen kleinen Menschen, diesem Zwerg, der das Ruder hielt, so viel Vertrauen schenken, dass sie nicht kippten ... nicht sanken...?

Keiner, außer Simon, schien es Bange zu machen. Von lebhaften Fantasiegebilden total eingeschüchtert, starrte er angespannt bis aufs Äußerste durchs gewölbte Frontglas. Eisberge voraus, mochte er manchmal aufspringend losbrüllen. Doch ihm blieb der geradezu jämmerliche, ja peinliche Ausruf, der ihm den größten Lacher von allen Seiten einbringen würde, Gott sei Dank in letzter Sekunde in der Kehle stecken. Und er konnte nur unter schrecklicher Verkrampfung seiner Muskulatur zwanghaft hinsehen, wenn sie um Haaresbreite an zwei oder drei dieser spitzkantigen Kolosse im Schneckentempo vorbeikrochen. Der Steuermann hielt tapfer die Wacht. Mit einer kleinen Fußbewegung am Pedal entschied er unbewusst über Leben und Tod.

Der Zauber der Geltung in all dem sich ausbreitenden Trubel im vorderen Deck streifte Simon mit Hohn. Viele seiner Kameraden gerieten mit der Zeit aus dem Häuschen. Das übermütige, körperliche Hin und Her im Gang, halb stolpernd an ihm vorbei, von einem zum anderen, und deren unverschämtes, bisweilen schmeichelhaft kicherndes Schwätzen im Stehen, nur um durch Prahlen gemocht zu werden, wofür ein paar tolldreiste Geschichten dieser Heinis herhalten mussten, ein paar zusammengedichtete, kaum zu glaubende Heldentaten, zweifelhafte Mutproben, mit denen sie von sich reden machen wollten, verschüch-terten Simon zusehends und machten ihn ganz stumm und verwirrt. Aber das war ja für viele des Ausflugs vordergründiger Reiz, das bloße unbekannte Dahingleiten, nicht so sehr vorerst der Zielpunkt selbst.

Da schaukelte sich nun manches Selbstgefühl auf, verführte zum Erwecken von Neid und Bewunderung. Ach, so ewiglich den niedlichen Mädchen nah zu sein, das fände Simon prächtig, die Fahrt dürfte nie enden … nie enden: Dagmar und Gudrun tuschelten und schnatterten in einem fort.

Schon wie damals im Garten interessierte sich Simon mehr für Dagmar, die Sanftere. Gerne mochte er sich an sie heranmachen, aber die beiden hingen überall und ständig zusammen wie Kletten, und gab es mal eine günstige Gelegenheit, packte er sie nicht entschlossen beim Schopfe, überließ wie gelähmt das Feld schließlich anderen. In seinen Gedanken kam ihm Dieter zuvor. Unvermittelt schoss er neben ihm hoch, beugte sich kühn nach vorn, weit über die Lehne. Sein Gesicht, verzogen zu einer Fratze, nahm eine zinnoberrote Farbe an. Die Mädchen juchzten albern auf vor Überraschung. Und Dieter, der geschickt seine Zwergenrolle benutzte, um den beiden zu imponieren, schnarrte von oben herab: „He, fällt euch nichts Besseres ein, als die ganze Fahrt über zu flüstern, ihr

Milchgesichter. Was führt ihr im Schilde?! Ah, ich begreife allmählich, meine schönen Schätze wollt ihr mir rauben, ihr Lorche!"

Schneeweißchen und Rosenrot quietschten vor Vergnügen und spielten mit: „He, kleiner Zwerg, gib uns ein paar von deinen Edelsteinen", bat Rosenrot. „Schneeweißchen sagte gerade, sie friert so. Sie braucht bei der Kälte ein dickeres Mäntelchen, aber natürlich ein hübsches!"

„Sieh an", brummte der Zwerg, nun in seinem Element, „die Kleine hat es also doch auf meine herrlich glänzenden Steine abgesehen, will auf meine Kosten etwas Schickes zum Anziehen haben. Sehr schlau, muss ich sagen!"

Des Zwergs Augen wurden zu kleinen Schlitzen. Und während er Gudrun, deren gröberes, ausgereiftes Gesichtchen mit den Augen eines neugierig grünen Impulses, ihn innerlich beinahe zerfließen ließ vor stiller Hingabe, saß Simon befangen da und konnte nicht bis drei zählen. Die Mädchen steckten in einteiligen, flotten Skianzügen, schön glatt anliegend am Körper, ohne Falten, nicht so aufgeplustert wie diese Kosmonauten-kluft von einst. Dagmars Kunsthaut war weiß gesprenkelt, Gudruns zarte Geheimnisse umspannte weinroter Stoff ganz himmlisch. Dieter wusste schon, wie man Mädchen bezirzte, konstatierte Simon ein wenig eifersüchtig und leicht verstimmt darüber, dass dem Älteren dafür die ganze Bewunderung zufloss. Aber auf einmal packte ihn der Ehrgeiz und er stellte sich die Fragen, muss ich mich denn wirklich verstecken? Hab ich das eigentlich nötig? Was jammere ich überhaupt, überlegte er in einem leichten Anflug von Gelassenheit. Junge, das war doch ein schöner Erfolg neulich auf dem Schulhof. Ach, wenn die Mädchen wüssten, zu welchen Gags ich fähig bin, und Dieter erst. Der würde mir bestimmt auf die Schulter klopfen und immerzu davon reden, wie sehr ihn das Ganze belustigt habe, und dass er dieses oder jenes gerne noch mal hören würde. Doch schließlich führte ihn ein weiterer ernster Gedankengang in die nüchterne Feststellung hinein, dass er angesichts seiner zu schnellen Aufgeregtheit überhaupt nicht über Veranlagungen für einen schlag-fertigen, aus der Situation stets treffsicher reagierenden Menschen verfügte, und daher gut beraten war, wenn er den Mund nicht zu voll nahm und lieber in Demut abwartete, ob er noch was für sich retten konnte.

„Nun, anspruchsvoll ist mein Schneeweißchen ja gar nicht", schäkerte Dieter munter weiter. „Ein Mäntelchen also will sie, die junge Dame, und hat mir doch neulich erst das meinige so unbeholfen und täppisch zerfetzt in dem Gebüsch!"

Rosenrot schüttete sich beinahe aus vor Lachen. „Lieber Zwerg, wir wollten dir doch nur helfen", vernahm Simon die weiche, betörende Stimme Dagmars, die leise und verlegen vor sich hin kicherte.

„Also gut", sagte Dieter schließlich, den Großzügigen mimend, „dann setzt euch flink hier zu uns und ich verspreche euch, geschwind zur Sache zu kommen."

Simon rutschte bei diesem verwegenen Ansinnen das Herz vor Aufregung beinahe in seine schwarzen Skihosen. Ist Dieter noch bei Trost, fragte er sich. Was ist in ihn gefahren? Wie will er das denn deichseln mit dem Sitzen? Auch wenn sie noch weitaus schlanker und ranker wären, passten nie und nimmer ihre Leiber zwischen sie beide. Ihm wurde glühend heiß im Gesicht, und ein undeutliches, dunkles Vorgefühl, dass Dieters Lockungen nur ein scheinheiliger Vorwand waren, um später in der Nacht aller Nächte leichteres Spiel zu haben, bemächtigte sich seiner. Und tatsächlich, die arglosen Mädchen, die nur ihren harmlosen, kindischen Spaß haben wollten, fackelten nicht lange. Fast gleichzeitig aufspringend, schwebten sie zu ihnen herum. Unbekümmert schwang sich Gudrun neben Simon, der außen saß, halb auf der Armlehne. Aber sie zwinkerte nicht ihm zu, sondern zeigte offenkundiges Interesse für Dieter, und machte auch gleich vage Anstalten, sich an Simons Knien vorbei zu ihm durchzuschlängeln. Sie würde automatisch auf Dieters Schoß landen, malte sich Simon im Geiste aus. Und Dagmar? Die Bewegungen des Mädchens waren eher widerstrebend, ihre frohe Miene von einer Sekunde zur anderen von Unbehagen überdeckt. Und ein Instinkt sagte ihr, dass es wohl am gescheitesten wäre, den nötigen Abstand zu wahren. Andererseits wiederum mochte sie neben ihrer temperamentvollen Freundin nicht als die Prüde gelten, die mit ihrer Scheu alles verdarb. Und gegen ihr Naturell bemerkte sie daher kühn: „Was ist nun, soll ich etwa noch lange so herumstehen? Vielleicht rutscht Gudrun ja durch und ich hocke mich derweil auf Simons Beine." Und sie sah ihn prüfend an und ergänzte: „Wenn ich dir nicht zu schwer bin, heißt es!"

„Nun kommt schon!", drängte Dieter, ein Lechzen unterdrückend. „Erst seid ihr wild auf meine Edelsteine und dann steht ihr da und habt Maulaffen feil!"

„Aber wir doch nicht!", rief Rosenrot mit übersteigertem Interesse aus und quetschte sich sofort zu ihm durch. Sie hob keck die Brauen, als sei nichts Anstößiges dabei, sich eben mal lässig in den Schoß eines älteren Jungen plumpsen zu lassen. Schneeweißchens Bewegungsabläufe hingegen blieben recht steif. Simons Bein als provisorische Sitzunterlage zu nutzen, das war aber auch das Äußerste, auf was sie sich einließ. In einer ungünstigen Körperhaltung saß sie kerzengerade da und musste sich schließlich ziemlich verdrehen, um weiter den Gang der Dinge verfolgen zu können. Simon wagte sich kaum zu rühren. Gudrun unterdessen lümmelte sich, als käme ihr so ein Schoß alle Tage unter. In Dieters Augen war abzulesen, dass es für ihn momentan das Höchste sein musste, die elastische, flimmernde Kunsthaut eines Mädchens so unmittelbar am Körper zu spüren und ihre Hüften dabei ungehindert umfassen zu dürfen; dabei war Gudrun noch ein Kind, gerade mal elf, und mit gewissen Trieben, die längst das Gehirn des Vierzehnjährigen beherrschten, noch gar nicht ausgestattet.

„Was ist nun mit deinen Schätzen?", fragte verhalten Schneeweißchen, die mit Skepsis das Treiben beobachtete.

„Richtig, stimmt", antwortete Dieter erleuchtet. „Entschuldige, aber das hatte ich glatt vergessen. Du merkst dir aber auch alles." Und indem er Gudrun an den Hüften näher zu sich heranzog, ergänzte er schmeichelnd: „Nicht wahr, Rosenrot, dir geht es nicht allein um meine Schätze, du nimmst mich auch so."

Gudrun lachte aus vollem Halse, so dass die anderen Kinder im Bus auf das Geturtel langsam aufmerksam wurden.

„Bilde dir nur nicht zu viel ein", flirtete Gudrun burschikos, „du hast es Schneeweißchen versprochen, denk daran, sie rechnet fest mit einem Mäntelchen als Geschenk."

„Natterngezücht!", zischte Dieter und schlüpfte prompt wieder in die Rolle des gierigen Zwergs. Dann fuhr er nervös in die rechte Hosentasche, wühlte eine Weile tief darin herum, bis seine Hand einen Batzen zerknüllter Geldscheine zutage förderte. Zynisch hielt er das Bündel den Mädchen unter die Nase. „Na, ist das nichts? Wollt ihr jetzt immer noch behaupten, ich schwindel euch an und bin arm wie eine Kirchenmaus?!" Dieses Verhalten brachte Simon auf eine Blitzidee. Er sah darin eine Möglichkeit, sich anerkennend ins Spiel zu bringen. Da er wusste, wie das Märchen verlief, brummte er plötzlich laut. „Das ist alles mein Geld! Du hast es mir gestohlen, gottloser Zwerg und mich, eines Königs Sohn, verwunschen in einen wilden Bären, der im Wald herumlaufen muss, damit kein Mädchen ihn jemals begehrt!" Und finster stierte Simon auf die vielen lappigen Zehner und Zwanziger, die Dieter hochhielt, als habe er überhaupt keine Beziehung zu derartigen Beträgen. Dieter schloss sofort hämisch die Faust. Simons Attacke kam für ihn unvorbereitet, wie sollte er auch erklären, woher der ganze Kies stammte, den er, noch dazu nachlässig, in die Tasche gestopft hatte. Die Mädchen sprangen erschrocken auf, wussten nicht so recht, ob Simon bloß Spaß machte oder ob er Dieter aus Neid tatsächlich reizen wolle, ihm sozusagen eins auswischen wollte wegen seiner selbstherrlichen Redensarten?

Dieter konnte nicht in die Realität umschwenken, er musste, ob er wollte oder nicht, im Märchen bleiben, welches die Wahrheit über die Herkunft seines Geldes gut zu verschleiern vermochte. „Lieber Herr Bär", stammelte er daher gezwungenermaßen, „bitte, habt Erbarmen mit mir. Ich will euch auch von meinen Piepen etwas abgeben. Seht doch, die schönen Scheine!"

„Du hast dein Leben verwirkt, Elender!", schrie Simon wie in Ekstase und wirkte so echt in seinem Benehmen, dass Dieter entsetzt auf seinem Sitz zurückwich. Noch ehe er abwehrend reagieren konnte, traf Dieter ein einziger derber Fausthieb, haarscharf an Gudrun vorbei, direkt vor die Brust. Dieter stöhnte laut wimmernd auf: „Bist du völlig durchgeknallt, du Idiot, du bärischer Schwachkopf!" Er packte Simon am Handgelenk, wollte es umdrehen, aber jetzt kam Biel, der einiges beobachtet hatte, aus dem hinteren Teil des Busses vorgespurtet: „Was treibt ihr denn da?! Was ist hier los?! Dagmar, Gudrun, aber Marsch auf eure Plätze!" Und zu den Kampfhähnen gewandt: „Auseinander ihr beiden!"

Frustriert und innerlich kochend über den Irrsinnigen, der ihm gerade sein Mädchen vertrieben hatte, zeigte Dieter mit spitzem Finger auf Simon. „Er hat es gewagt, auf mich einzuschlagen, der verkappte Edelmann!", keifte er, von der Attacke ganz blass geworden.

„Geschlaaaagen?", verteidigte sich Simon absichtlich irritiert und noch halb wie im Fieberwahn. „Ja, kennst du die Handlung denn nicht?! Mann, der Bär erschlägt den Zwerg mit seiner mächtigen Tatze und wirft seine Bärenhaut ab. Das haben wir doch längst aufgeführt!", plapperte Simon entrüstet und hob dabei die Arme schützend vor den Kopf. Innerlich aber frohlockte er und sagte sich, egal, auch wenn ich mich jetzt blamiert habe bis auf die Knochen, dem Dieter, dem hab ich es einfach mal bewiesen, ihm vor den Mädchen gehörig den Wind aus den Segeln genommen.

Doch Dieter schüttelte jetzt den Kopf, zeigte Simon grinsend einen Vogel. „Mann, bist du bescheuert, so bescheuert und doof, dass dich die Schweine beißen. Geh bloß mal zum Arzt, wenn wir zurück sind, und lasse dir das Gehirn durchpusten!" Und etwas später: „Dummkopf, alles hast du mit deinem Anfall vermasselt! Jetzt tue nur nicht so, als wüsstest du nicht ganz genau, wovon ich rede!" Mit diesen Worten drehte er sich schmollend von ihm weg, drückte sich fest und gekrümmt in seine Ecke am Fenster und sagte weiter kein Wort mehr.

Der Aufseher Donart Biel, der nicht wusste, was er von dem seltsamen Gerangel halten sollte, machte nachdenklich kehrt, aber dann verharrte er und trat noch einmal zwei bis drei Schritte an Simon heran. In seinem

Blick, mit dem er ihm verächtlich und hochmütig von oben bis unten musterte, war sehr deutlich die Absicht des Einschüchterns abzulesen, und es schien ihn direkt danach zu verlangen, sich der Wirkung der nun folgenden Worte unbedingt versichern zu wollen: „Pissarenkow, Pissarenkow, was zum Teufel ist bloß in dich gefahren? Gehen sie mit dir jetzt durch? Bestimmt liegt das so in dir drin, dass du immer, ja ich möchte fast sagen, überall auffällst, und zwar leider unangenehm." In selbstgefälligem Ton lachte der Aufseher affektiert auf und sprach in Verkörperung der psychischen Übermacht mehr zu sich selbst: „Da macht der Stunk hier, der angebliche Königssohn. Spinner! Boxt einfach den Dieter. Der hätte ihm eine knallen sollen. Kann er sich denn nicht wehren?!"

„Aber das war doch nur Spaß", beteuerte Simon leise und schwach. Biel stand da und guckte ihn an, schwieg. Und Simon ertrug es nicht und fragte gequält: „Und was ist nun, was soll ich nun machen?"

„Ich weiß es nicht", sagte Biel mit gespielter Ratlosigkeit.

„Werden sie mich jetzt wieder bestrafen?"

„Muss ich mir noch überlegen. Sieht ganz danach aus", erklärte Biel, schwer mit sich ringend. Simon im Ungewissen zu lassen, reizte ihn sehr.

„Ich ... Ich wollte das nicht ... Ich entschuldige mich auch bei Dieter", stotterte Simon.

„Das ist das Mindeste", bemerkte Biel trocken. „Ich muss mit dem Heimleiter reden, mal hören, was er vorschlägt."

Simons Kopf glühte so stark, dass er das Gefühl hatte, langsam zu schrumpfen. Klein, unwichtig und zum Verkriechen elend kam er sich plötzlich vor und überhaupt nicht mehr annähernd wie ein verwunschener Prinz, der im Begriff war, sich seiner verfluchten Ersatzhaut schlagartig zu entledigen. Und er hauchte kaum hörbar: „Sie wollen wirklich zu Herrn Billing damit gehen. Ist das denn nötig?"

Biel nickte wie ein Mensch, der zwar nicht recht wusste, ob er jetzt zu weit gegangen war, der aber nicht anders konnte und offenbar auch gar nichts anderes wollte, als sich eiligen Schrittes in den vorderen Busteil zu begeben, um seine Mitteilung schnellstmöglich an den Mann zu bringen.

Gedrückt sah Simon der Petze hinterher. Wie wird Billing reagieren? Die Reise fing ja gut an. Gudrun und Dagmar tuschelten; nur das Kichern, das schien den Mädchen gründlich vergangen zu sein.

Der Schnee fiel jetzt dichter. Oder waren die Flocken nur die Gischt, die da weiß hochschäumte? Simon schloss die Augen. Wieder stellte er sich vor, sie seien auf offener See. Dann hatte er das Gefühl, ihr Fährschiff neige sich leicht auf eine Seite. Erschrocken riss er die Augen auf. Schwarzgraue Wolken jagten bösartig über sie hinweg. Tief hing inzwischen der Nebel. Die herankriechende Dunkelheit schürte Furchtgedanken. Noch schützte ihn vor den Unbilden da draußen die versteifte dicke Hülle aus Glas. Gott, wenn sie nun kenterten? Er konnte zum Glück schwimmen. Ganz vorne im Gang beobachtete er, wie die Petze gestenreich auf Billing einredete. Was Simon aber aus der Entfernung nicht mitbekommen konnte, spielte sich in etwa so ab: Billing hatte für das Thema eigentlich kein Ohr, fand es auch viel zu belanglos, als dafür mehr als eine Minute seiner Zeit zu opfern. „Ach Donart, musst du mich ausgerechnet jetzt damit behelligen?“, stöhnte er auf. „Ich bin ehrlich gesagt froh, wenn wir bei dem Wetter heil ankommen, außerdem, wir hatten uns doch längst geeinigt, wer hier für welches Ressort zuständig ist. Ich kümmere mich vorrangig um das Organisatorische, das kulturelle Leben gewissermaßen, wie du sicherlich schon bemerkt haben wirst. Und du und Frau Höppner, ihr seid eben weitestgehend für die pädagogischen, also auch die disziplinarischen Angelegenheiten verantwortlich. Wo also liegt das Problem?“ Und noch ehe Biel, der ein verständnisloses Gesicht machte, einen Ton dazu sagen konnte, beugte sich Billing geschwind zu einem kofferähnlichen Behältnis herunter. Mit beiden Daumen ließ er die Schlösser gleichzeitig aufschnappen und klappte den bauchigen Deckel hoch. In der gefütterten Mulde blinkte ein wunderschönes Schifferklavier, in hellem Rot, mit allerhand Verzierungen und Beschlägen und einer Respekt einflößenden Tastatur.

Ein heftiger Windstoß fuhr plötzlich gegen die Planken. Der Steuermann lenkte geschickt gegen, aber einige Sekunden sah es so aus, als geriete das Schiff bedrohlich ins Schlingern. Billing war von dem Schlag kurz irritiert, und indem er hektisch von einem zum anderen blickte, fragte er laut und besorgt: „Alles in Ordnung? Ist jemandem schlecht geworden?"

Stur versuchte Biel nochmals mit seinem Gelaber eine abgestimmte Maßnahme gegen Simon herauszuschlagen. „Ich versteh schon, Karl-Heinz. Ich will meine Verantwortung ja auch nicht abwälzen. Es geht mir nur um den gemeinsamen Standpunkt zu dem Verbot. Man muss ja mal darüber reden, nicht dass mir später vorgehalten wird, ich hätte rechtzeitig informieren müssen!"

Der Heimleiter Karl-Heinz Billing hob jetzt selbstbewusst das Akkordeon aus dem Kasten und schnallte es sich vor die Brust.

„Oh, ja, ja, ja!", wurde er durch etliche Zurufe regelrecht angefeuert: „Herr Billing soll uns was Schönes vorspielen ... vorspielen ... vorspielen!" Die mitreißenden Klänge seines Instrumentes waren den meisten Kindern gut vertraut. Biel stand nervös herum. Er überlegte, ob er angesichts der Entwicklung, die das Ganze nahm, nicht lieber auf seinen Platz zurückkehren sollte. Da sagte Billing flüsternd und ohne, dass jemand mithören konnte: „Abstimmung, gemeinsamer Standpunkt, womöglich noch kollektive Meinungsbildung, was? Mensch Donart, das gehört doch mit Verlaub in die ideologische Mottenkiste des Sozialismus. Wir schreiben jetzt 1996. Aber danke, dass du mit mir gesprochen hast. Also, wenn du ein Verbot für richtig hältst, dann greif durch. Ach ja, was ich dich schon längst fragen wollte, warum rufst du den Jungen eigentlich immer bei seinem Nachnamen? Zu dem Dieter sagst du doch auch nicht, Schmidt?"

Biel lief sofort rot an und wurde verlegen. Diese direkte Spiegelung mit einer seiner Unarten hatte er nicht erwartet. Er zuckte die Schultern: „Rutscht mir manchmal so raus", lautete die lapidare Antwort. Dann schlich er innerlich arg beleidigt davon. Kaum hatte er sich entfernt, ertönte die Musik. Billing spielte ohne Noten, rein nach Gehör und voller

Hingabe, weshalb ihm kleinere Patzer jeder der Umsitzenden nachsah. Als der Aufseher an Simons Platz vorbeikam, registrierte er mit Ingrimm, dass er begeistert mitsang, und er blieb unschlüssig stehen. „Wir lagen vor Madagaskar ...", grölte Simon aus voller Kehle, genau wie die anderen. Und an der Stelle, „und hatten die Pest an Bord", blickte er standhaft in Donart Biels sympathisch widerwärtige Visage. Und schrie fast den Text, dann verließ ihn wieder der Mut und er bewegte kaum noch die Lippen. Nach Verklingen der letzten Strophe beugte sich Biel weit zu ihm herunter. All seine Sinne waren auf Häme eingestellt. Und absichtlich laut, damit Dieter, Dagmar und Gudrun jedes Wort mitbekämen, schnarrte er ihm ins Ohr: „Also, ich hab mit Herrn Billing gesprochen. Du darfst die ersten Tage nicht mit zum Skilaufen, das ist jetzt hiermit entschieden, fertig! Führst du dich anständig auf, werde ich die Strafe anschließend natürlich aufheben. Und entschuldige dich gefälligst bei Dieter!" Damit entschwand er.

VIERUNDZWANZIGSTES KAPITEL

Ski, das sind zwei lange, schmale Bretter, vergleichbar mit Kufen, welche nach vorne in einer nach oben gebogenen Spitze auslaufen. Da die Last sich verteilt, kann der Mensch, der sich auf Skiern fortbewegt, selbst im dicksten Schneefeld nicht einsinken, sondern gleitet, ja schwebt förmlich darüber hinweg, wie auf Eis, wohl wissend, dass es dünn ist, so dünn, dass er es nicht wagen kann, plötzlich aus den Bindungen zu steigen, die Ski zu schultern und zu Fuß weiterziehen zu wollen. Im Nu nämlich würden seine Füße bei jedem mutigen Schritt mal mehr, mal weniger tief einsinken und er stünde sicher schon bald beidbeinig bis zu den Hüften im weißen, lockenden Moor und wäre auf entlegenem Terrain einer unendlich weiten Bergwelt womöglich gefangen, wie eine Mumie in Gips gehüllt, verloren und vor Augen den baldigen Tod.

Die Strafe, so fühlte Simon, steckte in ihm wie ein scharfes Messer, tief von Biel hineingebohrt in sein kleines, empfindsames Herz. Und doch, er brauchte es nur mit einem Ruck herausziehen und wegwerfen, und schon würde der Schmerz, trotz hohen Verlustes an Blut, ganz allmählich nachlassen, dessen war er sich sicher, denn es war nur die Bestrafung an sich, die ihn schockte, nicht die Strafe selbst. Aber so übertrieben, ungerecht, kalt und überraschend Biels Attacke, die er in launiger Grobheit gegen ihn geführt hatte, auch sein mochte, er nahm sie demütig hin, beabsichtigte nicht, irgendwie dagegen aufzumucken, harrte stillschweigend der Dinge, die da kommen sollten. Eigentlich, so legte es sich Simon nun zurecht, wollte er gar nicht unbedingt Ski laufen. Was für ein schwachsinniger Kult. Seine verdammten Bretter konnte sich Biel samt der Stöcke in den Arsch schieben. Auf die Strafe war was geschissen; na, dann rodelte er eben. Das fiel ja hoffentlich nicht unter das Verbot. Zudem war ein Schlitten der klassischen Bauart weitaus sicherer, als diese gewachsten tückischen Bretter, festgeschnallt an den Schuhsohlen gleich zwei überdimensionalen Quadratlatschen. Ein flacher Schlitten, ja der ließ sich vortrefflich lenken mit den Fersen. Und bremsen vor allem. Bremsen! Aber Ski? Herrjemine, da half vielfach nur Hinschmeißen… Hinschmeißen…!

Von einigen wenigen Baumgruppen abgesehen, bildete das zweistöckige Blockhaus wohl den höchsten Punkt auf dem Gipfelplateau des Achthunderters. Dieter hatte recht behalten, die idyllische Lage ihres Quartiers in schneebedeckter Landschaft, 800 Meter über dem Meeresspiegel, löste in Anwesenheit hübscher Mädchen noch größere Begeisterung bei den Jungen aus, als wenn sie nur unter sich gewesen wären, und die romantischsten Gefühle, verwegensten Gedanken gingen damit einher, und vielleicht empfanden die Mädchen ja ebenso.

Der Sauerstoff auf dem Berg war wie gewonnen aus der Atmosphäre eines fremden, paradiesischen Baum-Planeten, der keinen verseuchenden Dunst, keinen die Lungen zerfressenden Nebel erzeugte. Die schräg ins Tal abfallenden Hänge waren je nach Blickrichtung in ihrer Struktur sehr verschieden, ihr Gefälle, besonders in Abschnitten, wo Bodenwellen und

Bewaldung den Ausblick einschränkten, kaum zu bestimmen.

Bei der Betteneinteilung brach Dieter als Erster das Schweigen: „Wollen wir uns nicht wieder vertragen? Da siehst du, was du dir eingebrockt hast. Biel mag dich nicht. Ich hab dich aber gewarnt!"

„Einverstanden!", erwiderte Simon, den das Versöhnungsangebot ungemein erleichterte, zumal sie ja beide ein düsteres Geheimnis hüteten, von dem niemand, schon gar nicht Biel, etwas erfahren durfte, weder über die toten Vögel noch über die Fische. Und er fragte ihn noch mit Schalk in den Augen: „Wo pennen eigentlich die Mädchen?"

„Über uns. Aber das bereden wir später mal!"

„Tut mir leid, jetzt hab ich dir im Bus das mit Gudrun vermasselt." Simon tat geknickt. Im selben Augenblick schlurfte Olaf Hassdorf, alias Brillux, auf die beiden zu. „Ihr hattet im Bus Zoff, kann das sein?", schnatterte er munter drauf los, nur um irgendeinen Gesprächsfaden zu finden.

„Was geht's dich an!", gab ihm Dieter zur Antwort. „Sag doch gleich, was du wirklich willst. Ach, ich kann's mir schon denken."

Brillux fühlte sich durchschaut. Er griente unverschämt. Und zu Dieter gewandt: „Die Gudrun, also viel erkennen konnte man ja nicht von dem, was du da gemacht hast hinter der Lehne. Die Kleine hing doch auf deinem Schoß ... Na, war doch so, brauchst es gar nicht abstreiten!"

Dieter begann sich mächtig zu fühlen. „Streite ich ja auch gar nicht ab. Sie ist federleicht übrigens", schwelgte er. „Und ganz schön zappelig beim Kalbern, kannst Simon fragen."

„ Aha, federleicht also ... zappelig ... und sonst ...?" Sein Blick wanderte neidvoll zu Simon. „Was soll der schon bestätigen können. Er hatte doch Dagmar auf den Knien, die Keusche."

Jetzt stieß Holger Leuschner zu ihnen. Er hatte etwas abseits stehend, das meiste von der Debatte belauscht und mischte sich sogleich lüstern ein: „Olaf brennt doch nur darauf, zu erfahren, ob du die Kleine fingern durftest."

„Genau!", krächzte Brillux plötzlich ordinär los. „Hat sie sich nun von dir an die Fotze fassen lassen?"

„Du kannst es wohl nicht erwarten, du Tier!", sagte Dieter erbost. „Wenn ich dir erzähle, wie´s war, rennst du sofort aufs Klo wichsen. Also, lass mich gefälligst in Ruhe!"

Brillux entfernte sich mit einem Fluchen, aber Holger Leuschner blieb unbeeindruckt stehen und sagte um seines eigenen Vorteils willen: „Typisch Olaf. Er ist schon eine geile Sau. Ihn beherrscht nur sein Trieb. Ich denke, wir sollten die Aktion alleine durchziehen und wie abgesprochen, aus rein biologischem Interesse die Sache in Angriff nehmen!"

Dieters Miene heiterte sich auf. Dass Holger die fachliche Seite der Angelegenheit hervorhob, gefiel ihm außerordentlich. „Ich verstehe, du hast dir inzwischen meine Enzyklopädie zu Gemüte geführt. Und, bist du schon durch?"

„Den riesigen Wälzer? Da braucht ein Mensch Jahre."

„Aber das nötige theoretische Wissen für das Kapitel, was wir bei nächster Gelegenheit praktizieren wollen, besitzt du hoffentlich."

Holger nickte schwach und rief überzogen: „Ja ja, ich denke schon. Es steht doch alles haarklein beschrieben."

„Du klingst nicht gerade überzeugt, das merk ich dir an." Dieter runzelte die Stirn.

„Noch Fragen?"

„Fragen … Fragen … Was soll ich fragen?", rief Holger flattrig. „Höchstens das mit dem Pinkeln, ja mit dem Schiffen, das …!"

Dieter sah ihn ungläubig an, Simon begriff erst recht nichts.

„Was stotterst du da vom Pinkeln, drück dich gefälligst klarer aus!", ermahnte ihn Dieter lebhaft. Holger Leuschner suchte krampfhaft nach den richtigen Worten. „Also, wo ich den Mittelfinger ansetzen muss, damit er reinflutscht, sehe ich nicht als Problem. Was mich mehr beschäftigt, ist die Frage, fließt aus der Scheide auch das Wasser bei den Mädchen, wenn sie zum Pullern in die Hocke gehen?"

Dieter lachte und verkniff sich ein lautes Loswiehern. „Mann, du bist wirklich dumm wie Stulle", entgegnete er abfällig. „Mit dreizehn weißt du nicht mal ... Ich denke, du kannst lesen?"

Zusehends verlegener und heiß im Gesicht verfolgte Simon den peinlichen Dialog der beiden Älteren. An dem Punkt war er auch schon gewesen, hatte sich des Öfteren dieselbe Frage gestellt: Aus welchem Loch pinkelten eigentlich die Mädchen, wenn sie in tiefer Kniebeuge breitbeinig hinter dem Busch saßen? Eine plausible Erklärung fand er bisher nicht, gerätselt wurde viel. Und er hatte in der Sache auch keine näheren Nachforschungen angestellt, außer dass er einmal unverhofft einer Mutter zusah, wie sie ihr kleines Töchterchen am Wegesrand abhielt, und von da an stand für ihn fest, wie es sein musste und sich seiner Meinung nach auch gar nicht anders verhalten konnte.

Er hatte es im Stillen befürchtet. Dieter würde, großspurig wie er oft war, kein Blatt vor den Mund nehmen. Und tatsächlich wandte er sich jetzt mit der Frage an ihn: „Nicht wahr Simon, darüber weißt sogar du schon Bescheid?" Und die Ironie in seiner Stimme war nicht zu überhören. Simon schreckte innerlich zusammen. Vor lauter Auf-regung wusste er nicht, ob er seinen Kenntnisstand, der eher auf Mutmaßungen beruhte, wirklich kundtun sollte. Und er wollte Holger unter keinen Umständen brüskieren. Doch dann rutschte ihm unversehens der Satz heraus: „Sie schiffen aus dem Po. Ich hab's selbst gesehen!"

Ein paar Sekunden herrschte gebannte Stille, dann prustete Dieter los, und auch Holger fing lauthals zu lachen an. Simon war vor Scham nach Ausreißen zumute. Aber er musste stark bleiben, den Spott jetzt über sich ergehen lassen; nur so hatte er überhaupt eine Chance, dem Geheimnis irgendwann auf die Spur zu kommen.

Als das Lachen endlich abgeebbt war, wechselte Dieter abrupt das Thema, indem er sagte: „Schluss mit dem Blödsinn. Ich geh jetzt raus zu den anderen, kommt ihr mit?" Und ohne die Antwort abzuwarten, trat er ins Freie. Die beiden folgten ihm auf dem Fuße.

Eine schneidende Kälte empfing sie. Und die Sonne schien gleißend hell, grell und intensiver, als Simon jemals ihr Licht woanders wahrgenommen hatte. Der Schnee knirschte hart unter seinen Schuh-sohlen und pappte. Simon betrachtete das weite abfallende Gelände neugierig, gleichzeitig sah er, vertieft in Gedanken, wieder den Stapel gestochen scharfer Fotos vor sich, auf denen mal sein Vater, mal seine Mutter, seltener auch beide zusammen, vor dem Hintergrund fern heimatlich verklärter Berggiganten in unterschiedlichen Perspektiven ziemlich ge-stellt festgehalten waren. Das war jetzt zirka zwei Monate her.

Wenn er die Aufnahmen zum Vergleich heranzöge, befände er sich trotz der stürmisch langen Reise, die er glücklich überstanden hatte, immer noch im flachen Land, und das Blockhaus, so gemütlich, so anziehend das abgelegene Quartier hier oben auch sein mochte, wäre von der Höhenlage her kaum erwähnenswert gewesen. Aber Simon vermied diesen relativen Vergleich. Wer weiß, ob jene scharfen, klippenartigen Gebilde, die er sich dutzendfach und dazu noch Interesse mimend einen halben Nachmittag lang hatte anschauen müssen, überhaupt ein Werk der Natur waren und nicht bloß etwas künstlich Erschaffenes darstellten, eine reine Attraktion für Touristen. Als ob sein Vater es damals kaum erwarten konnte, Simon wiederzusehen, hatte er ihn unmittelbar nach seiner Rückkehr aus Middeln zu sich in die Domstraße geholt. Zu Simons größter Überraschung erwartete ihn dort bereits seine Mutter. Vor Freude über das Wiedersehen war er ihr ohne Zögern um den Hals gefallen, und sie hatte ihn kurz an sich gedrückt und mit den Worten: „Hallo, mein Guuuuuter!", begrüßt. Es klang nicht gerade überschwänglich, dennoch war er eine solche Anrede, in der etwas schmeichelnd Liebes mitschwang, von ihr nicht gewohnt, und er empfand ihre betont freundliche Aus-drucksweise, vor allem das unverstellt erscheinende Lächeln um ihre Lip-pen, ausgesprochen angenehm. Ihre Gemütsverfassung erinnerte ihn dunkel an die Situation nach Silvester, wo im Laufe ihrer Reiseplanungen eine ähnlich gute Stimmungslage geherrscht hatte.

Ihre Ausgeglichenheit, dazu die Gelöstheit seines Vaters, brachte Simons Lebensgeister sofort beträchtlich in Schwung. Und vor guter Laune über das ausgewogene Klima kam er schon von sich aus auf die

Thematik ihres Urlaubs zu sprechen, indem er munter ausrief: „Na, wie war's denn in Middeln?! Erzählt mal! Ihr seht gut erholt aus."

Gerade darauf waren seine Eltern vorbereitet. Seine Einlassung war für sie das Signal. Mit kurzen, abgekarteten Blicken verständigten sie sich, wer von beiden den Anfang machen sollte, wobei seine Mutter, die bereits zum Reden angesetzt hatte, seinem Vater schließlich wie immer den Vortritt ließ. Walter Pissarenkow faltete sofort unumwunden eine geografische Karte schweigend auf dem Tisch auseinander, während weitere Karten bereitlagen, und er legte sich Prospekte zurecht. Die Fotos beließ er noch im Kuvert. Er war richtig erpicht darauf, sich über solche Ferienaufenthalte, die er wie kleine Expeditionen einzuordnen pflegte, akribisch und in möglichst allen Einzelheiten auszulassen. Mit wenig steigendem Interesse betrachtete Simon die zerklüftete Marslandschaft, auf welcher sein Vater nun mit spitzem Bleistift die einzelnen Routen und Rastpunkte ihrer Unternehmungen bis ins Kleinste nachzeichnete und dann irgendwann auf ihr Quartier zu sprechen kam, welches ein niedliches Zimmerchen gewesen sei in der netten Pension *Lindner*, direkt in Zellried, gegenüber der Kanzelwand gelegen und sehr erschwinglich vom Preis her. Ach, und die Vermieter, ganz schlichte, reizende Leute wären das gewesen, aber der Mann, schwer krank, hätte schon drei Bestrahlungen hinter sich gehabt. Jeden Tag von früh an wären sie unterwegs gewesen, zum Wandern, manchmal in der Gruppe, sogar durch Schluchten, vorbei an Wasserfällen, auf neuen Wegen. „Nein, du machst dir keine Begriffe von dieser Herrlichkeit, Simon!", unterbrach Karin Pissarenkow manchmal euphorisch den konzentriert vorgetragenen Bericht ihres Mannes, der bei solchen Zwischenrufen ernst aufblickte. Sie selbst habe sehr die Massageangebote der Beauty Farm genutzt, warf sie ein. Das wäre ihrem Rücken wirklich gut bekommen, und auch die Bäder, ja vor allem die Moorbäder. Einmal wurden sie zu einem Bauernhof geführt, wo man ihnen die Heuernte erläuterte und die Vermarktung landwirtschaftlicher Produkte. Und sie wüsste jetzt auch, wie Käse gemacht würde.

Simon ließ seine Erinnerungen fürs Erste beiseite und stapfte ein Stück auf dem Berg umher, saugte dabei die angenehme, reine Luft ein paarmal tief durch den Mund ein und blies sie wieder aus, wie jemand, der kurz vor einem Tauchgang war. Er wanderte bis zu dem einen Hang und blieb nahe an dessen Rand stehen. Versonnen blinzelnd und halb fantasierend blickte er in die Ferne. Da überkam ihn schnell wieder dieses dumpfe, schauderhafte Gefühl der Ungewissheit, anders und intensiver noch, als an Abteilfenstern von Zügen, wo ihm mit grinsender Kälte die Gott-Zeit anstarrte, doch rettend vorbeiriss an den stummen, feindlichen Linien, den Tatorten finstersten Gestrüpps, unbegreiflichstem dahinwuchernden, kargstem Äckerdasein aus Feldern und rohem Gestein. Doch hier stand er, flog nicht, stand, wie von der Zeit weggestoßen und konnte sich nicht rühren, nicht wegschauen von den unendlich bewaldeten Bergen, in dessen Schwärze er unweigerlich umkommen musste vor Einsamkeit, sobald er den Irrsinn beginge, sich auf den Weg zu machen. Und doch leuchteten sie prächtig in ihrem fernen, gefährlichen Blau.

Er sah Leute, noch ziemlich weit unten, mit behänden Schritten den Hang hinauf steigen. Das war nur die flinke Vorhut, wie sich bald herausstellen würde. Wenig später gewahrte er einen Haufen von wenigstens zwanzig Personen, darunter auch kleine Kinder, die eisern nach der Höhe drängten. Nicht lange und weitere Ausflügler strömten nach, als sei eine Festung zu nehmen, was nur gelänge, indem man sich in verstreut angreifenden Trupps kühn dem Berg näherte, und ihn dann mit Hurra erstürmte. Scheu und von einem Gefühl höchsten Misstrauens heimgesucht, beobachtete Simon abwartend das Verhalten der Menge. Mit ihren langen, gebogen und spitz zulaufenden Brettern über der Schulter sahen einige Burschen tatsächlich Landsern, die in den Kampf zogen, nicht unähnlich, wenngleich ihr Gebaren von durchweg friedlichen denn angriffslustigen Absichten zeugte. Und in erster Linie den Kindern stand die Schwere deutlich ins Gesicht geschrieben, die ihr sperriges Gut ihnen auferlegte und mit dem sie, ohne einmal stehen zu bleiben, den lang-gezogenen Hang hinaufstiefelten. Verdammt, gleich werden sie sich breit machen hier oben, uns von allen Seiten auf den Pelz rücken!, konstatierte Simon in einem plötzlichen Anflug kaum zu unterdrückender Abneigung.

Er mochte jetzt niemand Fremdes in der Nähe dulden, schon gar nicht von denen gegrüßt oder sonst irgendwie angesprochen werden. Herrgott, was treibt diese laut plappernde, kühn daher stapfende Gesellschaft ausgerechnet hierher, fragte er sich. Und konnte es nicht abwenden, dass jene Leute, ehe er es sich versah, kreuz und quer um ihn herumscharwenzelten, ihn förmlich umkreisten und lärmten, und sich gar nicht darum scherten, dass er sie vor Ingrimm am liebsten gebissen und voll gepöbelt hätte. Angeberisch routiniert stiegen die Ankömmlinge in die Bindungen ihrer Skier. Sie lachten dabei. Und ihre fanatischen Blicke flogen durch dunkles Glas hinab in die seichte Ebene. Jetzt wurde ihm klar, es ging denen nur um den Abflug, die wedelnde Schussfahrt ins Tal, den Kick. Obwohl die Ruhe dahin war, Billing und Biel sahen einander beeindruckt an. Das rege Treiben der fremdartigen Gesellschaft, ihr Hantieren an der teuren Skiausrüstung faszinierte sie regelrecht, besonders Biel war ganz eingenommen von der raffinierten Konstruktion der Bindungen. Bei Billing allerdings überwog die Aufgeregtheit über seine vergleichs-weise doch ziemlich veraltete Mechanik der Bindungen, mochten die Bretter selbst auch keine Mängel aufweisen. Hier vor Ort drängte das alles stärker in sein Bewusstsein hinein. Und die wirtschaftliche Komponente hatte plötzlich für ihn nicht mehr den Stellenwert, wie noch vor Antritt der Reise. Kritisch beleuchtete Karl-Heinz Billing seine menschliche Verantwortung. „Was meinst du, Donart?", wandte er sich nachdenklich an Biel, „dürfen wir es wirklich riskieren?"

„Wovon sprichst du?", fragte Biel, bewusst den Ahnungslosen mimend.

„Nun, worauf ich hinauswill, weißt du genau. Unsere Skier haben zehn Jahre auf dem Buckel, sehen noch ganz anständig aus, zugegeben, bis auf diesen dummen Makel."

„Und der wäre?", fiel ihm Biel irritiert ins Wort.

„Sie besitzen keine selbstlösenden Bindungen, Donart!"

„Darin sehe ich kein Problem!", wiegelte Biel leichtfertig ab.

„Aber ich!", entgegnete Billing ernst, indem er sich nervös das Kinn rieb.

„Ach, auf einmal. Herrgott, das wussten wir doch schon vorher!", erhitzte sich Biel.

„Warum haben wir die Dinger denn erst mitgeschleppt? Was ist los, Chef, machen dich etwa diese Leute hier verrückt?"

„Ich hätte nicht geglaubt, dass mich das so beeinflussen würde", bemerkte Billing aufs Höchste erstaunt. „Wahrscheinlich hinke ich der Zeit des Modernen gehörig hinterher."

Während die beiden Männer noch hin und her diskutierten und dabei die Skier schon mal vorsichtshalber der Reihe nach zum Wachsen gegen die verschneite Blockhütte lehnten, versuchte sich Simon an den Zustrom der Leute zu gewöhnen, an ihre Besessenheit, mit der sie ausgerechnet von diesem Hügel aus ihre waghalsige Aktion ins Abschüssige starten wollten.

Und das erinnerte Simon abermals an den langatmigen Bericht seiner Eltern über die vielen Touristen, die ihnen in kurzen Abständen geradezu scharenweise entgegen gekommen waren auf der Alm und sie mit ihrem stetigen „Grüß Gott ... Grüß Gott ... Grüß Gott" solange genervt hatten, bis sein Vater die Lust verlor, noch ein weiteres Mal diese Grußformel im Vorbeigehen zu erwidern, und ihm fiel ferner ein, wie sein Vater anhand von geografischen Karten ihre ausgedehnten Fußmärsche in allen Einzelheiten erläutert und mit Befriedigung festgestellt hatte, dass er sogar ein bisschen abnahm beim Laufen. Doch die gute österreichische Küche, deren verführerischen Genüssen er schnell erlegen war, hatte jenen bescheidenen Anfangserfolg rasch wieder zunichtegemacht. Und mit diesem geschickten Schlenker war er auch schon bei seinem Lieblingsthema gelandet, der Verpflegung. Zum ersten Mal hätten seine Eltern in einem so piekfeinen Etablissement wie dem *Happy for You* zu

Abend gespeist. Nach langem Stöbern in der Karte sei ihnen als erster Gang *Lachsforellenfilet auf Kaiserschoten* und einer *Pilzbeilage mit Hummerschaum* empfohlen worden, gefolgt von *Proseccosorbet mit frischer Minze* und anschließender *rosa gebratener Rehkeule mit Preiselbeerjus*, dazu *Speck-Rosenkohl und Walnusskrapfen*, während am Buffet allerhand Dessertvariationen aus der hauseigenen Patisserie auf sie wartete. Sogar den *89er Schloss Reinhartshausener Riesling*, trocken, hätten sie nicht verschmäht. Und alle naselang sei die Bedienung in Person eines jungen, drahtigen Burschen namens Marcus am Tisch aufgetaucht und habe vor dem Servieren lustigerweise ständig am Geschirr gerückt und beflissen die Bestecke zurechtgelegt, und nach dem Auftafeln anstandshalber gefragt, ob denn auch alles zu ihrer Zufriedenheit abliefe und er ihnen noch weitere Wünsche erfüllen könne. Der Hotelbesitzer persönlich, was im *Happy* gang und gäbe wäre, sei später noch auf der Bildfläche erschienen, um nach dem Rechten zu sehen; ein kleiner, verschlagen dreinschauender Mann, mit pfiffigen, braunen Äuglein, der zwei, drei Mal, nachdem er sich erkundigt hatte, ob es den Herrschaften auch schmeckte, zackig „Passt, passt schon!" vor sich hingebrabbelt haben soll.

Simons Gedanken rissen hier ab. Die Blockhütte mit den auf-gereihten Skiern bildete nunmehr den Mittelpunkt seines Interesses, wenngleich er sich hütete, Donart Biel, der intensiv mit dem Austeilen der Bretter beschäftigt war, allzu nahe zu kommen. Dieter Schmidt gehörte zu den Ersten, die ihre Ausrüstung in Empfang nehmen durften. Mit unverkennbarem Stolz im Blick trat er auf Simon zu und sagte: „Mann, nun guck doch nicht so verdrießlich. In zwei, drei Tagen, da wett ich, bist du dabei. Halt wirklich die Schnauze, mache drinnen die Räume sauber oder dich sonst irgendwie nützlich, dann wird Biel einlenken und dir deine Skier übergeben."

Simon sah ihn ungläubig an und versuchte zu lächeln: „Wenn du meinst, ich versuch's, aber sag mal, seit wann kannst du denn Ski laufen?"

Die Frage traf Dieter genauso unvorbereitet, als ob er gefragt worden wäre, mit wie viel Jahren er überhaupt laufen gelernt habe.

„Du bist sehr witzig!", bemerkte Dieter zynisch. „Es gibt diverse Grundregeln, die werden einem gesagt, und dann geht es ab wie Schmidts Katze, Junge. Noch Fragen?"

„Wie Schmidts Katze also", wiederholte Simon bedächtig und betonte jedes Wort. „Kann deine Katze Ski laufen?"

„Mach dich nur lustig."

„Und wie ist es mit Bremsen? Wie kommst du zum Stehen?"

„Na, Schneepflug, du Eiernacken!", frotzelte Dieter.

„Aha!"

„Außerdem kannst du notfalls noch mit dem Arsch runtergehen, das klappt immer."

Das waren einige der letzten Worte, die Simon aus dem Munde Dieter Schmidts für die nächsten sechs Wochen vernahm. Noch am selben Tage, gegen 15 Uhr, verlor der Vierzehnjährige auf einem spiegelglatten, sehr abschüssigen Pistenabschnitt, in einer Baum bestandenen Linkskurve plötzlich die Kontrolle über seinen Lauf, ruderte eine Weile, das unabwendbare Geschehen entsetzt vor Augen, wie wild mit den Armen, entschied sich instinktiv für das rettende Fallen nach rechts, wobei er den reinen Aufschlag kaum spürte und schon aufatmen wollte, wäre da nicht die wahnsinnig hemmende Kraft der starren Bindungen gewesen, die die Bretter mit einem Schlag zum verderblichen Sperriegel zwischen Boden und seinem sich rasant um die eigene Achse drehenden Körper werden ließ, so dass ihm das Bein brach, ehe er sich nicht mehr rühren konnte und schrie.

Billing und Biel schleppten den Verunglückten, von dem sie zuerst annahmen, dass er sich nur den Fuß verrenkt hätte, bis in den Ort hinunter, um eine Ambulanz aufzusuchen. Aber Dieters Bein war inzwischen so bedrohlich angeschwollen, dass sie es mit der Angst zu tun bekamen, es könnte doch etwas Schwerwiegenderes dahinterstecken, denn Dieter, der ansonsten ein robuster Kerl war, hörte auch nicht auf mit dem Schreien und Jammern. Und voller Panik rief Karl-Heinz Billing schließlich vom Handy aus den Rettungswagen. Dieter kam auf die chirurgische Station des Schneeheimer Krankenhauses. Der Röntgenbefund wies zweifelsfrei auf eine Unterschenkelfraktur hin.

Bis zum Abend wusste auch der Letzte der Feriengruppe, der irgendwo abseits im Gelände sein Glück auf Skiern versucht hatte, was mit Dieter genau passiert war. „Habt ihr schon gehört, Dieter ist im Krankenhaus ... ist im Krankenhaus ... im Krankenhaus. Kranken-Haus!" Allein bei dem Wort bekam Simon jedes Mal eine Gänsehaut. Vor Jahren, als Oma Christ wochenlang im Krankenhaus lag, durfte er des Öfteren mitkommen, wenn seine Mutter sie besuchte. Er sah sie noch daliegen, quittegelb im Gesicht. Etwas mit der Bauchspeicheldrüse soll nicht in Ordnung gewesen sein. Zu Hause wäre sie wahrscheinlich gestorben. Sie lag mit noch anderen Kranken zusammen, die genauso schlimm dran waren wie sie. Das Zimmer war weiß und furchtbar steril. Jeder, der zu Besuch kam, hatte Blumen dabei. Und alles wirkte plötzlich freundlicher. Oma Christ war ansprechbar und mochte sich lange unterhalten. Manchmal dauerte der Besuch Stunden, und Simon streunte zwischendurch im Park herum. Ihm fiel ein kleines Mädchen auf, das schon die letzten Male dort gespielt hatte. Auch vom Fenster des Krankenzimmers aus, konnte man sie beobachten. Oma Christ erzählte, Marion sei gerade erst acht geworden und habe Nierenkrebs. Die Eltern würden jeden Tag kommen und ihr alles mitbringen, was sie sich an Spielzeug wünsche...

Bisher war es Simon Gott sei Dank erspart geblieben, in so einem Krankenhaus liegen zu müssen. Der Unfall mit Dieter machte ihm zu schaffen. Nachts träumte er davon. Ihm erschien Dieter, dessen rechtes Gipsbein von einem seltsamen Gestänge über dem Bett in der Schwebe gehalten wurde, und er hörte sich ihn fragen: „Wie hast du denn das fertiggekriegt? Ich denke, es gibt klare Grundregeln. Da wirst du wohl viel flinker gewesen sein, als diese dämliche Katze von Schmidts, nicht wahr?"

Die Traumgestalt Dieters verzog keine Miene, ihr trüber Blick glitt an ihm vorbei und eine Stimme sagte gedrückt: „Schade, jetzt wirst du mit Holger die Sache allein durchziehen müssen!"

Billing und Biel waren heilfroh, dass nicht mehr passiert war. Sie hatten am Hang noch andere Kinder, meistens totale Anfänger, purzeln sehen, doch niemand weiter war ernstlich zu Schaden gekommen. Und diese glückliche Fügung im Unglück ließ für Billing einfach den Schluss zu, dass nicht die veraltete Technik Schuld war an dem Übel, sondern rein persönliche Umstände. Der Junge hatte eben Pech gehabt, sein Laufstil war einfach zu rasant gewesen.

Der Vorfall hielt Billing und Biel in keinster Weise davon ab, die Kinder wie bislang ohne speziellen Skikurs im Gelände herumrutschen zu lassen. Und auch Simon glaubte, dass schon sehr viel Leichtsinn dazu gehörte, um sich eine derartige Verletzung, wie sie Dieter erlitten hatte, zuzuziehen. Vorübergehend war Biel von jeglichem Augenmerk auf Simons Benehmen so stark abgelenkt, dass er ihm am nächsten Tag stillschweigend erlaubte, am Skilaufen teilzunehmen. Die Bahn am Hang, die am häufigsten von Billings Gruppe genutzt wurde, besaß kein übermäßiges Gefälle, war aber kurvenreich, holprig und glatt. Spiegelglatt.

Ich darf mir vor Biel und den anderen Gestalten keine Blöße geben, dachte Simon aufgeregt und hatte das unbestimmte Gefühl, dass es einige der großspurigen Touristenmenschen nur darauf angelegten, sich untereinander lustig zu machen über seine etwas veraltete Ausstattung. Natürlich, ganz klar, durchfuhr es ihn gereizt, sie warten ab, wie blöd ich mich gleich anstellen werde. Ein mulmiges Gefühl im Bauch beschlich ihn beim Festspannen der stahlfederharten Bindungen. Die Skier hafteten ihm wirklich schwer und hinderlich an den Füßen wie Fesseln, und ein paarmal geschah es, dass sich die Bretter bei den ersten behäbigen Gleitversuchen schräg übereinander schoben, so dass er alle Mühe hatte, sie wieder parallel in die richtige Spur zu bekommen. Das hässlich tuschelnde Gelächter und laute Gealbere im Hintergrund, was ausnahmslos ihm galt, machte ihn ganz wütend; doch er behielt die Nerven, ließ sich von den Affen nicht aus der Reserve locken. Mit dem Mut der Überwindung rutschte Simon bis an den Rand der Böschung heran. Er würde auf keinen Fall kneifen. Was geschehen könnte, kam ihm gar nicht in den Sinn. Er musste da irgendwie herunter, das war alles, worauf er im Moment seine Gedanken lenkte. Und er ging davon aus, dass es die anderen vor ihm ja auch geschafft hatten, und Dieters Unfall an ganz anderer Stelle stattgefunden hatte. Jemand von unten am Berg, gut hundert Meter entfernt, bedeutete ihm mit Winken, endlich abzufahren. Und er war der Einzige aus seiner Gruppe, der noch oben stand. Jetzt winkten auch noch andere, und er hörte ungeduldige Rufe: „Du kannst es ...! He, he, mach schon ...Worauf wartest du denn ...?!" Das war für ihn das ausschlaggebende Signal, sich kraftvoll abzustoßen mit den harten Stöcken seine Skier. Im Nu war der Punkt überschritten, wo er nicht mehr so ohne weiteres stoppen konnte – Profis freilich beherrschten in eleganten Schwüngen die Abfahrt am Hang. Sie nutzten das ewige Gesetz der Schwerkraft, um in weiten, bogenförmigen Bewegungen den Berg nicht für sich zum Sturz in den Alptraum werden zu lassen.

Doch Simon leitete nur der Instinkt der raschen Schussfahrt geradewegs hinunter. Und er fühlte dabei sogar noch Leichtigkeit, wähnte sich schon halb am Ziel; beinahe wie ein sausender Flieger, der von den Lüften herab erfolgreich zur Landung ansetzte. Das nicht drosselbare, sich hochschaukelnde Tempo beängstigte ihn weniger. Er hielt sich ganz gut im Gleichgewicht. Die eigentliche Tücke, das erkannte er zu spät, lag in der Entfernung, für die er kein abschätzendes Durchhaltegefühl aufbringen konnte, was aber nötig wäre, den Endpunkt unbeschadet zu erreichen. Plötzlich, an einer weiteren, leider sehr engen Kurve, auf die er mit voller Geschwindigkeit ungebremst zuraste, fiel ihm Schmidts Katze ein. Das war sein letzter klarer Gedanke, den er fassen konnte. Vom Rausch der Geschwindigkeit total übermannt, hechtete er sich seitlich in den steinharten Schnee. Kaum war er aufgeschlagen, begann die gefahrvolle, unlenkbare Drehung seines Körpers; bedrohlich deshalb, weil seine Füße quasi in den Bindungen feststeckten, wie in Beton, daher jener Bewegung ja nur folgten, bis zu dem Punkt, wo die elastischen Sehnen im Bein nicht weiter verzerrt werden konnten. Und die Skier ragten kreuz und quer in die Lüfte. Das war nicht schnell vorbei, war keine zehntel

Sekundensache, endete für Simon mit einem ihm beinahe den Verstand raubenden stechenden Zerreißschmerz im rechten Kniegelenk.

Er versuchte sich aufzurichten, fiel aber wieder zurück. Über ihm erschienen die Gesichter von Billing und Biel. Sie wollten ihm aus der Verhedderung helfen, aber er jammerte und stöhnte nur umso mehr. Noch andere Personen scharrten sich um ihn. Jede kleinste Bewegung brachte ihn fast zum Wahnsinn. Endlich hatte Billing die Bindungen gelöst. Er sah nicht besonders besorgt aus. Biel rümpfte die Nase, als wollte er raushauen, typisch Pissarenkow, mit dem ist auch immer was!

Der Einzige, der etwas mitleidig guckte, war Holger Leuschner. Er bückte sich zu Simon herunter und befühlte sein Bein. „Tut das hier weh", fragt er ihn, indem er beliebige Stellen unfachmännisch abtastete. Simons Bein hatte sich regelrecht verdreht, und er jammerte und stöhnte ununterbrochen. Da hörte er, wie eine Stimme sagte: „Ich glaub, gebrochen ist da nichts." Und jemand erwiderte: „Ne, ne, so wie bei Dieter sieht das nicht aus." Allmählich konnte er sich etwas aufrichten und das betroffene Bein in die richtige Position bringen. Nach zwei Minuten stand er.

„Na bitte", bemerkte Biel, „geht doch ganz gut." Und die Stimme von vorher erklärte abermals: „Ne, ne, das mit Dieter sah schlimmer aus." Simon humpelte, aber er konnte erstaunlicherweise auftreten und sich mit nachziehendem Bein einigermaßen im Schnee vorwärtsbewegen.

FÜNFUNDZWANZIGSTES KAPITEL

Der Rest der Ferien in Schneeheim war für Simon gelaufen. Zwar wurde das Bein nicht dick, und wenn er es ruhig hielt, schmerzte es auch nicht, doch sobald er ein paar Schritte zu gehen versuchte, kam nur ein unvermeidliches Humpeln dabei heraus. Billing sprach in der dunklen Vermutung einer Sehnenzerrung, und dass sich so etwas mitunter Wochen hinziehe. Wenn das Bein wirklich gebrochen wäre, hätte er ganz andere Schmerzen, könne überhaupt nicht auftreten und das Bein würde merklich anschwellen. Simon dachte mit Grauen an den Augenblick der Unerträglichkeit dieses Schmerzes zurück und fragte sich verwirrt, was eigentlich noch passieren müsse, ehe man einen Knochenbruch davontrug. Trotzdem glaubte er an Billings gewagte Diagnose, da sie beruhigend wirkte und ihm wohl tatsächlich das Krankenhaus ersparte. Holger Leuschner schüttelte enttäuscht den Kopf. „Du machst vielleicht Dinger. Fällst du mir jetzt auch noch aus", sagte er brüsk. Er spielte auf die geplanten Sauereien mit den Mädchen an. „Erst Dieter, jetzt du!"

„Ich komme mit!", erklärte Simon ritterlich und sah Holger dabei verwegen in die Augen. Er wollte ihn nicht im Stich lassen.

„Vergiss es!", gab dieser strikt zurück. „Wie willst du das mit dem Bein machen, dort die Treppen hinauf? Dein Humpeln verrät uns bloß."

„Hast du denn vor, alleine zu gehen?", fragte Simon zaghaft.

„Daran gedacht hab ich schon, aber es ist langweilig und eigentlich Scheiße ohne Dieter!"

„Dann lass es doch bleiben, Holger", flehte Simon leise. „Dieter kommt schon irgendwann wieder."

„Vielleicht hast du recht, Knirps, ja, vielleicht", gab Holger schräg grinsend zurück.

Am nächsten Tag besuchten Billing und Biel Dieter im Krankenhaus. Sie marschierten auch am darauffolgenden Tag mit Blumen zu ihm hin und erschienen kurz vor der Abreise abermals an seinem Krankenbett. Ihm ginge es schon besser, ließen sie sich nach ihrer Rückkehr freudig vernehmen, aber ein paar Wochen müsse das Bein bestimmt noch in Gips liegen. Gleichzeitig machte Biel keinen Hehl draus, dass ihm Simons Humpelei, die er als Gehabe einstufte, langsam auf die Nerven ging. Und sich vorher versichernd, dass niemand in der Nähe war, rief er pöbelnd: „Du lahmst ja immer noch, Pissarenkow. So doll bist du doch gar nicht gefallen. Meine Erlaubnis war wohl anscheinend ein Fehler!"

„Was kann ich dafür, wenn es wehtut", gab Simon kleinlaut zur Antwort. „Haben Sie mal solche Schmerzen. Ich glaube, ich kann nie wieder richtig laufen!"

Biel sah ihn mehr empört denn entsetzt an. „Schmerzen? Du weißt offenbar nicht, was der Dieter gerade durchmacht? Genagelt haben sie sein Bein. Der ist die Wände hochgegangen, sag ich dir. Gott, was wird mit deinem Bein sein?", überlegte Biel kurz. „Ein bisschen verknackst, überdehnt höchstens, mehr doch nicht. Davon stirbt keiner. Schmerzen, Menschenskind, wenn ich dran denke, wie oft ich beim Joggen schon umgeknickt bin. Ein Ganglion nach dem anderen. Du kennst richtige Schmerzen ja gar nicht, Grünschnabel!"

Simon war dem Weinen nahe. Der mächtige Biel konnte mit ihm nach Belieben umspringen, ihn herabwürdigen, wie er wollte. Simon hatte keine Chance, erfolgreich dagegen aufzubegehren; er würde immer den Kürzeren ziehen. Und in solchen Momenten des Abschaums empfand er den einst an den Fischen begangenen Mord direkt als ein Segen. Und er atmete schon wieder viel gleichmäßiger.

Auch nach ihrer Rückkehr ins Heim am See, zog Simon das rechte Bein nach. Frau Höppner, die am Ausflug nicht teilgenommen hatte, konnte sich schwerlich ein Bild von den Ereignissen machen. Sie meinte, dass die Beschwerden bei einer Überdehnung der Sehnen mitunter langwieriger seien, als die Heilung einer Knochenfraktur. Simon konnte es kaum glauben, aber er respektierte, dass Frau Höppner auf dem Gebiet bestimmt ihre Erfahrungen hatte, und so wollte er ihren Ratschlag auch beherzigen, sein lädiertes Bein des Öfteren hochzulegen und zu kühlen.

Die Winterferien waren zu Ende. Simon erwachte am Montag-morgen mit einem dumpfen Gefühl. Das Erste, was er dachte, war zu versuchen, an nichts zu denken. Meistens, wohl aus einem Reflex, einem mecha-nischen Instinkt heraus, ließ er sich dazu hinreißen, sich in Sekunden-bruchteilen erinnern zu wollen, was ihn gestern zuletzt beschäftigt haben mochte, ob es etwas Belastendes war, was ihn möglicherweise sofort wieder ins grübelnde seelische Ungleichgewicht stürzen könnte.

Mit dieser Methode hatte er die schlechtesten Erfahrungen gemacht, denn Freude vom Vortag spürte er beim Erwachen genau, spürte er aber nichts, außer den Impuls, sich durch Nachdenken über seinen Zustand Gewissheit zu verschaffen, war es schon ein untrügliches Zeichen, dass dunkle Wolken über seinem Seelenhimmel gleich aufziehen würden und auch sonst nichts Gutes auf ihn wartete.

Langsam dämmerte ihm, dass seine Zögerlichkeit, an etwas Bestimmtes zu denken, von einem schlechten Traum herrührte, der ihn mit Macht niederzuhalten suchte.

Die schemenhafte Erinnerung an einzelne Bilder traf ihn wie ein Schlag:

Er sieht sich im Alter von sechs Jahren in seinem Bettchen sitzen.

In der rechten Faust einen Hirschfänger stürzt seine Mutter schnaubend wie ein Pferd ins Zimmer. Sie gebärdet sich furios, schneidet unnatürliche, Furcht einjagende Fratzen. Das Messer, dessen schmale, angerostete Klinge auf ihn zeigt, hat einen merkwürdig gekrümmten Schaft aus Holz. Als ihm plötzlich schreiend angedroht wird: „Soll ich das mit dir auch machen … ja … ja!?, packt ihn das blanke Entsetzen und er beginnt laut zu wimmern und zu flehen, dass sie ihn doch bitte, bitte verschonen möge, er wolle auch alles zugeben und wieder artig sein.

Der Dolch, mehr eine Zierde, aber durchaus scharf, steckte sonst immer in dieser geschnörkelten Umhüllung aus schwarzbraun lackiertem Holz, zusammen mit einem kleineren, niedlichen Duplikat. Zum Andenken an ihre früheren Harzreisen hatten es seine Eltern als passend empfunden, sich den herrlichen Kitsch im Wohnzimmer über die Couchgarnitur zu hängen. Simon war immer ganz närrisch darauf gewesen, das Teil in der Hand zu halten und zu betrachten, zumal sich die Waffe mit Leichtigkeit aus der Scheide ziehen ließ, und er prüfte gern mit dem Finger ihre Schärfe. Obwohl er sich denken konnte, was er riskierte, verfiel er darauf, in Phasen der Langeweile, des unbändigen Triebs nach Neuem, das faszinierende Exemplar einfach mit runter auf die Straße zu nehmen. Dazu gehörte einiges.

Keiner seiner Kameraden hätte es wohl fertiggebracht, ein so gefährliches Ding überall herumzuzeigen. Doch das unterschied ihn nun mal von denen, die nichts Außergewöhnliches vorweisen konnten zum Prahlen. Aber ihn bewunderten sie.

Eines Tages kriegte seine Mutter Wind von der Sache. Manfred Bollnow, die neidische Drecksau aus der Kupfermühle, Ecke Heidemann-Ring, muss ihn verraten haben. Nun steckte Simon verdammt in der Patsche. Mit ihrer theatralisch, beinahe witzig anmutenden Drohgebärde wollte sie Simon einen Denkzettel verpassen. Und sie keifte abermals abschreckend los: „Wenn ich das nun bei dir machen würde, einfach zustechen, zustechen?" Und hielt ihm den Dolch recht entschlossen vor die Brust. Simon wühlte in seinem Gedächtnis, was um Himmels Willen sie damit gemeint haben mochte? Ihm rann der Schweiß salzig brennend übers Gesicht. Mit einem solchen Messer konnte man viel anfangen. Schneiden, schnitzen, sich wehren. Und stechen. Ja, stechen. Verdammt, das war es. Stechen. Wie hatte er nur das Wort, stechen, in den Mund nehmen können, als sie ihn mit der Frage löcherte, was er mit dem Messer auf der Straße gewollt habe. Und er, das Rindvieh, sagte auch noch, stechen, haut das sträfliche Wort einfach so raus, stechen, obwohl er auch schnitzen hätte sagen können, nein, er hatte einen Ausdruck benutzt, der dem des Massakrierens sehr nahe kam, nur um endlich Ruhe vor ihr zu haben. Aber seine selbstbefreiende, taktische Einlassung, er sei nur deshalb mit dem Messer unten gewesen, um Manfred Bollnow zu stechen, brachte seine Mutter vollends in Rage, und er hatte sich sogar anhören müssen, dass eines Tages ein Verbrecher aus ihm werde, wenn er so weitermache.

Simon erhob sich griesgrämig aus den Federn. Welch böser Traum. Kaum war er in seine Hausschuhe geschlüpft und hatte zwei Schritte gemacht, verfiel er schon wieder ins Humpeln. Das also war es, was er beim Erwachen bewusst zu verdrängen gesucht hatte, über sein Bein nachzudenken und darüber, wie es weitergehen sollte mit seinem Leben in Gribnitz. Wie mochte es wohl Frau Wendland gehen? Wollte er sie nicht besuchen? Auch sie lahmte beim Gehen. Aus Altersschwäche. Sie jammerte nicht, dennoch fand er, dass sie gerade deshalb sein Mitleid verdient hatte. Er schob die Entscheidung vor sich her und merkte bald, dass er eigentlich nur nach Gründen suchte, sich darum drücken zu können. Er hatte gehört, dass in Altenheimen Siechtum herrschte, Krankheiten grassierten, der Tod in den meisten Gesichtern geschrieben stand.

Am Sonntag zur gewohnten Zeit holte ihn wieder sein Vater. Simon erwähnte nichts von seinem Bein, aber Walter Pissarenkow brauchte nicht lange, um zu erkennen, was mit seinem Sohn los war. „Du humpelst ja", konstatierte er sichtlich verwundert und blieb unschlüssig stehen. Simon schwieg.

„Hast du was angestellt?", bohrte sein Vater misstrauisch.

„Nein", antwortete Simon kurz angebunden.

„Lass dir doch nicht jedes Wort aus der Nase ziehen. Was ist denn passiert?"

„Das ist vom Skilaufen. Ich bin gestürzt. Herr Billing meint, es wäre halb so schlimm, nur eine leichte Sehnenzerrung."

„Ach so. Na Herr Billing wird sich bei seiner Einschätzung schon was gedacht haben", sagte sein Vater gelassen. „Ich hatte das auch mal als Kind. Das geht wieder weg. Du musst einfach nicht dran denken. Pass auf!", erklärte er ihm demonstrativ. „Du setzt das Bein fest auf und rollst kräftig ab. Wahrscheinlich denkst du in dem Moment zu viel an dieses Symptom. Man kann Schmerzen auch überlisten oder sich mit ihnen innerlich einigen, weniger zu werden, und schließlich verschwinden sie ganz!"

Simon sah seinen Vater erst ungläubig, dann verblüfft ob dessen sonderbarer Theorie ins Gesicht. Er sollte keine Schmerzen haben, obwohl er überdeutlich fühlte, dass das Reißen vorhanden war, fest in seinen Sinnen arbeitete? Aber versuchen wollte er es wenigstens. Nun, es gelang ihm tatsächlich ein paar Meter mit zusammengebissenen Zähnen nahezu sportlich dahinzuschreiten, doch es war ein Zustand, als ob ihm Stricke ganz stramm um die Knie geschnürt worden wären. Und er begann leise zu stöhnen. Schließlich humpelte er nur umso schlimmer.

„Ich sehe schon, ich muss dich vielleicht morgen zum Arzt bringen!", klang es leicht verärgert und wie eine Strafandrohung aus dem Munde Walter Pissarenkows. Ratlos hob und senkte er einige Male die Schultern.

„Es könnte ein Ganglion sein", murmelte er.

Simon schreckte zusammen. Das Wort hatte Biel mal fallen lassen. „Ist ein Ganglion gefährlich?", erkundigte er sich hastig und voller Furcht bei seinem Vater.

„Sie schneiden es raus, hab ich gehört", gab sein Vater ohne besondere Regung zur Antwort.

„Ich will aber nicht aufgeschnitten werden!", stammelte Simon halb verzweifelt über die Mutmaßungen seines Vaters.

„Was heißt, ich will nicht … Das ist doch immer noch besser, als sein ganzes Leben lang durch die Gegend zu humpeln und anderen lästig zu fallen …!"

Unterdessen hatte sich in Simons Umgebung fast jeder an seine absonderliche Gangart gewöhnt, und niemand sprach ihn ernstlich an oder übte gar Druck auf ihn aus, vielleicht doch mal bei einem guten Arzt vorstellig zu werden. Sein Vater war die Woche über so sehr mit sich selbst und seinem Staatsexamen beschäftigt, dass die Behinderung seines Sohnes inzwischen unter ferner liefen in seiner Gehirnwelt rangierte.

Als Simon nach sechs Wochen immer noch hinkte, bekam er im Heim sogar den gemeinen Spitznamen, Triahumpelbein verpasst. Der stammte aus dem Refrain eines trivialen Liedes, welches die dämliche Meute im Heim bei jeder Gelegenheit plärrte und erst recht unter schallendem Gelächter anstimmte, sobald Simon lahmend auf der Bildfläche erschien. Vom Strudel erfasst, wusste er sich nicht anders zu helfen, als kräftig mitzusingen, denn nur in dem er sich selbst narrte und eifrig den Hampelmann mimte, konnte er noch gröberem Spott entrinnen.

Der einzige, der aufstand, sich wortlos umdrehte und wegging, wenn das Triahumpelbein erscholl, war Dieter Schmidt. Das vergaß ihm Simon nicht. Unter solchen Kotztypen, die das Leid anderer nutzten, um für reichlich Schadenfreude zu sorgen, wollte Dieter keine Sekunde verweilen. Nach seiner Entlassung aus der Klinik war er bald wieder in der Lage gewesen, sein Bein zu beanspruchen, wie zu Zeiten vor dem Unfall. Er hatte nichts zurückbehalten und konnte ohne Einschränkungen allen körperlichen Betätigungen nachgehen, die ihm Spaß machten.

Im Geiste dankte er seinem Schöpfer dafür auf Knien. Am liebsten hätte er Gott vor lauter Glückseligkeit die Füße küssen mögen.

Seit er am eigenen Leibe erfahren musste, wie schnell sich von heute auf morgen alles Gewohnte, Geregelte, Schützende, über den Dingen Stehende urplötzlich ins Kleine, Mickrige, Fliegenschissähnliche, schwer Bezähmbare wandeln konnte, schlicht Schmerz genannt, bei dessen Empfindung, wie man ihm erklärte, es trotz der Hölle noch einmal recht glimpflich für ihn abgegangen sei, hielt er sich fortan in vielem sehr zurück und schien sein wichtigtuerisches Gehabe gänzlich abgelegt zu haben.

Der nasskalte Winter verschwand. Simons Beschwerden aber blieben. Und auch der Frühling, welcher mit dem ersten Vogelzug noch leichten Frost brachte, im Verlauf des Mai aber sehr schön und mild wurde, machte Simons Leid nicht erträglicher. Und es sah wirklich danach aus, als sei er dazu verdammt, bis in alle Ewigkeit wie ein Aussätziger durch die Gegend humpeln zu müssen.

Allmählich begann er die Menschen auf Straßen und Plätzen um die schöne, die gleichmäßig mechanische Beweglichkeit ihrer Gliedmaßen zu beneiden. Ob sie nun fröhlicher oder besinnlicher Natur waren, ausgelassen oder traurig gestimmt, für sie schien nichts anderes jemals vorstellbar, als gesund und gelassen mal hierhin, mal dorthin zu schlendern, nach Belieben stehen zu bleiben, sich auch mal unbeschwert nach etwas bücken zu können, dann spontan loszuhasten, zu hüpfen, Sprünge zu vollführen. Das alles, so sah es jedenfalls aus, blieb Simon fortan versagt.

Obwohl die Tage bis zu seiner Entlassung aus dem Heim gezählt waren, konnte Simon den Augenblick kaum erwarten, da er sich aus dem Bett schwingen, seine Siebensachen schnappen und dem schnöden Anwesen auf Nimmerwiedersehen den Rücken kehren würde. Ach, warum zog es sich nur noch so lange hin, dachte er jeden Morgen bekümmert. Und die wenigen verbleibenden Wochen bis zur Beendigung des

Schuljahres lagen plötzlich wie eine Ewigkeit vor ihm. Eines hatte er gedanklich schon durchgeübt, sobald der Zeitpunkt gekommen war, würde er Frau Höppner die Hand geben und ihr lächelnd sagen, dass heute sein bester Tag sei, mit Dieter vielleicht eine letzte Partie Schach spielen, Holger und Brillux „haut rein!" zurufen, Donart Biel ein hinterfotziges Arschloch nennen, Billing einfach ignorieren und den Mädchen lächelnd zuwinken.

Ungeachtet der ausklingenden Zeit in Gribnitz, holte ihn sein Vater regelmäßig sonntags zu sich. Er führte ihn sogar in den prachtvollen Schlossgarten von Sanssouci. Mit zusammengebissenen Zähnen hinkte Simon neben ihm her. In Höhe der Orangerie traute sich Simon ihn zu fragen, ob es nicht einen Weg gäbe, dass er schon früher nach Hause dürfe, es würden ja eh keine Klassenarbeiten mehr geschrieben werden.

Walter Pissarenkow, dem die halbe Invalidität seines Sohnes erst jetzt wieder richtig zu Bewusstsein kam, verlangsamte das Tempo. Sein Gesicht nahm sofort wieder jenen ernsten, nichts Gutes verheißenden Ausdruck an. „Sonst hast du wohl keine Sorgen, was", bemerkte er zu Simons Überraschung nicht allzu streng. „Du kannst doch nicht einfach die Segel streichen, so kurz vor Torschluss. Schlag dir das aus dem Kopf!"

„Sie hänseln mich im Heim ", nuschelte Simon unterwürfig. „Ich bin das Triahumpelbein für sie."

„Nun hab dich mal nicht so, Junge. Außerdem ist das kein Grund, drei Tage vor Beendigung des Schuljahres eine Sondererlaubnis einholen zu müssen. Herr Kaulbach würde dem nie zustimmen, obwohl dein Notendurchschnitt, alle Achtung, ja entschieden besser geworden ist."

„Und mein Bein?", wehklagte Simon leise.

„Ach ja, dein Bein. Sind die Schmerzen denn gleich geblieben?", erkundigte sich Walter Pissarenkow vorsichtshalber. „Ich würde meinen, du hast schon schlimmer gehinkt." Plötzlich straffte er sich. „Du bist noch jung. Das wird schon wieder, wart's nur ab. Bis zur Hochzeit ist alles vergessen!" Sein Mund verkniff sich zu einem komischen Grinsen.

Bis zu seiner Hochzeit? Simon hatte nur vage Vorstellungen von der Zeitspanne, die bis dahin noch vor ihm liegen könnte. Angenommen er heiratete mit zwanzig, bedeutete dies, er hätte einen vermutlich neun Jahre währenden Leidensweg als Triahumpelbein vor sich. Das konnte sein Vater nicht ernsthaft gemeint haben, doch irgendwie tröstend war es schon. Der Spruch brachte ihn ziemlich in Verwirrung, beschäftigte ihn ungemein. Das Wort Hochzeit an sich, nur der reine Begriff, so fand er schließlich, verhieß etwas außerordentlich Erstrebenswertes, Freudiges, geradezu Seligmachendes. Früher wollte er immer seine Tante heiraten. Wenn auch für Simon in noch unfassbar weiter Zukunft, so musste doch jene prophetische Verkündigung solcher Zeiträume, des höchstwahrscheinlich spätestens bis zum Tage jener Festlichkeit eintretenden Abklingens seines gegenwärtigen Gebrechens, nicht unbedingt von beißendem Spott zeugen, nicht gleichbedeutend mit Boshaftigkeit sein. Aber wenn nicht, war dann jene Verkündigung ein selten vorkommender Ausdruck von Mitgefühl?

Und während er noch darüber nachdachte, erzählte ihm sein Vater plötzlich von R L S, einer selten vorkommenden Krankheit, mit der er sich seit frühester Jugend herumplage, einem hochgradigen Kribbeln in den Beinen, was immer nachts losgegangen sei und anfangs mehrere Stunden angehalten habe, als es die neuen Präparate noch nicht gab, die inzwischen, Gott sei Dank, auf dem Markt seien, so dass er eigentlich durchschlafe und kaum noch umherwandere, höchstens wenn die Dosis mal nicht stimme. Kurzum, dieser Zustand sei trotz besten medizinischen Fortschritts etwas wirklich verrückt Machendes.

Bisher hatte sein Vater nie richtig darüber geredet. Es gab nur manchmal gewisse Andeutungen seiner Mutter, bei denen es um dieses ameisenhafte Kribbeln gegangen war, an mehr konnte sich Simon nicht erinnern. Umso weniger verstand er, weshalb sein Vater ausgerechnet jetzt und hier im Park von Sanssouci darauf einging. Brauchte er Anteilnahme? Wollte er ein bisschen Simons Mitleid wecken? Aus seiner Beschreibung konnte er sich kein rechtes Bild machen, wie negativ sich das RLS inzwischen tatsächlich auf Seele und Geist seines Vaters ausgewirkt hatte, in welchem Stadium sich die Krankheit befand, von der man tagsüber keine Anzeichen bemerkte, und ob Simons Verletzung dagegen nur ein lächerlicher Fliegenschiss war.

Am Montag nach der Schule, er bog gerade in die Stubenrauchstraße ein, kam ihm Dieter Schmidt in kurzer Hose und Pulli entgegen. Seine Füße steckten in sehr offenen Sandalen, die beim Gehen schlappten. Er schien beim Friseur gewesen zu sein, denn er wirkte im Gesicht irgendwie anders, noch pfiffiger. Und so grinste er auch. Aber als Simon seine Stimme vernahm, schwang etwas Betrübliches mit.

„Du willst dich demnächst von hier verdünnisieren, hab ich gehört!"

Simon nickte eifrig. „Genau, bald beginnen die großen Ferien, dann zieh ich Leine. Wenn du Lust hast, können wir zum Abschied noch mal Schach spielen."

„Bist du froh, wieder nach Hause zu können?", erkundigte sich Dieter nebenbei, ohne auf Simons Angebot einzugehen.

„Ja, ich hab hier nichts mehr verloren", erklärte ihm Simon strikt. „Außerdem beendet mein Vater in ein paar Wochen sein Studium und wird in Strahlow Referendar."

Dieter fasste Simon unvermittelt um die Schulter und führte ihn an eine Stelle, etwas abseits des Weges. Und während er sich hin und wieder versicherte, dass niemand auftauchen würde, der sie störte, sagte er in beinahe wissenschaftlichem Tonfall: „Hör gut zu, unsere beiden Küken sind jetzt überreif. Heute früh hab ich Gudrun gesehen, unten von der Treppe aus. Sie tippelte gerade vom Klo über den Flur, nur im hauchdünnen Nachthemdchen. Als sie mich bemerkte, hat sie sofort abgebremst, ist dann sogar, ohne die geringste Scham, dicht ans Geländer herangetreten. Das Flackern in ihren Augen hättest du erleben sollen; ich glaube, sie wollte in dem Moment einfach betrachtet, ja einfach angestarrt werden von mir. Du, wenn wir es heute Nacht nicht probieren würden, wären wir total bescheuert. Die ist so weit, die zeigt uns alles. Nun rede endlich, bist du dabei?"

„Ja, ja doch, nicht so hastig. Und was ist mit Dagmar?", versetzte Simon ganz aufgelöst. „Hast du sie auch gesehen?"

„Nöööö! Machst du dir jetzt ins Hemd? Denkst du etwa, die beiden verpetzen sich gegenseitig. Außerdem, stille Wasser sind tief."

Simon druckste: „Mensch, Dieter, ich möchte wirklich gern, aber schau mal, mein blödes Bein. Ich gefährde doch die Aktion unnötig!"

„Red' nicht so'n Scheiß!", zischte Dieter. „Und wenn Holger was sagt, kriegt er ein paar aufs Maul!"

SECHSUNDZWANZIGSTES KAPITEL

Als die drei gegen Mitternacht auf leisen Sohlen die schmale Holztreppe zu den fraglichen Zimmern, deren Wände der Schräge des Walmdaches angepasst waren, hinaufpirschten, sahen sie zunächst im Stockdunkeln kaum die Hand vor Augen. Dieter hatte für diesen Fall vorgesorgt. Erhaben brachte er seine neue Stablampe in Position. Doch was war das? Er konnte daran herumknipsen so viel er wollte, nur ein matter, absterbender Lichtschein flackerte auf. Bedeutete dies das Ende ihrer Aktion? Aufgeregt schüttelte er an dem Teil herum, drehte und wendete es nach allen Seiten. Welch nutzloser Versuch, es blieb bei dem dürftigen Schimmer, der gerade mal ihren Standort halbwegs in Umrissen erkennbar machte. Wäre Dieter woanders gewesen, er hätte das versagende Ding wahrscheinlich zertrümmert vor Zorn.

„Hm, die Erleuchtung ist es ja nicht gerade", erdreistete sich Holger Leuschner in dieser fatalen Situation zynisch zu bemerken. „Ich fürchte, deine Funzel wird wohl gleich ihren Geist aufgeben", lästerte er.

„Halt die Fresse!", schnarrte ihn Dieter aus Ärger über sich selbst zurechtweisend an. „Was heißt hier, Funzel? Siehst du denn nicht, dass die scheiß Batterien leer sind … Egal, wir können nicht mehr zurück … Also weiter jetzt!" Der Anführer ließ sich nicht abhalten. Simon war nach

Kräften bemüht, der Bande auf humpelndem Fuße treppauf zu folgen. Und während sein Herz wild pochte, sann er über die Mädchen nach. Obschon Gudrun damals im Bus etwas mehr Temperament als sonst an den Tag gelegt hatte, konnte er sich ein derartiges Ausmaß bei ihr gar nicht wirklich vorstellen, und noch viel weniger traute er seinem Schwarm Dagmar zu, dass so schweinische Absichten plötzlich in ihrem Kopf herumschwirren sollten. Wie konnte sie mit einem Male Gefallen am Betatschen und Befummeln finden, ja Lust darauf haben, sich als Versuchskaninchen herzu-geben? Aber er vertraute auf Dieters Beobachtungsgabe. Drei Stufen noch, dann waren sie oben. In dem winkligen Gang regte sich nichts. Simon entdeckte vier derbe Türen direkt nebeneinander. Die Stille gefiel ihm nicht. Woher wollte Dieter wissen, welcher Eingang der richtige war? Sollte er lieber umkehren? Unsinn! Die Dielen knackten. Er übersah den Absatz und wäre beinahe lang hinge-schlagen. Als er wieder Halt hatte, hörte er plötzlich Holgers raunende Stimme: „Musstest du den Einbeinigen unbedingt dabei haben … Der weckt uns noch das ganze Haus auf!"

„Schnauze, sonst fehlt dir ein Fuß!", herrschte der Anführer zurück.

„Man hört gar keinen Ton", hauchte Simon zusehends argwöhnischer. Mit höchster Konzentration verharrte er auf dem Fleck, um zu lauschen, ob irgendein Geräusch aus einem der Zimmer drang, welches auf die An-wesenheit der Betreffenden hindeutete. Wie seltsam ruhig es ist, überlegte er, wirklich unbegreiflich, als ob kein Mensch jemals an diesem Ort war. Verdächtig scheint mir das schon, aber ich hab sie selbst heute Abend hinaufhuschen sehen. Sie müssen hier sein! Und dann entfuhr ihm die Bemerkung: „Vielleicht rechnen sie überhaupt nicht mit uns!"

Simons kindliche Naivität stellte den Anführer auf eine ziemliche Geduldsprobe. Warum hält er nicht einfach die Gusche und wartet's ab, dachte Dieter entnervt. Und erhitzt, wie bei einem aufwallenden Lustgefühl, flüsterte er ihm zu: „Was verlangst du eigentlich? Sollen die Mädchen vielleicht nach uns rufen, lauthals, damit alle im Haus gleich hellwach sind und mitkriegen, was hier oben unterm Dach vorgeht?

Mann, Simon, die sind doch nicht von Gestern, bringen sich doch nicht um ihren eigenen Spaß ... Die werden längst bereit liegen, glaub's nur ... Ich sehe sie regelrecht vor mir, die Bettdecke weit zurückgeschlagen, äußerste Ruhe bewahrend ... Sehr, sehr schlau diese Vernunft, sich erst mal schlafend zu stellen, die Lider zum Schein fest geschlossen, aber die ganze Zeit natürlich denkend, ach, wenn bloß endlich die verdammte Tür aufginge und die Jungens hereingeschlüpft kämen. Und ihre Nachthemdchen sind eben mal ganz zufällig beim Wälzen im Schlaf bis hoch übern Nabel gerutscht."

Auf Simon wirkte die Stille im Dunkeln, dazu die karge Beschaffenheit des niedrigen Dachgeschosses, eher wie eine furchtbare Stätte armseligster Verlassenheit.

Mochten die Mädchen auch irgendwo warten, ihm gruselte bei dem Gedanken, sich ihnen unter diesen Umständen nähern zu müssen. Und die gespenstischen Silhouetten von Holger und Dieter im fahlen Licht verstärkten noch seine Beklemmungen.

Und wenn Dieter mir nur was vorspielt, überlegte er voller Unbehagen, und die Mädchen ganz arglos schlummernd in ihren Betten liegen, träumend, so wie er es eigentlich von Anfang an für das Normalste und Logischste gehalten hatte. Bei Gott, ist Dieter dann nicht ein gemeiner, hinterhältiger Kerl, ein Schurke, ein Lump, der womöglich absichtlich alles geschickt eingefädelt hat? Ein Verbrecher?

Simon schrak zusammen. Und ich selbst? Wie urteile ich über mich? Werde ich auch Schuld bekommen? Aber vielleicht mache ich mir ganz unnötig Sorgen, dachte er sofort wieder in einer Art innerem Abwehrinstinkt. Dieters Idee war schon ungewöhnlich, eine im Grunde für Simons Begriffe herausragende Sache, deren Ausgang in alle Richtungen offen war. Wenn sich Schneeweißchen und Rosenrot tatsächlich entpuppten, dann, ja dann hätte er etwas Bedeutendes dazugelernt über Mädchen, einen großen Sprung gemacht in seinem Erkenntnisprozess in puncto des anderen Geschlechts. Seine Furcht war wieder da, als Dieter vor der mittleren Tür verharrte, sie forschend ableuchtete wie den verriegelten Zugang zu einer großen Schatzkammer.

„Hier muss es sein!", meldete sich Dieter nach ein paar Sekunden mit Überzeugungskraft. „Bist du dir auch ganz sicher?", fragte Holger Leuschner mit einiger Skepsis.

„Hundertprozentig. Betrachte bitte genau die Tür. Fällt dir nichts auf?"

„Was sollte mir denn auffallen bei dem Schummerlicht, höchstens, dass sie ein bisschen schief in den Angeln hängt und lange keine Farbe mehr gesehen hat, weiter nichts."

„Siehst du, und das ist ein wichtiges Indiz dafür, dass es sich um dieselbe Tür handelt, hinter der Gudrun barfüßig und im Flatterhemdchen heute Morgen verschwunden ist!"

Simon stutzte: „Was, du warst sogar hier oben, bist ihr gefolgt?"

„Ach Quatsch, ich bin nur ein Stück die Treppen hoch, bis zum ersten Absatz vielleicht, nur um zu linsen, wohin sie verschwindet."

„Guck an. Hat sie dich denn bemerkt?"

„Ich sagte doch schon, als ich unten stand, ist sie extra ganz dicht ans Geländer getreten. Auf der Treppe dann, von ihrem Blickwinkel aus, muss mich die Süße gesehen haben. Ich dachte erst, jetzt wird sie gleich einen Schreck kriegen, wie der Blitz in ihre Bude spurten. Aber nichts dergleichen geschah. Schön langsam ist sie den Gang entlang geschlendert in ihren niedlichen Pantöffelchen, damit ich auch ja mitkriege, wohin sie entschwebt!"

„Mensch, dann drück doch jetzt endlich diese gottverdammte Tür auf, Dieter!", ließ sich Holger Leuschner im Flüsterton ungeduldig vernehmen: „Schieb sie auf! Das ewige Geschwafel raubt einem ja den letzten Nerv." Der Junge hatte den Satz kaum ausgestoßen, da griff Dieter entschlossen nach der Klinke. Um unliebsamen Geräuschen zuvorzukommen, nahm er beide Hände dazu, zog die schiefwinklige Tür, die sich nach innen öffnen ließ, fest, so fest er konnte zu sich heran gegen die Türfüllung, drückte anschließend im Zeitlupentempo den wackligen Drücker nach unten. Wie nicht anders zu erwarten, knarrte der Notbehelf von Tür schrecklich, im Rhythmus weniger Millimetern schob er sie ruckweise auf. Als der Spalt breit genug war, quetschten sich die drei nacheinander hindurch.

In dem elenden Kabuff war es so schwarz wie in einem Arsch, nur, dass es nicht stank. Trotz des schwachen Flackerns von Dieters Lampe wurde ihnen die Enge schnell bewusst. Mit den Kopfenden genau unter der viel zu schrägen Wand standen wuchtig zwei metallene Rahmen nebeneinander, gestützt von vier Pfosten aus Eisen. Auf den gespannten Laken lagen bäuchlings zwei Wesen. Lang ausgestreckt. Entblößt. Sie gaben dem Düsteren eine berückende Helle. Ihre zarte Haut leuchtete im Dunkeln milchig weiß. Es war drückend schwül im Raum. Zwischen dem übrigen Mobiliar, einem runden Tischchen, einem alten Kleiderschrank sowie ein paar provisorischen Regalen konnte man sich kaum rühren. Simon erkannte in den beiden Zauberwesen Gudrun Engel und Dagmar Marx. Es war der erste aufregende Moment in Simons Leben, da er die Nacktheit des anderen Geschlechts so greifbar nahe vor Augen hatte, sie direkt riechen konnte, diese Splitterfasernacktheit.

Unterm Dach sollte die Schwüle besonders groß sein, wenn feuchte Wärme im Hause aufstieg. Mit seiner Mutmaßung, dass sie nicht zugedeckt sein würden, hatte Dieter also genau richtig gelegen. Sie hatten ihre Bettdecken weit von sich abgestreift. Aber von wegen hochgerutschte Nachthemdchen, was durchaus denkbar gewesen wäre; nein, viel pikanter: Gudrun und Dagmar trugen gar nichts auf dem Leibe.

Bis jetzt sprach alles für Dieters gewagte These, doch unmerklich hoben und senkten sich ihre atmenden Rücken, gleichmäßig, wie die von tief Schlafenden. Ihre Ärschchen waren klein und drollig, dachte Simon betört. Schweeweißchen und Rosenrot haben sich also doch entpuppt.

„Bei dem Anblick verschlägt's euch die Sprache, was?", flüsterte Dieter mit Triumph in der Stimme. „Ich hab's von Anfang an gespürt, die beiden Süßen sind alles andere als scheu und verklemmt."

„Ja, du bist in der Tat unschlagbar, was Weiber angeht!", gab Holger Leuschner mit einem ironischen Seufzer zurück. „Fehlt nur ein bisschen mehr Licht und die Sache wäre vollkommen!"

„Du sprichst mir aus dem Herzen, Holger", pflichtete ihm Dieter nachdenklich bei und warf einen verklärten Blick durch das Fenster der Gaube hinauf zum Himmel. „Ich vermisse den Schein vom Mond und den Sternen genauso. Verdammt, das hätten wir alles haben können, und bestimmt noch viel mehr, in der Hütte damals, wenn ich nicht so beschissen gestürzt wäre!"

„Mal im Ernst, Dieter", platzte Simon reichlich durcheinander heraus, „kriegen die Mädchen wirklich jedes Wort mit, was wir gerade reden?"

„Selbstverständlich, was glaubst du denn. Die wären doch, wenn sie ahnungslos schliefen, längst hochgeschreckt. Ihr müsst zugeben, bisher ist alles so gekommen, wie ich gesagt habe!"

„Ja, das stimmt", erwiderte Simon ganz ergriffen davon, wie gut Dieter sich auskannte in der Psyche von Mädchen, und sagte mehr zu sich selbst: „Sie sind nicht zugedeckt, haben nichts an." Und dann dachte er noch im Stillen: Das sieht schon echt aus, geradezu bühnenreif, wie sie das machen, da so zu liegen, sich nicht zu rühren, ja so zu tun, als ob sie mit ihren Gedanken gar nicht da wären, versunken in tiefsten Schlaf, doch in Wahrheit die ganze Zeit darauf lauernd, endlich begrapscht zu werden von einem von uns … Sie könnten sich ruhig mal auf den Rücken drehen, zeigen ob sie schon unten behaart sind.

Holger hatte längst eine Latte. Wie gebannt starrte der Dreizehnjährige auf die zarten, kindlichen Geschöpfe, deren Lenden mit elf Jahren sich von Jungens in dem Alter äußerlich nicht sehr unterscheiden. Und ihm ging bei dem Anblick durch den Kopf, eines Tages, wenn die Reife und Geilheit über Nacht da ist, und das kann bald sein, werden sie ficken und sich durchficken lassen … Susanne in seiner früheren Klasse war bereits mit knapp zwölf schwanger gewesen. Die hatte Titten, so groß wie die Euter einer Kuh, nur lernen konnte sie nicht, war dumm wie Bohnenstroh. Holger war schon drauf und dran, vor Erregung die Hand nach einem der Körper auszustrecken. Dieter, der Holgers Zelt erspäht hatte, grinste etwas verschämt. Fast zeitgleich wälzte sich eines der Mädchen, es war Dagmar Engel, murmelnd, wie wirklich träumend im Schlaf, erst zur

Seite, dann auf den Rücken. Sie behielt die Beine ein wenig in Grätsche. Eine sonderbar aufsteigende Hitze bemächtigte sich Simon.

„Hast du gesehen, sie signalisiert uns, dass wir endlich was unternehmen sollen", veranschaulichte ihm Dieter ihr Gebaren.

„Das ist ja geil!", hauchte Holger Leuschner begierig. „Ein Glück, dass nicht Brillux dabei ist, der hätte schon volle Kanne gewichst!"

Simon schlug das Herz bis zum Hals. Dagmar war unten behaart, flaumig zwar erst, das helle Schamhaar im Wachstum begriffen, aber sie war, wie man sah, von der Entwicklung her kein kleines Kind mehr. Auch leichte Brustansätze, vergleichbar mit Deckeln von Kaffeekännchen, waren deutlich auszumachen. Holger Leuschners Atem ging schwer. Kann sie vielleicht doch schon ficken? Er musste an die dumme, geile Susanne Dornquast denken, auf deren Titten und Fotze er umsonst scharf gewesen war, weil sie sich`s lieber von Burschen älteren Semesters hat besorgen lassen. Aber die Weiber vor ihm auf dem Bett waren zerbrechlich gebaut, noch Kinder, in welche er unmöglich sein großes Ding hineinzwängen konnte, zumal er überhaupt keine Erfahrung hatte, wie das praktisch richtig ging, und wo das fragliche Loch exakt saß … Nein, nein, das führe zu weit … Fummeln, ja, und etwas lernen dabei, wie es Dieters experimenteller Plan vorsah, aber unter keinen Umständen ficken. Unterdessen hat sich auch Gudrun, wie zufällig erscheinend, laut murmelnd und aufstöhnend umgedreht. Doch sie trieb es noch ärger. Das rechte Bein hatte sie angezogen, den dünnen Schenkel nach der Seite gekippt, so dass ihre Fut, ein langgezogener Spalt, der mit der Arschritze eine Linie zu bilden scheint, deutlich ins Auge fiel.

„Seht nur, ihr wachsen auch schon die ersten Haare!", verkündete Dieter behutsam. „Nun, wer möchte denn den Anfang machen?"

Alle drei sahen sich an. „Ich nicht", erklärte Simon. „Ich gucke zu."

„Und wie steht es mit dir, Holger, kneifst du etwa jetzt auch? Du hast dich doch belesen, denk ich."

„Hab ich, hab ich, aber es ist besser, wenn du es zuerst versuchst, damit wir nachher nichts falsch machen!"

Ohne ein weiteres Wort zu verlieren, setzte sich Dieter auf den Rand der federnden Fläche, links neben Gudrun Marx. Den schwachen Schein der Taschenlampe ließ er gebündelt genau dorthin fallen, wo er seine forschenden Finger zu beginnen trachtete. Kaum jedoch hatte seine Hand Hautberührung, ging ein leichtes Zucken durch den Körper des Versuchskaninchens. Die Hand glitt unbeirrt weiter. Inzwischen hatte Holger Mut gefasst und hockte sich auf die andere Seite des Bettes neben Dagmar. Er beobachtete genau, was Dieter tat, um es dann nachzuahmen. Simon stand abseits; ihm begann die Sache peinlich zu werden, und er wusste, dass er hier eigentlich überflüssig war. Plötzlich, Dieter musste gerade an einer für sein Experiment entscheidenden Stelle angelangt sein, fuhr Gudrun, wie aus einer schweren Betäubung gerissen, hoch. Wirr und klebrig vor Schweiß hing ihr Haar. Sie hatte ihre Augen weit aufgerissen. Die waren gerötet wie bei einem Kaninchen. Versuchskaninchen. Sie saß kerzengerade im Bett, warf den Kopf hin und her. Dieter wich erschrocken zurück, setzte an, etwas zu erklären, aber Dagmar, die neben ihr unter Holger Leuschners Händen ebenfalls in aufrechte Position schoss, kam ihm zuvor: „Hau ab! Hau ab ...!" Und dann die gefürchteten Rufe: „Hilfe ... Hilfe ...!"

„Hehehehe, wollt ihr wohl still sein, haltet den Mund. Was ist denn los? Wir tun euch doch gar nichts ... Ist ja schon gut!"

Dagmar Engel spähte verzweifelt nach ihrer Decke. „Nimm ja deine Pfoten weg! Verpiss dich, hau endlich ab, du blödes Schwein! Was macht ihr hier? Ach, du auch Simon!", kreischte sie, als habe sie eine grobe Sittenwidrigkeit gerade noch rechtzeitig abwehren können.

Simon war starr vor Entsetzen über die jähe Wendung. Was bedeutete das alles? Warum taten die Mädchen so etwas? Was war nur auf einmal in sie gefahren? Jetzt hatte Gudrun Marx auch ihre Zudecke wild an sich gerissen, verbarg ihre Nacktheit darunter. Sie begann laut zu schreien, zu weinen, zu lamentieren, wie wenn ihr gerade ein schreckliches Leid angetan worden wäre.

Dieter Schmidt und Holger Leuschner waren augenblicklich aufgesprungen. Dieter erfasste sofort die neue, brenzlige Situation. Alles war zerstört, seine Illusionen, seine schönen Theorien über den Haufen geworfen. „Los, schnell weg hier … Wenn es nicht schon zu spät ist … Die brüllen das ganze Haus zusammen … Die Weiber wollen uns eins auswischen, gemeines Pack! Los, kommt, kommt endlich, beeilt euch gefälligst!"

SIEBENUNDZWANZIGSTES KAPITEL

Die Geschichte, die sich am darauffolgenden Tage wie ein Lauffeuer verbreitete, versetzte das Heim am See in ziemliche Aufruhr. Karl-Heinz Billings Büro im Würfel glich von früh an einem Taubenschlag. Man gab sich förmlich die Klinke in die Hand. Zuerst befragte Billing, der selbst zwei kleine Töchter hatte, jedes der betroffenen Mädchen einzeln, dann beide zusammen, später zog er Frau Höppner hinzu, welche zum Zeitpunkt der Schreie die flüchtenden Täter auf der Treppe gestellt und nicht nach unten hatte entfliehen lassen. Durch den Lärm munter geworden, waren ihr noch Jürgen Krüger, Detlef Wormann und Heike Zimmer zur Hilfe geeilt. Letztere schlief auch unter der Dachschräge und hatte ursprünglich auf Dieter Schmidts Liste gestanden. Die Eingreifenden hatten sich mit voller Wucht auf die Täter gestürzt.

Unter Tränen und Schluchzen schilderten die Mädchen in abgehakten Worten und unfertigen Sätzen den Hergang des Geschehens, welches immer noch gespenstisch und wie ein böser Traum vor ihren Augen filmisch abliefe.

Ob er ihre Eltern benachrichtigen solle, fragte Billing berührt. Obgleich ein wenig durcheinander, wunderte er sich in der nächsten Sekunde selbst über seine merkwürdige Frage. Natürlich war es sogar seine verdammte Pflicht als Heimleiter die Eltern der Betroffenen umgehend über den Vorfall in Kenntnis zu setzen. Worauf wartete er denn? Und er war noch überraschter, als die beiden nämlich auf einmal fast gleichzeitig den Kopf schüttelten, sehr heftig sogar, und baten, er solle den Gedanken lieber fallen lassen, es würde ihre Eltern, die gerade studierten, nur schrecklich belasten und am Ende doch nichts dabei herauskommen. Standen die Mädchen unter einem schlimmen Schock? Das ließ sich denken. Billing suchte nach Objektivität. Noch war alles nebulös. Wie weit waren die Bengels wirklich gegangen? Hatten diese Strolche, damit Dagmar und Gudrun sich vor ihnen nackt zeigten, tatsächlich Druck auf sie ausgeübt? Von was für Berührungen war eigentlich genau die Rede? Und dann wäre da noch die Frage ... du Scheiße, ob womöglich Geschlechtsverkehr stattgefunden hatte...? Billing fuhr zusammen. Es sind noch Kinder! Aber wenn ja, dann war es höchste Eisenbahn, sie einem Arzt vorzustellen, dann käme er nicht umhin, schnellstens die Polizei einzuschalten, ja die Sache an die große Glocke zu hängen. Oder stimmte es vielleicht, was Holger Leuschner bei seiner ersten Befragung immer wieder hartnäckig beteuerte, dass sie im Vorfeld ermuntert worden wären, und es die Mädchen ganz gewiss nicht überrascht haben konnte, plötzlich Jungens in ihrer Bude, direkt neben ihrem Bett auftauchen zu sehen. Dennoch, die Burschen hatten dort oben nichts verloren. Und die Aussage der Betroffenen war für Billing schon gewichtig und durch die Details in hohem Grade glaubwürdig.

Gegen Mittag erschien ahnungslos Biel zum Dienst, und er wurde gleich darauf unter Andeutungen ins Büro des Chefs geführt. Es war gerade die Vernehmung der Frevler in vollem Gange. Donart Biel vermochte vor Verblüffung kein Wort herauszubringen, als er unter den drei Beschuldigten Dieter Schmidts Gesicht gewahrte, das seines Schützlings, tat jedoch kaum überrascht, hier Simon Pissarenkow anzutreffen, der wieder einmal mit von der Partie war. Biels Adern an den Schläfen verfärbten sich dunkel und er stand bedeppert da. Billing umriss die Sachlage und sprach von übelsten Verstrickungen Dieter Schmidts in die Angelegenheit. In dessen Zimmer sei zwischenzeitlich neben stapelweisen Pornoheftchen, die Enzyklopädie „DIE FRAU" aufgestöbert worden, welche ihm als Hauptanleitung für sein unzüchtiges Treiben gedient habe. Das würden sowohl Holger Leuschner, einer der Mittäter, als auch noch ein anderer Zeuge, der schon vor der Tür bereitstünde, faktenreich bestätigen können. Kurzum, der vierzehnjährige Schmidt habe als Anstifter, als perfider Rädelsführer fungiert, den Plan über Monate ausgeheckt, seine Ausführung immer wieder hinausgezögert, offenbar um sich erst maximal aufzuputschen, dieser Perverse, ehe er mit seinen Kumpanen Leuschner und dem Mitläufer Simon Pissarenkow in der gestrigen Nacht zur Attacke übergegangen war.

„Herein mit dem Zeugen jetzt!", rief Billing forsch. Es entstand eine Pause. Und mehr zufällig blieb sein Blick, der abschätzend von einem zum anderen wanderte, mindestens eine Minute lang an Dieter Schmidts Person haften. Schemenhafte Erinnerungen erwach-ten. Und ein wenig Bedauern und Mitleid darüber, wie hart er gerade mit dem Jungen ins Gericht ging, mit dessen Vater er zu Ostzeiten recht gut bekannt war, überkam ihn urplötzlich: Hans Schmidt war seinerzeit gerne Erzieher gewesen, zeigte aber eine besondere Vorliebe für die Schauspielerei, die ihn mehr fesselte als jede andere Tätigkeit. Von verschiedenen Seiten redete man ihm damals zu, doch ruhig eine Laufbahn in dieser Richtung einzuschlagen. Auch Billing äußerte den Standpunkt, wer nicht wage, der nicht gewinne. Hellauf begeistert bewarb sich Hans Schmidt an der Schauspielschule. Als er nach dem ersten Versuch schockierender Weise nicht durch die Eignungsprüfung kam, ließ er das Projekt schlagartig wieder fallen. Die Angst, auch nach einem zweiten oder dritten Anlauf, der jedem eingeräumt wurde, abgelehnt zu werden und womöglich die hochmütige Empfehlung zu bekommen, sich erst mal einer der vielen Laienspielgruppen im Lande anzuschließen, war so drastisch, dass er, um sein Selbstvertrauen nicht total ruinieren zu lassen, lieber weiter als Heimerzieher seinen Aufgaben nachging, mit der inneren Maßgabe, eines Tages, wenn er den nötigen Abstand gewonnen hatte, und ein hoffentlich gescheiteres Gremium vor ihm sitzen würde, das seine Fähigkeiten beurteilte, nochmals einen Vorstoß zu wagen. Aber seine Bemühungen scheiterten auch später. Hans Schmidt, der wie jeder andere Mensch, auf seine Weise irgendwie bedeutend sein wollte, hatte sich was in den Kopf gesetzt, worin er von allen möglichen Leuten auch noch bestärkt worden war. Nun war die Enttäuschung, der Frust umso größer. Immer mehr zog er sich in der Folgezeit in sein Schneckenhaus zurück, bekam Depressionen. Sein Selbstwertgefühl sank rapide. Schmidt schob alles auf äußere Umstände, auf die ihn umgebenden Neider und Missgünstigen, darauf, dass er keine Protektionen hatte, schimpfte schließlich auf das verkrustete politische System, welches den Menschen bei ihrer Selbstverwirklichung nur Steine in den Weg legen würde, hasste Honeckers Gefasel von der sogenannten sozialistischen Menschengemeinschaft.

Der zum Greifen nahe Grenzzaun am See, der Jahr für Jahr höher und verflochtener geworden war, dazu die immer grimmiger dreinschauenden Posten mit ihren Kalaschnikows, belasteten den jungen Erzieher Hans Schmidt zusätzlich. Den Plan zur Flucht muss er lange im Kopf herumgetragen haben. Durch das häufige Herumtollen mit den Kindern im Garten glaubte er, alle Besonderheiten des Geländes mittlerweile wie seine Westentasche zu kennen, studierte unauffällig den Rhythmus der Wachgänge, beobachtete die schleichenden Patrouillenfahrten auf dem Wasser, Sommer wie Winter.

Als in der fraglichen Nacht die MPI-Schüsse tackerten, war Billing gerade zum Dienst erschienen. Aufs Geratewohl lief er los. Am Ufer sah er nichts. Wo waren die Posten? Da, in den Büschen bewegte sich etwas, ein Tier offenbar, das zusammensackte, schwer getroffen, sich noch einmal kurz aufrappelte, dann aber endgültig alle Viere von sich streckte.

Jetzt hatte Karl Heinz Billing sie entdeckt. Die gewieften Schützen saßen im Baum, im präparierten Geäst. Ein Hochsitz. Jäger vielleicht? Es knackte und rauschte, und leises Stimmengewirr drang an sein Ohr. Und überall flogen plötzlich diese schwarzen, schauderhaft schreienden Vögel auf, und Billing rannte, was er konnte, zurück in die Deckung des Hauses. Und von weitem immer noch das Tackern, das Tackern des Todes. Erst am Morgen erfuhr er, dass Hans Schmidt nicht mehr lebte.

Billing riss sich los aus dem Film der Vergangenheit und überlegte etwas anderes, war es nicht Dieter, dessen ererbtes Talent, seinem Märchenstück zu Weihnachten zu perfektem Glanz verholfen hatte? Gewiss, dachte er erfreut, aber stand das nicht auf einem ganz anderen Blatt. Was sich aber unversehens und viel tiefgreifender in seine Gedanken einschlich und sich nicht so leicht verscheuchen ließ, war der Beinbruch, Dieters gottverfluchter dummer Unfall, den Billing, ob er es nun wahrhaben wollte oder nicht, irgendwo mit verschuldet hatte.

Dieter Schmidt, der auch in dieser für ihn so fatalen Situation ein verschmitztes, undurchsichtiges, eher herablassendes Grinsen nicht verbergen wollte, hätte dem hereinpolternden, stämmigen Olaf Hassdorf, alias Brillux, der einer hässlichen Kröte heute ähnlicher sah denn je, am liebsten die Fresse poliert. Aber er bezähmte sich gerade noch.

„Ja, das ist er!", platzte der Kronzeuge unaufgefordert heraus und zeigte dabei mit dem Finger einfältig auf Dieter. Brillux primitiver Tonfall erinnerte Simon sofort an die blöde, leise keuchende Stimme von damals, die ihn fast bettelnd überredet hatte, an jenem ekligen Steifen herumzureiben. Die Ereignisse hatten Simon völlig aus der Fassung gebracht. Jetzt, wo alles aufgeflogen war und jede Einzelheit zur Sprache kam, schämte er sich in Grund und Boden. Was war er nur für ein Dummkopf gewesen, an Dieter Schmidts Beteuerungen zu glauben. Nun saß er selbst tief in der Patsche, und niemand würde ihm glauben, dass er als Einziger nur dabeigestanden, die Mädchen aber nicht angetastet hatte. Vielleicht, so dachte er verstört, werden sie mir mein Alter zugutehalten und Dieter als dem Älteren die Hauptschuld geben. Aber ich werde mich nicht herauswinden können, ich bin ja mitgegangen, aus Neugierde, aus Gefolgschaft. Das reicht, um mich als gemeinen Verbrecher bestrafen, einsperren, verdammen zu können. Und mein Vater? Ach, das war seine größte Sorge. Wie würde sein Vater auf diese schlimme Entgleisung reagieren? Hatte Walter Pissarenkow nicht erst unlängst an dem versauten Vers so schwer zu schlucken gehabt, und jetzt diese alles übertreffende Schweinerei. Simon hatte den Vogel abgeschossen. Konnte das sein Vater überhaupt verdauen?

„Nun, Olaf", begann Billing fast schmeichelnd, „du hattest dich ja wohl vernünftigerweise in letzter Sekunde aus der Sache herausgehalten. Was kannst du uns also über die Vorgeschichte erzählen. Was habt ihr im Schilde geführt?"

„Es war Schmidts Idee!", stieß Brillux heftig hervor, um dies als wichtigste Feststellung allen weiteren Aussagen voranzustellen.

„Stimmt das, Dieter?", erkundigte sich Billing.

„Das ist so weit richtig", antwortete der Hauptbeschuldigte erstaunlich beherrscht.

„Er soll erst mal quatschen, dann bin ich an der Reihe!"

„Weiter, Olaf, tue dir keinen Zwang an!", forderte in Billing auf.

„Wir wollten uns die Fotzen der Mädchen ansehen, nachts, in ihren Betten. Und fummeln", antwortete Brillux ohne mit der Wimper zu zucken.

Billing erstarrte. Frau Höppner lief rot an. Dieter Schmidt zeigte keinerlei Regung. Simon glaubte, im Erdboden versinken zu müssen.

„He, mäßige dich gefälligst. Was ist das für ein Jargon?", ermahnte ihn Billing nicht allzu streng, froh darüber, dass wenigstens so die Dinge ans Tageslicht kamen.

„Er meint die Genitalien!", warf Holger Leuschner dolmetschend ein. „Brillux hat kein Benehmen, er ist vulgär. Mädchen sind für ihn nichts weiter als F..." Er sprach das Wort nicht aus.

Billing war irritiert. Das sagte ausgerechnet Leuschner. Welchen Wert hat denn für ihn das weibliche Geschlecht?

„Aber ihr habt Dagmar und Gudrun doch dort angefasst, nicht wahr?", bohrte er beharrlich.

„Nein, nicht richtig … Ein bisschen … Wir wollten sie nicht …!", wehrte sich Leuschner stammelnd.

„Momentchen mal!", riss nun Dieter Schmidt energisch das Wort an sich. Er hatte kein Interesse daran zu lügen, stand voll und ganz zu seinen Handlungen.

„Hier wird wirklich viel verzerrt. Zugegeben, wir hatten uns die

Mädchen als Versuchskaninchen auserkoren, aber keiner von uns war darauf aus, ihnen wehzutun. Es sollte nur ein Experiment werden."

„Wie bitte, Versuchskaninchen ... Experiment? Bist du denn noch zu retten." Billing, Biel und Frau Höppner sahen sich abwechselnd entgeistert an. Aber Dieter Schmidt ließ sich nicht aus dem Konzept bringen. „Jawohl, Experiment. Was steht in dem Buch über die Genitalien der Frau schon groß geschrieben. Alles Theorie. Besser, man sieht sich's in Natur an, das ist auf jeden Fall lehrreicher, erst recht für den Biologieunterricht." Unvermittelt wandte er sich Brillux zu. „Den da, den hatten wir im Übrigen ausgeschlossen", versetzte er geringschätzig. „Er ist zu versaut, nimmt immer diese schweinischen Ausdrücke in den Mund und wünscht sich sonst was mit Mädchen anzustellen. Jetzt, ja jetzt ist er natürlich eifersüchtig und will sich bloß an uns rächen, deswegen nämlich erzählt er andauernd diesen Scheiß hier!"

Karl-Heinz Billing hatte alle Mühe, nicht die Beherrschung zu verlieren. Wären nicht die gewissen Umstände um die Person Dieter Schmidt gewesen, er wäre glatt ausgerastet, stattdessen fragte er recht besonnen: „Ach, und du glaubtest, die Mädchen würden dabei stillhalten, sich das ohne einen Ton zu sagen gefallen lassen, euch nicht anzeigen?"

„Es sah zunächst ganz danach aus", entgegnete Schmidt redselig und in einem erschreckend verharmlosenden Tonfall. „Sie hätten die Gudrun mal erleben sollen, damals im Bus. Fragen Sie mal Herrn Biel, die konnte es gar nicht erwarten, auf meinen Schoß zu rutschen. Außerdem, als wir das Zimmer betraten, lagen die beiden splitternackt da. Also, wenn das kein Vorsatz war."

Billing stutzte: „Du willst behaupten, die Mädchen wollten euch mit ihrer Blöße nur darin bestärken, dass ihr sie antatschen sollt, das willst du uns weismachen?!"

„Aber Herr Billing", sprach Dieter Schmidt leutselig, „ich kenne doch diese Geschöpfe, die sind natürlich genauso neugierig wie wir, gerade in dem Alter. Aber wenn's dann richtig ernst wird, kreischen sie schon mal los vor Schreck ..."

„Du bist ja nicht bei Trost, Junge!", unterbrach ihn Billing mit aufsteigender Empörung. „Was du getan hast, ist schlicht Unzucht mit Kindern. Gott, dein Vater würde sich im Grabe umdrehen!"

„Ach, reden Sie nicht so Herr Billing", lächelte Dieter gleichgültig, „er würde höchstens sagen: ‚Na Freundchen, was hast du schon wieder angestellt?'"

Werden Sie mich jetzt verhaften lassen?"

Die Debatte ging noch gut eine Stunde. Zu seiner Verwunderung durfte Simon vorerst das Büro verlassen. Niedergeschlagen, halb durchgedreht, schlich er auf sein Zimmer. Dort saß er lange grübelnd auf dem Bett. Wie konnte ich mich nur hinreißen lassen mitzugehen? Ich hab es kommen sehen. Mein Gott, durch die Vögel hätte ich schon gewarnt sein müssen. Dieter ist ein kranker Junge, ein Spinner, ein gefährlicher Mensch! Simon sprang auf und spürte, dass er nervlich zu schwach war, lange umherzuwandern. Und sein kaputtes Bein bereitete ihm nach wie vor Kummer. Kraftlos sank er zurück auf das Bett. Erneut überlief es ihn eiskalt. Aber das sind ja regelrecht Kleinigkeiten, gegen das, was mir jetzt blühen wird, dachte er panisch.

Sie werden mich gleich wieder hereinrufen und dann in die Mangel nehmen. Ha, ich weiß gar nichts mehr Zusammenhängendes, merkte er plötzlich erschrocken auf, sprang abermals vom Bett hoch und hinkte umher. Tatsächlich, wenn er die Ereignisse im Geiste Revue passieren ließ, waren da gewisse Lücken. Das konnte nur von dem Schock herrühren, den er nach seiner Ergreifung in der Nacht erlitten hatte. Und laut sagte er zu sich selbst: „Welch ein Segen, dass ich in den nächsten Tagen hier weg kann. Es wird höchste Zeit. Sollen sie doch mit mir machen, was sie wollen, ich werde meine Strafe schon verbüßen, Hauptsache, ich komme nie mehr in diese Gefangenschaft!"

Sie vernahmen ihn nicht. Erleichtert suchte Simon am Nachmittag die vertraute Gegenwart von Frau Höppner im Freizeitraum. Er wagte kaum daran zu glauben, dass nichts mehr käme und er verschont bleiben würde. „Was passiert nun mit mir", fragte er ganz erregt. Frau Höppner sah ihn wohlwollend an. Ihre liebenswürdige Natur, mit der sie auch unangenehme Botschaften durchaus überdecken konnten, kannte er zur Genüge, aber als sie dann bemerkte. „Nichts, was soll weiter sein, Simon", fiel ihm schon fast ein Stein vom Herzen. Die Freude stieg ihm augenblicklich zu Kopf und er rief: „Nun, ich dachte … ich meinte, Herr Biel wird wohl nachher noch mit einer Strafe aufkreuzen … Er ist sowieso nicht gut auf mich zu sprechen!"

„Niemand kreuzt auf, auch Herr Biel nicht", erklärte Frau Höppner rigoros, ohne ihren freundlichen Gesichtsausdruck zu verlieren. „Die Mädchen haben gesagt, dass du sie nicht angerührt hättest. Du sollst auch damals im Bus sehr anständig zu Dagmar gewesen sein."

„Ach, hat sie das wirklich gesagt?", fragte Simon berührt durch die Aufwertung, die ihm gerade zuteilwurde.

Frau Höppner nickte eifrig und fragte wie beiläufig: „Was mich aber mal interessieren würde, waren die beiden in der Nacht nun unbekleidet, als ihr sie vorfandet, oder nicht?"

Simon dachte stark nach. Und er hätte schwören können, dass sie nackt gewesen waren. Aber er musste an seine niedliche Dagmar als Schneeweißchen denken, und ihr Lob über ihn, und bediente sich einer Notlüge, in dem er zur Antwort gab: „Hm, ehrlich gesagt, ich weiß es nicht mehr genau, manchmal scheint mir, sie hätten nichts angehabt, aber ich kann mich auch getäuscht haben, mir das bloß einbilden im Nachhinein, Gott, es war ja stockdunkel und Dieters Lampe so schwach."

Frau Höppner ging nicht weiter darauf ein, sondern betonte: „Der Dieter hat dich verleitet und der Holger ist auch kein Unschulds-lamm. Das hat für beide natürlich Konsequenzen. Dieters Mutter wird bestimmt aus allen Wolken fallen."

„Muss Dieter jetzt ins Gefängnis?", fragte Simon plötzlich sehr kleinlaut.

Frau Höppner hob die Augenbrauen. „Darauf lässt es Herr Billing wahrscheinlich nicht ankommen, denke ich. Dieters Mutter wird sich schon genug grämen. Sie examiniert gerade, genau wie dein Vater in Jura.

Was meinst du, was los ist, wenn das mit ihrem Sohn rauskäme, ich denke, dann wäre vielleicht nichts mehr drin mit ihrer Karriere."

„Dann ist Herr Billing ja wirklich in Ordnung", lobte Simon eifrig. „Mist, und ich hab ihn enttäuscht. Er hat mir damals extra das Kostüm für den Bären besorgt."

Dann sah er Frau Höppner unverwandt an. „Und was meinen Sie, wird er es meinem Vater erzählen?"

„Wohl, dass es an der Zeit wäre, seinen Sohn mal vernünftig aufzuklären."

Schließlich wechselte Frau Höppner gänzlich das Thema. „Wann wirst du uns denn nun verlassen?"

„Ich glaube am Freitag nach der Zeugnisausgabe kommt mein Vater mich holen. Mein Zeugnis wird nicht so schlecht ausfallen."

„Na bitte!", lächelte sie.

„Sie haben mir sehr geholfen, Frau Höppner. Danke! Aber bis eben dachte ich noch, heute ist der schwärzeste Tag seit der Neugeburt meines Lebens."

„Schon gut … Alles vergeht, zum Glück auch das Schlechte. Und wie geht's zu Hause nun weiter? Hast du viel vor?"

Simon überlegte nicht lange. „Oh ja, als Erstes will ich hin zu Schuster Warncke, er wird mit dem Boot so weit sein. Ich brauch's ja unbedingt. Blöd ist nur, ich werde künftig ziemlich weit zu ihm latschen müssen. Meine Eltern wollen nämlich demnächst umziehen, ans andere Ende der Stadt."

Frau Höppner guckte entgeistert. „Hast du eigentlich schon Vorstellungen, was du später mal werden willst?"

„Mit elf? Ach, ich hab keine Ahnung, ich komme doch erst in die Sechste. Aber ich denke viel ans Auswandern, vielleicht nach Amerika, so wie mein Onkel, der als Leichtmatrose einfach vom Schiff gegangen ist vor dem Kriege. Einen Batzen Geld solle er sich dort zusammengespart haben."

Frau Höppner dachte sich ihren Teil und sagte nur: „Na ja, jedenfalls, du wirst es schon hinkriegen, Simon. Hauptsache es ist etwas, dass dir Freude macht. Und spiele vor allem ruhig öfter Schach." Dann ließ sie ihn allein.

Am Freitag gegen Mittag endete auch für Simon das 5. Schuljahr. Er ging zügig in die Stubenrauchstraße zurück und stellte fest, dass im Heim kaum noch jemand anzutreffen war. Die meisten Kinder waren gleich nach der Zeugnisausgabe von ihren Eltern an der Schule übernommen worden, in ihre Autos geschlüpft und ab in die Ferien gerauscht. Wenn es auch für ihn so aussah, dass er mit zu den Letzten gehören würde, die man hier abholte, war er froh, keine Nacht mehr in dieser Umgebung verbringen zu müssen. Wie wunderbar, dachte er ganz aufgekratzt und wanderte einige Minuten im Garten umher. Sein Herz schlug heftig und putschte ihn in Abständen regelrecht auf: „Noch drei, vier Stunden, dann werde ich sicher schon im Zug sitzen", flüsterte er erregt, „und heute Abend wieder in meinem eigenen Bett liegen." Schließlich strebte er nach seinem Rundgang dem Würfel zu und betrat kurz darauf den Freizeitraum. An einem der hintersten Tische der Glasveranda erblickte er zu seinem Erstaunen Dieter Schmidt und Biel. Sie hockten dort mutterseelenallein und waren offensichtlich ins Schachspielen vertieft.

Den beiden hier zu begegnen, begeisterte ihn nicht gerade, und er war schon drauf und dran, sich unauffällig wieder zu verkrümeln, überwand sich aber dann doch, gab seiner Neugierde nach und näherte sich ihnen, wenn auch nicht allzu rasch.

Als ihn Biel im Abstand nur weniger Meter aus den Augenwinkeln gewahrte, fuhr er ihn sofort gereizt an: „Was kriechst du denn hier herum, Pissarenkow? Ich denke, du bist über alle Berge?"

„Ich wollte noch mal kommen und mich verabschieden", reagierte Simon höflich und unterwürfig.

„Aha, aha", sagte Biel irritiert, „verabschieden also. Du siehst doch, wir spielen … Halt jetzt bitte den Mund!"

Simon verstummte und beobachtete im Stehen den Verlauf der Partie.

Obwohl Biel vor jedem Zug eine Ewigkeit überlegte und somit für Langeweile sorgte, sah es nicht gut für ihn aus. Er hatte kurz hintereinander seine Dame und einen Turm eingebüßt und konnte eigentlich nicht mehr viel ausrichten. Verbissen starrte er auf den armseligen Rest seiner Figuren und korrigierte, allen Regeln zum Trotz, andauernd seine Züge. Nun war es Dieter zu bunt. Kaum hatte Biel den weißen Läufer losgelassen, schnellte schon seine Rechte zu eben demselben hin, brachte ihn mit dem Finger symbolisch zu Fall und platzierte stattdessen stolz sein Pferd auf das eroberte Feld. Diesem Streich folgte der trockene Ausruf: „Schach dem König!"

Biel fuhr von der Attacke wie elektrisiert zusammen: „Mist, das habe ich nicht gesehen!", rief er wie vom Schlag getroffen und rieb sich wütend die Stirn. „Ah, Scheiße, das hab ich wirklich übersehen!"

Der Satz war bei Biel so alt, wie seine mittelmäßigen Schachkenntnisse selbst, dabei hatte er sich fest vorgenommen, diesmal ein loyales, wenigstens halbwegs ehrliches Spiel zu bestreiten, ohne Ressentiments. Aber schon war er wieder nahe davor, in den jahrtausendealten Gram aller Verlierenden zu verfallen, es im Endeffekt doch persönlich zu nehmen und den sich anbahnenden sportlichen Sieg des anderen als bösartige Attacke gegen sich zu empfinden. Und dass Simon Pissarenkow hier herumscharwenzelte, schmeckte ihm noch am allerwenigsten. Steif saß er mindestens zwei Minuten grübelnd da. Um seinen König scharrten sich noch zwei Bauern, ein Läufer, beide Pferde und ein Turm.

Unterdessen hatte Simon einen eklatanten Fehler Dieters ausgemacht, der mit seinem letzten, aus seiner Sicht überhasteten Zug, zusammenhing. Der nächste Zug Biels, sofern er darauf kam, könnte nämlich so aussehen, dass er durch das simple Wegrücken des Königs aus der Schachposition, automatisch freie Bahn schaffte für seinen weißen stattlichen Läufer, mit dem er Dieters Dame schlagen konnte, noch ehe der bemerken würde, wie ihm geschah…Ha, Dieter dürfte sie nämlich nicht einfach wegsetzen, weil er sonst selber im Schach stünde.

Simon schlich um den Tisch wie ein hungriges Tier, welches die Beute erspäht hatte, sie aber nicht fangen durfte. Doch er konnte sich stöhnende, zischende, schnalzende Laute wie „Mmm … hohohoho … tststs … tzützützü!" nicht verkneifen, dabei verdrehte er vielsagend die Augen, fuhr sich andauernd fahrig mit der Hand über Mund und Kinn.

Biel traten Schweißperlen auf die Stirn. Dass er sich schon wieder ins „Schach" manövriert hatte, machte ihn ganz kribbelig. „Was zappelst und äffst du hier rum!", blaffte er Simon jetzt herablassend von der Seite an.

„Eijeijeijeijei!", reizte der ihn erneut und stierte unverwandt auf die unerwartet günstige Stellung des weißen Läufers von Biel. Da hob Dieter erschrocken den Kopf. Er hatte wohl seinen dummen Patzer erkannt. „Halt die Klappe, hörst du! Wehe du sagst einen Ton!", warnte er Simon mit erhobener Stimme. Das Grinsen war ihm vergangen. Biel wurde sofort hellhörig. „Was meinst du damit?", bedrängte er sein Gegenüber. „Was soll er denn nicht sagen?"

Simon zuckte die Achseln und hob beschwichtigend die Arme. „Ich sage doch gar nichts, bin ja schon still!"

Und Dieter, nahe daran, die Fassung zu verlieren, versuchte Druck zu machen. „Sie sind am Zuge, Herr Biel, nun setzen Sie doch schon!"

Biel schwante etwas, er zauderte, traute sich nicht, sinnierte jetzt schon geschlagene fünf Minuten über einen einzigen Zug.

Unmerklich kam Simon der Tischkante immer näher. Dieter rollte böse mit den Augen. „Wolltest du nicht längst fort sein? Warum gehst du nicht einfach? Weißt du eigentlich, dass du nervst?"

„Keine Bange, ich bin gleich verschwunden", versprach Simon beschwichtigend.

Doch innerlich war er bereits so weit aufgeladen, dass er vor Über-spanntheit schnell den Punkt überschritt, wo er nicht mehr Herr seiner selbst war, ja im Handumdrehen die Kontrolle über seine Nerven verlor. Kühn langte er einfach zum Spielbrett hinüber, ergriff Biels bedrohten König und rückte ihn aus dem „Schach", indem er die Figur direkt auf das Feld daneben setzte. Gleichzeitig gebrauchte er betonend und lautstark den Begriff: „Garde!" Mit dieser Verkündigung trat er vom Tisch zurück, machte eine leichte Kehrtwendung und schlenderte, sein Bein ein wenig nachziehend, schnurstracks in Richtung Tür. Während sich Biels Miene leicht aufheiterte, verfärbte sich Dieters Gesicht in ein dunkles Zinnoberrot. Ihm war sofort klar, dass er beim nächsten Zug seine Dame los war. Wie von der Tarantel gestochen sprang er hoch, fegte mit einer hiebartigen Handbewegung sämtliche Figuren vom Brett. „Das gilt nicht!", stieß er scharfzüngig hervor und knallte die Faust auf den Tisch. „Noch mal von vorne! Wir müssen noch mal neu anfangen, Herr Biel", setzte er fast bittend hinzu. „Der hat sich erlaubt, einfach in das Spiel einzugreifen. Das verstößt gegen die Regeln ... Unverschämtheit ...!"

Biel war ratlos, wie er auf den seltsamen Ausbruch reagieren sollte. Ernüchtert spähte er nach den verstreut am Boden liegenden Figuren und fragte sich, ob er das Spiel nun eigentlich gewonnen hatte. Und dass ihn ausgerechnet ein so Geringer, wie Simon Pissarenkow, zum Sieg verholfen haben soll, begann ihn bis dicht an die Grenze des Hasses zu wurmen.

Dieter Schmidt lief Simon bis in den Flur nach, holte ihn dort ein. Abrupt blieb Simon stehen und drehte sich zu ihm um. Dieters Blutdruck schien sich langsam zu normalisieren, nur ein missbilligender Blick der Verstörtheit traf Simon. „Sag mal, bist du irgendwie krank?"

„Wieso? Nur weil ich auch mal was mitbekommen habe?"

„Du schneist hier rein, mischst dich einfach frech in unsere Partie ein. War das jetzt deine Abschiedsvorstellung, oder was?"

„Wenn du meinst? Aber vielleicht bist ja du derjenige, der fiebrig ist im Kopf, also einer, der blindwütig alle Figuren umschmeißt." Die Rolle des zeitweilig Überlegenen behagte Simon nicht schlecht. Dieter hatte aufgegeben, die Partie gegen Donart Biel somit klar und eindeutig verloren. Und plötzlich sprudelte es unvermittelt aus Simon heraus: „Hoffentlich wäscht dir deine Mutter mal anständig den Kopf! Du kannst übrigens von Glück reden, dass die Mädchen nichts ihren Eltern erzählt haben, sonst wärst du jetzt geliefert. Und nur mit Rücksicht auf deine Mutter, weil sie noch studiert und später keinen Ärger mit dem Beruf haben soll, zeigt dich Herr Billing nicht an. Du müsstest sonst nämlich mit Gefängnis rechnen! Das hab ich von Frau Höppner erfahren. Und weißt du, langsam glaube ich, in dir steckt wirklich was Böses, wie in diesem Zwerg, den du so echt spielen kannst. Für mich bist du inzwischen ein ziemlicher Spinner, dem man nichts mehr glauben darf!" Simon schreckte vor seinen eigenen Worten zurück und hielt inne. Oh Gott, soweit hätte ich nicht gehen dürfen, dachte er und machte sich gewisse Selbstvorwürfe. Und dann erschien ihm wieder lebhaft vor Augen, wie sich Dieter als Einziger von den Spöttern mit ihren miesen Gesängen vom „Triahumpelbein" abgesondert hatte.

Von einer Sekunde zur anderen verfärbte sich Dieters Gesicht in einen Ton von kalkigem Weiß. Der Rückzugsangriff von Simon kam für ihn völlig überraschend, und es verging wohl eine halbe Minute, ehe er die Sprache wiederfand. „Du bist ja dumm, Simon, mit dir unterhalte ich mich doch gar nicht mehr!", deklamierte er nun, in den alten Hochmut verfallend. „Was weißt du mit deinen elf schon vom Leben?" Er wollte weggehen, redete dann aber doch munter weiter. „Ich soll also das Böse verkörpern, ja? Und was ist mit deinem Freund Biel? Ist er plötzlich für dich ein fabelhafter Mensch geworden, dass du ihm unbedingt diesen Tipp mit der Dame geben musstest? Oder quält dich etwa das schlechte Gewissen, wegen der vielen Morde an seinen Fischen?"

Simon stockte vor Schreck der Atem. Also damit kommt er mir jetzt. Aber er fing sich sofort wieder. „Biel geholfen? Aus dir werd ich nicht schlau, Dieter. Bisher hast du ihn doch immer gewinnen lassen … na gut, ich bin dir halt ein bisschen zuvorgekommen, habe das Ganze abgekürzt. Worüber also regst du dich so auf?"

„Du redest dummes Zeug!", wiederholte sich Dieter ähnlich abfällig. „Der Mann wollte diesmal ein ehrliches Spiel, auch auf die Gefahr hin, dass ich ihn schachmatt setze. Das hat er extra zur Bedingung gemacht, wenn er mit mir spielt!"

„Ach, das ist ja was ganz Neues. Seit wann kann Biel denn verlieren?"

„Ein Versuch wäre es wert gewesen. Außerdem hätte ich schon aufgepasst und rechtzeitig die Notbremse gezogen, bevor er mir ins Koma gefallen wäre!", brüskierte sich Dieter.

Das Geplänkel hätte wohl noch ewig so angedauert, wäre nicht plötzlich die Haustür gegangen und Walter Pissarenkow in der Diele erschienen. Auch wenn es historisch gesehen das allerletzte Mal war, dass er seinen Fuß über diese Schwelle des Würfels setzte, gedachte er nicht, viel Aufhebens um das Abholen seines Sohnes zu machen, der nunmehr fast ein Jahr unter für seine Begriffe idealer Luftveränderung hier verweilt hatte. Dieter Schmidt, der die kleine wampene Gestalt mit verbissenem Gesicht über den Flur heranhasten sah, stieß Simon mahnend an. „Guck mal, wer da kommt!" Dann verkrümelte er sich augenblicklich.

Simons Vater schien nicht dazu aufgelegt, groß reden zu wollen. „Bist du soweit?" Das war seine ganze Begrüßung.

ACHTUNDZWANZIGSTES KAPITEL

Demonstrativ sah er auf die Uhr und räusperte sich mehrmals hintereinander. „Wir haben nicht viel Zeit", erklärte er. „Hol jetzt deine Plünnen, ich geh nur schnell zum Billing rüber, weiß nicht, was er noch will. Hast du irgendwelchen Blödsinn angestellt?" Simon schüttelte bedächtig den Kopf.

Nach zehn Minuten war sein Vater zurück, und sie verließen holterdiepolter das weiträumige Gartengelände. Obwohl Simon Schritt für Schritt, Minute für Minute alles hinter sich ließ an Gebäuden, Vorgärten, Menschen, Geschäften, kam es ihm dennoch so vor, als würde nichts anders sein als sonst. Und er versuchte sich auch keine krampfhaften Vorstellungen davon zu machen, was nun weiter auf ihn zukommen könnte. Nur gehen, gehen musste er jetzt mit seinen Füßen. Das blieb ihm übrig. Aber sein Bein, das machte ihm immer noch schwer zu schaffen. Die Schweigsamkeit seines Vaters war quälend. Alles Mögliche konnte sie bedeuten. Wer weiß, was ihm Billing für Märchen aufgetischt hatte, jagte es Simon durch den Kopf.

Sie hatten schon Gribnitz fast hinter sich gelassen und der Bahnhof kam in Sichtweite, da schien sein Vater endlich die Sprache wiedergefunden zu haben. „Hast du eigentlich Frau Wendland mal besucht?", presste er plötzlich, als ob er sich die obskure Frage bis jetzt bewusst aufgespart hatte, provokant hervor. Verdutzt verlang-samte Simon sein Tempo. Die Frage hatte ihn dermaßen überrumpelt, dass er im ersten Moment nichts darauf zu antworten wusste, sondern fieberhaft überlegte, welchem Zweck sie dienen könnte. Sein Instinkt sagte ihm, dass es sich um einen Vorwand handeln musste, mittels dessen sein Vater auf sein eigentliches Anliegen noch zu sprechen kommen würde.

„Frau Wendland ...", begann er stockend. „Nein, ich war nicht dort, aber vorgenommen hatte ich es mir schon. Irgendwie hat es nie geklappt."

„Es wäre aber schön gewesen, wenn du sie mal besucht hättest, zum Beispiel gleich nach der Schule", bemerkte sein Vater mit verstecktem Vorwurf. „Ein Katzensprung von dort, zum Weberplatz. Sie hätte sich bestimmt riesig gefreut!"

„Das glaube ich, sie war ja auch sehr nett und hat mir gesagt, dass ich ruhig mal kommen soll", antwortete Simon schuldbewusst, ohne sich mit dem Gedanken zu tragen, irgendetwas von ihren Geschichten verlauten zu lassen.

„Und warum hast du es dann nicht getan?", erkundigte sich sein Vater, und fügte noch an: „Sie hatte sich schließlich freiwillig um dich gekümmert, als du damals mit der Bahn hierher unterwegs warst."

Simon sah beim Gehen zu Boden. „Tut mir ja auch leid", sagte er gefügig. „Ich hätte daran denken müssen und mich nicht so viel mit meinem Bein beschäftigen dürfen. Frau Wendland ist viel schlimmer dran als ich."

„Das meine ich doch wohl", unterstrich Walter Pissarenkow die überraschende Sichtweise seines Sohnes. Und dann sagte er plötzlich: „Und die Nächte damit verbringen, kleinen Mädchen auf die Bude zu rücken, dafür hattest du aber genug Zeit!" Er verkniff seinen Mund. Simon verspürte einen mächtigen Stich in der Herzgegend. Und schreckensfahl im Gesicht stieß er aus: „Nein, nein, es war nicht so, wie du denkst. Ich hab nichts gemacht!" Und dennoch wurde er sofort klein und still vor Scham bei dem Gedanken, was seinem Vater alles zu Ohren gekommen sein könnte. Und das ganze ruchlose Geschehen, die Schmutzigkeit seines bloßen Anteils als Mitläufer, seine Beschränktheit, den unzüchtigen Ideen Dieter Schmidts blind gefolgt zu sein in der Nacht, dessen verzerrtem Bild der Schlüpfrigkeit von Dagmar und Gudrun Glauben geschenkt zu haben, erschien ihm in seiner Schandbarkeit auf einmal überdeutlich vor Augen. Und sein Vater sagte mit dem Unterton eines Vernehmers: „Du hast also nichts gemacht, soso, hm. Was Ähnliches hat mir der Billing übrigens auch schon verklickert. Nichts gemacht, total passive Beteiligung, nur trottelig, dumm kindlich hinterhergelatscht. Aber wie verhält sich das eigentlich mit dem sogenannten Mitgehen, Dabeistehen, Dulden? Hochinteressante Frage. Grundlos wirst du ja nicht zum Dachboden hinaufgekraxelt sein. Das eigentliche Ferkel ist natürlich der Schmidt, die obszöne Kanaille, die hat's angezettelt. Ich kenne seine Mutter. Liebe Frau, ja. Eine ganz Nette. Hat studiert noch mit dreißig, genau wie ich ... Dieser Leuschner sag mal, ist doch auch so'ne Pottsau ... Stammten die schweinischen Verse nicht damals von dem?"

Simon nickte, obwohl sein Bejahen nicht der Wahrheit entsprach. Er fand das alles zum Wegrennen peinlich. Auch dass sein Vater wieder die alte Geschichte aufwärmen musste, empfand er höchst blamabel. Dann erreichten sie die kleine S-Bahnstation Gribnitz. Bedingt durch die Ferien ging es viel lebendiger auf dem Bahnhof zu als an normalen Tagen. Walter Pissarenkow war mehr als nervös, keinen einzigen geöffneten Schalter vorzufinden. Wohl oder übel mussten sie sich den Leuten anschließen, die zum Fahrkarten-automaten marschierten. Dort war ein aufreibendes Gefummel im Gange. Einige kannten sich absolut nicht aus mit dem Kasten und probierten lange, ehe sie das seligmachende Ticket in Händen hielten, für andere wiederum war es ein Klacks, und sie verschwanden auch schnell und wortlos in der Menge.

Oben, am wartenden Gleisbett, fast am äußersten Ende des Bahnsteigs, in dem Abschnitt, wo in etwa der letzte Wagen, den Walter Pissarenkow meistens zu benutzen pflegte, einlaufen würde, hatte sich ein Trupp, besser gesagt, eine Meute Reisender, bunte Gestalten, herbe, gutmütig dreinblickende bärtige Männer, und tiefstimmige Frauen mit Urgeist, wahrscheinlich Abenteurer, auch kleine Mädchen darunter, etwa in Simons Alter, wirklich hübsche, langhaarige Fratzen, doch durchsichtig dünn bekleidet, genau wie die vier schwarzbraunen Frauen, deren Slips sich sehr deutlich unter den knöchellangen, ärmellosen Trägerkleidern schlichtester Machart abzeichneten. Es war ja auch warm. Und ausgerechnet jetzt ließ sein Vater, mit dem Gedanken daran, was Billing ihm empfohlen hatte, die laute Frage los: „Sag, hast du schon früher mal nackte Mädchen gesehen, Simon?"

Simon schoss die Röte ins Gesicht. „Glaub nicht", murmelte er verwirrt. Und aus Verlegenheit, dass jemand aus der Menge etwas aufgeschnappt haben könnte, huschte sein Blick nach allen Seiten. Nur eine der Frauen, für Simons Begriffe die Hübscheste von den Vieren, wandte unmittelbar, nachdem sein Vater den Satz ausgestoßen hatte, den Kopf, doch der flüchtige Blick, den sie ihnen zuwarf, barg Zurückhaltung, war von einem verträumten, beinahe weltfernen, stillen Ausdruck bestimmt.

Walter Pissarenkow zog seinen Sohn am Arm, als Zeichen, dass er hier wegkommen möge. Er konnte angesichts dieser leichten Gesellschaft kein aufklärendes Gespräch mit ihm führen. Aber allem Anstand zum Trotz vermochte Simon nicht wegzusehen, zu sehr reizten ihn die schattigen Konturen der Weiblichkeit unter der sonderbaren Stoffhülle. Die kleinen Mädchen, und erst recht nicht die exotischen Frauen, störten sich daran, was er oder andere Reisende gerade für Fantasien entwickeln mochten. Und bei seinen Beobachtungen wurde er an Frau Höppners letzte Worte erinnert, die seine Aufklärung über den Zweck all dessen, was mit Nacktheit zu tun hatte, als dringend geboten angemahnt hatte. Die S-Bahn lief ein, und der letzte Wagen kam genau dort zum Stehen, wo er nach Walter Pissarenkows Einschätzung immer hielt. Das Einsteigen der vielen Leute war mit einem einzigen Schieben und Pressen verbunden. Als die automatischen Türen knirschend hinter dem letzten Aufspringenden zuschlugen und der Zug anruckte, fand sich Simon inmitten der Meute wieder, direkt neben der asketisch hübschen Frau. Sein Vater, in dem Gewühl leicht abgedriftet, registrierte mit Unbehagen, dass sich mehrere Reisende kess zwischen ihn und seinen Sohn gedrängt hatten. Mürrisch überlegte er, wie er das geplante Aufklärungsgespräch doch noch halbwegs in Gang setzen konnte, er fühlte sich gerade jetzt in der richtigen Verfassung, fit und ausgeruht, seinem Sohn, ohne es groß vertiefen zu wollen, einige Grundsätze des Sexuallebens zu vermitteln. Wer weiß, was morgen oder in nächster Zeit sein würde, ob er dann überhaupt noch Lust dazu hätte, Simon zu erzählen, warum Mädchen nackt anders aussehen als Jungens und wie Kinder entstehen und zur Welt kommen. Er war also dafür, das Thema sofort und ohne Umschweife anzuschneiden, selbst wenn das Umfeld nicht unbedingt danach war, er konnte ja leise reden.

Unterdessen hatte das Gedränge dazu geführt, dass Simons Körper unwillkürlich einige Male eng mit dem aufregenden Körper der gut aussehenden Frau in Kontakt kam. Das Gefühl solcher Art Berührung war ihm neu, und er musste das Angenehme daran unbedingt unterdrücken. Niemand, schon gar nicht sein puritanischer Vater, durfte merken, dass er einen Steifen bekam. Zu diesem Zweck schob er schnell seine Hand in die rechte Hosentasche, ertastete unter dem Futter sein Glied und rückte es in eine unauffällige Lage.

„Wie heißt du denn?", fragte ihn plötzlich die Frau, als ahnte sie ein bisschen, was in ihm vorging. Ihre Stimme war herb, ihre Züge ziemlich verschlossen, wodurch sein Interesse an ihr keinesfalls gemindert wurde. Sein Vater hatte noch nichts mitbekommen, und er antwortete verhalten: „Simon. Und wer sind Sie bitte?"

Sie zögerte kurz mit der Antwort, sagte dann aber: „Ukrana."

„Hab ich noch nie gehört, solch einen Namen."

Etwas wie ein Lächeln huschte über ihr Gesicht. „Wo fährst du hin?"

„Nach Strahlow", antwortete Simon bereitwillig. „Ich war ein Jahr hier in Gribnitz, wegen der anderen Luft. Es sollte für meine Bronchien gut sein. Und wo müssen Sie hin?"

Sie überlegte eine Weile, ehe sie sagte: „Ins Ukranenland."

Simon stutzte und dachte, wieder so ein merkwürdiger Begriff, Ukrana aus dem Ukranenland, das hört sich reichlich verworren an.

Simon sah zu seinem Vater hinüber, der bemüht war, sich langsam zu ihm durchzuarbeiten, was kaum gelang, da die Menschen wie eine Wand vor ihm standen. Simon betörte es, wie lieb die Frau mit ihm sprach, und er musste sie immerzu ansehen und fühlte sich weich in den Knien. So Ähnliches empfand er schon in Gegenwart von Luise, aus seiner Klasse, weniger bei Dagmar. Luise war einfach wunderschön, aber längst nicht so fesselnd, wie diese Ukrana der Durchsichtigkeit neben ihm. Bei Luise allerdings hatte er nie einen Steifen. Und dass Dagmar auf seinen Knien saß, empfand er eher als peinliches Durchhalten. Was Frau Höppner, seine überaus liebenswürdige Erzieherin betraf, wären ihm derartige Gedanken der Nähe gar nicht in den Sinn gekommen. Sie war einfach zu dick, und ein Typ wie Ukrana konnte daher über jeden Vergleich mit ihr schlichtweg erhaben sein. Und in seinen wandernden Gedanken fand er, dass schöne Mädchen und Frauen auserwählte Geschöpfe waren, denen jeder Junge, jeder Mann erlegen sein musste, während die durchschnittlich Aussehenden immer das Nachsehen hatten, weil sich kein Bengel viel aus ihnen machte. Und er fragte jetzt die Frau: „Wo liegt denn das Ukranenland?" Die S-Bahn rauschte dahin.

„An der Uecker", gab sie knapp zur Antwort.

Damit konnte er nicht viel anfangen, aber sie setzte gleich erläuternd hinzu: „Die Uecker ist ein Fluss in Vorpommern, nordöstlich von hier, gar nicht weit entfernt von Strahlow, deinem Wohnort."

Er zog einen Flunsch. „Noch nie gehört. Mein Vater kennt den bestimmt, er ist schon viel herumgereist."

„Das glaub ich, du bist ja auch noch zu jung, als dass du alles wissen kannst", erwiderte sie zu seiner Ehrenrettung.

„Und was macht man so im Ukranenland?", fragte er weiter ungläubig. Sie überlegte einen Augenblick, wie sie es am besten rüberbringen könnte und erklärte dann in recht abgeklärtem Tonfall: „Nun, wir verbringen unsere Zeit dort asketisch, dem Beispiel der alten Ukranen, einem Stamm der Slawen, folgend. Wir haben alles so aufgebaut, wie es nach archäologischen Befunden vor 1000 Jahren in etwa ausgesehen haben muss, bewohnen niedrige, strohgedeckte Häuser aus Blockbohlen und Flechtwänden, backen unser Brot in Lehmöfen, töpfern, gerben Leder, schmieden ... Es kommen viele Besucher jedes Jahr.“

Slawen ... Slawen? Simon sann nach. Der Begriff sagte ihm was. Doch, ja, in Geschichte, als sie das Kapitel der Völkerwanderungen durchgenommen hatten, hatte er etwas darüber gehört. Aber dass auch ein Volk, das sich Ukranen genannt hatte, existiert haben sollte, darunter Frauen, die in durchsichtigen Gewändern herumgelaufen waren, war ihm allerdings völlig neu und verblüffte ihn. Und er fragte zweifelnd: „Und was haben Sie davon? Ist das nicht eine ziemlich ärmliche und langweilige Beschäftigung, die Sie sich da ausgesucht haben?“

„Oh, nein, nein!“, reagierte die Frau mit schwachem Protest, sehr wohl durchschauend, dass der grüne Junge ihre ausgefallene Lebens-weise kaum nachvollziehen konnte, „im Gegenteil, ich finde dieses einfache Dasein sehr erlebnisreich und keinesfalls eintönig. Wir machen eigentlich nur Dinge, die uns selber zugutekommen, niemand übt die Herrschaft über uns aus, im Gegensatz zu draußen, bei den Leuten im zivilen Leben, wo jeder Schwanz meint, er müsse einem von morgens bis abends vorschreiben, was man zu tun und zu lassen hat!“

„So, so. Und Sie verbringen auch die Nächte dort?“

„Ja, natürlich. Die Hütten sind mit allem ausgestattet, was gebraucht wird!“

„Schlafen Sie auf der blanken Erde, oder wie?“

„Das nun nicht gerade, sondern auf Holzstämmen, bedeckt mit Fellen.“

„Wie bitte? Sie müssen verrückt sein, das geht doch aufs Kreuz!“, echauffierte sich Simon. „Bei aller Liebe, aber da ziehe ich doch mein kuscheliges Federbett vor.“

„Reine Gewohnheitssache“, sagte Ukrana leichthin und setzte hin-zu:

„Am schönsten ist es immer abends, wenn alle Besucher weg sind, dann kann man die Abgeschiedenheit richtig genießen. Meine Freunde sind es inzwischen auch leid, an der ewigen Jagd nach Konsum teilzunehmen. Wir haben zum Beispiel ein Slawenschiff original nachgebaut, die SVAROG, damit rudern wir des Öfteren hinaus auf die Uecker, zum Fischen, und was wir zum Leben brauchen, tauschen wir später ein." Ukranas Erwähnung vom selbst gezimmerten Schiff, brachte Simons Lebensgeister beträchtlich in Schwung. „Ach, Sie können wirklich richtige Schiffe bauen?", hakte er wissbegierig nach, während er ihre sonstigen Ideen nicht für unbedingt nachahmenswert hielt und es schon seltsam fand, dass sie bei ihrer Einstellung noch S-Bahn fuhr. Sie nickte eifrig.

„Das trifft sich ja gut", versetzte er aufgeregt, „ich suche nämlich schon länger ein Boot, nun ja, der Schuster Warnke hat mir zwar versprochen, eines zu bauen, aber ich war lange nicht dort, und wer weiß, was sich inzwischen bei ihm so ereignet hat."

„Dann komm uns doch gelegentlich mal besuchen, dein Vater wird schon wissen, wo das Ukranenland zu finden ist." Und die S-Bahn rauschte dahin.

An der nächsten Station verließ eine größere Anzahl von Personen den Wagen und nur wenige Reisende stiegen zu. Endlich gelang es Walter Pissarenkow bis zu seinem Sohn vorzudringen.

Die Frau verstummte beim Erscheinen des Schmerbauches sofort. Sie wandte sich abrupt ab und schenkte alle Aufmerksamkeit der bunten Meute, zu der sie gehörte. Simons Interesse aber war um einiges geweckt worden und so fragte er nach kurzem besinnlichen Schweigen: „Warst du schon mal im Ukranenland, Vati?"

Walter Pissarenkow ging über die Frage hinweg. Er zog seinen Sohn am Arm näher zu sich heran. „Komm mal ein bisschen weg von hier, na komm, komm!", presste er unwirsch hervor. Dann sagte er ernst: „Ich hatte dich vorhin was über Mädchen gefragt, aber bisher noch keine plausible Antwort bekommen. Du warst einfach in der Menge verschwunden!"

„Die eine Frau hat mit mir geredet", rechtfertigte sich Simon leise, noch halb unter dem Eindruck ihrer Worte stehend.

„Ach nee, na die Dame ist mir erst recht nicht geheuer!"

„Sie hat mir vom Ukranenland erzählt, und dass sie dort als Slawin arbeiten würde", verriet ihm Simon.

„Als Slawin, ach du Schreck!", brummelte Walter Pissarenkow vorurteilsvoll vor sich hin. „Das sieht der auch ähnlich. Weißt du, was die da macht? Kann ich dir genau sagen. ABM. Diese Leute werden für ihr Rollenspiel alle vom Arbeitsamt ausgebildet und bezahlt. Eine organisierte Sache."

Simon war überrascht. Aber selbst wenn es zutraf, was sein Vater mit Hohn in der Stimme behauptete, und die Lebensweise im Mittelalter als neuzeitliche Beschäftigungsmaßnahme herhalten musste, konnte er nicht glauben, dass ihm die Frau nur was vorgemacht hatte, ihr Verhalten lediglich einer Not entsprang, weil sich ihr nichts anderes geboten hatte. Sein Gefühl sagte ihm nämlich, dass sie ihre Rolle als Ukranerin des 10. Jahrhunderts echt lebte, sie sogar zu lieben schien, jedenfalls mit Leib und Seele dabei war.

Sein Vater aber dirigierte ihn weit von ihrer Seite fort, hartnäckig bestrebt, auf sein eigentliches Ansinnen, die Aufklärung, zurückzukommen. „Hat das nicht Zeit bis später, Vati, dass wir darüber reden?", bat ihn Simon inständig und betete in Gedanken, dass sein Vater ihn wenigstens hier in Ruhe lassen möge. „Hier hört doch jeder mit", hauchte er verschämt, und sein Glied war inzwischen längst wieder geschrumpft.

„Man muss beim Reden ja nicht brüllen!", beharrte sein Vater unnachgiebig. „Aber die letzte Geschichte im Heim gebietet mir nun mal, dich in bestimmten Dingen aufzuklären. In bestimmten wohlgemerkt, nicht in allen Einzelheiten, die musst du noch nicht wissen in deinem Alter. Und ich sage dir jetzt schon, wenn das vorbei ist, ich meinen Psalm von mir gegeben habe, wie sich das im Großen und Ganzen verhält zwischen den Geschlechtern, dann möchte ich darüber nicht mehr reden, verstehst du, keine einzige Minute mehr, in der Hoffnung, dass du dir ein für alle Male hinter die Ohren schreiben wirst, dass man sich Mädchen gegenüber gesittet verhält!" Und die S-Bahn rauschte dahin.

Erst zu später Stunde im Fernzug, ab Bahnhof Zoo, als sie sich schweigend im Abteil gegenübersaßen, begann es nachhaltig in Simons Kopf zu wühlen. Sein Vater hatte mit Worten und Begriffen um sich geworfen, deren Bedeutung er erst im Lexikon nachschlagen müsste. Was war eine Vulva, was bedeutete Koitus? Was könnte er mit Penetration gemeint haben? Manche Sätze konnte er in einen gewissen Zusammenhang bringen, die meisten jedoch gaben ihm Rätsel auf. Simon fühlte sich keineswegs sexuell aufgeklärt, eher verunsichert, bloßgestellt, denn sein Vater hatte ja die Aufklärung, vermutlich aus Abschreckung, halb öffentlich, im vollbesetzten S-Bahn-Wagen betrieben, nicht allzu lautstark freilich, aber immerhin in Anwesenheit dutzender Fahrgäste. Das wird wohl die Strafe dafür sein, dass ich mich von Dieter habe aufs Glatteis führen lassen, dachte Simon bitter, ich hab ja selbst schuld, hätte ich mich von den Mädchen ferngehalten, wäre mir der peinliche Vortrag meines Vaters erspart geblieben.

Simon sah Dieter Schmidt nie wieder. Und bald hatte er sogar sein Aussehen vergessen. Auch von allen anderen, mit denen er das eine Jahr im Heim zusammen gewesen war, verschwammen ihm allmählich die Gesichter, sogar von Dagmar und Gudrun. Nur in seinen Träumen tauchte manchmal noch vage die eine oder andere Gestalt auf. Auch aus seiner Klasse hörte er von niemandem mehr etwas, weder von Luise noch von Achim Heuer noch von seinem Lehrer Kaulbach. Die Gegenwart hatte ihre Spuren verwischt, seine Wege, die nur über die Vergangenheit dorthin führten, unzugänglich gemacht. Und er würde sie auch nicht zugänglich machen wollen. Nur einmal, ein einziges Mal hörte er noch von Dieter Schmidt, ganz beiläufig von seinem Vater, der seiner Mutter einmal begegnet sein muss. Bei Dieter Schmidt sei ein Gehirntumor entdeckt worden, an einer Stelle über dem rechten Ohr. Gutartig und operierbar. Dann schlug die Tür von Gestern endgültig zu.

Bisher erschienene Bücher von Wolfram Dieter Martin

Luftveränderung
Roman
Eine rigide Erziehung durch stete Erweckung von
Schuld, in die er sich reuig eingesperrt fühlt, prägt die
verstörte Gefühlswelt des lebhaften Jungen Simon
Pissarenkow im Patriarchat seiner narzisstischen Eltern.

BoD – ISBN 978-3-8192-6672-0 – 15.00 €

Durst und Begierde
Roman
Im österreichischen Kleinwalrital, umgeben von einer
majestätischen Bergwelt, bestimmen hinterhältige
Machenschaften zwischen den Hoteliers den Alltag im
Gastgewerbe …

BoD – ISBN 978-3-75-571314-2 – 9,99 €

Fesseln
Roman
Auf Betreiben seines Vaters tritt Simon Pissarenkow eine Ausbildung zum Koch in einem Hotel an. Obwohl Simon sich nichts sehnlicher wünscht, als Schauspieler zu werden, beugt er sich dem Diktat seines Vaters …

BoD – ISBN 978-3-75-570047-0 – 16,99 €

Der Traum vom verlorenen Hotel
Kurzgeschichten und Gedichte

…über die Liebe, die Sehnsucht, Leidenschaft sowie über das Verblassen und das Fehlen dieser. Über das Leben in seinen merkwürdigsten Facetten…

BoD – ISBN 978-3-8192-7708-5 – 9,99 €

Alle Bücher sind online erhältlich.